Lisa geht zum Teufel

Das Buch

Lisa ist achtundfünfzig, sieht aber mindestens zehn Jahre jünger aus. Dafür tut sie auch einiges: Peelings, Masken, figurbetonte Kleidung – Lisa lässt nichts aus. Doch trotz aller Anstrengung will es seit der Trennung von ihrem Mann, dem Spanier Felipe, mit den Männern nicht mehr so recht klappen. Das Einzige, was sie ihrem Exmann bei der Scheidung abtrotzen konnte, ist das lebenslange Wohnrecht in seiner Villa in Andalusien. Seit fast dreißig Jahren verbringt sie dort ihre Ferien. Doch dieses Jahr ist alles anders. Kaum ist Lisa in Marbella angekommen, taucht Felipes Sohn aus zweiter Ehe auf. Er bietet Lisa an, sie auszuzahlen, wenn sie im Gegenzug auf das Wohnrecht verzichtet. Als sie ablehnt, greift er zu härteren Mitteln: Er engagiert den obdachlosen Rafael und die ehemalige Prostituierte Delia. Sie sollen Lisa das Leben im Ferienhaus zur Hölle machen. Doch so schnell gibt Lisa nicht auf …

Die Autorin

Tessa Hennig ist seit vielen Jahren als freie Journalistin, Regisseurin und Autorin tätig. Wenn sie vom Schreiben und ihrem Wohnort München eine Auszeit benötigt, reist sie auf der Suche nach neuen Stoffen und Abenteuern gern in den Süden.

Von Tessa Hennig sind in unserem Hause bereits erschienen:

Mutti steigt aus

Elli gibt den Löffel ab

Emma verduftet

Tessa Hennig

Lisa geht zum Teufel

Roman

List Taschenbuch

Besuchen Sie uns im Internet:
www.list-taschenbuch.de

MIX
Papier aus verantwortungsvollen Quellen
FSC® C083411
FSC
www.fsc.org

Originalausgabe im List Taschenbuch
List ist ein Verlag der Ullstein Buchverlage GmbH, Berlin.
1. Auflage April 2013

Umschlaggestaltung: bürosüd° GmbH, München
Titelabbildungen: © Oliver Wetter
Satz: LVD GmbH, Berlin
Gesetzt aus der Garamond
Papier: Pamo super von Arctic Paper Mochenwangen GmbH
Druck und Bindearbeiten: CPI – Clausen & Bosse, Leck
Printed in Germany
ISBN 978-3-548-61150-1

Kapitel 1

Spieglein, Spieglein an der Wand, wer ist die Schönste im ganzen Land? Wie ein Werbejingle in Endlosschleife hatte sich die Mutter aller rhetorischen Fragen in Lisas Gedächtnis eingenistet. Ein kleiner DJ im Ohr ließ ihn immer dann abspielen, wenn sie Annes Wellness- und Schönheitstempel betrat. Selbst auf dem Flyer stand der Spruch in fetten Buchstaben, wenngleich er sicherlich augenzwinkernd gemeint war. Dass ausgerechnet eine Norwegerin werbetechnisch die Gebrüder Grimm bemühte und somit tief in die Trickkiste der deutschen Romantik griff, um ihrer Münchner Kundschaft »Schönheit« zu verkaufen, war schon erstaunlich und offenbar sehr effektiv. Annes Laden brummte. Peelings, Kurpackungen und vitalisierende Massagen im Stundentakt. Von »Spieglein« konnte allerdings keine Rede sein. Monsterspiegel traf es eher. Das mittelalterlich anmutende Relikt nahm gleich die halbe Wand des Flurs ein. Ein riesiger Löwenkopf thronte über einem dunklen Massivholzrahmen, auf dem Blumen und Blätter eingeschnitzt waren. Ein echter Hingucker, der zu Annes geschmackvollem Mix aus antiken Möbeln und modernen Accessoires perfekt passte. Dummerweise ließ einem die räumliche Dominanz des Spiegels gar keine andere Wahl, als sich unentwegt darin zu begutachten, also den Ist-Zustand vor Annes Behandlung mit dem Soll-Zustand aus allerlei Frauenmagazinen, die auf einem Beistelltisch lagen, zu vergleichen. Geschickt! Verkaufstüchtig! Lisa imponierte Annes Konzept, auch wenn sie nicht an Märchen glaubte und an sich nicht der Typ war, den man mit der »Schneewittchenmasche« ködern konnte. Oder etwa doch? Ohne den hübsch aufgemachten Flyer, der ein halbes Jahr zuvor in ihrem Briefkasten gelegen hatte, säße sie nicht hier. Und es gab weitere Parallelen zu dem Mädchen »so weiß wie Schnee, so rot wie Blut und so schwarz wie Ebenholz«, stellte Lisa fest und meinte damit nicht nur ihren Teint, ihren Lippenstift oder die natürliche Farbe ihrer Haare, wenn sie nicht wie im Moment blondiert waren, was stets einen Tick jünger machte. Auch sie hatte ihren Traumprinzen erst nach langem Schlaf in einem gläsernen Sarg gefunden. Der Glaskasten, in dem sie aus lauter Frust über ihr Privatleben Tag und Nacht schuftete, war ja letztlich nichts anderes. Aufgewacht war sie vor zwei Wochen, und geweckt hatte sie Reiner, der Neuzugang im Verlag. Ein fähiger und noch dazu schnuckeliger Vertriebsmann, der es mit seinem sprühenden Charme schaffte, sogar die schlimmsten Ausrutscher ihrer Autoren im Buchhandel zu platzieren. Gut, er war fast zehn Jahre jünger, aber was machte das heutzutage schon? Rein optisch war er nicht zu jung. Seine grauen Schläfen verliehen ihm eine gewisse Reife. Apropos: War es normal, wenn ein achtundvierzigjähriger Mann einem Liebesbekundungen per SMS schrieb? Nein. Wohl eher gewöhnungsbedürftig – und wie schnell sie sich daran gewöhnt hatte, täglich welche zu bekommen. Lisa konnte gar nicht anders, als sich die restliche Wartezeit mit der Lektüre seiner Kurznachrichten zu verkürzen, oder vielmehr zu versüßen. Ihr Handy war berufsbedingt sowieso immer nur einen Handgriff entfernt – für alle Fälle und natürlich für *ihn*.

»Der gestrige Abend hat mich verzaubert. Wir sollten öfter ins Ballett gehen. Kiss, Reiner.«

Sofort fing ihr Herz wieder an zu pochen, und sie überkam jenes wohlige Kribbeln, das sie zum ersten Mal mit sechzehn in der Magengegend verspürt hatte. Dass es einen mit achtundfünfzig noch dermaßen erwischen konnte!

»Sehen wir uns morgen? xxx, Reiner.«

Wie süß! Und mit diesem Mann würde sie morgen in den Urlaub fahren. Unglaublich! Lisa musste gleich tief Luft holen, bevor sie sich glückselig auf Annes Polstersessel rekelte. Für *ihn* musste Anne sie auf Vordermann bringen. Im Klartext: Stirnfalten wegpolieren, straffen, aufhellen, auffrischen – das volle Programm eben.

»Hallo, Lisa.« Anne trat aus ihrem Behandlungsraum und strahlte sie aus fjordblauen Augen an. Die Mittfünfzigerin, die mit Anne aus dem Behandlungszimmer kam, musterte Lisa hingegen etwas abfällig. War das eben ein Blick à la »Die hat's aber nötig«? Mit blondierter Mähne, Botox-Lippen und hinter den Ohren angetackerter Haut sollte man sich so ein Lächeln besser verkneifen. Man sah es dann nämlich, das Maskenhafte in der Mimik. Umso leichter fiel es Lisa, der Möchtegern-Katzenberger ein lässiges und ziemlich cooles Lächeln zu schenken.

»Nächste Woche um fünf?«, fragte Anne ihre Kundin.

»Natürlich, meine Liebe«, presste die Blonde mit tschechischem Akzent aus der schmalen Lücke hervor, die ihr die Lippen noch ließen, bevor sie sich im Antlitz des Löwen selbstgefällig sonnte.

»Ich geh schon mal rein«, sagte Lisa. Annes Nicken und ihr verschmitztes Lächeln verrieten, dass sie nur allzu gut verstand, weshalb Lisa es keine Minute länger im Vorzimmer aushielt.

»Wenn das so weitergeht, bin ich bald arbeitslos. Aber ist doch kein Wunder. Mit all den Vorher- und Nachher-Shows im Fernsehen ... Lifting-Dokus, Brustvergrößerung live im OP. Es rennen ja schon Sechzehnjährige in die Plastische. Wobei ... wenn die's verkorksen, hab ich wieder alle Hände voll zu tun ... Hautrettung. SOS! Erst müssen die Falten weg, und dann wären sie froh, wenn sie wieder ein paar hätten. Lisa, die Welt ist so was von abartig. Aber was red ich, ich lebe schließlich davon.« Annes Wortschwall war nicht zu bremsen, wenn ihr Opfer mit Pads auf den Augen und mit grüner Schlammmaske wehrlos vor ihr auf der Pritsche lag. Schallwellentherapie, schoss es Lisa amüsiert durch den Kopf. Das könnte erklären, warum diverse Cremes mit den gleichen Substanzen bei ihr zu Hause keine Wirkung zeigten. Das Zeug drang im Trommelfeuer von Annes Stimme wahrscheinlich tiefer in die Poren ein.

»Na ja, so ganz dezente Eingriffe. Warum eigentlich nicht?«, säuselte Lisa, darum bemüht, ihre Maske ja nicht vorzeitig abbröckeln zu lassen. Bei Anne herrschte während einer Behandlung striktes Konversationsverbot. Ein Monologverbot gab es jedoch nicht. Auf diese Weise wurde man zwangsläufig zum Bauchredner.

»Nicht bewegen«, schimpfte Anne sogleich. »Dezent ist dehnbar – im wahrsten Sinne. Mit der Nase oder ein paar Fältchen um die Augen fängt's an. Das ist wie eine Droge. Erst Gras, dann Koks, dann die harten Sachen, und am Ende setzen sie sich den goldenen Schuss. Du glaubst gar nicht, was ich schon alles gesehen habe, und die meisten geben es nicht mal zu. Glattes Gesicht und runzliger Hals, mal ganz abgesehen von den Händen. Die Altersflecken kriegt man sowieso nicht weg. Nur der Friseur weiß Bescheid. Die Nähte am Haaransatz ... Sei froh, dass du so was nicht brauchst«, sagte Anne.

Das ging runter wie Öl. Lisa seufzte und genoss die tiefenentspannende Wirkung des Wärmestrahlers, der ihr ins Gesicht schien. Anne kümmerte sich unterdessen mit der üblichen Hingabe um die Pediküre. Die Stunde musste man möglichst effizient nutzen.

»Hab ich dir schon erzählt, dass Christina jetzt modelt?«

Lisa verneinte mit sonorem Brummlaut.

»Die war in Madrid auf 'ner Fashion-Show bei Juan Duos. Modedesigner. Kennste nicht, oder?«

Brumm, brumm, was so viel wie »Nein« bedeutete. Anne verstand es jedenfalls.

»Old ist beautiful. Der hat Omis auf den Laufsteg geschickt, sagenhaft. Typgerecht angezogen. Die meisten waren nicht mal sonderlich hübsch. Der Ausdruck zählt, das innere Gleichgewicht. Jede Falte erzählt eine Geschichte. Ich find das toll. Gott, ich mach mir noch mein eigenes Geschäft kaputt. Auf alle Fälle ist Christina jetzt sehr gefragt. Sie hat sogar schon eine Agentin.«

Brumm?!

»Ja. Stell dir vor. Sie ist faktisch in jedem Modekatalog für Übergrößen.«

Dass Christina, ihre Nachbarin, die sie für Anne akquiriert hatte, sich nun für Kataloge ablichten ließ – Respekt. Und kein Wort hatte sie bisher bei ihr darüber verloren. Trotzdem. Das waren Ausnahmen. Anne wusste sicher genau, dass sie sich ihr Geschäft gar nicht kaputtreden konnte. »Jung und dynamisch bleiben« hieß die Zauberformel, und nicht nur im Berufsleben. Lisa war sich dessen absolut sicher. Hätte sie sich sonst so lange ganz oben gehalten? Gegen den Zustrom junger Kolleginnen, die wie Hyänen auf ihren Posten lauerten und ihren Chef umgarnten? Und dann diese ganzen blöden Sprüche, von wegen, dass man nur so alt war, wie man sich fühlte. Angeblich fing das Leben ja erst mit sechsundsechzig an. Udo Jürgens sang das schon weit vor dem Zeitalter deutlich steigender Lebenserwartungen. Wer weiß, wenn Jürgens den Song heute geschrieben hätte, wäre bestimmt von siebenundsiebzig die Rede. Klingt aber gesungen nicht so gut, musste Lisa sich in dem Moment eingestehen. Alles Blödsinn! Sich jung zu fühlen ist eine Sache, alt auszusehen eine andere, und für Letzteres gab es nicht den geringsten Grund. Sie konnte sich die kosmetische Behandlung leisten. Es tat gut, und man fühlte sich besser. Daran führte kein Weg vorbei. »Inneres Gleichgewicht« – schön und gut, aber wie schnell gerät es ins Wanken, wenn man sich morgens ungeschminkt im Spiegel sieht, und wie kann man ein schönes Inneres ausstrahlen, wenn sich niemand mehr für die runzlige Hülle interessiert?

»Fertig!« Anne knipste die Infrarotlampe aus.

Wie schade!

»Wie lange kennt ihr euch eigentlich schon, Reiner und du?«

»Ein paar Wochen«, sagte Lisa.

»Und dann nimmst du ihn gleich mit nach Spanien?«, fragte Anne.

»Warum nicht?« Lisa wunderte sich selbst darüber, wie selbstverständlich und überzeugend sie das eben von sich gegeben hatte.

»Ich beneide dich. Vier Wochen – Sonne, Cocktails, ein toller Mann … Vielleicht sollte ich auch im Verlagswesen arbeiten …« Anne seufzte, bevor sie ihr Pediküre-Set aufräumte.

»Du hättest das Zeug dazu, glaub mir«, sagte Lisa.

»Ich? Aber ich hab doch überhaupt keine Ahnung von Literatur.«

»Dafür umso mehr Überzeugungskraft.«

Anne stutzte, lachte dann aber herzhaft los. »Du meinst, jeder Buchhändler würde mir alles abkaufen, nur damit er mich möglichst schnell aus seinem Laden bekommt?«

»Das hast du gesagt.«

Annes Lachen war ansteckend. Das Tuch, das sie geholt hatte, um Lisa die Maske vom Gesicht zu wischen, brauchte sie jetzt nicht mehr. Lisas Lachmuskeln nahmen ihr die Arbeit größtenteils ab.

Karomuster mit aufgenähten Pailletten? Weg damit! Zurück auf den Kleiderständer – einer von so vielen in der Modeabteilung des Warenhauses, dessen Angebot einen manchmal erschlagen konnte. Geschäftliche Entscheidungen zu treffen war einfacher. In der Regel genügte es, die ersten fünf Seiten eines Manuskripts zu lesen, um einschätzen zu können, ob sich eine Stoffentwicklung lohnte, die Meinungen der Lektorinnen zu stützen oder zu kippen. Die Geschichte musste originell sein, die Figuren liebenswert, der Stil ansprechend. Das Besondere musste einem ins Auge springen. Für Lisa definitiv keine Qual der Wahl, kein Herumlamentieren, weder mit sich selbst noch mit ihren Kollegen. Ihre Stimme als dienstälteste Mitarbeiterin und Assistentin der Verlagsleitung wurde gehört. Organisation der Geschäftsabläufe? Kein Problem. Der beste Flug für ihren Chef? In Minutenschnelle. Was die Auswahl passender Kleidung für ihren Urlaub betraf, sah die Sache allerdings anders aus, vor allem wenn es um Marbella ging, ihr alljährliches Highlight. Auf gar keinen Fall durfte sie bei ihrer Clique mit der Abendrobe vom letzten Jahr aufschlagen. Mithalten zu können war aber alles andere als einfach. Modezeitschriften gaben immerhin die Farben und Schnitte des Sommers vor. Mit nichts anderem hatte sie sich wochenlang in den Mittagspausen beschäftigt. Zu dumm, dass die angesagten Trends nicht so recht zu ihrem Typ passten. Lisa zupfte bereits das nächste Kleid vom Kleiderständer. Blümchenmuster ging gar nicht. Auf ein Neues! Ein Blick auf die Armbanduhr. In einer halben Stunde würden die Läden schließen. Sie musste etwas finden. Hier und jetzt. Vielleicht doch lieber ein klassisches Designerkleid kaufen, das einem wenigstens die Möglichkeit gab, mit dem Label zu punkten? Zu teuer! Egal! Mehr als die Kaufingerstraße zweimal auf und ab zu pilgern konnte kein Mensch. Es musste so schnell wie möglich ein Kleid her! Auf der anderen Seite des Fashion-Dschungels dann das rettende Display in Sicht: »Mode für Frauen mit Style«. Sehr viel Rot und Orange. Nichts wie hin. Hatte Reiner ihr nicht gesagt, dass sie Rottöne gut tragen konnte? Das Kleid vom letzten Jahr war aber schon rot gewesen. Egal, Reiners Meinung war wichtiger. Mit einem Mann wie ihm an ihrer Seite würde sie Claudias und Vronis Sticheleien locker ertragen. Den beiden würde es sicher die Sprache verschlagen, wenn sie ihn sahen. Sie konnte also faktisch anziehen, was sie wollte. *Er* war das »Kleid«, das sie schmückte – jedenfalls in ähnlicher Funktion. Nicht träumen! Suchen! Rotgetupfte Orangetöne auf Braun? Trägt das eine Frau mit »Style«? Gewagte Kombination. Aber wer nicht wagt … Lisa zog das Kleid heraus und hielt es vor sich. Was sie im Ganzkörperspiegel sah, hatte was. Nett! Raffiniert! Frisch und munter, alles andere als banal. Der Stoff fühlte sich bestimmt gut auf der Haut an. Was kostete es überhaupt? Lisa zupfte nach dem Preisschild, das sich im Ärmel versteckte. Natürlich war der Preis so klein gedruckt, dass sie ihn ohne Brille nicht lesen konnte. Ausgerechnet jetzt interessierten sich auch noch andere für »ihr Kleid«. In Sekundenschnelle flankierten sie zwei hübsche Endzwanzigerinnen vom Typus Frau, der sogar Kartoffelsäcke tragen konnte. Jetzt die Lesebrille aus der Handtasche zu ziehen, wäre zu riskant. Sie würde Gefahr laufen, sich mitleidigen Blicken und Kommentaren auszusetzen wie: »Die Alte hat sich bestimmt in der Abteilung geirrt«, oder: »Mutig«. Ausgerechnet heute hatte Lisa ihre flotte Designerlesebrille nicht dabei, sondern nur den »Notbehelf« für unterwegs, der weniger Platz in der Handtasche einnahm. Sie hatte das auf Größe eines Kugelschreibers faltbare Teil letztes Jahr nach der Londoner Buchmesse am Flughafen bei Boots gekauft. Die Brille war aus Plastik, hing am unteren Nasenflügel und machte einen schlagartig um mindestens zehn Jahre älter. Was für ein furchtbarer Gedanke!

»Meinst du, das steht mir?«, fragte eine der jungen Frauen ihre Begleiterin, die mindestens genauso attraktiv war. Sie hatte etwas von Penelope Cruz, stellte Lisa fest.

»Entschuldigung, dürfen wir das Kleid mal sehen?«, fragte Penelopes Freundin.

Lisa blieb gar nichts anderes übrig, als es ihnen zur Begutachtung zu überlassen.

»Es kann sein, dass ich es nehme«, machte Lisa sicherheitshalber klar, nicht dass ihre letzte Option dann auch noch weg war.

»Die werden ja noch ein paar auf Lager haben«, erwiderte Penelope kess, bevor sie erst das Kleid und dann Lisa musterte. »Mir ist das zu farbenfroh. Aber Ihnen steht das, glaub ich.«

Zynisch oder nett?

»Meinen Sie wirklich?« Lisa musste sich einfach rückversichern.

»Mit Ihrer schon leicht vorgebräunten Haut. Sie können sich solche Farben leisten. Außerdem bringt das Braun Ihre Augenfarbe schön zur Geltung.«

Also doch nett gemeint, aber letztlich auch überaus peinlich. Die beiden hielten sie offenbar für eine Frau, die nicht wusste, was sie tragen konnte. Vielleicht sollte sie ihr Gegenüber jetzt auch noch gleich nach dem Preis fragen, so ganz nebenbei, überlegte Lisa. Penelope hatte schließlich vorhin einen prüfenden Blick auf das Etikett geworfen. Lieber nicht. Smartphone!, schoss es ihr urplötzlich durch den Kopf. Hatte es nicht letzte Woche ein Software-Update gegeben, das es ermöglichte, digitale Fotos auf dem Display zu vergrößern? Die neue Zoomfunktion war überhaupt *die Idee*! Jetzt musste sie nur noch warten, bis die beiden Hollywood-Schönheiten weg waren. Ganz unauffällig zupfte Lisa am Ärmel des Kleids herum und tat so, als befühle sie den Stoff. Das Handy griffbereit. Ein Blick nach links. Einer nach rechts. Die Luft war rein. Preisschild knipsen, vergrößern, lesen, fertig. Das war's! Zweihundertneunundvierzig Euro. Günstiger als gedacht und absolut im Rahmen ihres Budgets.

»Was machen Sie da?«, blökte es ohne Vorwarnung so laut von hinten, dass Lisa vor Schreck fast ihr Telefon fallen gelassen hätte. Vor ihr plusterte sich eine dauerwellengelockte Matrone auf. Strenges Kostüm, strenger Blick und strenger Geruch. Die altbekannte Mischung aus Schweiß und Kölnischwasser, die Lisa von ihrer Großmutter kannte. Ihr wurde augenblicklich schlecht.

»Ich hab doch nur das Preisschild …«, stammelte sie und wirkte dabei mindestens so frisch ertappt wie eine Kaufhausdiebin.

»Ach nee … Verstehe … Von der Konkurrenz. Preise ausspionieren«, wetterte die Verkäuferin.

»Aber ich …«, versuchte Lisa zu protestieren.

»Hören Se mal. Fotografieren ist hier verboten.«

»Ich habe meine Brille nicht dabei«, log Lisa kleinlaut, weil ihr Gegenüber offensichtlich auch bei Boots am Londoner Flughafen eingekauft hatte. Der gleiche Nasenflügelzwicker, nur in einer anderen Farbe. Diese Blöße würde sie sich nicht geben.

»Ach so. Entschuldigen Sie bitte.« Aus streng wurde freundlich, ja fast schon mütterlich.

»Zoomfunktion.« Um auf Nummer sicher zu gehen, demonstrierte Lisa, was ihre Handykamera konnte.

Erst jetzt schien die Verkäuferin Lisas Plan vollends zu verstehen. Sie nickte tief beeindruckt.

»Ehrlich – tolle Idee. Darauf muss man erst mal kommen.«

Und nun bot sie ihr auch noch ihre Brille an. Richtig nett.

»Möchten Sie …? Aber ich schau auch gerne für Sie nach. Dafür bin ich ja da.«

Lisa nickte erleichtert, und so warmherzig, wie die Verkäuferin sie nun anlächelte, störte sie nicht einmal mehr ihr Parfüm.

Lisa setzte per Fingertipp den letzten Haken auf ihre virtuelle To-do-Liste. Wie praktisch, dass man so etwas heute auf seinem Smartphone immer griffbereit hatte. Keine Zettelwirtschaft mehr. Listen sorgen für Ruhe, reduzieren Denkarbeit und Stress, allerdings nehmen sie einem leider keine Entscheidungen ab. Lisa legte ihr Handy zur Seite und starrte etwas ratlos auf den Kleiderhaufen, der fein säuberlich nach Farben und Zweck sortiert vor ihr auf dem Bett neben dem bereits geöffneten Koffer drapiert war. Und was sich vor ihr türmte, war eindeutig zu viel. Es würde nicht in den Koffer passen. Von den zwanzig Kilo Gewichtsbeschränkung mal ganz abgesehen. Die Leinenhose mitnehmen oder doch lieber das luftige geblümte Strandkleid mit gewagtem Ausschnitt, das sie neben zwei Bikinis in Leuchtfarben, BHs mit Spitze, einer bestickten Jeans und zwei schicken Blusen im Turbogang vor Geschäftsschluss noch erworben hatte? Lisa konnte sich nicht daran erinnern, jemals so viele Sachen in so kurzer Zeit gekauft zu haben. Dank »Lesebrillensolidarität« mit der Verkäuferin war ihr rausgerutscht, dass sie sich für Reiner besonders hübsch machen wollte. Schon waren sie olympiareif zur Wäscheabteilung gejoggt, durch die Fashionmeile für junge Mode gejagt und am Bikiniständer entlanggepaddelt. Anproben im Zeitraffer. Fünfzehn Minuten! Schweißtreibend, aber von Erfolg gekrönt. Im Urlaub konnte man es sich leisten, farbenfrohe junge Mode zu tragen. Eine gute Entscheidung. Aber was, wenn sie sich damit lächerlich machte? Sofort hielt Lisa das neue Kleid vor sich hin. Die verspiegelte Front ihres Schlafzimmerschranks schien jedenfalls nichts gegen den flotten Look zu haben. Warum sonst lächelte ihr Spiegelbild sie an? Rein in den Koffer. Leinen war gestern. Langweilig. Als ob ihr Smartphone der gleichen Meinung wäre, meldete es sich mit einem fröhlichen »Bing«. Sicher die gestern gesetzte Erinnerung, heute spätestens um halb zehn mit dem Packen anzufangen. Halb zehn?! Wieso hatte sich Reiner noch nicht bei ihr gemeldet? Immerhin fuhren sie morgen in ihren ersten gemeinsamen Urlaub. Er meldete sich doch sonst mindestens täglich. Vielleicht war er auch gerade dabei, zu packen, beruhigte Lisa sich. Das musste wohl Gedankenübertragung sein. Schon kam der vertraute Dreiklang, der auf den Eingang einer SMS verwies. Lisa wusste jetzt schon, was er geschrieben hatte, bestimmt eine Nachricht wie: »Bist du auch am Packen?« Reiner liebte es, sie zu fragen, was sie gerade machte. Total süß! Die Nachricht aus vielen verschwommenen Buchstaben, die ihr auf ihrem Smartphone entgegensprang, sah aber länger aus, sogar ziemlich lang. Wo war nur die Lesebrille für zu Hause? Lisa zog sie hinter der Nachttischleuchte zwischen dem Stapel Unterwäsche hervor und konnte gar nicht anders, als erst einmal kurz aufzuseufzen und vor sich hin zu schmachten, bevor sie sich die Brille aufsetzte und zu lesen begann.

»Liebe Lisa. Ich bin wie gelähmt und finde wahrscheinlich nicht die richtigen Worte, aber ich kann morgen nicht mitfahren. Ich hab mir lange genug etwas vorgemacht. Du und ich … das geht nicht gut. Es tut mir wirklich leid, aber ich kann nicht anders. Reiner.«

Herzstillstand. Atemstillstand. Lebensstillstand. Lisa stand nur da, unfähig, sich auch nur einen Millimeter zu bewegen. Das Handy war wie angewachsen in ihrer Hand, nur gab es ihr diesmal keinen Halt. Sie starrte es an, regungslos und so lange, bis der Energiesparmodus des Bildschirms seine Worte bis zur Unlesbarkeit abdimmte und sie mit einem stechenden Schmerz, der ihr abrupt und ohne Vorwarnung wie eine Hitzewelle vom Magen in den Kopf stieg, allein ließ.

Selbst an guten Tagen sah man in der Fensterscheibe einer S-Bahn ziemlich übel aus. Das Glas, in dem sich das Neonlicht spiegelte, schien das Gesicht optisch aufzuschwemmen, eine zweite Kontur darüberzulegen und Tränensäcke gleich zu verdoppeln. Man sah grundsätzlich kränklich darin aus. Nach einer schlaflosen Nacht war dieser Effekt umso schlimmer. Lisa vermied es tunlichst, in diese Richtung zu sehen, und blickte stattdessen auf den Boden, vielmehr auf die wenigen Quadratzentimeter, die sie, eingepfercht zwischen den Gepäckstücken Mitreisender, um ihre Füße herum noch hatte. Wenigstens musste man sich nicht festhalten. Umfallen wäre ein Ding der Unmöglichkeit.

»Möchten Sie sich setzen?«, bot ihr ein adretter Geschäftsmann an, der sich im prall gefüllten Waggon einen Platz ergattert hatte.

»Geht schon. Danke«, rang Lisa sich mit gequältem Lächeln ab. Erst jetzt fiel ihr auf, dass der Mann unter einem Aufkleber mit weißem Rollstuhl auf blauem Grund saß. Alt und gebrechlich, schoss es ihr durch den Kopf. Er musste sie für eine tattrige alte Frau halten, die sich nicht mehr lange auf den Beinen halten würde. Gegen einen Rollstuhl hätte sie angesichts der bleiernen Müdigkeit und der Schwere in ihren Beinen, die die Erdgravitation momentan zu vervierfachen schien, im Moment gar nichts einzuwenden. Der Gentleman auf dem Behindertensitzplatz musterte sie immer noch mitleidig und war offensichtlich wenig von ihrer Standfestigkeit überzeugt. Blick abwenden. Aber wohin? Auf der linken Seite hatte sie ein kleiner Junge im Visier. Seine großen Augen durchbohrten sie förmlich.

»Jetzt starr die Frau nicht so an«, maßregelte die dazugehörige junge Mutter ihren Sprössling, der sich aber nicht darum scherte und sie weiter wie ein Museumsexponat ansah. Wenigstens schenkte ihr die Mutter des Jungen ein erfrischendes Lächeln, was Lisa etwas aufmunterte. Das Kleid, das die junge Frau trug, hatte jedoch den gegenteiligen Effekt. Frische Farben, Blumenmuster, körperbetont geschnitten. Das Modell hatte sie gestern in der Hand gehabt. Ihres vom gleichen Designer lag jetzt im Schrank, genau wie die anderen Sachen. Leinen war wieder in, zumindest hatte sich Lisa dies letzte Nacht gegen halb drei erfolgreich eingeredet, bevor sie sich doch noch dazu aufgerafft hatte, um ihrer

Freunde in Marbella willen den Koffer zu Ende zu packen. Urplötzlich ertönte von hinten der vertraute Dreiklang einer ankommenden SMS. Sie zuckte augenblicklich zusammen und drehte sich um. Ein junges Mädchen stierte auf ihr Handy und las die Kurznachricht mit finsterer Miene.

»Idiot«, zischte das junge Ding und tippte sogleich ziemlich abgeklärt eine Replik. So fies, wie sie dabei grinste, hatte die Antwort sich gewaschen. Vielleicht sollte sie das Mädchen bitten, Reiner auch etwas in der Art zu schreiben. »Idiot« war das richtige Wort. Wie konnte sie nur auf ihn hereinfallen? Wie hatte sie sich für ihn nur so ins Zeug legen können, bei ihrem Chef und den Kollegen? Ihrer Empfehlung verdankte er seinen Job, und Mitte letzter Woche hatte Lisa ihm auch noch das lukrativste Absatzgebiet des Verlags vermittelt. Er wusste, dass der Boss sie in so gut wie allen Angelegenheiten nach ihrer Meinung fragte und ihren Rat gerne annahm. Diese hinterlistige Ratte. Alles geplant. Lisa holte tief Luft und spürte, wie sie sich dabei etwas aufrichtete. Wut konnte ungeahnte Kräfte mobilisieren. Noch einmal durchatmen. Du hast ein schönes Leben, Lisa. Du hast alles, was du brauchst. Bisher warst du allein auch glücklich. Beruhig dich. Er ist unwichtig. Es gibt noch andere interessante Männer, sagte sie sich und nahm sich vor, gleich nach ihrer Rückkehr ein paar Fäden in die andere Richtung seiner Karriere zu ziehen. Nicht auszudenken, wenn dieser Typ sich in ihrer Abwesenheit im Verlag einschleimte und sie ihm täglich unter die Augen treten müsste. Bis zur Endhaltestelle am Münchner Flughafen hatte sie sich bereits fünf Strategien zurechtgelegt, die sie während des Flugs auf ihrem Smartphone zu notieren gedachte. Du packst das, Lisa, ermutigte sie sich. Marbella wartet auf dich. Dein geliebtes Marbella!

»Idiot«, kam es ihr trotzdem ganz spontan beim Aussteigen über die Lippen, und auch noch so laut, dass sich gleich drei Köpfe nach ihr umdrehten. Köpfe von Männern, die sich offenbar angesprochen fühlten.

Wen wundert's!

Die Strecke München–Málaga war mit nur zwei Stunden Flugzeit ein Katzensprung, doch Lisa war nach der anschließenden Busfahrt in Richtung Marbella so erschöpft, dass sie sich ein Taxi vom Busbahnhof zu ihrem Feriendomizil nahm. Es lag dank Felipes erlesenem Geschmack und sicherem Gespür für Immobilien in Traumlage im Hinterland der »Milla de Oro«, der sogenannten »Goldenen Meile« von Marbella. Das Haus musste mittlerweile locker eine Million Euro wert sein, überlegte Lisa und freute sich erneut darüber, dass sie ihrem Exmann nach ihrer Trennung vor zwanzig Jahren zumindest ein lebenslanges Wohnrecht im Erdgeschoss der Villa hatte abtrotzen können – nach hartem Kampf.

Der letzte Kreisverkehr auf dem Bulevar del Príncipe Alfonso von Hohenlohe – eine mehrspurige Hauptstraße, die parallel zur Küste verlief und mit einer Ferienanlage nach der anderen glänzte – war fast erreicht. Lisa ließ ihren Blick über die weißen Hotelanlagen schweifen, die teilweise so weitläufig waren, dass sie sich von der mehrspurigen Hauptstraße bis zum rund hundert Meter entfernten Strand zogen. Sie hatte in den letzten Jahren schon ein paarmal darüber nachgedacht, sich dort einzumieten. Man sparte sich den ganzen Aufwand der Selbstversorgung und hatte Zimmermädchen, die die Räume sauber hielten. Es gab Schlimmeres als Massentourismus in einer der besten Gegenden Marbellas. Sie könnte Menschen aus aller Herren Länder kennenlernen. Wahrscheinlich jedoch überwiegend Engländer und viele Deutsche. Für einen Single, der die Hoffnung auf den

»Richtigen« noch nicht aufgegeben hatte, bestimmt nicht die schlechteste Option. Kaum hatte das Taxi die Abzweigung zu ihrem Viertel erreicht, verflogen aber alle Überlegungen in diese Richtung. Zu groß war die Freude auf ihr Haus, zu schön das vor ihr liegende Wohngebiet, durch das sich das Taxi auf steil den Hang hinaufführenden Serpentinen mühte, vorbei an herrschaftlichen Anwesen, deren Palmengärten von hohen Mauern und Eisengittern geschützt waren – ein Tribut an die schlimme Zeit in den achtziger Jahren, in der keine Nacht verging, ohne dass hier irgendwo eingebrochen wurde. Lisa hatte sich stets standhaft geweigert, eine teure Alarmanlage anbringen zu lassen. In ihrem Haus war sowieso nichts zu holen. Außerdem war Marbella in den letzten Jahren sicherer geworden. Die Stadt hatte sich von den Auswüchsen des Massentourismus und der damit einhergehenden Drogen- und Kleinkriminalität erholt. Der Service in den Restaurants war freundlicher, die Stadt sauberer. Die Costa del Sol hatte ihren alten Charme zurückerobert, und diesen gedachte Lisa in den nächsten Wochen voll auszukosten.

»A la derecha«, gab sie dem Taxifahrer zu verstehen. Hinter der nächsten Biegung lag ihr Haus, und auf Lisa warteten vier Wochen himmlische Ruhe.

Wie jedes Jahr fragte sich Lisa beim Aufschließen des massiven Holztores, ob sich der Garten wohl verändert hatte. Würden die verschiedenen Rosenarten schon in voller Blüte stehen? Was wohl aus ihren Oleanderstecklingen geworden war, die sie letzten Sommer gepflanzt hatte? Bestimmt hatte sich ihre Nachbarin Yolanda gut darum gekümmert. Lisa freute sich auf die prächtigen violetten Bougainvilleastauden, die am Haus rankten, auf die Kakteen hinter dem

Zaun, die orangefarbenen Blüten eines Granatapfelbaums und das erfrischende Gelb des Ginsters, in dessen Feld sich jedes Jahr ein paar rote Mohnblumen verirrten. Ganz besonders aber fieberte sie der blauen Pracht von Yolandas Jacaranda entgegen, deren Äste bis zu ihrem Grundstück reichten und ihr gemeinsam mit den beiden Zitronenbäumen, einer Zypresse und der Palme, die das Grundstück überragte, Schatten an heißen Junitagen spendete.

Genug geträumt. Lisa öffnete das Tor zum Paradies, dessen Frieden jedoch von einem Eindringling gestört wurde.

Was hatte der kleine Junge im Garten ihres Grundstücks zu suchen? Und wieso reparierte er sein Fahrrad ausgerechnet vor ihrer Terrasse, wobei er auch noch lautstark fluchte, als ihm der Fahrradschlauch erneut vom Rad rutschte.

»¡Joder!«, was auf Neudeutsch so viel wie »Fuck!« hieß, stieß er wütend aus und kickte mit dem Fuß gegen das Fahrrad, das daraufhin scheppernd zu Boden fiel und sich zu allerlei Werkzeug sowie einer mit Wasser gefüllten Wanne gesellte.

Der höchstens sieben Jahre alte Stöpsel hat eine ziemlich deftige Sprache für sein Alter, dachte Lisa schmunzelnd und beobachtete ihn weiterhin von der Einfahrt ihres Hauses aus. Er war so damit beschäftigt, seinen Drahtesel wieder aufzurichten, dass er sie immer noch nicht bemerkte. Nun war auch noch das Vorderrad verbogen.

» ¡Joder, joder!«, fluchte er noch lauter als zuvor.

»No se dice. ¡Coño!«, kam es nun mahnend und schrill vom Nachbargrundstück, zu dem eine offenstehende Tür führte.

Lisa erkannte Yolandas Stimme und konnte nicht umhin loszuprusten. Dass die Siebzigjährige dem Kleinen die derbe

Sprache verbot und dabei selbst fluchte, war göttlich mit anzuhören.

Schon schoss Yolanda aus dem Nachbargarten und ging im Stechschritt zu dem Jungen.

Lisa beschloss, sich zu erkennen zu geben, und räusperte sich laut.

»¡Luke, ven!« Yolanda winkte Luke herbei, bevor sie zu Lisa eilte. »Es Lisa de Alemania«, erklärte sie ihm.

»¡Yolanda! ¿Qué tal?«, begrüßte Lisa ihre Nachbarin, deren Lächeln mit jedem Schritt breiter wurde. Luke musterte sie hingegen eher desinteressiert. Bei näherem Hinsehen ein richtig süßer Fratz: riesengroße braune Kulleraugen, lockiger Wuschelkopf und ein verschmitztes Lächeln. Aber warum nannte sie ihren Enkel Luca auf einmal Luke? Vielleicht hatte Lisa sich auch nur verhört.

»Schön, dass du da bist«, sagte Yolanda mit spanischem Akzent und nahm sie erst einmal in den Arm. Und wie froh Lisa erst war. Yolanda war praktisch Familie. Sie kannten sich seit dreißig Jahren. Yolanda war immer an ihrer Seite gewesen, auch während des fast zweijährigen Rosenkriegs mit Felipe, den auch ihre Nachbarin früher als »el diablo« bezeichnet hatte. Dass sie immer noch mit ihm in Kontakt stand, war unvermeidlich. Felipe bezahlte Yolanda schließlich dafür, dass sie nach dem Rechten sah, den Garten pflegte und das Haus so gut es ging in Schuss hielt. Bei ihr hatte Lisa Spanisch gelernt, jedenfalls genug, um ein Leben in Spanien zu meistern. Dennoch sprach Yolanda seit einigen Jahren überwiegend Deutsch mit ihr. Der charismatischen alten Dame fehlte allem Anschein nach die Herausforderung. Nach vielen Berufsjahren als Deutsch- und Englischlehrerin am hier ansässigen Gymnasium sah Yolanda in ihrem Sommergast sicher eine Möglichkeit, die alten Sprachkenntnisse herauszukramen und am Leben zu halten.

»Tut mir leid wegen der Unordnung«, sagte Yolanda mit Blick auf die zur Fahrradwerkstatt umfunktionierte Terrasse. »Wir hatten heute Morgen kein Wasser und …«

»Macht ja nichts, Hauptsache, Luca kann sein Fahrrad richten«, erwiderte Lisa und wandte sich dem Jungen zu, den sie zuletzt vor sieben Jahren im Kinderwagen gesehen hatte.

»Luke«, berichtigte sie der Kleine trotzig. »¡Me llamo Luke!«

»Er ist ein großer Fan von *Krieg der Sterne*«, erklärte Yolanda und zuckte mit den Schultern. Der Stöpsel hielt sich also für Luke Skywalker.

Lisa hob die Hand, als ob sie einen Eid schwören würde, und setzte dabei eine ernste Miene auf. »¡Que la fuerza te acompañe!«, sagte Lisa so bedeutungsvoll wie möglich. Der intergalaktische Gruß eines Yedi-Ritters kam augenscheinlich gut an, so herzlich, wie er ihr jetzt die Hand reichte. Zugleich hoffte Lisa inständig, dass die »Macht« auch mit ihr sein würde. Ein erneuter Anfall von Müdigkeit stellte sich ein, und der Gedanke, nun doch allein in ihrem Haus zu sein, munterte sie nicht gerade auf.

Der Einzug in das Feriendomizil war normalerweise eine Sache von maximal einer Stunde. Im Wohnraum, der an die Terrasse zum Garten grenzte, waren lediglich zwei Sessel und eine Couch von ihren weißen Laken zu befreien und die wenigen Holzmöbel vom Staub der letzten Monate. Einmal feucht über den Boden wischen, die Sachen aus dem Koffer in den Schrank räumen. Fertig. Normalerweise! Lisa schaffte es heute gerade mal, eines der weißen Laken halb vom Sessel zu ziehen – in Zeitlupentempo und in Gedanken an ihr jüngstes »Waterloo«. Hier hätte sie mit Reiner kuscheln, seine Nähe spüren können. Lisa musste sich augenblicklich setzen. Wieder ein gescheiterter Beziehungsversuch. Erst die katastrophale Ehe mit Felipe und dann ein Fiasko nach dem anderen, für die es die unterschiedlichsten Gründe gab: Reiner hatte sie benutzt, um an einen guten Job heranzukommen. Gerhard, der Typ aus der Speeddating-Bar, wollte, dass sie, die »dekadente und denaturierte Städterin«, mit ihm aufs Land zieht. Wolfgang stand auf Fesselspiele und hatte sie für »zu verklemmt« gehalten. Heinrich war Frühaufsteher, der am liebsten jedes Wochenende mit ihr zum Wandern in die Berge gefahren wäre. Ihm war sie nicht sportlich genug gewesen. Lisa zwang sich förmlich dazu, diesen Gedankenstrom schleunigst abzustellen. Die Vernunft übernahm das Kommando. Klar, je älter man wurde, desto schwieriger war es, jemanden zu finden, der zu einem passte. Jeder hatte schon sein Leben gelebt, jeder hatte Narben, Eigenarten, Marotten, war auf seine Weise eingefahren. Wenn man jung war und selbst noch ein unbeschriebenes Blatt, das sich vom Wind sorglos treiben ließ, hatte man weniger Ecken und Kanten, an denen sich der andere stoßen konnte. Dabei hieß es doch, dass jeder Topf seinen Deckel finden würde. Zumindest hatte ihr Vater das zeitlebens gesagt. Früher hatte das vielleicht gegolten. Für ihren Topf gab es keinen Deckel, jedenfalls keinen, der zu ihr passte. Gerade als sich Lisa dazu aufraffen wollte, auch die restlichen Möbel von den Laken zu befreien, begann ihr Handy, lautstark zu klingeln. Vroni! Rangehen oder erst morgen zurückrufen? Lieber gleich rangehen. Ein bisschen von Vronis Gequake würde sie sicher fröhlicher stimmen.

»Hallo, Vroni«, begrüßte Lisa ihre langjährige Marbella-Freundin.

»Wusst ich's doch. Du bist schon da. Stör ich?«, wollte sie wissen.

»Nein, ganz und gar nicht.«

»Wir sind schon alle ganz aufgeregt ...« Vronis Schnappatmung nach zu urteilen, musste das stimmen.

»Was ist los? Hat sich Alex ein neues Boot gekauft?«

»Das könnte er sich doch gar nicht leisten. Wir sind neugierig auf deine neue Flamme und ... na ja, bei mir gibt's auch Neuigkeiten ...«

Lisa überlegte für einen Moment, ob sie Vroni gleich oder erst morgen von ihrem Debakel erzählen sollte. Lieber morgen.

»Er heißt Stefan! – Mensch, Lisa. Ich hab mich frisch verliebt.«

Das war's. Irgendein Engel oder Teufel, dem gerade langweilig war, hatte anscheinend beschlossen, ihr den diesjährigen Urlaub gründlich zu vermiesen. Vroni war dick, ein Schnattermäulchen, das manchmal total nervig war, und lebte »indoor« überwiegend in angesagten, aber in ihrem Fall unvorteilhaften T-Shirts und Leggings, die sie wahrscheinlich bei H & M in der Abteilung für junge Mode kaufte – und nicht, weil sie sich nichts anderes hätte leisten können. Die geborene Erbin schwamm im Geld und hatte nichts weiter zu tun, als ihr Erbe zu verwalten. Allgemeinbildung? Mau! Dafür fit in Societyfragen und am Herd. Wozu doch fünf Kochkurse an der VHS manchmal gut waren. Das musste es sein! Reich, dumm wie Brot und haushaltstauglich. Die ideale Kombination. Warum sonst bissen bei ihr die Männer an? Lisa schämte sich sogleich für die aus purer Missgunst geborenen Gedanken, denn mit Vroni konnte man herzhaft lachen und jede Menge Bäume ausreißen. Was wäre ein Urlaub in Marbella ohne das Plappermäulchen mit bunten Leggings?

»Du sagst ja gar nichts ...«, fragte Vroni eine Spur beunruhigt nach.

»Ich freu mich für dich«, rang sich Lisa ab und überlegte, seit wann sie lügen konnte, ohne dabei rot zu werden.

»Du wirst es nicht glauben. Er ist so süß und seit zwei Jahren Witwer ... Er hat fünf Mietshäuser allein in Marbella, vermutlich ein Multimillionär ... Ich hab ihn am Strand kennengelernt. Einfach so, beim Eisessen. Das ist doch total irre, oder?«

Allerdings. Lisa wusste gar nicht, welchem Gefühl sie zuerst nachgehen sollte, der Übelkeit oder dem aufsteigenden Schwindel. Nun fingen auch noch ihre Schläfen an zu pochen. Wahrscheinlich erste Anzeichen einer Migräne. Es erübrigte sich jetzt, den Koffer auszupacken. Ertränken konnte man sich auch in getragener Unterwäsche.

»Lisa?«

»Ich bin nur müde«, log sie erneut.

»Verstehe ... Tut mir leid, ich hätte dich nicht so überfallen sollen ...«

»Schon gut.«

»Dann bis morgen. Ruf mich an – und grüß Reiner von mir, unbekannterweise.«

Mehr als einen affirmativen Brummlaut, Lüge Nummer drei, brachte Lisa nicht mehr heraus. Was könnte schöner sein als ein Urlaub in Marbella als fünftes Rad am Wagen, mit zwei frisch Verliebten und dem Vorzeigeehepaar Claudia und Alex, die über ein eingebautes Turtelgen verfügten und Tag und Nacht wie Bonobos aneinanderklebten?! Lisa legte das Handy zur Seite und tröstete sich mit der Gewissheit, dass es nicht mehr schlimmer kommen konnte. Toller Urlaub!

Kapitel 2

Rafael fragte sich auf seiner frühmorgendlichen Tour durch die »Goldene Meile« Marbellas, ob es überhaupt möglich war, noch tiefer zu sinken, als seinen Lebensrhythmus den Dienstzeiten munizipaler Einrichtungen anzupassen, um zu überleben. Die Antwort, die er sich gab, war beruhigend: Jemand, der schon am Boden war, hatte bereits den Grund erreicht.

»¡Lárgate!«, zischte jemand aus dem Garten eines Anwesens, dessen Mülltonne Rafael gerade nach etwas Essbarem durchsuchte. Die Aufforderung, sich »zu verziehen«, gehörte zum morgendlichen Programm eines »Sin Techo«, eines Obdachlosen. Daran hatte sich Rafael bereits gewöhnt. An die feindseligen Blicke der »Reichen und Schönen«, die im Leben alles richtig gemacht hatten, konnte er sich wohl nie gewöhnen. Was war so schlimm daran, in einer Mülltonne nach etwas Verwertbarem zu suchen? Die Reichen warfen viel weg. Sie ernährten sich gesund. Gesunder Abfall war besser, als am Strand umherzustreunen, entlang der Fast-Food-Ketten, die ungesunden Abfall produzierten. Außerdem wanderte gerade in den schicken Vierteln einiges in den Müll, das er gut gebrauchen konnte, wie zum Beispiel Batterien, Kleidung, Schuhe oder Decken. Alles gratis, jedenfalls fast. Der Preis dafür waren gelegentliche Demütigungen oder Aggressionen. Wie gut hatte es dagegen Roberta, seine Katze, die in ihrem früheren Leben wohl ein Hund gewesen sein musste, so treu und anhänglich, wie sie ihm auf Schritt und Tritt folgte. Sie wurde geduldet. Gelegentlich stand sogar eine Schüssel Milch für sie parat, vermutlich, weil Roberta schön war und nicht wie ein Streuner daherkam. Ihre gelben Augen leuchteten im Licht der Morgensonne. Ihr Fell war seidig. Sie sah gepflegt aus, seine kleine Tigerkatze. Im Gegensatz zu ihr war aus ihm ein Straßenköter mit zottigem Fell, schulterlangem und von der Sonne ausgeblichenem Haar, geworden. Sicher, ein Billigshampoo könnte er sich gelegentlich leisten, sofern er einige Münzen am Strand fand oder ihm ein Tierfreund in der Fußgängerzone der Altstadt ein bisschen Kleingeld zuwarf, wenn Roberta mit Bettelblick auf seinem Schoß saß. Aber was nützte einem das Shampoo, wenn man sich an den öffentlichen Stränden damit nicht die Haare waschen durfte? Ausgerechnet jetzt fiel ihm beim Durchkämmen des Abfalls ein ausgemusterter Duschkopf in die Hände. Rafael blickte unwillkürlich gen Himmel und bedankte sich für die ihm fortwährend begegnende göttliche Ironie. Ein paar Schichten aus Abfalltüten und sperrigem Verpackungsmaterial weiter meinte der Container es aber doch noch gut mit ihnen. Eine gerade abgelaufene Fischkonserve lugte heraus. Wenigstens war nun Roberta gut versorgt. Rafael erinnerte sich daran, dass, dem Abfall nach zu urteilen, in diesem Haushalt häufig Gerichte von einem Asia-Lieferservice bestellt, aber nie aufgegessen wurden. Hoffentlich hatten die Anwohner ihre Gewohnheiten nicht geändert. Mittlerweile mit dem Oberkörper ganz im Container abgetaucht, klang das Rascheln unter Styroporverpackungen verdächtig nach der Papiertüte des Lieferservice, deren Inhalt sich als Festmahl entpuppte. Rafael hatte nun die Wahl zwischen vegetarischem Thaicurry und Hähnchen mit süßsaurer Soße. Am besten nahm er beides. Zeit für grundlegende Menü-Überlegungen blieb sowieso nicht. Das Geräusch einer ächzenden Hydraulik und eines laufenden Motors deutete darauf hin, dass die Müllabfuhr nicht mehr weit war.

»Einfach widerlich«, vernahm Rafael von der anderen Seite des Lattenzauns und blickte in Richtung einer blondierten Deutschen, die damit beschäftigt war, Heckenrosen zu schneiden. Rafael erinnerte sich daran, dass er noch vor einem Jahr versucht hatte, sich ihr gegenüber zu rechtfertigen.

»Ich hab seit Tagen nichts mehr gegessen«, hatte er ihr bei ihrer ersten Begegnung gesagt.

»Ihren eisernen Willen möchte ich haben«, hatte sie daraufhin entgegnet.

Wie »lustig« war das denn! Wer weiß, am Ende färbte billiger Seifenoper-Humor ja irgendwann ab, wenn man so oft wie die Heckenrosen-Blondine vormittags vor der Glotze hockte – ihr Heimkino auf einem großen Flachbildschirm war auch noch auf der Straße zu sehen und vor allem zu hören. Ernst konnte sie das ja wohl kaum gemeint haben, aber auf eine Demütigung mehr oder weniger kam es auch schon nicht mehr an.

»Der ist doch noch ganz jung, aber wahrscheinlich hat er keine Lust zu arbeiten«, sagte nun ihr Mann, den seine Frau dazu verdonnert hatte, die abgeschnittenen Rosenstiele aufzuklauben und in einen Müllsack zu stopfen.

Arbeiten in Spanien? Ein Witz! Das Land lag am Boden. Wer würde schon einen Mann Ende fünfzig einstellen? Warum überhaupt noch arbeiten? Für einen korrupten Staat, der sich an »Europa« verhoben hatte? Wut stieg in ihm auf.

Wahrscheinlich wusste der Rosenzüchter noch nicht einmal, was Arbeit war. Ein Mittdreißiger konnte dieses Anwesen nur geerbt haben. Rafael wusste um die Gesetze des Kapitalmarkts. Es kam nur noch darauf an, andere Menschen abzuzocken. Sein alter Job in der Bank kam ihm in den Sinn! Schnell einen Fonds auflegen und gierige Kundschaft mit attraktiven Anlagemöglichkeiten locken. Leute wie diese Rosenpflücker bissen sicher an. Es ging im Leben nur noch um Geld. Die Gier danach war wie ein Virus, gegen den kaum jemand gefeit war. Diese Gier hatte sein Leben zerstört. Und seine Ehe. Diese Gier hatte ihm seine Tochter genommen. Diese Gier war dafür verantwortlich, dass er jetzt nach Essensresten in Mülltonnen wühlte. Sie war das Übel der Welt, das im Kern für alle Probleme, über die Menschen klagten, verantwortlich war. Nur traute sich niemand, sie beim Namen zu nennen, weil sie in jedem schlummerte und bei vielen Leuten jedwedes Handeln bestimmte. Sie hatte ihn zu einem Streuner gemacht, der mit einer Katze liiert war. Rafael verachtete diese Menschen; doch gerade weil er sie bis in die letzte Körperzelle verstand und den Rafael erkannte, der auch er noch bis vor zehn Jahren gewesen war, verachtete er sich selbst umso mehr.

Schien die Sonne immer noch, oder war sie tatsächlich auf der Couch eingeschlafen? Dem Schattenwurf des Tischs nach zu urteilen, musste sich die Erde bereits um die halbe Achse gedreht haben. Erst jetzt stellte Lisa fest, dass sie sich über Nacht selbst mumifiziert hatte. Das weiße Laken, mit dem die Couch normalerweise abgedeckt war, hatte sich beim Einmummeln während der Nacht wie eine Zwangsjacke um sie herumgewickelt. Kaum waren die Arme frei, rumpelte es an der Tür. Sicher Luke. Yolanda wusste, dass sie im

Urlaub gerne ausschlief, und ließ sich morgens nie im Haus blicken. Zum Knarren der Tür gesellten sich nun auch noch Stimmen – fremde Stimmen.

»Espero que no te haya prometido demasiado«, klang es sonor vom Flur. Lisa setzte sich blitzartig auf. Was ging hier vor? Da hoffte jemand, nicht zu viel versprochen zu haben?

»Es tan bonita, mi corazoncito«, ertönte eine weibliche Stimme.

Wieso sagte die Frau, dass es hier so schön war? Etwa ein Makler mit Kundin? Hatte Felipe entgegen ihrer Absprache nun doch vor, den ersten Stock zu vermieten? Aber einen Makler nannte man doch nicht »Corazoncito«. Das »Schnuckelchen« mit Anhang gedachte Lisa sich vorzuknöpfen. Morgendliche Ruhestörung. Hausfriedensbruch. Hoffentlich würden ihr die Wörter auf Spanisch noch einfallen, sofern sie es mit der Zwangsjacke, deren Ausläufer sich mittlerweile zwischen ihren Beinen verheddert hatten, jemals bis zur Tür schaffte. Endlich vom letzten Lakenzipfel befreit, riss Lisa die Tür zum Flur auf und blaffte die beiden Eindringlinge, ein junges Paar, erst einmal ohne Vorwarnung ordentlich an.

»¿Qué estás haciendo aquí?«

Die beiden zuckten augenblicklich zusammen, erholten sich jedoch überraschend schnell.

»Sie müssen Lisa sein«, erwiderte »Corazoncito« cool. »Es tut mir leid, dass wir Sie gestört haben.«

Woher kannte dieser Schönling ihren Namen? Was ging hier vor? Was sie aber noch viel mehr beunruhigte, war der Umstand, dass der junge Mann ihrem Ex förmlich aus dem Gesicht geschnitten war. So hatte Felipe ausgesehen, als sie sich während des Karnevals in Las Palmas auf Gran Canaria vor mehr als dreißig Jahren kennengelernt hatten.

»Entschuldigung. Wie unhöflich. Ich sollte mich vorstellen«, sagte der Klon ihres Ex höflich und reichte ihr mit einem charmanten Lächeln die Hand.

»Andreas. Ich bin Felipes Sohn, und das ist meine Verlobte, Mercedes.«

»Encantada«, säuselte die dunkelhaarige Schönheit, die höchstens Ende zwanzig war und Laufstegqualitäten hatte.

Lisa brachte keinen Ton mehr heraus. Der Sohn des Leibhaftigen, ihre Vergangenheit, stand plötzlich in Fleisch und Blut vor ihr. Felipe II. war mindestens so gutaussehend wie sein Vater: markantes Kinn, dunkles Haar und ausdrucksstarke Augen. Ob er wohl ein Muttermal aus drei Sechsen hinter dem Ohr hatte, fragte sich Lisa unwillkürlich und ertappte sich dabei, einen verstohlenen Blick auf seine Schläfen zu werfen.

»Ist alles in Ordnung? Es tut mir leid, dass wir hier einfach so reinplatzen.«

War das nicht auch Felipes Masche gewesen? Gespielte Anteilnahme mit Hundeblick? Mein Gott! So wie dieser Mann einen ansah, konnte man glatt weiche Knie bekommen. Nur das nicht! Härte zeigen. Er war sein Sohn und bestimmt nicht weit genug vom Stamm gefallen.

»Ich dachte, ich könnte hier meine Ferien allein verbringen. Wie jedes Jahr«, rang sich Lisa mit so viel Ruhe wie nur möglich ab.

»Wir fallen Ihnen bestimmt nicht zur Last«, beteuerte er und blickte zu seiner Begleiterin, die Lisa unverbindlich, aber durchaus freundlich anlächelte.

»Ihr Vater und ich haben eine klare Vereinbarung«, insistierte Lisa.

»Vereinbarung?«

Das sah Felipe ähnlich. Er hatte es doch tatsächlich fertiggebracht, seinem eigenen Sohn zu verschweigen, dass sie hier ein lebenslanges Wohnrecht hatte und das Haus während ihrer Anwesenheit von niemand sonst bewohnt werden durfte. Lisa merkte, wie ihre alte Wut auf Felipe in ihr hochstieg. Nur, was brachte das jetzt angesichts eines jungen hübschen Paars, das mit einem Rollkoffer vor ihr stand? In Andreas' Gegenwart alte Geschichten aufzuwärmen, dazu hatte Lisa nicht die geringste Lust.

»Ich hab ihn gefragt, und er meinte, es sei völlig okay, für ein paar Tage hier zu wohnen«, gestand »Corazoncito«, der nun sogar eine Spur verlegen wirkte.

»Von meinem Wohnrecht hat er Ihnen also nichts erzählt.« Felipe war doch sonst nicht so vergesslich, überlegte Lisa.

»Nicht direkt, aber es ist ja nur im ersten Stock und ... Er meinte, das würde Sie nicht stören ... Wir wollen ja nicht lange bleiben.«

»Dos o tres dias«, fügte seine spanische Begleitung kleinlaut hinzu.

»Wenn ich hier bin, möchte ich meine Ruhe haben. Das hat Ihr Vater bisher stets respektiert.«

»Verstehe ... Ja, wenn das so ist«, sagte er und griff nach seinem Koffer, »dann gehen wir wohl besser.«

Mercedes war die Enttäuschung ins Gesicht geschrieben.

»Mein Vater hätte ja auch was sagen können. Das ist wieder mal so typisch. Aber wem sag ich das.«

»Sie verstehen sich wohl nicht sonderlich gut mit ihm«, hakte Lisa nun nach.

»Sie kennen ihn doch«, erwiderte er mit etwas leidender Miene.

Andreas' Haltung änderte die Sachlage. Wie amüsant! Felipe hatte die Fäden anscheinend doch nicht mehr alle in der Hand. Was tun? Den Sohn von Felipes zweiter Frau hier dauerhaft einzuquartieren kam nicht in Frage, aber ihn wegzuschicken wäre eine verpasste Gelegenheit, ihn ein wenig über den Puppenspieler, der seine Marionetten offenbar nicht mehr im Griff hatte, auszuhorchen.

»Ach, wissen Sie was, jetzt, wo Sie schon mal hier sind …«, lenkte Lisa ein.

»¿De veras?«, fragte seine Begleitung zunächst ungläubig, dann sichtlich erfreut nach. »Das ist sehr nett von …«, fuhr sie nach dem richtigen Wort suchend fort. »¿De su parte?«, fragte sie ihr Herzblatt.

»Von Ihnen«, übersetzte Andreas und strahlte sie dabei verliebt an.

Mercedes brachte den Satz zu Ende und lächelte zufrieden.

»Sie lernt gerade Deutsch. Touristikbranche«, erklärte er.

Mercedes nickte eifrig. Ein nettes Ding. So herzerfrischend war ihr Lächeln, so positiv ihre Ausstrahlung. Wer so eine nette Freundin hatte, konnte gar kein schlechter Mensch sein, und wer mit ihrem Ex auf Kriegsfuß stand, dem gewährte sie ohnehin Unterschlupf.

Felipe Comez genoss den täglichen Ausritt durch sein Reich, quer über mehrere Hundert Hektar Land. Sein Land! Im Licht der Nachmittagssonne leuchteten die ockerfarbenen Felder, die hier und da von sattgrünen Baumgruppen kontrastreich durchbrochen wurden. Die Blüten der angrenzenden Maisplantagen wogten sanft im Takt des Winds, der den Ausritt heute besonders angenehm machte. Perfekte Idylle und erholsame Stille. Nur die Hufe seines Pferds waren zu hören. Nichts war entspannender, nach nichts sehnte er sich mehr an verregneten Tagen, von denen es in Madrid mehr als genug gab, als nach einem Ausritt unter wolkenlosem Himmel. »Al Andaluz«, das Land des Lichts, wie es die Mauren genannt hatten, war zu seiner zweiten Heimat geworden. Das einzigartige Licht gehörte genauso zu Jerez wie der Sherry, dem die Stadt ihren Namen verdankte. Was Flamenco und die Zucht von Rassepferden betraf, kam niemand an ihm vorbei. Was war das für ein erhebendes Gefühl, diese schöne andalusische Tradition fortzuführen. Viertausend Hektar Grund hatten die Kartäusermönche im 15. Jahrhundert vom spanischen Königshaus bekommen, um die nach ihnen benannte Rasse zu züchten. Mit Erfolg. Die Tiere waren stolz und sanftmütig zugleich, ihre Zucht lohnend. Bis zu zwanzigtausend Euro konnte ein vorgerittener Hengst wie Ramon bringen. Der Schimmel spürte wohl, dass dies heute der letzte Ausritt in vertrauter Umgebung war. Ein Pferdenarr aus Dubai hatte ihn gekauft und würde ihn morgen abholen lassen. Benita war für Ramons Übergabe und die Abwicklung des Papierkrams verantwortlich. Für repräsentative Zwecke war es mehr als hilfreich, eine so gutaussehende Lebensgefährtin zu haben, vor allem wenn sie blond war. Sie stand bereits an der Koppel bei den Stallungen, die unmittelbar an sein Anwesen grenzten, und winkte ihm zu. Felipe mochte es, wenn sie eine knappe Bluse über einer engen Jeans trug und ihr Haar zu einem Pferdeschwanz nach hinten band. Einer jungen Frau stand das. Das wusste sie, und nur deshalb zog sie sich so an. Für ihn.

»Wie war der Ausritt?«, rief Benita ihm zu, als er die Stallungen erreichte.

»Du stellst Fragen. Wie soll er gewesen sein? Schön.«

»Bleibst du noch zum Essen? Wir könnten auch ausgehen. Lass uns in die Stadt fahren«, schlug sie unbeschwert vor.

»Keine Zeit. Ich muss zurück nach Madrid. Morgen um zehn holen sie ihn ab«, sagte er und tätschelte den Hals des Schimmels, bevor er sanft mit der Hand über seinen Spann fuhr.

»Ich dachte, um elf«, warf Benita ein.

»Überlass das Denken den Pferden. Die haben größere Köpfe«, erwiderte er trocken und genoss es, Benita dabei zu beobachten, wie sie versuchte, so zu tun, als hätte sie seine Bemerkung überhört. Dabei war es unübersehbar, wie ihre Nasenflügel bebten und ihre Mundwinkel sich anspannten. Benita war angefressen. Schön! Lange würde sie es sowieso nicht mehr an seiner Seite aushalten, obwohl er wusste, dass sie des Geldes wegen bereit war, einiges einzustecken.

»Was ist? Bring ihn in den Stall!«, sagte er nun so sanft wie ein Lamm, was sie sichtlich entspannte. Am liebsten hätte er Benita noch nachgerufen, dass sie sich bei dieser Gelegenheit auch gleich vom Stallburschen rannehmen lassen könnte. War Benita tatsächlich so dumm zu glauben, dass er ihre Affäre nicht mitbekommen hatte? Eine Zeitlang war es amüsant gewesen, sie in diesem Glauben zu lassen, doch man sollte den Bogen nie überspannen. Frauen wie sie brauchten Zuckerbrot und Peitsche. Das funktionierte fast immer. Wie hatte Machiavelli so schön gesagt: »Man soll den Menschen entweder schmeicheln oder sie sich unterwerfen.« Letzteres galt seiner Erfahrung nach in besonderem Maße für den Umgang mit dem weiblichen Geschlecht, das sich sogar sehr gerne unterwarf, wenn die Finanzen stimmten. Sicher, Geld machte nicht glücklich. Wie wahr. Mit Geld konnte man sich anscheinend gerade mal zwei Monate Treue erkaufen, überlegte Felipe, als er Benita dabei beobachtete, wie sie Ramon in die Stallungen führte. Aber wenn man welches hatte, konnte man sich damit neues Glück kaufen. Das war das Schöne daran, und je länger die Welt sich drehte, desto käuflicher und gieriger wurde sie. Felipe wandte den Blick ab und griff nach seinem Handy, um es anzustellen. Die Nummer seines Sohnes erschien auf dem Display. Felipe drückte die Schnellwahlnummer und wartete.

»Papaíto ... Wo steckst du?«, meldete sich Andreas.

»In Jerez. Wie geht es deiner neuen Flamme? Mercedes ist ein sehr hübsches Mädchen. Ich beneide dich, Junge.«

»Ja, sie ist ... Ich würde einfach alles für sie tun«, schwärmte sein Sohn.

»Vorsicht. Frauen nutzen das schamlos aus. Glaub mir, ich spreche aus Erfahrung. Wo seid ihr?«

»Marbella ...«

»Was um alles in der Welt machst du in Marbella? Junge, du musst Mercedes etwas bieten. Ihr macht doch nicht etwa Urlaub in Marbella? Fahr mit ihr nach Sevilla oder macht eine Segeltour. Marbella ... das glaubt man doch nicht.«

»Sie arbeitet hier«, erwiderte sein Sohn mit vorwurfsvollem Unterton.

Nun erinnerte sich Felipe daran, dass er zunächst nicht glücklich über die Liaison seines Sohnes mit einer einfachen Angestellten gewesen war, die für die spanische Filiale eines »Touroperadors« in Marbella arbeitete. Ihre atemberaubende Schönheit machte die Herkunft aber mehr als wett. Möglicherweise hatte er deshalb verdrängt, dass sie aus Marbella war.

»Warum rufst du an?«, fragte er seinen Sohn ungeduldig und blickte auf seine Armbanduhr.

»Es geht um unsere Villa.«

»Welche?«

»Na, die in Marbella.«

Sofort wurde Felipe hellhörig.

»Jetzt rück schon raus mit der Sprache. Was willst du?«, fragte Felipe.

»Mercedes und ich … Wir sind dort – natürlich nur im ersten Stock.«

»Was?« Felipes Stimme überschlug sich fast. »Sag mir jetzt bitte, dass das ein Witz ist. Du weißt genau, dass das nicht geht. Woher hast du überhaupt den Schlüssel?«

»Aus dem Schrank im Büro«, erwiderte sein Sohn kleinlaut. »Tut mir leid, Papá. Du warst ja nicht da, und man erreicht dich ja kaum.«

»Du hast den Schlüssel gestohlen? Andreas! Was ist in dich gefahren?«, fragte Felipe außer sich und tigerte mittlerweile so aufgeregt am Gatter auf und ab, dass die Pferde auf der Koppel nervös wurden.

»Mercedes arbeitet in der Nähe. Du weißt, dass ich ihr ein Haus kaufen möchte …«

»Bist du wahnsinnig? Moment!« Felipe fuhr regelrecht zusammen. »Um diese Zeit ist Lisa doch schon da. Ist sie da? Antworte mir!«

»Ja … Wir kommen ganz gut miteinander klar.«

Felipe ließ fassungslos das Handy sinken und holte tief Luft.

»Papaíto. Mercedes gefällt das Haus, und Lisa … Ich rede mit ihr. Es ist doch sowieso zu groß für einen. Außerdem steht es die meiste Zeit leer«, vernahm Felipe nur noch entfernt die Stimme seines Sohnes.

»Papá? Bist du noch dran? Ich liebe diese Frau … Versteh doch. Ich könnte ab Juli mein Büro in das Haus verlegen. Wir sind jung, gehen gerne aus. Marbella ist ideal. So schnell finden wir hier nichts Vergleichbares.«

Lisa – Marbella – Villa. Reizwörter, die Felipe nicht mehr losließen und ihn mit Erinnerungen an schöne, aber auch schlechte Tage an Lisas Seite übermannten. Felipe musste das Gespräch per Knopfdruck beenden. Er stützte sich auf das Gatter und starrte in Gedanken an vergangene Tage auf die vor ihm liegende Idylle. Doch er konnte sich damit nicht mal ansatzweise beruhigen.

Yolanda war ein Engel. Sie hatte den Kühlschrank wie jedes Jahr gut gefüllt. Genug Auswahl für einen kleinen Snack und einen entspannten Nachmittags-Sangria, der Andreas bestimmt gesprächig machen würde. Lisa hatte darauf spekuliert, dass man sich auf die Solidarität und Hilfsbereitschaft unter Frauen verlassen konnte. Sie war sich sicher gewesen, dass Mercedes ihr in der Küche helfen würde, falls sie den beiden anbot, ein paar Happen zuzubereiten. Der Plan ging auf. Außerdem schien Mercedes Spaß daran zu haben, etwas Deutsch zu üben.

»Wir haben uns vor einem halben Jahr hier in Marbella …«, setzte sie an und suchte nach dem richtigen Ausdruck. »Llegamos a conocernos …«

»Uns kennengelernt«, ergänzte Lisa, was Mercedes wiederholte, bevor sie fortfuhr: »Auf einer Party.«

»Und dann wollen Sie schon heiraten? Das geht aber schnell.«

»Heiraten?«, fragte Mercedes etwas verunsichert nach. Sie kannte das Wort offenbar nicht. Auch hier konnte Lisa aushelfen.

»Casarse«, erklärte Lisa ihr und erinnerte sich an ihre damalige Eselsbrücke beim Lernen dieses Worts. »Kaserne« klang irgendwie ähnlich, und eine Ehe, vor allem eine schlechte, hatte etwas davon.

»Ah. Si, claro, heiraten … Si … Wir wollen nicht warten. Er ist sehr amable – und gracioso.«

Liebenswert und geistreich? Vorstellbar. Ersteres hätte er aber sicher nicht von seinem Vater, überlegte Lisa und hielt Mercedes die Karaffe mit der Sangria hin. Orangenscheiben gesellten sich zu Apfelstücken und klimpernden Eiswürfeln. Vermutlich war es dieses verführerische Geräusch, das Andreas in die Küche lockte.

»Ich trage das«, bot er galant an und nahm die Karaffe an sich.

Ein echter Gentleman! War Felipe früher auch gewesen. Männer konnten sich im Laufe ihres Lebens ändern, aber eines war absolut sicher: Andreas liebte seine Mercedes. Und sie liebte ihn. Auf dem Weg nach draußen zur Terrasse klebten ihre Augen förmlich an seinem knackigen Po, der in einer Designerjeans perfekt zur Geltung kam. Nun war auch Lisa nach einer Abkühlung zumute.

»Ist Felipe immer noch so viel unterwegs?«, fragte Lisa so beiläufig wie möglich und schenkte ihren beiden Gästen dabei Sangria ein.

»Nicht mehr. Er hat sich auf Immobilien in der Hauptstadt und im Süden konzentriert. Er pendelt nur noch zwischen Madrid und Jerez«, sagte Andreas und nahm neben Mercedes Platz.

»Seine Pferdezucht …«, mutmaßte Lisa.

»Alles Glück dieser Erde liegt auf dem Rücken der Pferde«, warf Mercedes um eine korrekte Aussprache bemüht ein und lächelte zufrieden, als der Satz fehlerfrei heraus war.

»Sie kennen den Spruch?«, fragte Lisa erstaunt.

»Felipe hat ihn mir beigebracht«, erwiderte Mercedes.

»Es wundert mich, dass er überhaupt noch Deutsch spricht«, sagte Lisa.

»Meine Mutter war Deutsche, die deutschen Kunden nicht zu vergessen«, erklärte Andreas und nahm dann einen kräftigen Schluck aus seinem Glas.

Da hatte er sicher recht. Von gemeinsamen Bekannten hatte Lisa erfahren, dass Beate, Felipes zweite Frau, bei einem Autounfall ums Leben gekommen war. Da musste Andreas gerade mal vier oder fünf Jahre alt gewesen sein.

»Und Sie sind jedes Jahr hier?«, fragte er, obwohl er doch wissen musste, dass sie hier seit etlichen Jahren ihren Urlaub verbrachte. Vermutlich wollte er es nicht riskieren, dass sie auf seine Mutter zu sprechen kamen, überlegte Lisa und nippte nur an ihrem Glas, während Andreas sich im Garten umsah.

»Ist ja ganz schön hier, aber das Haus ist schon ein bisschen abgelegen, finden Sie nicht?«

»Ich genieße die Ruhe«, erwiderte Lisa und fragte sich, worauf Andreas hinauswollte.

»Haben Sie einen Leihwagen? Oder nehmen Sie jedes Mal ein Taxi?«, fragte er.

»Ein Taxi. Kostet ja nicht die Welt. Aber Sie haben schon recht. Es gibt ja kaum Einkaufsmöglichkeiten in der Nähe«, gab Lisa zu.

»Also, mir wäre das zu umständlich. Haben Sie schon mal darüber nachgedacht, sich ein Apartment direkt am Meer zu nehmen? Es wurde viel gebaut an der Küste.«

»Ich hab mir sogar schon ein paar Immobilien angeschaut. Die sind vor der Umstellung auf den Euro ja wie Pilze aus dem Boden geschossen. Danach gab es in Spanien kein Schwarzgeld mehr«, sagte Lisa.

»El dinero negro y la corrupción«, warf Mercedes ein und nickte wissend.

»Leider gibt es davon zu viel in Spanien«, erwiderte Lisa.

»Sie kennen sich gut aus. Kompliment.« Andreas wirkte sichtlich beeindruckt. »Und warum haben Sie damals nichts gekauft? Das Wohnrecht hätte mein Vater Ihnen bestimmt ausbezahlt.«

»Natürlich. Und wie oft er mir das schon angeboten hat. Jedenfalls die ersten Jahre … über seine Anwälte. Wir haben seit der Scheidung Gott sei Dank kein Wort mehr gewechselt.«

»Ich könnte ja mal mit ihm reden. Ich bin mir sicher, er zahlt Ihnen jetzt das Dreifache.«

Das Dreifache? Um Geld ging es Felipe doch gar nicht. Es ging ihm um Macht. Lisa wusste genau, wie er tickte.

»Ich hab ihm gesagt, dass wir hier sind. Um ganz ehrlich zu sein, es hat mich selbst überrascht, wie sehr er sich darüber gefreut hat«, fuhr Andreas fort.

Was? Felipe hatte sich darüber gefreut? Lisa merkte, wie sie anfing, innerlich zu beben. Genau jenes Gefühl, das sie in ihrer Ehe mit diesem Scheusal oft genug verspürt hatte. Einmal tief durchatmen und dann den Kopf einschalten! Andreas war damals noch nicht auf der Welt gewesen. Er konnte den Krieg zwischen ihr und seinem Vater gar nicht mitbekommen haben. Dieser sympathische junge Kerl meinte es sicher nur gut. Trotzdem hatte er ihren wunden Punkt erwischt.

»Andreas. Ich habe Jahre um dieses Wohnrecht gekämpft. Es ist alles, was mir diese Meute von Anwälten, die mir Ihr Vater seinerzeit auf den Hals gehetzt hat, gelassen hat. Das Wohnrecht aufgeben? Niemals! Und wenn er mir Millionen dafür bieten würde. Und selbst wenn ich für eine Taxifahrt ins Zentrum hundert Euro bezahlen müsste. Nur über meine Leiche!«

Lisa ärgerte sich darüber, dass sie sich beim Thema Felipe auch nach all den Jahren immer noch nicht unter Kontrolle hatte. Ihr schroffer Tonfall musste den armen Andreas ziemlich erschreckt haben. Richtig eingeschüchtert saß er nun da.

»Ich verstehe, dass Ihnen das Haus sehr gefällt«, sagte Mercedes und schenkte Lisa dabei ein aufmunterndes Lächeln. Dann hob sie ihr Glas. »Brindemos por la casa bonita de Lisa.« Auf das Haus, ihr schönes Haus anzustoßen, auch wenn sie es nur nutzen durfte, war eine nette Geste. Nur Andreas' Miene wollte sich einfach nicht aufhellen.

»Salud«, sagte er trotzdem und stieß mit an.

Kapitel 3

Gott sei Dank kostete es nach wie vor nur fünfzehn Euro, um von der goldenen Meile bis zur Anlegestelle der Urbanización Benabola in Puerto Banús zu gelangen. Das Zentrum von Marbella war out. Einheimische und Residenten bevorzugten die noblen Vororte, in denen ganz anderes Publikum verkehrte als im überwiegend zubetonierten Herzen Marbellas. Sehen und gesehen werden, lautete die Devise. Hier war immer etwas los. Riesige Yachten aus aller Welt ankerten an der Muelle Benabola, einer einladenden Restaurantmeile, an der abends jeder vorbeischlenderte, der etwas auf sich hielt. Claudia hatte vorgeschlagen, sich im Rancho del Puerto, einem gemütlichen Eckrestaurant direkt an der Yachtpromenade, zu treffen. Von dort aus hatte man beides: einen guten Blick auf die schicken Boote, die vor ihnen parkenden Luxusschlitten und auf Einheimische, die gemütlich am Hafen entlangschlenderten, ohne sich dabei von Touristenhorden abschrecken zu lassen. Die Clique erwartete Lisa bereits. Claudia winkte ihr aufgeregt zu, doch Lisa hatte nur Augen für Vroni und ihren Begleiter: Donnerwetter! Fette Beute, dieser Stefan. Der Mann sah verdammt gut aus. Er musste ein wenig jünger sein als ihre Freundin. Lisa schätzte ihn auf Mitte fünfzig. In seinem Lacoste-Outfit sah er recht sportlich aus. Die karierte Hose deutete darauf hin, dass er Golf spielte. Der gesunde Teint ebenfalls. Dieses Exemplar Mann passte jedenfalls perfekt in das Marbella der Reichen und Schönen und zugegebenermaßen auch zu Vroni, jedenfalls auf den ersten Blick. Für den Bruchteil einer Sekunde verspürte Lisa den Impuls, angesichts ihres Debakels mit Reiner in Selbstmitleid zu verfallen, doch das gutgelaunte Gegröle und Gelächter von vorbeischlendernden englischen Touristen, das selbst Tote erwecken könnte, erstickte den Anflug von Trübsal im Keim.

»Lisa. Na, lass dich ansehen. Wow, tolles Kleid. Das steht dir«, heuchelte Claudia, die sicher das Leinenkleid vom letzten Jahr erkannte. Ihr Mann, Alex, nickte dennoch anerkennend, bevor er sogleich einen Arm um Claudias Hüfte legte. Was für ein hübsches Paar. Beide brünett getönt, gepflegt, Ton in Ton gekleidet, synchron lächelnd – zu einer Einheit verschmolzene Seelen. Wahre und innige Liebe! Paradigmatisch.

Jetzt nur keinen Neid aufkommen lassen, nahm Lisa sich vor, spürte aber genau jenen in sich aufsteigen, als ihr Blick Vronis neue Flamme streifte.

»Das ist Stefan«, stellte Vroni nicht ohne Stolz ihre neue Eroberung vor.

»Angenehm. Ich hab schon viel von Ihnen gehört«, sagte er galant.

Was blieb Lisa da anderes übrig, als zu antworten: »Hoffentlich nur Gutes«, bevor sie mit einem unverbindlichen Lächeln am Tisch Platz nahm. Vor sich zwei Turteltäubchen zu haben, Claudia und Alex, und zwei frisch Verliebte, Vroni und Stefan, hatte wenig Erbauliches, wenn man selbst allein, der Stuhl neben einem frei und ein sechstes Gedeck aufgelegt war. Nun fragte der Ober auch noch, ob er den

Stuhl für einen anderen Tisch haben könnte oder noch jemand käme.

»No necesitamos la silla«, sagte Lisa, um die fragenden Blicke ihrer Freunde zu beantworten. Den sechsten Stuhl brauchten sie wirklich nicht. Der Ober nickte und stellte ihn flink an einen der Nebentische. Prompt kam die Frage, für die sich Lisa bereits während der Taxifahrt tausend Antworten zurechtgelegt hatte.

»Hatte Reiner etwa keine Lust?«, fragte Vroni vorsichtig.

»Das kann man so sagen«, erwiderte Lisa trocken und beschloss, es endlich hinter sich zu bringen. »Er hat per SMS vor der Abreise mit mir Schluss gemacht«, sagte sie mit einer überraschenden Selbstverständlichkeit, die ihr schon unheimlich war.

»Das gibt's doch nicht«, entrüstete sich Claudia.

»Heutzutage ist das wohl in«, fügte Alex hinzu und schüttelte den Kopf.

»In?«, hakte Lisa nach.

»Der Klaafs hat doch damit angefangen. Erinnert ihr euch noch? DSDS. Die Quietschsocke. Kaum war er Superstar, hat er mit seiner Alten Schluss gemacht. Per SMS.«

So gesehen hatte Alex recht. Kaum war Reiner zum »Superstar« ihrer Vertriebsabteilung avanciert, hatte er sie in die Tonne geworfen.

»Das ist ja furchtbar«, ereiferte sich Vroni nun und warf Lisa einen mitleidigen Blick zu, bevor sie ihren neuen Schatzibär, wie sie Stefan nannte, demonstrativ anschmachtete. Vermutlich dankte sie gerade dem Herrn, nicht in Lisas Haut stecken zu müssen.

»Du Arme«, tröstete sie Claudia, nachdem sie sich von Alex' Klammergriff gelöst hatte, um ihre Freundin fest zu drücken. Mitleid und Trost waren aber das Letzte, was Lisa gerade gebrauchen konnte, auch wenn sich Claudias Umarmung unerwartet gut anfühlte.

»Es gibt Schlimmeres«, rang sich Lisa äußerst glaubwürdig ab, was ein Leichtes war. Dazu musste sie ja nur an ihre Ehe mit Felipe denken. Claudia musste wohl ihre Gedanken gelesen haben, suchte der weibliche Bonobo doch schon wieder ganz unbewusst nach dem Männchen, sprich Alex' Arm, der wie ein Tentakel nach ihr grabschte und sich an ihr festsaugte. Gab es so etwas wie menschlichen Magnetismus? Wenn ja, dann wären die beiden der lebende Beweis.

»Um es kurz zu machen: Er hat mir schöne Augen gemacht, um an einen guten Posten zu kommen, und ich war so blöd und bin darauf reingefallen. Mehr gibt es zu diesem Thema nicht mehr zu sagen.«

Lisa war über sich selbst erstaunt, dies so rational und ruhig von sich geben zu können.

»Lisa. Ich bin stolz auf dich«, sagte Claudia, und auch Vroni, Stefan und Alex nickten anerkennend. »So jemand kann uns den Urlaub nicht vermiesen.« Wieder einhelliges Nicken. Das erste Thema war somit abgehakt, aber es gab ja noch ein zweites.

»Felipes Sohn hat sich bei mir einquartiert. Mit Anhang.« Am besten, sie legte gleich alle Karten auf den Tisch. Was weg ist, ist weg. Das galt für berufliche und private Angelegenheiten gleichermaßen. Claudia verschluckte sich. Vroni starrte sie an. Was war jetzt wohl schlimmer? Von einem Mann, in den man sich verliebt hatte, versetzt worden zu sein, oder sich mit dem Sohn des Ex und seiner Freundin auseinandersetzen zu müssen? Vermutlich Letzteres, denn blankes Entsetzen stand mittlerweile in Claudias Augen.

»Ich dachte, Felipe …«, stotterte sie.

»Natürlich. War ja auch all die Jahre so.«

»Und was machst du jetzt?«, fragte Claudia.

»Nichts. Andreas ist nett, seine Freundin eine richtig liebe Person, und sie bleiben ja nur ein paar Tage.«

»Respekt, Lisa. Respekt«, lobte Alex sie. »Das ist die richtige Einstellung.«

»Darauf trinken wir einen«, sagte Claudia und winkte den Ober herbei.

»Stefan möchte mit uns morgen gerne aufs Meer rausfahren. Er hat 'ne tolle neue Yacht. Hast du Lust?«, fragte Vroni, die natürlich möglichst schnell zeigen musste, was *er* hatte.

»Es würde mich sehr freuen«, fügte Stefan galant hinzu.

Lisa nickte. Natürlich hatte sie Lust: auf die Yacht, auf das Meer, auf Ratsch und Tratsch. Überhaupt! Sie hatte Urlaub.

Gab es nicht den Ausspruch: »Froh zu sein bedarf es wenig« – diese schöne Strophe aus einem deutschen Volkslied, das Rafael vor Jahren von einem deutschen Chor am Strand gehört hatte? Sicher, so gesehen konnte er froh sein, sich und seine Katze an diesem Tag mit ausreichend Nahrung versorgt zu haben. Hieß »froh« aber zugleich auch »glücklich«? Glück sah anders aus. Zweifelsohne hatte Rafael heute genau wie die Touristen, die sich an der Strandpromenade vor ihm tummelten, einen Tag am Meer verbracht, die gleiche Sonne genossen, den gleichen wolkenlosen Himmel gesehen. Er war an der frischen Luft gewesen, hatte sich mit zwei englischen Touristen über Gibraltars Sehenswürdigkeiten unterhalten und ein Nickerchen im warmen Sand gemacht. Nicht mal so schlecht. Touristen nannten so etwas Urlaub, für den sie jede Menge Geld bezahlten. Er war genau wie sie um diese Zeit auf dem Weg durch die Innenstadt, schlenderte durch die enge Calle San Lázaro, einer der wenigen Wege, auf denen ihn Roberta nicht begleitete. Bestimmt hatte sie keine

Lust, so vielen Touristenbeinen auszuweichen und im Slalom neben ihm herzulaufen. Sie würde am Strand auf ihn warten. Für ihn war diese Strecke entlang der weißen Häuserzeile mit ihren bunten Fensterläden allwöchentliche Routine, immer mittwochs, wenn Delia, seine einzige zweibeinige Freundin, ihren freien Tag hatte. Im El Estrecho, einer der besten Tapas-Bars vor Ort, waren sie Stammgäste. Die Bar war Treffpunkt, Kontaktbörse und kulinarischer Tempel zugleich – und wie köstlich es bereits aus dem kleinen Lokal nach andalusischen Spezialitäten duftete. Die Dominanz von Knoblauch war nicht zu leugnen. Rafael lief augenblicklich das Wasser im Mund zusammen.

»¡Hola, chiquito!«, begrüßte ihn Delia am Eingang des Lokals herzlich und küsste ihn wie üblich erst auf die Wange und dann auf den Mund. Passanten mussten sie für ein Ehepaar halten. Rein äußerlich passten sie beide nicht in die geschniegelte Welt Marbellas. In Zivil trug Delia einfache nostalgische Sommerkleider, die so aussahen, als hätte sie sie von der Altkleidersammlung bezogen. Ungeschminkt, die Haare zu einem strengen Dutt gebunden und ohne jeglichen Schmuck, wirkte sie wie ein Landei, das sich in die Stadt verirrt hatte. Irgendetwas stimmte heute nicht mit ihr. Wo war ihr unerschütterliches Lächeln geblieben?

»Wie geht es dir?«, fragte er sie daher ganz offen.

»Frag besser nicht«, erwiderte Delia. »Ich hab Hunger. Komm!« Schon betrat sie das Lokal und steuerte ohne weitere Erklärungen schnurstracks auf ihren Stammplatz zu, einen kleinen runden Tisch im hintersten Eck, der sich vorzüglich dazu eignete, sich den pikierten Blicken neureicher Gäste zu entziehen. Nur an manchen Tagen bevorzugte die gebürtige Holländerin eine Nische, in der eine grüne Couch stand, die sie anscheinend über alles liebte. Von dort aus hatte man alle an der Bar drapierten Köstlichkeiten im Blick. Rafael konnte seine Augen auch diesmal nicht von den iberischen Schinkenkeulen abwenden, die an der gekachelten Wand des Restaurants an Haken hingen und den Raum mit ihrem verführerischen Duft nach geräuchertem Fleisch erfüllten.

»¡Hola! ¿Qué tal?«, begrüßte sie der Wirt im Vorbeigehen. Das Lokal war an diesem Tag bis auf den letzten Platz gefüllt, sogar an der Theke drängten sich die Gäste.

»Was nimmst du?«, fragte Delia knapp.

»Albóndigas Caseras, Jamón de Pata Negra und Boquerones.« Delia lachte. Sie wusste genau, dass dies seine Leibspeisen waren. Und wie Rafael sich auf die hausgemachten Fleischbällchen freute und den würzig aromatischen Schinken, vor allem aber auf die kleinen eingelegten Sardellen, die einem auf der Zunge zergingen. Ein Festmahl.

»Ich fürchte, wir müssen heute auf einen Gang verzichten«, sagte Delia resolut, während sie noch in ihrer Geldbörse kramte, was nur bedeuten konnte, dass sie einen finanziellen Engpass hatte. Mit den vier Euro fünfzig, Kleingeld, das er vergangene Woche vor einem Supermarkt, dort, wo die Einkaufswagen abgestellt wurden, im Laufe einer Stunde zusammengeklaubt hatte, würden sie nicht weit kommen.

»Wir müssen nicht essen gehen«, schlug er vor.

»Ich bestehe darauf. Gute Traditionen sollte man beibehalten«, erwiderte Delia.

Wie oft hatte Rafael schon versucht, sie einzuladen. Nach Gelegenheitsjobs bei Umzugsfirmen, die allzeit eine kräftige Hand gebrauchen konnten, oder nach der Olivenernte war er stets für ein paar Wochen flüssig gewesen, wenngleich nur dünnflüssig, denn reich werden konnte man damit nicht. Delia hatte trotzdem darauf bestanden, zu bezahlen, und die Begründung dafür war immer die gleiche: »Hey, du hast mir den Arsch gerettet.« Das stimmte. Wäre er vor fünf Jahren nicht eingeschritten, als sie von drei angetrunkenen Freiern auf einem abgelegenen Parkplatz verprügelt wurde, wäre Delia jetzt nicht mehr hier.

»Was ist los? Finanzielle Sorgen?«, fragte Rafael. Soviel er wusste, kam Delia in den letzten Jahren auch ohne sexuelle Dienstleistungen ganz gut über die Runden. Stammkunden, die sie gerne als Gesellschafterin um sich hatten, Witwer oder einfach nur Männer, die ihren Humor schätzten, ermöglichten ihr Überleben.

»Zwanzigtausend für dieses Loch! Eine verdammte Sonderumlage«, empörte sie sich so laut, dass sich gleich ein paar Köpfe nach ihnen umdrehten.

»Ich hätte mir nie eine Wohnung mit Flachdach kaufen sollen. Die Bank streckt mir höchstens die Hälfte der Kosten vor. Wenn überhaupt. Meinen Rentenbescheid wollten sie sehen. Als ob ich 'ne Rente hätte. Seh ich so aus?«

Sie war also faktisch blank. Was nützte einem eine abbezahlte Eigentumswohnung, wenn man im Alter kein Geld mehr hatte, um dafür aufzukommen, wenn die Rücklagen der Eigentümergemeinschaft für größere Reparaturen nicht mehr ausreichten?

»Ich hab schon überlegt, die Wohnung zu verkaufen. Aber wo soll ich denn hin? Für das Loch krieg ich nichts mehr.«

»Kennst du niemanden, der dir etwas leihen könnte?«, fragte Rafael besorgt.

»Maximal ausgeschöpft. Und jetzt setzt mir die Bank auch noch das Messer an den Hals.«

»Wie viel brauchst du?«

»Achttausend, mindestens. Aber jetzt sag mir bitte nicht,

dass du für mich eine Bank ausraubst. Ich würde dir so was glatt zutrauen«, sagte sie und lachte. »Ich sollte wieder anschaffen gehen. Straßenstrich«, sagte Delia so resolut, als ob das bereits beschlossene Sache wäre.

»Das meinst du aber jetzt nicht ernst«, erwiderte Rafael, denn das würde er ihr tatsächlich auch zutrauen.

»Jetzt schau nicht so entgeistert. An mir ist doch noch ordentlich was dran«, sagte Delia augenzwinkernd und hob ungeniert ihr imposantes Dekolleté mit den Händen an. Eine Männerrunde am gegenüberliegenden Tisch blickte sofort zu ihnen. Auch ein junger Kerl, der allein am Nachbartisch vor einem Glas Wein saß, musterte Delia mit großen Augen.

»Was glotzt ihr denn so blöd?«, fuhr sie ihr Publikum an. »Solche Möpse habt ihr wohl noch nicht gesehen?«

Der junge Mann neben ihnen musste unwillkürlich lachen, was Delia offenkundig schmeichelte. Rafael wusste, wie sehr sie Menschen schätzte, die mit derbem Humor etwas anfangen konnten.

»Immerhin hab ich ab nächster Woche eine Putzstelle. Bei der Schwester von Rodrigues. Zwanzig Euro die Stunde.«

»Zwanzig Euro? Nur Putzen?«

»Nicht, was du denkst. Du musst wissen, Rodrigues hasst seine Schwester.«

»Und was hat das mit dir zu tun?« Wie schon so oft überforderten ihn Delias wilde Gedankensprünge.

»Ich soll sie ein bisschen aufmischen. Schikanen … auf die Nerven gehen.«

»Und du machst das?«, fragte er entgeistert.

»Sie hat Rodrigues um sein Erbe betrogen. Lässt einfach ein Testament verschwinden, verstehst du. Reicht das?«

Rafael nickte, nachdem er sich Delias Rechtfertigung zu

eigen gemacht hatte, und stellte sich seine Freundin gerade in Fahrt vor. Mit Delia war nicht gut Kirschen essen, und was sie sich vornahm, zog sie durch.

»Noch weitere Fragen, oder können wir jetzt endlich bestellen?«, fragte Delia.

»Bestellen«, erwiderte er wie aus der Pistole geschossen.

Andreas konnte sich nicht erinnern, wann er das letzte Mal in eine Bar gegangen war, um bei einem Glas Wein den Kopf frei zu bekommen. Gerade weil Mercedes so sanftmütig und verständnisvoll war, durfte er sie auf keinen Fall enttäuschen. Natürlich hatte sie sich auf Anhieb in diese Villa verliebt. Sonst hätte sie ja nicht unentwegt davon geschwärmt. Nach dem Imbiss mit Lisa, ihrer entwaffnenden Gastfreundschaft und der klaren Absage, das Haus jemals zu verkaufen, war es Mercedes aber auf einmal nicht mehr so wichtig gewesen, in diesem »Traum von einem Haus« zu wohnen. »Wir finden etwas anderes. Außerdem kann ich Lisa verstehen«, hatte sie gesagt und ihn dabei angelächelt, um ihm zu zeigen, dass alles in bester Ordnung war. Im Prinzip ärgerte er sich über sich selbst. Nach all dem, was er von seinem Vater über Lisa wusste, war es mehr als blauäugig von ihm gewesen zu glauben, dass er so mir nichts, dir nichts bei ihr aufkreuzen konnte und sie auf ein beiläufig ausgesprochenes Kaufangebot eingehen würde. Lisa war so, wie sein Vater sie stets beschrieben hatte: stur und eine Prinzipienreiterin, die immer nur an sich dachte. Was wollte sie denn allein in diesem Haus, das sowieso das ganze Jahr über leer stand? So eine Verschwendung von Wohnraum. Manchmal lösten sich Probleme aber wie von selbst. Es sah fast danach aus, als ob es sein Glück war, an diesem Abend in eine seiner bevorzugten Tapas-Bars eingekehrt zu sein. Das Paar am Nachbartisch musste ein Engel geschickt haben, und was er von den beiden zu hören bekam, gefiel ihm immer besser.

»Sie wird nächste Woche achtzehn«, schnappte Andreas auf und beobachtete dabei die Körpersprache seines Tischnachbarn. Etwas musste ihn sehr belasten. Warum sonst saß er so geknickt und mit hängenden Schultern da?

»Vielleicht solltest du doch mal persönlich mit ihrer Mutter reden«, erwiderte die Frau gegenüber, die nach allem, was Andreas mittlerweile mitbekommen hatte, in ihrem Vorleben als Prostituierte tätig gewesen sein musste.

»Wie denn? Sie legt seit Jahren auf, wenn sie nur meine Stimme hört. Das bringt gar nichts«, entgegnete der Mann, der verdächtig nach Penner aussah.

»Sie legt auf, obwohl du Carmen immer wieder Geld schickst?«, fragte die Frau.

»Du weißt genau, warum. Und ich kann es ihr nicht mal verübeln …«

Sie nickte nur betreten und nippte an ihrem Glas Wein. So wie es aussah, brauchte der Mann neben ihm Geld für seine Tochter. Die beiden wurden ihm immer sympathischer.

»Manchmal wünsche ich mir, ich könnte die Zeit zurückdrehen … Ich hab so ziemlich alles falsch gemacht …« Der ungepflegte Tischnachbar schien gerade in Selbstmitleid zu zerfließen. Dass seine Gesprächspartnerin diesmal nichts darauf erwiderte, deutete darauf hin, dass da jemand sein Leben so richtig versaut haben musste.

»Ich bräuchte jetzt noch einen Wein«, fuhr der Mann fort.

»Wir können uns aber keinen mehr leisten«, erwiderte sie.

Dem konnte Abhilfe geleistet werden. So eine Chance durfte er nicht verstreichen lassen. Ganz dezent stand Andreas auf und ging zur Bar, um dort den Ober zu bitten, den beiden noch einen Wein zu bringen, auf seine Rechnung.

»Zwei Gläser Wein für die Herrschaften an dem Tisch dahinten. Geht auf mich«, sagte Andreas und deutete in Richtung seines Nachbartischs. Der Ober zog sofort zwei Weingläser aus dem Regal. Wie die beiden wohl reagieren würden? Andreas ging in Richtung der Toiletten, blieb aber bei der Garderobe, hinter der er sich verstecken konnte, stehen, um den Tisch unbemerkt zu beobachten. Aus der Gestik des Obers, der den beiden die Getränke servierte, ließ sich schließen, dass er ihnen gerade erklärte, wem sie den Wein zu verdanken hatten. Die beiden wirkten überrascht, jedoch auch eine Spur misstrauisch, zumindest die Frau. Bestimmt eine harte Nuss, aber Andreas nahm sich vor, sie trotzdem zu knacken. Nachdem er noch einen Moment lang gewartet hatte, ging er zurück an seinen Platz.

»Danke für den Wein«, sagte der Mann, der sich ihm sogleich als Rafael vorstellte.

»Ihnen haben unsere Geschichten wohl gefallen?«, fragte die Frau zum Entsetzen ihres Begleiters, der dies offenbar als etwas unhöflich empfand.

Jemand, der gleich zum Punkt kam ... Das gefiel Andreas.

»Ich bin Delia«, stellte sie sich vor und reichte ihm die Hand, ohne ihren Blick von ihm abzuwenden. Die Art, wie sie einen ansah, gab einem das Gefühl, als könne sie direkt in die Seele eines Menschen blicken.

»Andreas«, stellte er sich vor.

»Sie sind Deutscher?«, wollte Rafael wissen.

»Meine Mutter ... Und was Ihre Frage betrifft: Es tut mir leid, dass ich das eine oder andere mit angehört habe. War nicht meine Absicht.«

»Es war auch kein Vorwurf«, fuhr Delia fort. »Aber jetzt mal ehrlich. Was wollen Sie?«, fragte sie und fixierte ihn dabei schon wieder mit diesen Augen, denen man nichts vormachen konnte – eine echte Herausforderung, der er sich mit Leichtigkeit stellen konnte, weil er die beiden ja nicht belügen musste. Es würde genügen, die Angelegenheit ein bisschen zu dramatisieren – und dass sie Geld brauchten, und zwar dringend, daran konnten auch Delias stechende Augen nichts ändern.

Lisa war erleichtert darüber, dass gewohnte Rituale die Macht hatten, einen voll und ganz in jenes Gefühl einzubetten, das mit der Erinnerung an sie einherging. Aber es war weitaus mehr als das. Daran, wie schön ihre abendlichen Spaziergänge entlang der Promenade des Yachthafens waren, konnte sie sich auch zu Hause erinnern, und es bewirkte meist nicht viel mehr, als sie zu einem wohligen Schmunzeln zu bewegen. Das Ritual bezog seine Macht vielmehr aus dem Sinnlichen, das sich hier unmittelbar wahrnehmen ließ, aus dem Geruch des Meeres und all der Elemente, die einem an diesem Ort begegneten: dem Wind, den vertrauten Stimmen ihrer Freunde, dem Duft von Speisen, der aus den Restaurants zu ihnen drang, den edlen Parfüms von Passanten, den fröhlichen Gesichtern der Menschen, die hier einen unbeschwerten Abend verbringen wollten und deren positive Lebensenergie sich auf sie übertrug. All das erzeugte ein so intensives Lebensgefühl, dass es den jüngsten Ärger über den pubertären SMS-Schreiberling überdeckte. Ob fünftes Rad am Wagen oder nicht, Trübsal zu blasen kam nicht in Frage. Konnte es sein, dass sie einer der Yachtbesitzer, der von seinem bequemen Klappstuhl aus die vorbeiziehenden Menschen beobachtete, eben angelächelt hatte? Unverbindlich zurückzulächeln konnte nicht schaden. Es tat gut. Hätte ich doch nur die neuen Klamotten mitgenommen, überlegte Lisa. Wenn man sich wohl in seiner Haut fühlte, waren auch gewagte Outfits kein Problem, nur war ja nicht abzusehen gewesen, dass sie sich so schnell vom jüngsten Fehlgriff in Sachen Männer erholen würde.

»Hast du gemerkt, wie der dich angesehen hat?«, fragte Vroni.

Die Reaktion ihrer Freundin bestätigte, dass Lisa sich das Interesse des Yachtbesitzers nicht eingebildet hatte.

»Komm, lass uns stehen bleiben und ein bisschen flirten. Wir müssen ohnehin auf die anderen warten«, schlug Vroni nun vor.

»Willst du mich jetzt mit Gewalt verkuppeln, oder was?«, fragte Lisa und spürte aufsteigende Panik, weil sie Vroni kannte und wusste, dass sie vor nichts zurückschreckte, wenn es um exzessive Flirts ging. Das Erstaunliche daran war, dass sie damit meist durchkam, zumindest in der Männerwelt ab fünfzig. Obwohl gut gelaunt, war Lisa gerade nicht nach einem Flirt, der sowieso zu nichts führen würde. Aber Vronis Klammergriff war nicht zu entkommen. Da stand sie nun wie festgepinnt und tat so, als bewundere sie die Yachten, die vor ihr lagen. Hoffentlich kamen Claudia und die anderen bald nach.

»Er sieht gut aus. Spanier, schätze ich mal. Wir könnten auf seinem Boot einen Drink nehmen. Komm schon, den quatschen wir jetzt an.«

»Du bist unverbesserlich«, erwiderte Lisa.

Vroni lachte nur und löste endlich ihren Blick von der Yacht, was sicher auch damit zu tun hatte, dass der Spanier in Richtung einer Frau sah, die aus einem Porsche stieg und ihm zuwinkte.

»Da hast du ja noch mal Glück gehabt«, meinte Vroni scherzhaft. »Aber beim Nächsten beißt du an, und wenn ich dich hinprügeln muss ...«

»Das ist nicht meine Art, und das weißt du«, wandte Lisa ernst ein.

»Eben. Du siehst gut aus, hast dich gut gehalten. Die Männer interessieren sich für dich, aber du musst einfach spontaner sein.«

»Und was bringt so ein Flirt?«

»Na, was soll er schon bringen? Ein bisschen Kribbeln. Das tut gut, und dann kann man immer noch schauen, ob daraus was wird. Wenn ich Stefan nicht einfach so angequatscht hätte, säße ich noch heute auf dem Trockenen.«

Vroni hatte ja recht. Nur hatten Lisa die meisten ihrer Flirts bisher überwiegend Zurückweisungen eingebracht. Schade, dass sie keine entsprechende Liste angefertigt hatte, die sie Vroni jetzt unter die Nase halten konnte. Auf alle Fälle tat es gut zu wissen, dass sich die teuren Sitzungen bei Anne offenbar gelohnt hatten. Der Zug war also noch nicht abgefahren. Balsam für die jüngst gedemütigte Seele.

Delia konnte sich nicht erinnern, jemals mit Rafael gestritten zu haben. Es gab aber für alles ein erstes Mal. Dass sie für Geld so ziemlich alles mache, hatte er ihr an den Kopf geworfen, bevor sie sich zusammen auf den Weg zurück zu ihm nach Hause, also zum Strand und seiner Katze gemacht hatten, die bereits sehnsüchtig auf ihn wartete. Was gab es da noch großartig zu überlegen? Diese Lisa war selbstsüchtig, egoistisch, rechthaberisch und raffgierig. Ein ganzes Haus okkupierte sie, aus purem Trotz. Andreas konnte einem richtig leidtun. Da hatte er die Liebe seines Lebens gefunden und träumte davon, sich eine Familie mit ihr aufzubauen, hier in Marbella, und lief gegen eine Wand. Lieber schlug diese Deutsche ein Vermögen aus, nur um auch nach Jahren noch am längeren Hebel zu sitzen – Andreas' Worte. Dabei war es doch Lisa gewesen, die ihren Mann verlassen hatte. Und wie sehr sein Vater unter der Trennung gelitten haben musste. Er hatte schon mit vierzig einen Schlaganfall gehabt. Dank dieser Person.

»Aber du weißt doch gar nicht, ob das stimmt«, protestierte Rafael zum x-ten Mal und streichelte dabei Roberta, die auf seinem Schoß kauerte.

»Andreas hatte feuchte Augen, als er davon sprach, wie schlecht es seinem Vater geht. Ein Mann kann so etwas nicht spielen. Unmöglich«, versuchte Delia ihm klarzumachen.

»Aber das alles geht uns doch überhaupt nichts an. Wir kennen diese Lisa ja gar nicht.«

»Dann lernen wir sie eben kennen«, hielt Delia dagegen.

»Du willst dich wirklich darauf einlassen? Eine Frau tyrannisieren, bis sie den Verstand verliert? Delia, ich kann gar nicht glauben, dass du das ernsthaft in Erwägung ziehst. Und jetzt sag mir bitte nicht, dass dich diese Putzstelle auf den Geschmack gebracht hat. Das ist doch sonst nicht deine Art.«

Delia musste sich eingestehen, dass sie angesichts ihrer sogenannten Putzstelle wohl schon die ersten Hemmschwellen abgebaut hatte. Rafael schaffte es immer wieder, sie zu verunsichern, aber auch er hatte Schwachpunkte, an denen sie den Hebel ansetzen konnte.

»Fünftausend für jeden, auf die Hand. Und noch mal fünf, wenn sie auszieht. Also, ich kann das Geld im Moment verdammt gut gebrauchen.«

»Meinst du, ich nicht? Außerdem ist doch gar nicht gesagt, dass er uns wirklich so viel bezahlt. Überleg mal, zwanzigtausend«, sagte Rafael.

»So wie er angezogen war, spielt Geld für ihn keine Rolle. Außerdem: Denk mal logisch! Ein Makler verlangt fünf Prozent. Das wären bei einem vergleichbaren Haus dieser Größenordnung rund fünfzig Riesen. Er spart also jede Menge Geld. Klar wird er zahlen.«

Rafael nickte einsichtig. Immerhin war es ihr nun gelungen, ihm die Arithmetik dieses Deals glaubwürdig zu machen.

»Die kriegt bestimmt 'ne Million, wenn sie auszieht. Du musst das ganz pragmatisch sehen. Wir verhelfen Andreas zu seinem Familienglück, und diese Lisa kann sich von der Kohle ein Traumhaus kaufen, wo immer sie will. Wir tun doch nichts Schlimmes.«

Rafael sah so aus, als sei er noch nicht richtig überzeugt. Delia wusste aber, was ihn wirklich antrieb. Er hatte sich in den Kopf gesetzt, seiner Tochter zum achtzehnten Geburtstag ein Auto zu schenken, auch wenn es fraglich war, ob sie das Geschenk überhaupt annehmen würde.

»Und von was willst du den Wagen für Carmen bezahlen?« Delia setzte jetzt alles auf ihre letzte Karte. Sie musste einfach stechen. Und wie sie stach. Rafael blickte aufs Meer hinaus und schwieg eine Weile, bis er endlich nickte.

»Aber wenn diese Frau gar nicht so ist, wie Andreas uns erzählt hat, dann brechen wir das Ganze ab. Versprich mir das, Delia«, sagte er und sah sie dabei ernst an.

»Großes Ehrenwort!«

Wieder nickte Rafael.

Schon kramte Delia die Visitenkarte, die ihr Andreas gegeben hatte, hervor. Auf in den Kampf!

Felipe schenkte sich einen seiner besten Sherrys ein und hielt das Glas gegen den Kronleuchter seines Madrider

Arbeitszimmers. Die Flüssigkeit schimmerte golden und hielt, was sie versprach. Die ortsansässige weltweit bekannte Sherry-Brennerei war einer der Gründe, weshalb er gerne in Jerez war. Felipe hatte in Tio Pepes Bodegas, wie man oberirdische Lagerstätten für Sherry nannte, ein eigenes Fass stehen und befand sich damit in bester Gesellschaft. Die Privatfässer von Picasso, Spielberg oder Maggie Thatcher waren nur ein paar Schritte von seinem entfernt. Felipe hielt das Glas vor sich hin und genoss den intensiven Geruch der Palomino-Trauben, die die Brennerei auf den weißen, da stark kalkhaltigen Albariza-Böden an fruchtbaren Berghängen nördlich von Jerez anbaute. Doch das war nicht die einzige Besonderheit dieses Sherrys. Bei Tio Pepe füllte man die kostbare Flüssigkeit nicht einfach in ein Weinfass, um sie dann auf Monate, wenn nicht gar Jahre ihrem Schicksal zu überlassen. Vielmehr wurde in Abständen von einem Jahr etwas von dem gereiften Sherry entnommen und mit einer frischen Ernte aufgefüllt. Diese ausgeklügelte Technik sorgte dafür, dass der alte Sherry stets mit der fruchtigen Note frischer Trauben belebt wurde. Das Verfahren gab ihm seinen einzigartigen Geschmack. Felipe nahm einen genussvollen Schluck, der nach der langen Autofahrt guttat und ihn stärkte. Es gab noch viel zu erledigen, wie immer, wenn er ein paar Tage unterwegs gewesen war und seine Geschäfte in Madrid liegengeblieben waren. Den Sherry zu genießen, ihn in all seinen Geschmacksfacetten zu goutieren hatte jedoch Vorrang. Felipe lehnte sich in seinem Ledersessel zurück und blickte durch das Fenster auf die Gran Via, das pulsierende Leben Madrids, seiner Heimatstadt, auf die prachtvollen Boulevards mit Gebäuden, die noch aus der Belle Époque stammten und der Stadt das Flair einer europäischen Metropole verliehen. Felipe nahm sich trotz des urbanen Zaubers vor, zumindest noch die eingegangenen E-Mails zu beantworten – ein frommer Vorsatz, den der Klingelton seines Handys zunichtemachte. Andreas' Nummer.

»Hallo, Papaíto ... Bist du schon in Madrid?«

»Wo denn sonst. Ich nehme an, du bist noch in Marbella und trinkst im Garten unserer Villa Tee mit meiner Exfrau.«

»Wir haben heute zusammen gesessen«, erwiderte sein Sohn.

Das wurde ja immer besser. Verrat. Sein eigen Fleisch und Blut. Unfassbar. »Und, wird sie dir das Wohnrecht verkaufen?«, fragte Felipe angriffslustig.

»Sie denkt darüber nach.«

Felipe spürte, wie er zusehends nervöser wurde, wie immer, wenn der Name Lisa fiel. Dass sie ihr Wohnrecht aufgeben würde, nach all den Jahren ihres Kleinkriegs, klang ungefähr so glaubwürdig, wie wenn der Papst beschlossen hätte, persönlich Kondome am Strand von Kenia zu verteilen. Wie hatte Andreas das nur angestellt, oder hatte Lisa sich etwa tatsächlich im Laufe der Jahre verändert? Möglich, aber warum sich überhaupt mit diesem Haus beschäftigen, wo es doch bessere Alternativen an der Costa del Sol gab. Der Preis spielte keine Rolle, und das wusste Andreas.

»Junge, such dir etwas anderes! Du weißt, dass ich euch dabei finanziell unterstütze.«

»Es ist doch nichts dabei. Du kannst dich da völlig raushalten«, insistierte sein Sohn. »Aber ich bräuchte eine Anzahlung. Bin im Moment etwas knapp ...«, fuhr er fort.

»Will sie Geld? Was hat sie verlangt?«, fragte Felipe, den nun doch die Neugier trieb.

»Nein, nein, es ist nicht so, wie du denkst. Sie möchte ein Gutachten. Das ist normal. Ich finde das auch ganz vernünftig.«

»Wie viel?«

»So um die … zwanzigtausend«, erwiderte Andreas.

»Was? Ich kenne jemanden, der es günstiger macht«, schlug er sogleich vor, auch wenn ihm ad hoc niemand einfiel.

»Das weiß ich, aber wenn er von dir kommt, würde ihn Lisa wahrscheinlich nicht akzeptieren.«

Da hatte Andreas sicher nicht unrecht. Felipe schenkte sich etwas Sherry nach. Lisa meinte es also ernst. Sie musste sich verändert haben. Vielleicht brauchte sie aber auch nur Geld.

»Bitte, Papaíto. Es ist ein schönes Haus. Tu es für mich, und denk nicht mehr an Lisa«, bettelte er in der Art, wie er es für gewöhnlich tat, wenn er seinem Vater etwas abringen wollte. Andreas wusste genau, dass er damit bei ihm durchkommen würde. Er hatte ja nur noch ihn, seinen einzigen Sohn. Es blieb ihm gar keine andere Wahl, als nachzugeben.

»Du hast das Geld morgen auf dem Konto. Mach, was du willst! Sonst noch was?«

»Papaíto … du bist …«

»Großartig, ich weiß, und jetzt lass mich arbeiten.« Felipe legte auf und leerte entgegen seiner Gewohnheit das Glas Sherry auf ex, wie billigen Fusel, den man sich reinschüttete, um seine Gedanken abzustellen. Was machte das schon? Es war nur ein Haus. Wie es Lisa wohl ging? Wie sie wohl aussah? Egal! Es spielte doch überhaupt keine Rolle mehr. Die Mails waren jetzt wichtiger. Felipe setzte sich auf und zog sein Notebook heran – eine eingespielte Arbeitsroutine, die ihm half, die Gedanken an Lisa und das Haus abzuschütteln. Eine Mail von Benita? Seit wann nannte sie ihn »Lieber Felipe« und nicht »cariño«, ihren Schatz, wie sonst üblich?

Um diese Frage zu beantworten, genügte es, ihre Mail zu überfliegen. Viel Blabla, Gefasel von wegen, dass es ihr leidtäte und wie sehr sie sich doch bemüht hätte. Das alles hatte er schon oft genug gelesen oder gehört. Felipe überlegte, ob er nicht einen Vordruck zum Ankreuzen für künftige Verflossene erstellen sollte. Dann könnte er sich wenigstens die Lektüre dieses üblichen Beziehungsgelabers ersparen.

»Ich fahre zu meiner Mutter.« Noch so ein Standardsatz neben: »Ich verlasse dich. Es geht nicht mehr.« Felipe lehnte sich zurück und starrte auf die Sherryflasche. Noch einen? Nein. Zu schade. Viel zu schade für Benita. Sie erwartete sicher, dass er ihr einen ähnlich langen Sermon zurückschrieb. Das wäre pure Zeitverschwendung. Da sie einen Ehevertrag abgeschlossen hatten, der Benita in weiser Voraussicht mit relativ wenig abspeisen würde, interessierte ihn eigentlich nur noch eines, und das war schnell in die Tastatur seines Notebooks getippt: »Kündigt der Stallbursche jetzt auch?« – Senden! Fertig! Ein weiterer Schluck aus Tio Pepes Flasche wartete auf ihn, und Felipe nahm sich vor, diesen bis zum letzten Tropfen zu genießen. Einen Versuch war es wert.

Lisas gute Laune an diesem Abend nahm mit jedem Meter ab, den das Taxi auf dem Weg zu ihrem Haus zurücklegte. Dabei gab es doch rein rational betrachtet überhaupt keinen Grund dazu. Erstens waren Andreas und Mercedes ein sehr nettes Paar, und zweitens würden sie sicher schon schlafen. Zumindest sah es danach aus, weil kein Licht mehr brannte. Mit der Gewissheit, dass der Urlaub endlich begonnen hatte, und in Dankbarkeit dafür, dass ihr Vroni nicht unentwegt ihren tollen Stefan vor die Nase gehalten hatte wie befürchtet, reichte sie dem Taxifahrer einen Zwanzig-Euro-Schein, die Fahrtkosten inklusive Trinkgeld.

»¡Está bien!«, sagte sie, bevor er dazu kam, nach Wechselgeld zu kramen. Diese spanische Höflichkeitsfloskel gefiel Lisa besser als das deutsche »Stimmt so«. Es klang weniger großkotzig und einen Tick warmherziger. Es ist gut so, hieß es. Gut wie dieser Abend. Es waren mitunter kulturspezifische Kleinigkeiten dieser Art, weshalb sie so sehr an Spanien hing, an ihrem Haus, an ihrem alljährlichen Urlaub, überlegte Lisa auf dem Weg zum Tor. Spanier waren Herzensmenschen, was sicher auch eine Folge des tief in der Volksseele verankerten Katholizismus war. Zur Kirche konnte man ja stehen, wie man wollte, aber es ließ sich nicht leugnen, dass sie für gewisse Werte eintrat, die Lisa wichtig waren, Werte wie Anstand, Aufrichtigkeit, ein soziales Gewissen – und was den Stellenwert von Familie und Freundschaft betraf, so wurden gerade diese Dinge in Andalusien besonders großgeschrieben. Wie oft hatte sie schon darüber nachgedacht, für immer nach Spanien zu ziehen. Der schöne Garten, die nette Nachbarschaft, das Leben in mildem Klima. Lisa hatte schon so oft davon geträumt. Ihre Terrassenbank und die laue Nacht luden dazu ein. Irgendetwas war aber anders als sonst. Wieso standen Blumen auf dem Tisch? Etwa für sie? Mit Karte. Lisa öffnete den Umschlag, knipste eine kleine am Haus befestigte Lampe an und begann zu lesen.

Liebe Lisa, wir möchten uns sehr für Ihre Gastfreundschaft bedanken, aber wir haben uns dazu entschlossen, weiterzufahren. Dann haben Sie Ihre Ruhe, so wie mit meinem Vater vereinbart. Danke für alles!

Andreas & Mercedes

Schade eigentlich. An die beiden hätte sie sich glatt gewöhnen können. Kaum zu glauben, dass Felipes Sohn so gute Manieren hatte. Bestimmt hatten sich die Gene seiner Mutter, Felipes zweiter Frau, durchsetzen können. War Beate nicht Dressurreiterin gewesen? Wer weiß, womöglich hatte sie Felipe gleich mitdressiert. Lisa musste unwillkürlich schmunzeln, schämte sich aber sogleich für diesen Gedanken. Über Tote riss man keine Witze. Angeblich hatte Beate ihr sogar ähnlich gesehen. Der Tod seiner Frau könnte Felipe verändert haben. Ein Kind schaffte ebenfalls neue Lebensperspektiven. Hatte Andreas nicht sogar gesagt, dass Felipe sich gefreut habe, als er ihm erzählt hatte, dass sie bei seiner Exfrau seien? War er jetzt etwa auf Versöhnungskurs? Niemals! Nicht Felipe. Andererseits konnte in über zwanzig Jahren ja alles Mögliche passieren. Am Ende war er krank. Aber davon hätte Andreas ihr sicherlich berichtet. Lisa schüttelte unwillkürlich den Kopf und ließ von den Gedanken an Felipe gleich mit ab. Das wäre ja noch schöner, sich ausgerechnet Gedanken über *ihn* zu machen. Da hielt sie sich lieber an den Blumenstrauß und inhalierte den Duft der apricotfarbenen Rosen. So große Blüten hatte sie zuletzt im Generalife, den berühmten Gartenanlagen der Alhambra in Granada, gesehen. Dummer Gedanke, denn dort war sie ausgerechnet mit Felipe gewesen, an einem wunderschönen Frühjahrstag am Anfang ihrer Ehe. Damals hatte er gesagt, dass sie viel schöner sei als die schönste Rose dieses Gartens. Sofort legte Lisa den Blumenstrauß zur Seite und nahm sich vor, von nun an Urlaubsroutine einkehren zu lassen, in ihrem Haus, das sie für nichts in der Welt eintauschen würde.

Kapitel 4

Der Weg zu Lisas Haus fühlte sich an wie der Gang nach Canossa. Rafael hatte trotz relativ angenehmer Temperaturen das Gefühl, dass seine Beine immer schwerer wurden und sich seine Schritte zusehends verlangsamten, was nicht zuletzt an Delias Leihgabe, einem unförmigen, altertümlichen Koffer aus Leder lag, den er bergauf schleppte. Er kannte die Gegend. Wie oft hatte er sich hier schon demütigen lassen müssen. Hier wohnten die Gewinner, die nur die Sonnenseite des Lebens sahen und sehen wollten. Dennoch fühlte er sich schlecht bei dem Gedanken, jemanden aus seinem Haus zu vertreiben. Roberta hingegen hüpfte vergnügt auf Mauervorsprünge, steckte neugierig ihren Kopf durch Zäune, an denen sie vorbeiliefen, und maunzte in freudiger Erwartung darauf, dass er ihr etwas Leckeres herbeizaubern würde. Auch Delia schien mittlerweile zu überlegen, ob es richtig war, was sie da vorhatten. Wäre sie sonst die ganze Zeit so schweigsam neben ihm hergelaufen? Die Anzahlung hatten sie nun in der Tasche. Ganz diskret war es in der Tapas-Bar, in der sie sich gestern kennengelernt hatten, zur Geldübergabe in zwei Umschlägen gekommen. Der Deal war also perfekt. Sie sollten ordentlich Lärm machen, hatte Andreas ihnen vorgeschlagen: laut Musik hören, die Treppen auf und ab laufen oder Essensreste vergammeln lassen. Allein bei dem Gedanken daran wurde ihm schlecht. Es war eine Sache, gelegentlich die Nase in eine Mülltonne zu stecken, aber eine andere, in einer zu leben. Nur noch wenige Meter bis zum Haus.

»Und wie wollen wir uns vorstellen?«, fragte er Delia.

»Wie Andreas gesagt hat. Ich bin deine Frau. Wir sind aus Madrid. Erst machen wir Urlaub, und dann kommen wir darauf, dass es uns hier gut gefällt und wir das Haus kaufen wollen.«

»Das glaubt sie uns doch nie im Leben«, protestierte Rafael mit Inbrunst.

»So wie du rumläufst ... Wir hätten noch ein paar Sachen für dich einkaufen sollen, aber nein, das wolltest du ja nicht.«

»Du weißt genau, wofür ich das Geld brauche«, unterbrach er sie und erinnerte sich zugleich daran, warum er sich zu dieser Unternehmung hatte breitschlagen lassen. Er tat es für Carmen. Neue Kleidung konnte warten.

»Sollen wir klingeln?«, fragte er.

»Wozu haben wir denn den Schlüssel? Der passt auch besser zu unserer Geschichte.«

»Ist das nicht etwas unhöflich?«, gab Rafael zu bedenken.

Nun überlegte Delia doch. Roberta hingegen brauchte weder Schlüssel noch Klingel. Sie duckte sich und schlüpfte unter dem Gartentor hindurch. Rafael lugte durch den Zaun und entdeckte Lisa in einem Liegestuhl unter schattenspendenden Bäumen. Anhänglich, wie Roberta nun mal war, wollte sie wohl sofort Freundschaft mit Lisa schließen und lief auf sie zu.

»Hoffentlich mag sie Katzen«, sagte er.

Delia zuckte nur mit den Schultern. »Jetzt schließ schon auf«, verlangte sie.

In dem Moment ertönte ein markerschütternder spitzer Aufschrei vom Grundstück her. Schon war Rafaels Kopf an der Lücke im Zaun, durch die man in den Garten der Villa sehen konnte. Lisa stand neben der Liege und gestikulierte wild.

»Geh weg! Geh weg!«, herrschte sie Roberta an, die das natürlich nicht verstand und solche Situationen auch nicht kannte. Bisher hatte sie noch nie jemand weggeschickt. Wie konnte man nur so hysterisch sein. Nun flog der erste Apfel in Richtung seiner Katze. Um ein Haar hätte Lisa sie auch noch getroffen. Roberta sah darin wohl eine Aufforderung zum Spiel, jedenfalls fing sie an, der Frau nachzulaufen. Eines stand jedenfalls fest. Lisa konnte gar kein guter Mensch sein. Sie mochte keine Katzen.

Der Angriff des Miniaturtigers mit dämonisch funkelnden gelben Augen erfolgte wie aus dem Nichts und riss Lisa abrupt aus ihrer Urlaubslektüre, ausgerechnet, als es spannend wurde: Mario Vargas Llosas »böses Mädchen« kam völlig am Boden zerstört zu dem Mann zurück, der sie über Jahrzehnte obsessiv liebte und einfach nicht von ihr loskam, obwohl sie ihn schlecht behandelte. Danke, Katze, mich beim Lesen zu stören! Das allein war schon unverzeihlich, aber noch viel schlimmer war die ihrer Katzenallergie geschuldete Panik, die allmählich in Lisa hochstieg. Allein schon die Vorstellung, mit Katzenhaaren in Berührung zu kommen, reichte, um Juckreiz am ganzen Körper auszulösen. Sofort hatte Lisa die Warnungen ihrer Großmutter im Ohr. Angeblich hatten Katzenhaare Widerhaken und würden sich tief in die Magenwand und die Gedärme bohren, wenn man sie aus Versehen verschluckte. Und dieses Exemplar hatte es auf sie abgesehen: Es lief zielstrebig auf sie zu. Noch einen Apfel, den sie nach dem Vieh hätte werfen können, hatte sie nicht mehr griffbereit. Da fiel Lisa ein, dass Katzen Wasser verabscheuten. Der Schlauch! Die Rettung war nur einen Katzensprung weit entfernt – im wahrsten Sinne des Wortes, doch das Tier schien ihr den Weg dorthin abschneiden zu wollen. Lisa war aber schneller. Aufdrehen und Gegenangriff! Damit hatte die Mieze nicht gerechnet. Ein ordentlicher Spritzer auf ihre Beine genügte, um sie zu stoppen. Warum nur war diese Katze nicht wasserscheu? Stattdessen setzte sie sich in aller Gemütsruhe ins Gras und leckte sich die Pfoten. Es tat Lisa zwar leid, aber ihr blieb nichts anderes übrig, als das Wasser erneut aufzudrehen. Der Strahl musste nur härter werden. Diesmal erzielte ihr Wasserwerfer die gewünschte Wirkung. Die Katze rannte zurück zum Tor, von dem sie gekommen war. Geschafft … Moment! Wieso stand die Tür offen? Sie hatte sie doch abgeschlossen. Nun bewegte sich die Tür auch noch. Gut, dass sie den Gartenschlauch, der mittlerweile so kräftig eingestellt war, dass er damit locker als Wasserwerfer bei einer Großdemo eingesetzt werden könnte, noch griffbereit hatte. Allem Anschein nach wollte diese nervige Katze wieder hereinkommen. Ein Präventivschlag konnte nicht schaden. Einfach mal volle Kanne draufhalten. Was sie erwischte, war allerdings ein besonders großes Exemplar einer Katze. Fell hatte das Etwas, das nun mit Sicherheit pudelnass war, jedenfalls auch, zumindest am Kopf und fast schulterlang. Ein Penner! Erst eine Katze und nun auch noch das! Wenn sie den Schlauch schon mal in der Hand hatte, konnte sie ihn auch benutzen. Jemanden nasszuspritzen war ja nicht strafbar.

»Hören Sie auf«, schrie es ihr entgegen.

»Einbrecher! Yolanda! Einbrecher. Hol die Polizei«, rief Lisa so laut sie konnte, in der Hoffnung, dass Yolanda noch da war. »¡Ayuda! Yolanda. Ladrónes!«

»Wir sind keine Einbrecher«, rief eine zweite Stimme, die zu einer Frau gehörte, die neben dem Yeti auf der Bildfläche erschien.

Deutsch – mit holländischem Akzent? Deutsche Einbrecher? Kaum vorstellbar. Lisa drehte das Wasser ab.

»Wir haben einen Schlüssel«, fuhr der inzwischen bis auf die Haut durchnässte Mann fort.

Woher hatte er einen Schlüssel zu ihrem Grundstück? Und warum hatte er einen Koffer dabei? Eine Frage konnte sie sich nun sparen. So zutraulich, wie sich die Katze neben ihn setzte, musste er ihr »Herrchen« sein. Vielleicht träumte sie das alles ja auch nur.

»Dürfen wir näher kommen, ohne dass Sie mit dem Ding da auf uns losgehen?«, fragte die vermeintliche Holländerin.

Erst jetzt bemerkte Lisa, dass sie den Schlauch noch immer angriffsbereit in der Hand hielt. Nun schoss Yolanda durch die Gartentür, das Mobiltelefon in der Hand.

»Alles okay, schätze ich. Falscher Alarm.«

Auch Yolanda musterte die beiden und warf ihr einen fragenden Blick zu.

»Wir sind Freunde von Felipe«, erklärte der Mann und stellte sich als Rafael und seine Begleiterin als seine Frau Delia vor.

Ein Spanier, der mit einer deutschsprachigen Frau mit holländischem Akzent verheiratet war? Ziemlich ungewöhnlich, aber an sich kein Grund zur Aufregung. Lisa regte sich trotzdem auf, weil der Name »Felipe« gefallen war. Von ihm hatten sie also den Schlüssel. »Was wollen Sie hier?«, herrschte sie die beiden an.

»Ein paar Tage hierbleiben. Felipe meinte, das sei okay«, erwiderte der Zottelige.

Schlagartig fiel es Lisa wie Schuppen von den Augen. Natürlich. Andreas war so naiv gewesen, seinem Vater zu vertrauen. Er hatte ihm erzählt, dass sie hier war. Von wegen *gefreut.* Am Ende hatte er Felipes Eifer, seiner Ex das Haus abzuluchsen, wieder zum Leben erweckt. Hatte er am Ende gar seinen Sohn vorgeschickt, um die Lage zu sondieren? Auf alle Fälle schien sich ein Krieg zwischen ihm und ihr anzubahnen. Er hatte damals, was das Haus betraf, den Kürzeren gezogen, und er würde es wieder tun, nahm sich Lisa tapfer vor.

»Kommen Sie mir nicht in die Quere. Das Erdgeschoss gehört mir, nur falls Felipe Ihnen das nicht gesagt hat«, stellte Lisa klar.

Rafael nickte nur. Seine Begleiterin hingegen musterte sie so scharf, als wollte sie sie mit den Augen jeden Moment erdolchen.

»Dann gehen wir mal«, sagte Rafael kleinlaut. Sofort schloss sich die Katze ihm an.

»Keine Haustiere!«

»Ihnen gehört das Erdgeschoss, uns das Stockwerk darüber. Verstehen wir uns?«, gab die Frau patzig zurück.

Auch noch frech werden! Lisa spürte, wie sie anfing, innerlich zu kochen. Felipe setzte ihr also irgendwelche Leute ins Haus. Aus reiner Bosheit. Ruhig bleiben! Ruhig bleiben!

»Der Garten gehört auch mir, solange ich hier bin«, fügte sie sicherheitshalber hinzu.

»Schon gut«, erwiderte die Frau und schnappte sich den Koffer.

Ihr Mann zuckte mit den Schultern. Ihm schien das Ganze etwas unangenehm zu sein, doch da konnte Lisa sich auch täuschen. Krieg! Felipe konnte es einfach nicht lassen! Krieg!

Rafael sah sich im spärlich eingerichteten größten Zimmer des ersten Stocks um. Es gab dort gerade mal ein Bett vor einem Holzschrank, eine zusammenklappbare, total verstaubte Pritsche, die wohl seit Jahren nicht mehr benutzt wurde, einen Tisch, zwei Stühle und eine kleine Kommode, an der sich Roberta sogleich das Fell rieb. Zwei weitere Räume waren bis auf wenige Umzugskisten leer. Das Badezimmer hatte eine Wanne und eine Dusche. Wie lange hatte er darauf verzichten müssen? Auch die kleine Küche, ebenfalls einfach möbliert, war der pure Luxus, wenn man seit Jahren nicht mehr gekocht hatte. Erst jetzt wurde Rafael bewusst, dass dieser Deal auch eine Art Urlaub vom Leben auf der Straße war. Es waren zwar wenige, aber schöne Möbel, noch dazu ganz nach seinem Geschmack: robustes dunkles Holz. Rafael strich mit einer Hand darüber, obwohl auch hier alles staubig war. So ein Haus könnte man wunderschön einrichten. Über solche Dinge hatte er lange nicht mehr nachgedacht. Sie erinnerten ihn daran, was er einmal gehabt hatte, ein Zuhause. Und auch wenn diese Lisa sie nicht gerade herzlich begrüßt hatte, gab ihnen das noch lange nicht das Recht, dieser Frau ihr Zuhause zu nehmen.

»Du hättest auch ein bisschen netter zu ihr sein können«, sagte er zu Delia, die sich gerade aus dem nassen Kleid schälte und es auf einem der Bettpfosten zum Trocknen aufhängte.

»Netter? Sei froh, dass sie nicht mit einer Schrotflinte auf uns geschossen hat. Die gleiche Aktion in Texas, und wir wären jetzt tot«, erwiderte sie trocken.

»Wir hätten doch lieber klingeln sollen«, nörgelte Rafael weiter.

»Bedank dich bei Roberta. Sie hat anscheinend das Klingelschild nicht gesehen«, sagte Delia, legte den Koffer aufs Bett und öffnete ihn, um darin nach einem frischen Kleid zu suchen. »Der Garten gehört auch mir«, äffte sie nun Lisa nach. »Der ist die Raffgier doch ins Gesicht geschrieben.«

»Sie kennt uns nicht. Wieso sollte sie freundlich zu Fremden sein?«, gab Rafael zu bedenken.

»Aber sie wird uns noch kennenlernen. Das schwör ich dir.« Delia, die so richtig in Fahrt geraten war, reichte ihm ein Handtuch.

Delias Kampfansage war verständlich. Bisher hatte Andreas' Personenbeschreibung voll ins Schwarze getroffen.

»Auf alle Fälle ist es schon mal gut zu wissen, dass sie etwas gegen Katzen hat«, sagte Delia energisch.

»Lass Roberta aus dem Spiel. Sie hat schon genug gelitten.« Rafael nahm das Tier hoch. »Nicht wahr, meine Kleine?«

»Ich sagte ja auch nicht Katze, sondern Katzen«, betonte Delia.

Was meinte sie nur damit?

»Wir müssen uns etwas Baldrian besorgen, Milch und ein paar Schüsselchen …«, sagte Delia und grinste dabei so hinterhältig, wie Rafael es noch nie an ihr gesehen hatte.

Baldrian! Oder auch Katzenkraut, wie es im Volksmund hieß, weil die darin enthaltenen Alkaloide wie Sexuallockstoffe auf die meisten Katzen wirkten. Rafael schüttelte den Kopf. »Und wenn sie allergisch ist? Ich meine, ist doch gut möglich, so hysterisch, wie sie reagiert hat.«

»Umso besser«, schlussfolgerte Delia und sah sich im

Raum um. Es schien ihr hier immer besser zu gefallen. »Wir haben bestimmt viel Spaß«, sagte sie und stampfte einmal testweise auf den Boden. »Gutes Holz. Schöne Resonanz«, sagte Delia mit Zuversicht und Vorfreude.

Rafael verdrehte die Augen. Bei dem Gedanken an ihre bevorstehenden Aufgaben wurde ihm ganz schwummrig. Hatte Delia ihm nicht einmal erzählt, dass sie eine Zeitlang auch als Domina gearbeitet hatte? Dann musste Lisa sich jetzt wohl warm anziehen.

Wie Lisa schon von weitem erkennen konnte, warteten Claudia, Alex, Vroni und Stefan bereits an Bord von Stefans neuer Yacht auf sie. Lisa war jetzt aber beim besten Willen nicht nach einem Ausflug hinaus aufs Meer zumute. Mit frischen Wunden, auch wenn sie seelischer Natur waren, würden ihr weder der Fahrtwind noch das kühle Salzwasser, falls sie wie üblich in einer Bucht ankern und baden gehen würden, guttun. Felipe war also in Spiellaune, genau wie früher. Schikanen und Druck an allen Ecken und Enden. Allein schon die Erinnerung daran regte sie auf, und der wurde schicksalhaft nun auch noch nachgeholfen: Ausgerechnet jetzt musste die »Comunidad« vor ihren Augen einen Wagen am Bootssteg, der zu Stefans Yacht führte, abschleppen lassen. Ein Déjà-vu. Ihren ersten Scheidungstermin vor Gericht hatte Lisa verpasst, weil *er* ihr Auto hatte abschleppen lassen. Einen schlechteren Eindruck, als beim ersten Gerichtstermin gar nicht erst zu erscheinen, konnte man bei einem Richter wohl kaum machen. Hauptsache, er konnte sie ärgern. Und diesen Ärger sah man ihr offenkundig an.

»Hast du schlecht geschlafen?«, fragte Claudia unverblümt gleich zur Begrüßung und so besorgt, dass Vroni, Alex und Stefan sie ebenfalls neugierig musterten.

Warum lange um den heißen Brei herumreden, dachte Lisa sich. »Felipe!« Das brachte alles auf den Punkt.

»Ist er etwa hier?« Vronis Augen weiteten sich sensationslüstern. Das Journalistinnen-Gen. Wer gelegentlich für das Feuilleton einer lokalen Zeitung schrieb, blühte förmlich auf, wenn es nach Skandal und Leid roch, auch wenn es das der besten Freundin war.

»Er hat zwei schräge Typen bei mir einquartiert«, erklärte Lisa.

»Du meinst diesen Andreas und Mercedes«, mutmaßte Claudia.

»Nein! Einen zotteligen Alten und eine abgetakelte Holländerin, die angeblich seine Frau ist.«

»Öfter mal was Neues«, kommentierte Vroni und schüttelte den Kopf.

»Jetzt trink erst mal was.« Alex reichte Lisa ein Glas Champagner, den sie für gewöhnlich tranken, bevor sie das erste Mal im gemeinsamen Urlaub in See stachen.

»Mein Gott, du zitterst ja«, stellte Claudia besorgt fest. Bei einer Arzttochter, die als OP-Schwester in der Berliner Charité arbeitete, war man auch immer gleich Patient. »Ich hab Rescue-Tropfen dabei«, schlug sie vor. Als ob Bachblüten gegen Felipes Teufeleien helfen würden.

»Und wenn du dir einen Anwalt nimmst?«, meinte Stefan, wahrscheinlich in Unkenntnis ihrer bisherigen juristischen Kriegszüge gegen Felipe. »Ich kenne einen guten.«

»Ha!« Lisa musste sich zusammenreißen, um nicht gleich loszulachen. Anwälte auf Felipe zu hetzen, auch wenn Stefan angesichts seiner Millionen im Rücken bestimmt exzellente Kontakte hatte, würde absolut nichts bringen.

»Vergiss es!«, wies Vroni ihn zurecht. Sie hatte das Debakel damals ja mitbekommen.

»Irgendetwas stimmt da nicht«, überlegte Claudia laut. »Was will er? Warum macht er das erst jetzt?«

Lisa hatte keine Ahnung und zuckte hilflos mit den Schultern. »Auf alle Fälle sind die beiden nie und nimmer Freunde von ihm. Er hat sie bestimmt gekauft. Er kauft sich doch sowieso jeden.«

»Und wenn du offen mit ihnen redest?«, fragte Alex, zog aber seine Frage unter Claudias genervtem Blick augenblicklich zurück. »Blöde Idee, ich weiß!«

»Spionieren wir ihnen nach. Sie kennen uns nicht. Vielleicht finden wir so heraus, was sie vorhaben«, schlug Vroni spontan vor.

»Und der Segelausflug?«, mokierte sich Stefan.

»Der fällt dann heute eben ins Wasser. Wir haben ja noch vier Wochen, Schatzi.«

So wie es aussah, hatte Vroni trotz Leggings bei Stefan wohl die Hosen an.

»Ich komm mit.« Claudia übte sich in Solidarität.

»Ich auch«, schloss sich Alex an.

»Stefans Jeep hat getönte Scheiben«, sagte Vroni und blickte zu ihrem Schatz, der brav nickte.

»Na, dann mal los!«, blies Claudia zum Angriff.

Angesichts ihrer Gewalttour durch verschiedene Klamottenläden jenseits der teuren Einkaufsmeilen verstand Rafael nur allzu gut, warum Delia so geschafft war. Kaum hatte sie die Tür zu ihrer Wohnung aufgeschlossen, sank sie erschöpft, aber offenbar rundum zufrieden in einen massiven Ledersessel, dessen Armlehnen mit furchteinflößenden Totenköpfen verziert waren – ein echtes Schmuckstück, auch wenn es allem Anschein nach ein ausgemustertes Teil aus ihrem Vorleben war, in dem man es sich aber auch ungefesselt bequem machen konnte. Rafael befand, dass er in den neuen Sachen, die sie neben Unterwäsche, T-Shirts und Socken gekauft hatten, wie ein neuer Mensch aussah. Die Jeans und das Hemd passten wie angegossen. Seine bisherige Auswahl an Kleidung hatte sich ja auf das beschränkt, was die »goldene Meile« an getragenen Sachen hergab. Dementsprechend ungewohnt war der neue, moderne Look, aber auch das lange in Vergessenheit geratene gute Gefühl, sich typgerecht zu kleiden.

»Wenn du dich jetzt noch rasierst und zum Friseur gehst, siehst du wieder aus wie ein Mensch«, sagte Delia sichtlich zufrieden. Sie kannte ihn und wusste, was ihm am besten stand. Hundertzwanzig Euro hatte alles zusammen gekostet. Also blieben noch viertausendachthundertachtzig Euro neben weiteren in Aussicht gestellten fünftausend für Carmens Herzenswunsch. Das müsste reichen.

»Hilfst du mir mal, den Koffer da oben runterzuheben?«, bat Delia ihn.

Schon wieder ein so schwerer Lederkoffer. Hoffentlich musste er den nicht auch noch den Berg hinauf zu Lisas Haus schleppen. Ein Taxi war nicht drin. Rafael traute seinen Augen nicht, als Delia den Koffer öffnete, nachdem er ihn auf ihr Bett gelegt hatte. Ein wandelnder Sexshop. Negligés, jede Menge Lack und Leder, plüschbesetzte Handschellen, Dildos, mit denen man locker jemanden erschlagen könnte, Klatschen und Peitschen.

»Jetzt schau nicht so entsetzt. Damit hab ich mal gutes Geld verdient«, sagte sie trocken und zog einen der Totschläger aus Gummi heraus. Rafael mochte sich noch nicht einmal ansatzweise vorstellen, was sie bei ihren Kunden damit alles angestellt hatte. Delia schien jedenfalls gerade daran zu denken: Sie musterte den Wonnespender made in China eine Zeitlang, fast eine Spur melancholisch, bevor sie ihn achtlos zur Seite legte.

»Du hast mir nie erzählt, warum du damit aufgehört hast«, sagte Rafael. »Es gibt hier doch bestimmt genug Kundschaft, die auf so was steht.«

Delia kommentierte seine Frage mit einem kurzen, etwas genervten Seitenblick und wühlte weiter in ihrem Koffer. Sie hielt wieder kurz inne, betrachtete eines der Teile näher, bevor sie auch das zur Seite legte.

»Weil es mich gelangweilt hat. Verstehst du? Ich hatte keine Lust mehr darauf, Therapeutin zu sein«, brach es dann doch aus ihr heraus.

»Das nennst du Therapie?« Rafael nahm eine schwarze Reitgerte an sich und beäugte sie misstrauisch.

»Ja, was denn sonst? Die meisten Kindheitsprobleme kriegst du mit Labern auf der Couch oder mit Tabletten sowieso nicht weg.«

Rafael deutete auf die Dildos, Handschellen und Peitschen auf dem Bett. »Aber etwa damit?«, fragte er fassungslos.

»Stell dir vor: Ja! Zumindest symptomatisch. Schmerz und Lust reinigen die Psyche. Man kann sich inneren Druck regelrecht wegsexen«, führte Delia so überzeugend aus, dass Rafael für einen Moment darüber nachdachte, ob ihm das auch etwas geben würde. So ein Lederpaddel als Problemlöser? Möglich. Ein Schmerz überlagerte den anderen. Hatte man früher, als es noch keine Anästhesie gab, Menschen bei Eingriffen am Körper nicht einen Bisskeil in den Mund geschoben? Dieser Zusammenhang leuchtete Rafael unmittelbar ein. Aber körperlicher Schmerz als Bisskeil für die Seele? Ob man dadurch tatsächlich psychische Probleme los wurde?

»Wegsexen?« Rafael musste gleich noch einmal nachfragen.

»Bei Spielen dieser Art erreichst du die hintersten Winkel der Seele«, erklärte sie und nickte bedeutungsschwanger.

»Hatten alle deine speziellen Kunden einen an der Klatsche?«

»Natürlich nicht. Stressabbau, Kontrollaufgabe als Ausgleich für die Macht, die man im Job hat und eigentlich gar nicht will, die Sucht nach Endorphinen ... Es gibt viele Gründe«, fuhr sie fort und zog dabei eine Peitsche heraus, die mit einem geschnitzten Griff versehen war.

Rafael zuckte regelrecht zusammen, als sie sie ihm hinhielt.

»Schön, nicht wahr? Handgefertigt«, schwärmte sie, bevor sie die Peitsche in eine riesige Tüte warf, die bereits mit allerlei »Kampfutensilien« gefüllt war.

»Was willst du damit?«, fragte Rafael.

»Die knallt wenigstens ordentlich.«

Rafael verstand nicht, was Delia damit meinte.

»Wolltest du nicht schon immer mal mit einer Domina unter einem Dach leben?«

»Das ist nicht dein Ernst.«

Delia lächelte nur verwegen, bevor sie auf die Tüte sah, ihren Blick zurück zum Schrank schweifen ließ und für einen Moment überlegte. »Ah, die Flamencoschuhe und die Kastagnetten. Hätt ich um ein Haar vergessen.«

Eine grandiose Idee. Damit konnte man einen Höllenlärm machen.

»Wir sollten noch ein paar Lebensmittel kaufen«, schlug sie vor.

»Zum Essen? Oder denkst du schon wieder an unsere Mission?«, fragte Rafael etwas verunsichert.

»An was denn sonst?« Delia schien auch jenseits der Bettkante recht kreativ zu sein. Und diese Kreativität war irgendwie ansteckend.

»Magst du Knoblauch?«, fragte er und ertappte sich nun selbst bei einem fiesen Grinsen.

»So gefällst du mir, mein Lieber«, erwiderte sie und freute sich womöglich darüber, dass er soeben seine sadistische Ader entdeckt hatte.

»Einsatz in Marbella.« Den Lolly hatte ihr Fahrer, Claudias Mann, ja bereits im Mund – wie Kojak, nur dass er noch keine Vollglatze hatte. Alex erweckte bei Lisa den Eindruck, als wäre er voll in seinem Element. Wer Chef eines Schlüssel- und Wachdienstes war und sich daheim in Deutschland bei täglicher Büroroutine langweilte, sehnte sich bestimmt nach Abenteuern dieser Art, mutmaßte Lisa, während Vroni, die neben ihr auf der Rückbank saß, hektisch mit einem Flamencofächer wedelte, um für etwas Abkühlung im Wagen zu sorgen. Die Hitze in Stefans Jeep war trotz getönter Scheiben kaum noch auszuhalten, und dank Vronis Blasenschwäche blieb die Klimaanlage aus.

»Endlich ist mal was los!« Schon zweimal hatte Alex das ziemlich euphorisiert herausposaunt.

Schön für ihn! Wenigstens einer kam im Urlaub auf seine Kosten. Claudias Idee, Rafael und Delia nachzuspionieren, hatte sich trotzdem ausgezahlt. Nach einer Stunde in brütender Hitze und sicherer Distanz zum Eingang ihres Hauses waren die beiden endlich herausgekommen und zur nächsten Bushaltestelle gelaufen, von wo aus sie ins Zentrum fuhren. Gott sei Dank nur wenige Haltestellen. Der Busfahrer musste sich bestimmt verfolgt gefühlt haben. Ein Jeep, der synchron mit dem Bus an jeder »Parada« hielt, war mehr als merkwürdig. An der fünften Haltestelle waren Rafael und Delia ausgestiegen und in Richtung enger Gässchen entfleucht, was eine Verfolgung mit dem Wagen nicht gerade leichter machte. Nun warteten sie bereits seit einer weiteren Stunde vor einem rosafarbenen Haus älteren Baujahrs in der Calle Escuelas. Dort musste Delia wohnen, zumindest schloss Alex das daraus, dass sie es war, die die Haustür aufgeschlossen hatte. Endlich tat sich etwas.

»Sie kommen«, bellte Claudia hysterisch.

Alex ließ sofort den Motor an.

Was um Himmels willen schleppten sie nur alles aus dieser Wohnung? Zwei prall gefüllte IKEA-Tüten hingen an den starken Schultern eines kräftigen Mannes. Wo kam der denn auf einmal her? Lisa musste gleich zweimal hinsehen. Rafael! Und kaum wiederzuerkennen. Vom Zottelbär zum zivilisierten Menschen in knapp einer Stunde. Das war Evolution im Zeitraffer, und der Zopf, der sein langes Haar nach hinten bändigte, stand ihm auch noch ausgesprochen gut.

»Die wollen sich bei dir für länger einnisten. Wetten?«

Vroni hatte eben ihre schlimmsten Befürchtungen ausgesprochen, und die Wut auf Felipe wuchs im Sekundentakt.

»Wir könnten sie ja fragen, ob wir sie ein Stück mitnehmen sollen. Das schleppt der doch niemals die zehn Kilometer zurück«, überlegte Alex, täuschte sich aber hinsichtlich der Entfernungsangabe. Bis zur Calle Serenata, sprich zum nächsten Mercadona – der hierzulande bekanntesten Supermarktkette –, auf den die beiden zusteuerten, waren es nämlich nicht einmal hundert Meter.

»Die decken sich jetzt bestimmt noch fett mit Proviant ein«, mutmaßte Claudia, doch damit lag sie falsch. Delia und Rafael verschwanden in einem kleinen Laden schräg gegenüber, in dem es, dem Schild nach zu urteilen, Tiernahrung zu kaufen gab. Mittlerweile wurde die Hitze im Wagen, der an der Hauptstraße vor dem Supermarkt parkte, unerträglich. Außerdem regte Lisa Vronis hektisches Wedeln tierisch auf. Warme Luft und zugleich ihr viel zu intensives Parfüm im Auto zu verteilen sorgte für süße Schwüle und kam einem Saunaaufguss mit ätherischen Ölen gleich. Und kein Ende in Sicht. Wer wusste schon, wo die beiden noch überall einkaufen würden. Das letzte Wasser aus Claudias Zweiliterflasche sprudelte in Alex' Rachen. Der Arme musste ja schließlich fahren und hatte sich in Claudias Augen die letzte Ration redlich verdient. Durst! Lisas Mund fühlte sich bereits an wie die Wüste Gobi. Die beiden waren noch in der Zoohandlung. So schnell konnten Delia und Rafael mit ihren Tüten gar nicht laufen, wie sie zurück beim Wagen sein würde, kam es Lisa in den Sinn.

»Ich hol schnell Wasser«, schlug sie vor. »Will noch jemand ein Eis?« Das war das Mindeste, was sie für ihre Freunde tun konnte.

»Irgendwas mit Vanille«, sagte Alex.

»Schoko und noch eine Cola«, bestellte Vroni prompt.

»Und du, Claudia?«

»Fruchteis. Irgendwas, aber auf alle Fälle Fruchteis.«

Gut, immerhin war dies nun geklärt. Lisa blickte sich erneut zur Zoohandlung um. Die Luft war rein. Die beiden waren noch im Laden. Es würde schnell gehen, also nichts wie rein.

Eine Mercadona-Filiale erinnerte Lisa stets daran, dass es in ihren ersten Jahren in Spanien einfach nicht genug Auswahl an Lebensmitteln gegeben hatte. Gar kein Vergleich zu Deutschland. Spätestens nach ein paar Monaten verzehrte man sich buchstäblich bei dem Gedanken an irgendetwas,

was nicht »spanisch« schmeckte. So lecker der Serrano-Schinken auch war, so würzig verschiedene spanische Käsesorten, so pikant die Salami, irgendwann kam der Punkt, an dem einem schon beim bloßen Gedanken an eine Scheibe Schwarzbrot mit banaler Schinkenwurst das Wasser im Mund zusammenlief. Lisa stellte beim Spurt entlang der Käse- und Wursttheke fest, dass sich die Zeiten Gott sei Dank geändert hatten, vor allem, seitdem es diese Supermarktkette hier gab. Neuerdings hatten sie sogar Käsesorten aus Frankreich. Das musste sie sich merken. Wo waren nur die Kühltruhen und wo die Getränke? »Bebidas« stand auf einem Display, das von der Decke baumelte. Letzteres war somit geklärt. Am besten, sie besorgte sich auch gleich eine Cola. Das war zwar äußerst ungesund, aber gut für den inzwischen bedrohlich gesunkenen Blutzuckerspiegel. Nun zum Eis! »Congelados« stand auf dem Schild zwei Gänge weiter. Lisa beschleunigte ihre Schritte, nicht dass die beiden ihnen noch entwischten, weil sie sich zwei Minuten Traumzeit an der Wurst- und Käsetheke gegönnt hatte. Vanille und Schoko – kein Problem, doch wo um alles in der Welt war das Fruchteis? Lisa schob mittlerweile schon die fünfte Eisbox von einem Stapel zum anderen, legte Kartons auf die Ablage der benachbarten Truhe und wühlte sich richtiggehend hinein. Sehr sinnig, verschiedene Eissorten in Kartons übereinanderzustapeln. In Sachen logischer Organisation waren die Spanier den Deutschen immer noch unterlegen. In dem Moment fiel ihr ein, dass Eis in Spanien eine heikle Sache war. Wenn man Pech hatte, erwischte man einen Supermarkt, der im Zuge seiner falsch verstandenen Stromsparpolitik nachts die Gefriertruhen ausmachte. Eis ist kalt, also kühlt es sich quasi von allein – spanische Logik. Das merkte man daran, wenn sich feine

Eiskristalle, sozusagen eine feine Schneeschicht auf der Oberseite des Eises gebildet hatte. Lisa hob deshalb vorsichtig den Deckel eines Schokoeises mit Waffel an. Entwarnung. Hier konnte man guten Gewissens einkaufen. Nur, wo war jetzt das dämliche Fruchteis, auf dem Claudia so beharrt hatte? Wieder streckte sie sich nach einem Karton. Die Fingerspitzen ihrer Hände schmerzten schon, so kalt waren die Verpackungen.

»Wir müssen gehen«, zischte es plötzlich von der Seite. Claudia stand neben ihr und hatte schon ihren Einkaufskorb mit den Getränken und dem Eis in der Hand.

Wieso war sie kreidebleich und blickte sich hektisch um?

»Sie sind hier«, flüsterte sie. »Hier drin. Irgendwo hier drin.« Lisa erstarrte.

»Hau einfach ab. Ich zahl das«, presste Claudia im Flüsterton hervor.

»Wo sind sie denn? Nicht dass ich ihnen noch in die Arme laufe.«

Claudia sah sich gehetzt um. »Keine Ahnung. Ich bin ihnen nicht gefolgt. Ich musste ja erst einmal dich finden.«

Kaum ausgesprochen, vernahm Lisa auch schon Delias Stimme.

»Ich schwöre dir, die haben hier auch keinen Baldrian«, sagte sie so laut, als ob sie neben ihr stehen würde.

»Mercadona hat alles. Ich kenn deren Müllcontainer in- und auswendig. Glaub mir«, hörte sie Rafael erwidern.

»Wenn nicht, musst du die Tüten eben noch bis zur Apotheke schleppen«, vernahm Lisa aus unmittelbarer Nähe.

Baldrian? Das konnte nur heißen, dass ihre Nerven auch nicht mehr die besten waren. Interessant! Den Lauschangriff jetzt abzubrechen könnte bedeuten, dass ihr wertvolle Informationen entgingen. Die Stimmen kamen entweder aus dem dritten oder vierten Gang. Claudia hatte bereits eine Schreckensstarre erfasst. Auch sie lauschte regungslos.

»Das ist sowieso eine Schnapsidee. Und wenn sie allergisch ist?«, hörte sie Rafael fragen.

»Quatsch. Die Wahrscheinlichkeit, dass jemand diese Art von Allergie hat, liegt quasi bei null. Wir reden ja hier nicht von Heuschnupfen.«

»Ich bin auch allergisch«, hörte sie Rafael sagen.

»Das glaubst du doch selbst nicht. Gegen was denn?«

»Zimt! Ich krieg dann kaum noch Luft.« Rafaels Achillesferse musste sich Lisa unbedingt merken.

»Verdammt, wo sind die?«, flüsterte Claudia, der die Anspannung ins Gesicht geschrieben war.

Lisa sah die IKEA-Tüte zuerst. Ausgerechnet jetzt versperrten ihr zwei nahende Einkaufswagen, an denen auch noch zwei nölende übergewichtige Kinder hingen, den Fluchtweg. Sie würde auffliegen. Es gab nur noch einen Weg. Kopfüber ins ewige Eis. Jetzt!

»Hier gibt's nur Tiefkühlkost«, stellte Rafael gerade fest.

Bitte, lieber Gott, mach, dass ich hier lebend rauskomme, betete Lisa. Ihre Fingerspitzen fühlten sich bereits ziemlich eingefroren an, und die Kälte kletterte langsam hoch zu ihren Schläfen. Was mussten sich Delia und Rafael nur denken, eine Frau kopfüber in der Kühltruhe stecken zu sehen? Gott sei Dank war Claudia schlagfertig genug, um die gegenwärtig etwas prekäre Situation ihrer Freundin glaubwürdig zu erklären.

»Helga. Wenn ich es dir doch sage, die haben hier kein Eis mit ganzen Himbeerstücken. Das gibt's nur in Deutschland.«

Lisa begriff, dass die beiden nun in ihrer unmittelbaren Nähe sein mussten.

»Die Deutschen. Die haben doch 'ne Macke. Sind hier in Spanien und wollen immer nur ihren deutschen Fraß«, lästerte Delia auf Spanisch. »Wenn jemand schon Helga heißt. Helga, die Eisprinzessin«, amüsierte sich Rafael unüberhörbar und gackerte wie ein Huhn.

Aus Lisa war also »Helga, la princesa de hielo« geworden, und Helga musste weiter in der eiskalten Truhe wühlen, um Claudias Spiel glaubhaft zu machen und nicht am Ende doch noch aufzufliegen. Hauptsache, der Kopf war auf Tauchstation. So musste sich der Messner im ewigen Eis auch gefühlt haben, nur hatte der Handschuhe und eine Fellmütze dabeigehabt.

»Komm. Da vorn gibt's eine Apotheke. Zumindest haben wir genug Milch«, hörte sie Delia sagen und wühlte fleißig weiter. Urlaub kopfüber in einer Gefriertruhe. Öfter mal was Neues. Fuhr man nicht der Wärme wegen nach Spanien? Und wem hatte sie das alles zu verdanken? Ihrem verfluchten Exmann.

»Helga. Du kannst aufhören, nach dem Himbeereis zu suchen! Sie laufen zum Ausgang«, vernahm sie Claudias Stimme. Für die Art, wie ihre Freundin »Helga« auch noch genüsslich betonte, hätte sie eine Ladung Eisschnee verdient. Der klebte sowieso schon an Lisas Händen.

Entwarnung! Lisa stemmte sich mit schmerzendem Rücken hoch und hielt Claudia mit steifen blauroten Fingern, die mittlerweile nach Gicht im Endstadium aussahen, ihr gottverdammtes Fruchteis hin, das sie eben doch noch im letzten Winkel der Truhe gefunden hatte. Wenigstens dafür hatte sich der Ausflug in die Antarktis gelohnt.

»Nenn mich nie wieder Helga!«, zischte Lisa und stellte zugleich erleichtert fest, dass der blaue Zipfel einer IKEA-Tüte eben am Ausgang entschwand.

Kapitel 5

Normalerweise war Lisa guten Ratschlägen äußerst zugänglich, vor allem wenn sie logisch fundiert und vernünftig waren. Was sie sich von ihren Freunden während eines kleinen Kriegsrats in einem Café gleich in der Nähe des Supermarkts und auf der Rückfahrt zu ihrem Haus alles hatte anhören dürfen, machte sie aber nur noch wütender, auch wenn sie wusste, dass es alle gut mit ihr meinten. Es waren nicht die mitleidigen Blicke, sondern der Umstand, dass keiner von ihren Freunden auch nur die geringste Ahnung zu haben schien, welches Programm gerade in ihr ablief. Lisa fühlte sich zurückversetzt in die Zeit, als Felipe versucht hatte, ihr das Leben zur Hölle zu machen. Da war guter Rat nicht nur teuer, sondern auch ziemlich nutzlos.

»Eine von Stefans Mietwohnungen steht frei. Du kannst dort bestimmt vorübergehend wohnen«, bot ihr Vroni liebenswürdigerweise an. Auch seine Yacht war als mögliche Bleibe ins Spiel gekommen. Sehr nett von Stefan, da sie sich doch kaum kannten.

»Ich würde nicht mehr zurück ins Haus gehen. Wer weiß, was die noch vorhaben«, gab Claudia kurz vor der Abzweigung zu ihrem Viertel zu bedenken. Wieder ein völlig legitimer Gedanke. Wozu sich im Urlaub Stress machen? Dies ließ aber außer Betracht, dass Lisa sich schon damals nicht hatte von Felipe kleinkriegen lassen. Flucht kam nicht in Frage, aber sie hörten einfach nicht auf, den Kern des Problems zu ignorieren.

»Ich kann heute Nacht hierbleiben, wenn du magst. Nicht wahr, Alex?«

Claudia war wirklich rührend. Wenn das kein Opfer war! Aber konnten Bonobos überhaupt länger als für ein bis zwei Stunden voneinander getrennt überleben? Alex würde am Ende noch eingehen.

»Macht euch keine Gedanken. Ich schaff das auch gut allein. Außerdem habe ich eure Handynummern, für den Notfall«, sagte Lisa tapfer.

Endlich hatten sie die Einfahrt zu ihrem Haus erreicht. Perfekte Idylle.

»Aber ruf auf alle Fälle an, damit wir wissen, dass alles in Ordnung ist«, bat Claudia zum Abschied.

Komischerweise ging es Lisa im Nu besser, als Stefans Jeep in der nächsten Seitenstraße verschwand. Wenigstens war sie die Runde Mitleid los und musste sich nicht mehr ständig rechtfertigen. Außerdem hatte Felipe ihr ja nicht zwei Berufskiller auf den Hals gehetzt. So weit würde er niemals gehen. Allein schon, dass sie diesen Gedanken als theoretische Möglichkeit in Erwägung zog, belegte allerdings, wie aufgewühlt sie noch war. So friedlich, wie das Haus jetzt vor ihr lag, gab es aber nicht den geringsten Grund, sich Sorgen zu machen. Die beiden waren wahrscheinlich nicht einmal da. Lisa seufzte, ging in den Garten und freute sich auf die Lektüre ihres Buchs. Seltsam. Hatte sie es heute Morgen nicht mit dem Buchrücken nach unten auf den Tisch gelegt? So konnte man sich täuschen.

»Hast du schon gesehen, was die so liest?«, fragte Rafael, während er in der kleinen Küche auf ihrer Etage Rind- und Schweinefleisch in kleine Streifen schnitt.

»Was denn?«, fragte Delia eher desinteressiert. Sie beschäftigte sich lieber mit den fünf Knoblauchknollen, die sie im Supermarkt gekauft hatte.

»Das böse Mädchen.«

»Wie passend«, erwiderte Delia amüsiert und fing an, die erste Knoblauchzehe kleinzuschneiden.

»Du willst das aber dann nicht auch noch alles essen, oder?«, fragte Rafael etwas verunsichert. Die Menge, die Delia kleinhackte, war sicher ausreichend, um eine ganze Division der Fremdenlegion zu verseuchen.

»Knoblauch ist gesund. Man kann gar nicht zu viel davon zu sich nehmen.«

So entschlossen, wie Delia die Zehen zerlegte, gab es heute Knoblauch mit Beilagen.

Ihren Maßnahmenkatalog damit aufzustocken, der Hausherrin die Bude ordentlich auszuräuchern, war Delias Idee gewesen. Fettpartikel in Verbindung mit Knoblauch, die Küchendunst und Rauch gleichmäßig im Raum verteilten, konnten sich auf Wochen hartnäckig festsetzen.

»Hast du Gasmasken dabei? Du hattest doch so was in deinem Koffer«, fragte er, nachdem ihm eingefallen war, dass sie sich selbst zwangsläufig auch diesem Gestank aussetzen mussten, aber weniger darunter leiden würden, wenn sie selbst Knoblauch gegessen hatten.

»Stell dich nicht so an und schneid lieber die Tomaten«, erwiderte Delia resolut, stellte die Pfanne auf den Herd und goss ordentlich Olivenöl hinein.

»Hast du vorhin noch mal nachgesehen, ob die Kellertür einen Spaltbreit offen ist?«

»Ja, aber was wollen wir denn im Keller?«, fragte Rafael.

»Der Gestank muss sich im Haus verteilen. Dafür brauchen wir Zugluft.«

»Hast du die Tür zu ihrem Wohnzimmer angelehnt?«, wollte Delia wissen.

»Ja, hab ich. Aber das gibt Ärger.«

»Soll es ja, und zwar jede Menge«, erwiderte Delia.

»Lisa kann sich bestimmt daran erinnern, dass die Tür zu war.«

»Aber sie schließt sie normalerweise ja nicht ab. Bei den alten Türen ... Die Badtür springt doch auch immer wieder auf, wenn man sie nicht fest ins Schloss drückt. Du wirst sehen, der Rauch zieht von der Küche nach unten. Ich werd Handtücher vor den Türspalt zu unserem Zimmer legen. Da kommt nichts rein.« Delia hatte tatsächlich an alles gedacht und nichts dem Zufall überlassen. Vielleicht klappte es ja. Andreas' Geld mussten sie sich jedoch schwer verdienen.

»Meinst du, dass sich Carmen bei mir melden wird?«, fragte er in Gedanken an seine Tochter.

»Du kannst dir Liebe nicht erkaufen, Rafael«, sagte Delia mit niederschmetternder Ehrlichkeit, die er an ihr schätzte. War es also wirklich zu naiv zu glauben, dass ein Geschenk oder gelegentliche finanzielle Zuwendungen jemals wettmachen konnten, was seine Familie verloren hatte? Was war das schon, verglichen mit dem Verlust einer Villa im besten Wohnviertel Madrids, einem Totalabsturz, den allein er zu verantworten hatte?

Das Öl wurde heiß. Delia gab den ersten Knoblauch hinein. Im jetzigen Stadium lief einem noch das Wasser im Mund zusammen. Die Pfanne zischte, und im Nu verbreitete sich der Knoblauchgeruch im Raum. Die Dunstschwaden zogen aber wie gewünscht hinaus auf den Gang und hinunter in den Flur, so dass der Aufenthalt in der Küche erträglich wurde.

»Ich schlage vor, wir essen erst nach Phase zwei.«

»Phase zwei?«, fragte Rafael.

»Was glaubst du, weshalb ich meine alte Pfanne von daheim mitgenommen habe?«, fragte sie und gab nun das Fleisch und etwas Gemüse hinein.

Phase zwei klang nach militärischem Großeinsatz, und Delia stand am Herd wie ein General, der eben zum Angriff der Infanterie hatte blasen lassen, nur waren ihre Soldaten Millionen kleine fiese Dunstpartikel, die statt Bajonetten und Schwertern ätzende Knoblauchpartikel ins Feld des Gegners trugen. Rafael hoffte inständig, dass Lisa ihren Angriff mit biochemischen Waffen nicht mit einem atomaren Gegenschlag beantworten würde.

Lisa war so gefesselt von ihrer Lektüre, dass sie das Buch nicht mehr aus der Hand legen konnte. Vor allem beschäftigte sie die Frage, ob man Männer wirklich so schlecht behandeln, unentwegt demütigen und an der kurzen Leine halten musste, damit sie sich obsessiv in einen verliebten. Llosa schien diese These zu vertreten, sonst hätte er wohl kaum diesen Roman geschrieben. Am Ende hatte sie Felipe damals zu gut behandelt, überlegte Lisa. Ein völlig neuer Aspekt der Vergangenheitsbewältigung, den sie aber im Moment nicht weiterzuverfolgen gedachte, weil sie eine zweite Sache nun noch viel mehr beschäftigte. Die Heldin in diesem Roman hatte ein hartes Leben gehabt, war in den Slums Perus aufgewachsen und hatte irgendwann beschlossen, ein »böses Mädchen« zu werden, um sich rücksichtslos ihre Scheibe vom Glück im Leben abzuschneiden. Sie war auf ihre Art nicht unsympathisch, und spätestens, als sie selbst an den Falschen geraten war – jemanden, der sie schlecht behandelte – und schwer erkrankte, konnte sie einem richtig leidtun, aber nicht gänzlich. Lisa hatte beim Lesen kein Mitleid mit ihr gehabt, eher ein ziemlich schäbiges Gefühl der Genugtuung empfunden. War das Leben wirklich so gerecht? Mussten die Bösen letztlich doch bezahlen? Lisa ließ das Buch in ihrer Hand für einen Moment sinken und starrte auf den Jacarandabaum, als ob das klare Blau seiner Blüten irgendeine Antwort darauf bereithalten würde. Wie oft hatte sie Felipe in die Hölle gewünscht, und das aus vollem Herzen. Das hatte in dem Moment zwar gutgetan, aber die darauffolgenden Alpträume, meist noch in derselben Nacht, waren ein untrügliches Indiz dafür gewesen, dass man sich damit nur selbst schadete. Das Gleiche galt für den Wunsch nach ausgleichender Gerechtigkeit. Es tat ihr nicht gut, denn immer, wenn sie dieses Verlangen verspürt hatte, war die alte Wut auf Felipe mit hochgekommen, Zorn, der ihr zu viel Energie raubte, auch wenn er gerecht war. Nun war dieser alte Zorn wieder da, und Lisa fragte sich, ob Felipe auch eines Tages für das, was er ihr und anderen angetan hatte, bezahlen müsste. »Der böse Junge«, der einfach nicht damit aufhören konnte, »böse« zu sein. Lisa beschloss, diesen Gedanken weit von sich zu schieben. Ihren Wunsch nach Gerechtigkeit hatte sie doch schon vor Jahren ans Universum abgegeben. Das hatte den Vorteil, dass sie nach wie vor Klägerin sein konnte, aber keine Richterin mehr war. Dies überließ sie lieber den Kräften, die dafür zuständig waren, dem Schicksal oder Nemesis selbst, der Göttin des gerechten Zorns. Sie hatte bisher ausnahmslos dafür gesorgt, dass sich schicksalhafte »Schieflagen« in irgendeiner Form begradigten – ein beruhigender Gedanke. Lisa legte das Buch auf den Tisch und überlegte, ins Haus zu gehen, um sich etwas zu essen machen, doch das Spiel der blauen Jacaranda-Blüten im Wind war viel zu schön. Schon wieder musste sie an »den bösen Jungen« denken. Würde sie ihm jemals verzeihen können? Die Antwort wurde ihr schnell klar. Nein, denn ohne Reue gab es kein Verzeihen, und er war der Letzte, der irgendetwas in seinem Leben bereuen oder sich gar dafür entschuldigen würde. Lisa raffte sich trotz der Schwermut ihrer Gedanken auf, blickte hinüber zum Haus und bemerkte, dass sich die Scheiben des Küchenfensters im ersten Stock verändert hatten. Sie wirkten irgendwie milchig. Sie setzte ihre Lesebrille ab und sah den Rauch. Feuer! Rafael und Delia mussten also doch die ganze Zeit über da gewesen sein, und es sah ganz danach aus, als würden sie ihr gerade die Bude abfackeln. Lisas Sprint zum Haus war rekordverdächtig, doch dann ging ihr schlagartig die Puste aus, weil es bereits aus der Tür qualmte. Der Rauch nahm ihr schlagartig Sicht und Atem. Ein schier unerträglicher Fett- und Knoblauchgestank kam noch hinzu. Sollte sie gleich die Feuerwehr oder die Polizei rufen? Erst einmal lüften! Sie riss das Fenster im Flur auf und blockierte die geöffnete Haustür mit einem der schweren Blumentöpfe, die neben dem Eingang standen. Sofort zog ein Teil des Rauchs ab. Mit frischem Sauerstoff in den Lungenflügeln stapfte sie wütend die Treppe nach oben. Die Küchentür stand offen. Der Rauch kam eindeutig von einer großen Pfanne, die auf dem Herd stand. Lisa stürmte hinein, schnappte sich ein Tuch und beförderte die Pfanne erst einmal in den Ausguss. Herd abdrehen. Fenster auf. Waren die beiden unbemerkt gegangen und hatten vergessen, den Herd auszumachen? Nachsehen! Ohne anzuklopfen, öffnete Lisa die Tür zum Zimmer der beiden und traute ihren Augen nicht. Delia saß auf einem Stuhl und las Zeitung, als wenn nichts passiert wäre.

»Können Sie nicht anklopfen?«, fragte sie empört.

Erst jetzt fiel Lisa auf, dass dieser Raum rauch- und geruchsfrei war. Kein Wunder. Die Klimaanlage lief auf Hochtouren und machte einen Höllenlärm.

»Sie haben vergessen, den Herd auszustellen!«, blaffte Lisa sie an.

Delia wirkte irritiert, schnupperte dann etwas zaghaft. »Jetzt, wo Sie es sagen. Um Gottes willen.« Sofort sprang sie auf.

»Lesen Sie ruhig weiter. Ich hab die Pfanne schon vom Herd genommen«, sagte Lisa zynisch.

»Das ist sehr freundlich von Ihnen. Mein Mann und ich sind wohl nicht so geschickt in der Küche«, erwiderte Delia.

Mit allem hätte Lisa gerechnet, aber nicht damit.

»Das nächste Mal grillen Sie draußen, im Garten!«

»Daran haben wir auch schon gedacht, aber Sie haben uns ja gesagt, dass wir ihn nicht betreten dürfen«, erwiderte Delia wie die Freundlichkeit in Person.

Nun kam auch noch Rafael mit einem Handtuch um die Hüfte gewickelt herein. »Sie erlauben?«, fragte er und zwängte sich halbnackt an Lisa vorbei.

»Und Ihnen ist auch nicht aufgefallen, dass es gequalmt hat?«, fragte sie ihn.

»Nein, ich war im Bad. Und wenn man selbst Knoblauch gegessen hat …«, sagte er, zuckte mit den Schultern und schnupperte in den Raum hinein.

Lisa nickte nur, nachdem sie die Handtücher auf dem Boden entdeckt hatte. Jedes weitere Wort wäre nun sowieso überflüssig. Alles Absicht. Dieses verlogene Pack! Ihre Gedanken kreisten nur noch um eines: Felipe verzeihen? Niemals!

Putzen tat gut, um Aggressionen abzubauen. Leider war der primäre Grund diesmal ein anderer. Die beiden schrägen Vögel hatten den Boden des Erdgeschosses mit ihrer Aktion in so etwas wie eine Eisbahn verwandelt. Spiegelglatt! Die Fettpartikel hatten sich bis in Lisas Wohnzimmer verteilt. Die Tür war bestimmt wieder einmal nicht zugeschnappt ... Oder hatten die beiden sie absichtlich geöffnet? Nein, das wäre ja mutwillige Sachbeschädigung. In Anbetracht der aufgerollten Handtücher am Boden aber durchaus denkbar. Claudia hatte diese Variante trotzdem ausgeschlossen, weil die Handtücher auch einen ganz anderen Grund gehabt haben könnten, zumindest rein theoretisch, wenngleich ihr ad hoc auch keine andere Erklärung, als den Rauch abzuhalten, eingefallen war. Das Leid am Telefon loszuwerden hatte trotzdem gutgetan. Immerhin war die Clique jetzt beruhigt, dass sie noch lebte. Auf den Gedanken, ihr beim Reinigen des Bodens und Abwischen aller Flächen, auf denen sich das Fett abgesetzt hatte, zu helfen, war allerdings keiner gekommen. Kein Wunder, denn Lisa hatte die Zustände im Haus als infernal bezeichnet und gemutmaßt, diesen penetranten Knoblauchgeruch nie mehr aus der Kleidung zu bekommen, geschweige denn aus den Polstermöbeln. So schnell hatte Claudia noch nie ein Telefonat beendet. Tolle Freunde, die sie mitten in diesem Gestank und mit dem Ratschlag, sich Zitronenreiniger zu besorgen, im Stich ließen. Dass sie nun auf Jahre vor nächtlichen Vampirangriffen geschützt sei, war eine jener »witzigen« Bemerkungen, die Claudia sich auf Zuruf von Vroni hätte sparen können. Zum Knoblauchgestank gesellten sich nun auch noch der beißende Chlorgeruch des spanischen Putzmittels und Flamencosound, der von oben herunterhallte. Der gewöhnliche Spanienurlauber lauschte diesen Klängen in irgendeiner schnuckeligen Flamencobar bei Vino tinto und Tapas. Der von ungebetenen Gästen geplagte Sommerresident versüßte sich damit eine nicht enden wollende Putzaktion. Lisa konnte aber nicht umhin, sich einzugestehen, dass die Musik Laune machte, und ertappte sich sogar dabei, den Wischmopp rhythmisch im Takt der Musik zu bewegen. »Olé!« Leider wurde die Musik kontinuierlich lauter, die leidenschaftlichen Stimmen der Flamencosänger penetranter. Erst vollfressen, die Bude verpesten und dann Fiesta zu Flamencoklängen. Die hatten sie ja nicht mehr alle. Lisa klopfte wütend mit dem Stiel des Besens gegen die Decke ihres Zimmers, das genau unter dem Wohnraum der beiden lag. Die Antwort kam prompt. Zwei Klopfzeichen von oben. Nach dreimaligem Klopfen rumste erneut das Echo zu ihr herunter, und zwar so massiv, dass die Kristallanhänger ihres Kronleuchters gegeneinanderschlugen und anfingen, vor sich hin zu klimpern.

Lisa begann zu köcheln. »Ruhe«, brüllte sie nach oben, nachdem sie auf die Wanduhr gesehen hatte, deren Zeiger bereits auf halb elf standen. Das war nächtliche Ruhestörung. Lisa überlegte, erneut nach oben zu gehen, nur was sollte das schon bringen! Nun entwickelte das Echo auch noch Eigenleben. Aus rhythmischem Klopfen wurde Trampeln im Takt der Musik. Flamencoschuhe! Bei dieser Lautstärke war an Lesen nicht zu denken. An Schlafen ohnehin nicht. Vielleicht sollte sie doch ihre Clique um Hilfe bitten. Mehr als Mitleid würde sie jedoch nicht ernten, und das brachte sie nicht weiter. Sie könnte in Vorortkneipen nach russischen Schlägerkommandos Ausschau halten, um ihre beiden Poltergeister zur Vernunft zu bringen. Absurd. Vielleicht würde es ja weniger laut hallen, wenn sie zu Bett ginge und sich zusammengezwirbelte Papiertuchfetzen in die Ohren stopfte. Einen Versuch wäre es wert, und es klappte. Bleierne Müdigkeit tat ihr Übriges. Ein letzter Blick auf die Uhr: schon halb eins. Die Musik hörte schlagartig auf. Hatte der liebe Gott doch noch Einsicht und erlöste sie von diesem Wahnsinn? Lisa spürte nur noch diesen angenehmen Ruck, das entspannende Gefühl, wenn das Stammhirn nach hinten wegklappte und die Lichter im Kopf ausgingen. Tiefer, erholsamer Schlaf kündigte sich an. Doch es blieb dabei. Die beiden mussten lediglich die CD gewechselt haben. Der heisere Cante eines Sängers hallte bis ins Schlafzimmer und bahnte sich seinen Weg an soften Papiertuchknäueln vorbei direkt durch ihr Trommelfell in die Gehörgänge. Und wie es da gerade trommelte. Das Gestampfe war kein Flamenco mehr, das war *Lord of the Dance* mit gefühlten tausend Mann auf einer Bühne, die ihre Schlafzimmerdecke war. Lisa setzte sich blitzartig auf. Das Geräusch verstummte. Fünf Minuten Ruhe. Sollte sie es wagen, noch einmal einzuschlafen? Sich noch einmal zu beschweren kam nicht in Frage. Darauf warteten die beiden doch nur. Kurz vor eins. Immer noch Ruhe. Delia und Rafael war bestimmt die Puste ausgegangen. Vielleicht machten sie aber auch nur eine kurze Pinkelpause oder stärkten sich mit einem Kaffee. Lisa bettete ihr Haupt zurück aufs Kopfkissen. Es blieb ruhig. Nun war aber die Müdigkeit vor Aufregung wie verflogen. Zu schnell schlug das Herz, zu aufgewühlt war ihr Inneres. Das wäre doch die Gelegenheit, um endlich ihr Buch zu Ende zu lesen, überlegte Lisa, darum bemüht, der Situation etwas Positives abzuringen. Kaum hatte sie das Buch in der Hand, ging es von vorn los. Das war eindeutig Psychoterror. Senkrecht im Bett, kam Lisa der Gedanke, ob sie nicht doch die Polizei rufen sollte, verwarf ihn aber sogleich. Es würde nichts bringen, weil die spanische Polizei in der Regel auch aus banalem Anlass mit Blaulicht kam. Die halbe Nachbarschaft würde wach werden, und die beiden Übeltäter wären gewarnt. Noch bevor die Polizei aus ihrem Einsatzwagen steigen könnte, wäre die Musik aus, und die beiden würden sich schlafend stellen. Im Bett zu bleiben war jetzt jedenfalls nicht mehr möglich. Am besten, sie machte sich eine Tasse Tee und setzte sich damit auf die Terrasse.

Delia hockte auf dem Bett und massierte ihre angeschwollenen Füße. Sie schmerzten höllisch, dementsprechend gequält war ihr Gesichtsausdruck, den Rafael mitleidig kommentierte.

»Hoffentlich gibt das mal keine Blasen an den Füßen«, sagte er.

»Das letzte Mal hab ich vor zehn Jahren Flamenco getanzt«, bekannte Delia und dachte an die Zeit, als sie noch Unterrichtsstunden genommen und eine bessere Kondition gehabt hatte. Nichts war schöner als Flamenco, leider fiel ihr neben gutem Sex auf Anhieb auch nichts Schweißtreibenderes ein.

»Dafür ging es aber noch recht flott«, sagte Rafael. »Komm, ich massier dir die Füße«, bot er ihr an.

»Ich frag mich, warum sie nicht mehr nach oben gekommen ist. Die Deutschen beschweren sich im Urlaub doch sonst so gern«, sagte Delia, lehnte sich zurück und versuchte, sich bei Rafaels Fußmassage zu entspannen.

»Wir waren bestimmt nicht laut genug, und sie ist eingeschlafen«, mutmaßte Rafael, doch Delia glaubte das nicht.

»Die will einfach nichts mit uns zu tun haben. Hast du ihren angewiderten Gesichtsausdruck nicht gesehen?«

»Jetzt übertreib mal nicht«, sagte er und knetete ihre Füße mit Hingabe durch.

»Das tut gut.« Delia stöhnte und rekelte sich dabei wohlig. So feinfühlig und zugleich kraftvoll, wie Rafael ihre Fußsohlen bearbeitete, könnte er damit locker seinen Lebensunterhalt verdienen. Fußreflexzonenmassage am Strand. Die Touristen würden es lieben.

»Ich fürchte, wir müssen noch ein paar Kohlen nachlegen«, resümierte Delia, weil sie mit dem Ergebnis des heutigen Abends alles andere als zufrieden war.

»Noch mal die Musik aufdrehen? Ich kann die CD schon nicht mehr hören«, protestierte Rafael.

»Ich dachte an etwas anderes«, sagte sie und blickte zu ihrem Koffer, aus dem die Peitsche hervorlugte.

»Willst du sie etwa damit verprügeln?«, fragte Rafael.

»Nein. Dich!« Delia amüsierte sich darüber, dass Rafael augenblicklich zusammenzuckte und sich versteifte. »So brav, wie du jetzt vor mir kniest. Da könnte ich auf dumme Gedanken kommen …«

»Da mach ich nicht mit!« Rafael sah sie an wie das Kaninchen die Schlange.

Delia erinnerte das an alte Zeiten. Abrupt packte sie Rafael am Kragen seines Polohemds, zog ihn spielerisch zu sich und setzte den in vielen Berufsjahren einstudierten Blick einer Raubkatze ein. Kein Wunder, dass Roberta, die friedlich auf einem Kissen geschlafen hatte, sie sofort anfauchte.

»Knie nieder, Sklave!«, befahl sie ihm mit tiefer Stimme.

Und so, wie Rafael augenblicklich schluckte, hatte sie ihr Handwerk anscheinend noch nicht verlernt.

»Das ist nicht dein Ernst.«

Statt zu antworten, nickte Delia nur und freute sich auf die nächste Runde, auch wenn es dafür schon reichlich spät war.

Schon halb zwei, und immer noch kein Anflug von Müdigkeit in Sicht. Lisa ärgerte sich darüber, dass sie ihren toten Punkt überwunden hatte. Es konnte jetzt Stunden dauern, bis sie wieder müde wurde. Daran würde auch der Beruhigungstee nichts ändern, den sie sich gemacht hatte.

Yolanda schien es ähnlich zu gehen. Sie lugte im Nachthemd durch die Gartentür. »Ich kann nicht schlafen, die Hitze«, sagte sie und kam näher.

»Hast du den Lärm bei mir im Haus nicht gehört?«, fragte Lisa.

»Ich dachte, du feierst mit deinen Freunden«, gestand ihre Nachbarin dann doch.

»Freunde ist gut. Felipe hat mir zwei *seiner* Freunde ins Haus gesetzt.«

Yolanda sah sie voll Mitgefühl an und legte ihren Arm um Lisas Schulter. »Hab ich mir schon gedacht. Ich hab sie ja nur kurz im Garten gesehen. Sie passen nicht zu dir«, sagte Yolanda.

So nachdenklich, wie ihre Nachbarin nun vor sich hin starrte, wurde Lisa sich immer sicherer, dass Yolanda irgendetwas sehr belastete, und das konnten nicht ihre ungebetenen Gäste sein. Dass eine Spanierin, die hier lebte, wegen ein bisschen Partylärm nicht schlafen konnte, war sowieso unwahrscheinlich.

»Alles okay mit dir?«, fragte Lisa sachte nach.

Yolanda seufzte. »Es ist der Junge …«, begann sie schließlich.

»Er ist eben ein aufgewecktes Bürschchen. Jungs in dem Alter sind alle so lebhaft.« Auch wenn Yolanda noch recht rüstig war, konnte es durchaus sein, dass sie der junge Yedi-Ritter überforderte.

»Das ist es nicht, Lisa«, sagte Yolanda traurig.

»Ist etwas passiert?«, fragte Lisa.

»Er ist schwer krank«, sagte sie nach einer Weile, als ob sie es sich erst hätte überlegen müssen, offen mit Lisa darüber sprechen zu können.

»Was hat er denn?«

»Er hat einen seltenen Herzfehler. Die Ärzte sagen dazu offene Mitralklappeninsuffizienz.«

»Was genau ist das?«

»Seine Herzklappen funktionieren nicht so wie bei einem gesunden Jungen … Er wird vielleicht nicht alt werden, Lisa.«

Luke, das ausgelassene Energiebündel, und schwer krank? Kaum vorstellbar. Die arme Yolanda. Der arme Luke!

»Kann man denn gar nichts tun?«

»Nur wenn er noch ein paar Jahre durchhält … Er braucht mehrere OPs, aber die sind sehr teuer, genau wie die Medikamente zur Blutverdünnung. Wir haben nicht so viel Geld.«

»Ja, aber wenn diese Eingriffe notwendig sind, dann müsste die Krankenkasse das doch bezahlen.«

»Meine Tochter ist nicht mehr sozialversichert. Ein Eingriff kostet uns um die siebzigtausend Euro, und es stehen noch mindestens zwei OPs aus.«

»Noch zwei?«

»Erst wenn er nicht mehr wächst, hören die OPs auf.«

»Also noch mal hundertvierzigtausend Euro?«, fragte Lisa mit einem Kloß im Hals. Das musste erst mal sacken, doch dann überlegte Lisa, dass sie noch ganz ordentliche Ersparnisse auf dem Festgeldkonto hatte.

»Ich könnte euch Geld leihen, aber mehr als achttausend hab ich nicht flüssig.«

Yolanda war sichtlich gerührt. Sie sah Lisa nur an und

fuhr ihr durchs Haar. »Du bist ein Engel, Lisa, aber das musst du nicht. Bisher sind wir mit Spenden gut über die Runden gekommen. Ich mach mir mehr Sorgen, dass bei dem Eingriff irgendetwas schiefläuft. Die Nebenwirkungen der Medikamente sind auch nicht ohne.«

»Gibt es denn wirklich nichts, was ich tun kann?«, fragte Lisa sicherheitshalber noch mal nach und erntete ein resigniertes Kopfschütteln.

»Luke hat einen Schutzengel, der auf ihn aufpasst. Es wird schon alles gut werden«, tröstete Yolanda sich.

Typisch katholisches Spanien. Man verließ sich auf einen Schutzengel. Lisa war sich sicher, dass sie bisher noch keinem begegnet war.

Yolanda seufzte aufs Neue und starrte auf den Jacaranda, der mittlerweile auch Lisas Blick wieder auf sich gezogen hatte, jedenfalls so lange, bis ein markerschütternder Schrei vom Haus zu ihnen drang. Lisa erschrak. Yolanda sprang wie von der Tarantel gestochen auf und bekreuzigte sich. Wieder ein Schrei, dem ein Peitschenknall folgte.

»¡Pegame, mi dueña. Pegame, reina de mis sufrimientos!«, tönte es verzweifelt von oben. Das war Rafaels Stimme, und er winselte darum, von »seiner Meisterin geschlagen« zu werden.

Wieder knallte die Peitsche.

»¡Fuerte, mi reina. Mas!« Rafael konnten Delias Schläge offenbar nicht stark genug sein, so inständig, wie er darum bat.

»¡Cállate, cabrón!«, schrie nun auch Delia und gab damit ihrem Sklaven zu verstehen, »sein Maul« zu halten.

»Wir sollten die Polizei rufen«, sagte Yolanda ängstlich. »Sie bringt den Mann noch um.« Für eine strenggläubige Katholikin war diese Art von Spielchen – nichts anderes konnte es Lisas Ansicht nach sein – sicherlich gewöhnungsbedürftig.

»Lass nur. Erstens steht er wohl darauf, und zweitens hat er es verdient!«

Wieder zuckte Yolanda zusammen, als der nächste Peitschenhieb knallte und Rafael laut aufschrie.

Wer weiß, vielleicht hat Felipe die beiden ja in einem SM-Club kennengelernt, überlegte Lisa und war sich sicher, dass diese Nacht nun endgültig gelaufen war.

Rafael schlich so leise wie möglich die knarzende Treppe hinunter, was mit einer Plastiktüte in der Hand, deren Inhalt verräterisch schepperte, gar nicht so einfach war. Sein verletzter Knöchel schmerzte gleich noch mehr, weil sein Fuß das Gewicht des Körpers abfedern musste. Katze müsste man sein. Leise Pfoten hatte er jedenfalls nicht gerade. Rafael hoffte inständig, dass Lisa bereits schlafen möge. Bei dem, was er vorhatte, durfte sie ihn auf keinen Fall erwischen. Schon wieder knarrte eine der Treppenstufen. Und dann noch dieser stechende Schmerz bis ins Fußgelenk hinein. Rafael fluchte leise vor sich hin. Diese verdammte Peitsche. Unkontrollierbar! Dabei hatte er Delia noch gesagt, dass sie aufpassen solle, aber das Ding hatte ein Eigenleben entwickelt und ihn ohne Vorwarnung am Fuß erwischt. Zumindest einer der Schreie musste recht überzeugend gewesen sein. Wie konnte nur jemand auf Peitschenhiebe stehen? Er jedenfalls nicht. Noch zwei Stufen. Kein Licht, kein Mucks. Jetzt nur noch möglichst unbemerkt die Tür zum Garten öffnen und anlehnen, damit sie nicht ins Schloss schnappte. Auch diese Etappe lag nun hinter ihm. Rafael griff in die Plastiktüte und holte ineinandergestapelte Kompottschalen heraus, die er im Garten just an den Lücken im Zaun aufstellte, durch die Robertas Artgenossinnen hindurchschlüpfen konnten. Die Gegend war voll mit streunenden Katzen. Jetzt fehlte nur noch der Baldrian. Delia hatte vorgeschlagen, ihn gleichmäßig auf den Zaun zu sprenkeln. Inständig hoffte er, dass sie Lisa damit nicht ernsthaft gefährden würden und sie keine Katzenallergie hatte. Allergien konnten alles Mögliche auslösen und im schlimmsten Fall sogar tödlich verlaufen. Zu gut erinnerte er sich an eine Einladung bei deutschen Freunden zu Weihnachten vor vielen Jahren, als er noch verheiratet gewesen war. Es hatte Zimtplätzchen gegeben und deutschen Glühwein, der auch noch mit Zimt versetzt war. Hätte seine Frau nicht sofort reagiert und den Notarzt gerufen, wäre er wohl an diesem Abend erstickt. Dabei roch Zimt nicht einmal schlecht, jedenfalls besser als Baldrian, der nun schon an seinen Fingern klebte. Noch drei Zaunlatten. Fertig. Rafael schraubte die Flasche zu und legte sie zurück in die Tüte. Jetzt aber ab in die Falle, vielmehr auf die verstaubte Pritsche. Es musste ja schon halb fünf Uhr morgens sein.

Kapitel 6

Felipe hatte doch tatsächlich das Türschloss zu ihrer Münchner Wohnung auswechseln und Kuhmist in den Briefkasten stopfen lassen. Es stank bestialisch. Mit Gummihandschuhen bewaffnet, versuchte Lisa, alles sauber zu bekommen, doch kaum war der gröbste Dreck entfernt, war der Briefkasten schon wieder gefüllt. Es war zum Verzweifeln. Sie bückte sich erneut nach der inzwischen prall gefüllten Plastiktüte, aus der es stank wie im Kuhstall. Da knallte die Klappe ihres Briefkastens urplötzlich so laut auf das Metallgehäuse, dass sie aufschreckte und sich schweißgebadet in ihrem Schlafzimmer in Marbella wiederfand. Ein furchtbarer Traum. Natürlich von Felipe. Lisa setzte sich auf. Jetzt begegnete er ihr doch glatt wieder im Traum, nach vielen Jahren nächtlicher Ruhe. Lisa erinnerte sich daran, dass Felipe tatsächlich einmal das Schloss ihrer Madrider Wohnung hatte auswechseln lassen, als sie ihre Sachen und einige Möbel abholen wollte. Diese dann später in einem Pferdestall in Jerez vorzufinden, mitten im Misthaufen, war eines der Dinge, über die Lisa sich auch heute noch maßlos aufregen konnte. Kein Wunder, dass das alles angesichts der derzeitigen Anspannung in ihr aufkeimte. Es ging ja weiter mit seinen Schikanen, und wie so oft bediente Felipe sich anderer, um sie unter Druck zu setzen. Lisa blickte auf die Uhr. Sechs Uhr morgens. Sie musste also noch einmal eingeschlafen sein. Oben war Ruhe. Natürlich! Nach dem, was die beiden letzte Nacht veranstaltet hatten, mussten sie jetzt zwangsläufig schlafen. Dem konnte sie aber Abhilfe schaffen. Nur wie? Erstens hatte sie keine Flamencoschuhe, und zweitens könnte sie damit ja nicht auf der Decke tanzen. Stichwort Decke! Lisa stand auf und eilte ins Wohnzimmer. Gut, dass sie noch die großen alten Lautsprecher einer Stereoanlage aus den achtziger Jahren hatte. Der Resonanzkörper würde reichen, um ordentlich Lärm zu veranstalten, und ihr Holzschrank, der bis zur Decke reichte, bot gerade noch ausreichend Platz, um die beiden Ungetüme mit den Membranen nach oben auf den Schrank zu stellen. Einer der Lautsprecher musste um die sieben Kilo wiegen. Jetzt nur nicht vom Stuhl fallen. Den Rest ihres Urlaubs dank Felipe im Krankenhaus zu verbringen fehlte gerade noch. Geschafft! Die Kabel waren lang genug. Passende Musik musste her. Ein paar CDs hatte Lisa im Laufe der Zeit mit nach Marbella genommen, überwiegend Klassik, für die sie zu Hause so gut wie nie die Muße fand. *Eine kleine Nachtmusik* wäre eher kontraproduktiv. Dummerweise befand sich überwiegend beruhigendes Klavierspiel in ihrer Sammlung. Vielleicht würde sie ja in ihrer Soundtrack-Sammlung fündig werden. *Der weiße Hai* vielleicht? Unpassend. Das Thema vom *Mord im Orientexpress*? Probe hören! Der Anfang war nicht schlecht, aber schon bald klangen die beschwingten Walzertöne viel zu fröhlich und lullten einen höchstens noch mehr ein. Es musste gewaltiger sein, massiver. Das nächste Stück, in das sie hineinskippte, donnerte ordentlich. Perfekt! Track Nummer vier auf ihrer Best-of-Sammlung diverser Filmklassiker. Wagners »Walkürenritt« hatte Francis Ford Copolla bestimmt nicht ohne Grund gewählt, um den

Angriff amerikanischer Luftstreitkräfte auf ein vietnamesisches Dorf musikalisch zu untermalen. So groß, wie diese Boxen waren, würden sie maximale Lautstärke vertragen. Ihre Ohren jedenfalls nicht. An die zusammengezwirbelten Papiertaschentücher im Ohr hatte Lisa sich ja bereits gewöhnt. Also rein damit und auf die Play-Taste gedrückt. Tattatatahhhta tattatatata … Diese mächtige Tuba. Göttlich! Und wie schön das nach oben wummerte. Die Vibration war bis in ihren Bauch spürbar. Und es tat sich was. Ein dumpfer Schlag war trotz des Lärmpegels von oben zu hören. Da musste es jemanden aus dem Bett gehoben haben. Wie schön! Auf Wagner war Verlass! Ob sie sich bei ihr nun auch beschweren würden? So dreist konnten sie nicht sein. Sie könnte ja mal nachsehen, ob sich etwas tat. Mit einem lässigen Tippen auf die Wiederholungstaste ihres CD-Spielers, die Wagner nun in Endlosschleife legte, beschloss Lisa, den Raum zu verlassen. Der Lärm war selbst im Gang noch höllisch, doch die Ganzkörpervibrationen ließen deutlich nach. Wenn die beiden »vergessen« hatten, den Herd abzustellen, konnte ihr niemand übelnehmen, »vergessen« zu haben, den CD-Player auszuschalten. Dreistigkeit konnte ganz schön ansteckend sein. Im Garten war es bestimmt ruhiger, doch noch bevor sie die Haustür erreicht hatte, rumpelte Rafael in Unterhosen und T-Shirt auch schon die Treppe herunter.

»Guten Morgen«, schrie sie ihn an, um Wagner zu übertönen.

»Machen Sie das aus!«, brüllte er gegen den Lärm an.

»Ich denke überhaupt nicht daran!«, krächzte Lisa und hoffte inständig, dass er sich verzog. Ihre Stimmbänder fühlten sich bereits jetzt ziemlich angegriffen an.

Rafael wollte sich bereits an ihr vorbei in Richtung ihres Wohnzimmers drängen, doch Lisa stellte sich ihm in den

Weg. Erst jetzt fiel ihr auf, dass an seinen Beinen und Armen keine Verletzungen von der vorabendlichen »Session« zu sehen waren. Sicher verdeckte das T-Shirt die Spuren der Peitsche, die seine »Meisterin« ihm auf dem Rücken zugefügt haben musste. Lediglich am Fußgelenk war eine rote Stelle zu sehen. Dass sie die Blessur bemerkte, schien Rafael sichtlich unangenehm zu sein.

»Na, tut's noch weh?«, fragte sie keck.

Für jemanden, der auf harten SM-Sex stand, wirkte Rafael jetzt aber ziemlich unsouverän. Klar, er war ja auch der Sklave in seiner Beziehung. Wieder versuchte er, sich an ihr vorbeizuschieben, doch Lisa folgte seinen Bewegungen spiegelbildlich, um ihm den Weg abzuschneiden. Von außen betrachtet musste das so aussehen, als würden sie gerade einen neuen Gesellschaftstanz einstudieren, der im Wesentlichen darin bestand, mit dem Oberkörper parallel zueinander hin- und herzuschwingen – ein Zweikampf, den der »Walkürenritt« auf skurrile Weise auch noch rhythmisch perfekt orchestriert zu untermalen schien.

»Lassen Sie mich sofort vorbei, oder ich …«, brüllte er wütend.

»Oder was?«, schrie sie ihn gegen das orchestrale Inferno an.

Rafael hielt kurz inne, überlegte und winkte ab, bevor er auf dem Absatz kehrtmachte und unverrichteter Dinge nach oben stapfte. Vielleicht sollte sie die Musik jetzt ausschalten. Eine Lektion hatte sie den beiden sicher erteilt. Das reichte fürs Erste.

Die Ruhe im Garten war beunruhigend. Es herrschte morgendliche Stille und Harmonie, bis auf zwei Katzen, die durch ihren Zaun lugten. Sollten sie doch. Die verschwanden bestimmt gleich wieder. Sollte sie es wagen, doch noch ihr Buch aus dem Schlafzimmer zu holen, um die letzten Seiten zu lesen? Lisa verwarf den Gedanken sofort und beschloss, sich angesichts des frühen musikalischen Erfolgs erst mal genüsslich zu strecken, sich auf der bequemen Gartenliege zu rekeln, tief Luft zu holen und sich ein wenig zu entspannen. Am helllichten Tag würden die beiden Ruhe geben, außerdem mussten sie auch irgendwann mal schlafen. Da war er wieder, jener ruckartige erlösende Moment, in dem der Kopf nach hinten sackte. Man merkte erst, dass man kurz eingeschlummert war, wenn das Bewusstsein die Schaltkreise reaktivierte.

Lisa streckte sich. Dem Sonnenstand nach zu urteilen, musste sie um die zwei Stunden geschlafen haben. Was soll's. So ein kleines Nickerchen machte sie oft im Urlaub. Lisa freute sich darüber, dass immer noch Ruhe im Garten herrschte. Nur warum standen Delia und Rafael an einem der Fenster des ersten Stocks? Kein Zweifel – sie beobachteten sie. Das Warum beantwortete sich gleich darauf von ganz allein. Ein Maunzen kam von rechts. Ein weiteres Miau von der anderen Seite. Lisa setzte sich ruckartig auf, und was sie sah, ließ ihr beinahe das Blut in den Adern gefrieren. Der Garten hatte sich während ihres Nickerchens in ein Katzenparadies verwandelt. Eine Gefleckte war am Zaun, eine schwarze Katze trank aus einem Schälchen gleich neben dem Eingang zu ihrem Grundstück etwas aus einer Plastikschale. Wie in einem Horrorfilm waren scheinbar überall Katzenaugen und jede Menge Fell, das sich auf ihrem Grundstück bewegte. Ein gutes Dutzend Tiere bestimmt. Und alle fingen an, wie auf Kommando penetrant zu maunzen. Gleich drei Katzen machten sich in ihre Richtung auf. Was wollten die nur alle bei ihr? War das ein Remake von Hitchcocks *Die Vögel*, nur mit anderem Getier? Wenn es doch nur Vögel wären. Gegen Federvieh war sie nicht allergisch. Die Nase begann zu jucken. Der Niesreiz wurde unerträglich. Hatschi! Und gleich noch mal. Sie musste möglichst schnell weg von hier, bevor ihr auch noch die Augen zuschwollen und sie Atemprobleme bekam. Da hüpfte die erste Katze bereits auf ihre Liege und begann, den Rahmen zu lecken. Eine zweite sprang von hinten auf ihre Beine. Spätestens jetzt wusste Lisa, was eine Panikattacke war. Ab ins Haus und verbarrikadieren. Lisa spurtete zur Haustür und wunderte sich, warum diese offen stand. Täuschte sie sich, oder roch es hier komisch. Baldrian! Eindeutig! Nur noch wenige Meter bis zum Wohnzimmer trennten sie von einer niesfreien Zone, doch kaum an der Türschwelle angekommen, verflog dort auch noch der letzte Funken Hoffnung, sich in Sicherheit bringen zu können. Uuaaatschi – gleich dreimal in Folge, als Lisa die Katzenkolonie auf ihrer Couch, auf dem Sessel, auf dem Tisch und den Vorlegern vor der Terrassentür sah. Sie musste hier raus, und zwar schnell. Lisa nahm all ihren Mut zusammen und schlich auf leisen Sohlen zur Anrichte, auf der ihr Handy lag. Schweiß stand ihr auf der Stirn. Schritt für Schritt und mit inzwischen leicht zugekniffenen Augen näherte sie sich der Stelle, an der das Telefon lag. Da spürte sie, wie sich Fell an ihren Waden rieb, noch ein zweiter warmer fellbehafteter Körper ihre Beine als Katzenbaum missverstand und sie beim Versuch einer freundlichen Kontaktaufnahme auch noch kratzte. Haaaaaaatschi! Lisa nieste mit solcher Wucht, dass die beiden Katzen an ihren Beinen erschraken und endlich kapierten, dass sie kein Katzenbaum war. Der Weg zurück zur Tür war frei. Was für ein Chaos. Egal! Hauptsache, sie hatte jetzt ihr Handy und konnte fluchtartig das Haus verlassen.

Rafael war unendlich beruhigt, Lisa aus dem Haus rennen zu sehen. Wer rannte, lag nicht im Sterben. Schon nach ihrer ersten Niesattacke hatte seine Sorge überhandgenommen. Er wäre schuld an ihrem Tod gewesen, schließlich hatte er, während sie schlief, auch noch den Rahmen ihrer Liege mit Baldrian beträufelt – Delias perfide Idee. In der Regel erholte man sich schnell, wenn die Ursache der Allergie verschwand, zumindest hoffte er das für Lisa.

»Das Geld haben wir uns redlich verdient«, meinte Delia in unangenehm abgebrühtem Tonfall. Sie stand noch am Fenster, schaute hinaus und lächelte dabei mindestens so irre und selbstzufrieden wie Kaiser Nero beim Anblick des brennenden Roms. Sie schien den Triumph, Lisa aus dem Haus vertrieben zu haben, bis aufs Letzte auszukosten.

»Sie kommt bestimmt wieder«, sagte er, um Delia zurück auf den Teppich zu holen. Rafael überlegte schon die ganze Zeit, ob er sich eine weitere Eskalation überhaupt leisten konnte. Was, wenn Lisa die Polizei verständigte und eine Streife hier aufkreuzte? Sie würden nach seinen Papieren fragen und schnell herausfinden, dass er keine mehr hatte.

»Ich werd gleich mal Andreas anrufen«, sagte Delia und schnappte sich ihr Handy vom Tisch.

»Ist das nicht ein bisschen früh?«, fragte Rafael.

»Ich finde, er soll ruhig wissen, wie fleißig wir waren«, erwiderte sie und wählte seine Nummer. So schnell, wie Andreas ans Telefon ging, musste er auf ihren Anruf gelauert haben.

»Hallo, Andreas … Ich bin's, Delia. Ich mach es kurz. Lisa hat eben fluchtartig das Haus verlassen«, sagte sie in einer Weise, die nach der alten Delia klang. Nüchtern und knapp. Und sie drückte die Lautsprechertaste, so dass Rafael mithören konnte.

»Wie? Ist sie etwa ausgezogen?«, fragte er baff.

»Fast!«, erwiderte Delia selbstsicher.

»Hat sie gesagt, dass sie verkauft?« Andreas' Stimme überschlug sich fast vor Vorfreude.

»Noch nicht, aber das wird nicht mehr lange dauern«, versicherte sie Andreas mit entwaffnender Zuversicht.

Rafael fühlte sich immer schlechter. Die arme Lisa. Andererseits hatte sie sich als die rachsüchtige Furie erwiesen, die ihnen Andreas beschrieben hatte. Der Kopf sagte: weitermachen. Sein Herz sagte das Gegenteil.

»Maximal ein bis zwei Tage«, fuhr Delia fort.

»Das hört man gern. Ausgezeichnet. Aber wie haben Sie das gemacht?«, fragte Andreas nach.

»Kleines Betriebsgeheimnis«, erwiderte Delia.

»Im Leben zählen nur Ergebnisse. Behalten Sie es ruhig für sich, Respekt. Bravo. Machen Sie weiter so.«

Etwas gefiel Rafael an Andreas' Stimme nicht mehr. Sie klang zu kalt, zu gefühllos. Er hatte sie sicher nicht beauftragt, um seiner großen Liebe einen Traum zu erfüllen. Wie Schuppen fiel es ihm nun von den Augen. Er kannte diesen eiskalten Tonfall. Gier lag in Andreas' Stimme, unverblümt und fordernd, Schadenfreude und Berechnung. Er hatte sie belogen … Oder belog er sich am Ende selbst? Rafael beschloss in diesem Moment, das Spiel nicht ausarten zu lassen. Lisa war auch nur ein Mensch, und was sie ihr bisher angetan hatten, ging weit über das hinaus, was er als moralisch richtig ansah. Aber auch ihn lockte das Geld, die zweite Rate, die Andreas ihnen in Aussicht gestellt hatte, nur leuchteten seine Augen beim Gedanken daran bestimmt nicht so intensiv wie die von Delia … Oder bildete er sich das nur ein?

Andreas blickte immer wieder in Richtung Badezimmer. Mercedes war noch unter der Dusche. Sie wusste nichts von seinem Deal mit Delia und Rafael, und wie er sie einschätzte, würde sie diese Aktion nicht gutheißen.

»Ich danke Ihnen von Herzen«, rang er sich am Ende des Telefonats mit Delia ab und bemühte sich dabei, jenes Gefühl in seine Stimme zu legen, mit dem er sich das Vertrauen der beiden hatte erschleichen können. Wie man mit Menschen spielt, sie manipuliert, hatte er von seinem Vater gelernt. Sein Vater war der Meister, doch sein Schüler würde ihn noch weit übertreffen. Falls er Lisa tatsächlich das Haus abluchsen könnte, würde er seinem Vater jenen Triumph bescheren, nach dem der tief in seinem Innersten immer noch lechzte: den finalen Schlag gegen Lisa. Letztlich würde sein Vater stolz auf ihn sein, wenn ihm etwas gelang, woran er sich vor Jahren die Zähne ausgebissen hatte. Außerdem könnte er Mercedes dieses Haus zum Geschenk machen. Andreas lauschte in Richtung Badezimmer. Mercedes duschte noch immer. Das gab ihm noch einige Minuten, die er für ein Telefonat mit seinem Vater nutzen konnte. Andreas hatte Glück. Sein Vater war in seinem Büro in Madrid. Für ihn war er meistens sofort zu sprechen.

»Hola, Papaíto. Es gibt gute Neuigkeiten.«

»Andreas ... Jetzt sag mir nicht ...« Sein Vater wusste anscheinend sofort, um was es ging.

»Doch!«, log er in Vertrauen auf seinen Masterplan.

»Bist du sicher?«, fragte sein Vater verblüfft.

»Menschen ändern sich nun mal«, erwiderte er und wunderte sich über das Schweigen am anderen Ende der Leitung, das er von seinem Vater so gar nicht kannte.

»Hat sie nach mir gefragt?«, brach es schließlich völlig überraschend aus Felipe heraus.

Nun war es Andreas, der einen Moment brauchte, um sich zu fangen. Wieso zeigte sein Vater plötzlich Interesse an seiner Exfrau, deren Namen er in den letzten Jahren nicht einmal mehr aussprechen wollte? »Nur so allgemein«, log er. Jetzt nur kein falsches Wort.

»Wie, allgemein?«, hakte sein Vater nach.

»Ob du noch deine Hazienda hast und so ...«, sagte Andreas so beiläufig wie möglich.

»Verstehe«, erwiderte sein Vater, klang dabei aber so, als ob er die ganze Welt nicht mehr verstehen könne. »Vielleicht sollte ich mal runterkommen«, fuhr er fort, was bei Andreas sofort Angstschweiß auslöste. Alles, bloß das nicht.

»Warum? Ich hab alles im Griff.«

»Ich könnte mit unserem Notar sprechen. Die Abwicklung vorbereiten«, sagte sein Vater, und Andreas wusste genau, dass er dies nur vorschob. Offenbar plagte ihn die Neugier auf seine Exfrau.

»Ich melde mich, wenn es so weit ist.«

»Verstehe.« Wieder folgte ein für seinen Vater eher ungewöhnlicher Moment des Schweigens. »Ich hab zu tun. Dann mal viel Glück!«, fuhr er schließlich in gewohnter Weise fort und beendete das Gespräch.

Hoffentlich würde sein Vater hier nicht auftauchen. Dieser Gedanke war ein Stoßgebet wert.

Lisa konnte sich des Eindrucks nicht erwehren, dass Claudia gar nichts dagegen hatte, mitten in die Urlaubsturbulenzen ihrer besten Freundin hineingezogen zu werden. Natürlich war Claudia, nachdem sie von Lisas allergischer Reaktion erfahren hatte, sofort zur Stelle gewesen, aber die Penetranz ihres unentwegten Nachhakens konnte einen auf den Gedanken bringen, dass sie regelrecht danach gierte, alles bis ins kleinste Detail zu erfahren, um sich daran zu ergötzen. Das Debakel mit Delia und Rafael würzte den ansonsten ziemlich eintönig verlaufenden Urlaub.

»Die wollen dich umbringen«, dramatisierte Claudia, als sie die Apotheke verließen, wo sie ein Mittel gegen Lisas verquollene Augen besorgt hatten.

»Blödsinn. Die wollen mich nur aus dem Haus ekeln. Aber da haben sie sich geschnitten.« Allmählich ging Lisa die Sensationslust ihrer Freundin, die sie bisher nur von Vroni kannte, auf die Nerven.

»Ich versteh das nicht. Was hätten die denn davon?«, fragte Claudia.

»Sie nichts, aber Felipe. Andreas muss ihn darauf gebracht haben. Der hat mich ja danach gefragt, ob ich daran denke zu verkaufen. Er sucht ein Nest für seine Mercedes. Für seinen Vater ein gefundenes Fressen.«

»Und was wirst du jetzt tun?«, fragte Claudia.

»Mit den gleichen Mitteln zurückschlagen natürlich.«

Lisa ertappte sich dabei, auf die Auslage mit Rattengift im Schaufenster eines Gartenladens zu starren.

»Jetzt sag mir bitte nicht …« Claudia stellte sich gerade vor, wie ihre Freundin Mordpläne schmiedete.

»Es soll ja ziemlich schnell wirken«, sagte Lisa, wobei Claudia der ironische Unterton in der Stimme ihrer Freundin entging.

»Du willst sie vergiften?«, entrüstete sich Lisas Freundin auch schon.

»Das könnte man so sagen – ihn zumindest.«

»Lisa! Was um Himmels willen hast du vor? Komm lieber zu uns heut Abend. So ein richtig schöner Grillabend. Das magst du doch …«

Lisa ging gar nicht darauf ein. Für ihre Sensationslust

musste ihre Freundin jetzt büßen. »Der Laden da vorn. Führt der nicht ätherische Öle?« Lisa hatte nun sogar etwas Spaß daran, Claudia zappeln zu sehen. Was würde sie sich jetzt alles ausmalen. Und wennschon, wenigstens hatte sie dann an diesem Abend etwas zu erzählen.

Rafael machte es überhaupt nichts aus, einfach nur auf der Pritsche zu liegen und Roberta, die sich auf seinem Bauch lag, zu streicheln. Er musste einige Stunden geschlafen haben, was in Anbetracht der anstrengenden Nacht in diesem Haus kein Wunder war. Lisa war erst einmal weg. Was sie jetzt wohl machte? Diese Frage schien sich Delia jedenfalls nicht zu stellen. Sie saß am Tisch und durchsuchte ihr Adressbuch.

»Ricarda kommt bestimmt. Aber nur, wenn es vernünftigen Wein gibt«, überlegte sie laut.

»Wie viele Leute kriegst du zusammen?«, fragte Rafael.

»Vielleicht sechs oder sieben«, erwiderte sie.

»Muss das wirklich sein? Die ganzen Einkäufe? Das wird teuer. Die Leute wollen ja auch was essen und trinken. Wenn wir so weitermachen, ist unser Geld bald weg.«

Rafael war überrascht, dass Delia ihm einen genervten Blick zuwarf.

»Meinst du, ich hab Lust, jeden Abend Flamenco zu tanzen? Wir müssen uns etwas anderes einfallen lassen.«

Da hatte sie zugegebenermaßen recht. Natürlich konnten sie jede Nacht laut Musik hören und bestialisch stinkende Gerichte zubereiten, aber das wäre auf die Dauer verdammt anstrengend. Vielleicht reichte es ja auch, einfach nur da zu sein. Letzteres wäre für ihn kein Problem. Dafür aber ein viel größeres für Delia, der die Decke schon jetzt auf den Kopf zu fallen schien.

»Angenommen, deine Freunde hätten heute Abend Zeit. Was machen wir dann morgen?«

Delia legte das Adressbuch zur Seite und zuckte etwas ratlos mit den Schultern. »Ich kann jedenfalls nicht Tag und Nacht hier drin sitzen. Abgesehen davon: Ein paar Kunden habe ich noch, und ich kann es mir nicht leisten, sie zu verlieren«, sagte sie.

»Beruhig dich. Es läuft doch alles wunderbar. Nur noch ein paar Tage, dann bekunden wir unser Kaufinteresse. Felipe verkauft uns das Haus, und wir übernehmen ihr Wohnrecht, jedenfalls muss es für Lisa so aussehen.«

»Du hast recht. Hier rumzusitzen ist nur so furchtbar langweilig.« Delias Worte in Gottes Ohr. Und sie fand Gehör. Zumindest deutete das Geräusch spritzenden Wassers darauf hin. Rafael sprang auf und blickte aus dem Fenster. Lisa der Katzenschreck war in voller Aktion. Gleich zwei von Robertas Artgenossinnen schossen aus der geöffneten Terrassentür. Raffiniert. Lisa hatte Milchschälchen auf der Terrasse verteilt. Damit hatte sie die Katzen herausgelockt, bevor sie sie mit Wasser malträtierte. Die restlichen Schälchen standen bereits aufeinandergestapelt auf dem Mauervorsprung, und so intensiv, wie Lisa jetzt den Zaun selbst unter Beschuss nahm, musste sie den Baldrian daran bemerkt haben.

»Ich geh mal duschen«, sagte Rafael zu Delia. Vielleicht würde ihn heißes Wasser wiederbeleben, denn der Gedanke, dass ihm heute eine lange Nacht bevorstand, war äußerst ermüdend.

Das Haus war von Katzen gesäubert. Die Liege und der Zaun vom Baldriangeruch weitestgehend befreit. Jetzt musste Lisa nur noch einmal durchsaugen. »Nur« war gut, denn allein bei der Vorstellung, sich auf die Suche nach Katzenhaaren begeben zu müssen, begann die Nase trotz der Medikamente schon wieder zu jucken. Lisa öffnete die Tür zum Beistellschrank, in dem sich der Staubsauger befand. Täuschte sie sich, oder benutzte einer von ihnen gerade die Dusche? Das Geräusch von oben aus dem Badezimmer war unverkennbar. Saugen konnte warten. Die Gelegenheit musste genutzt werden. Mal sehen, wer am längeren Hebel saß, und dieser »Hebel« war nur ein paar Kellerstufen weit entfernt. Lisa eilte hinab zum Wasserzähler, neben dem sich auch die Anschlüsse für die zentrale Wasserversorgung befanden. Genüsslich drehte sie die Hähne zu. Der Fluch aus Rafaels Kehle ließ nicht lange auf sich warten. Hoffentlich hatte sie den richtigen Zeitpunkt erwischt. Die Vorstellung, dass er gerade voll eingeseift unter der Dusche stand, erheiterte ihr Gemüt.

»Delia. Irgendwas ist mit dem Wasser«, hörte sie ihn von oben grölen und schloss sogleich die Tür zum Keller ab. Den Schlüssel legte sie gut versteckt hinter die Vase, die auf der Kommode unter den Kleiderhaken stand.

»Was soll denn damit sein?«, war nun Delia zu vernehmen.

»Es kommt nichts mehr. Schau mal nach …«

Lisa nahm den Staubsauger aus dem Schrank. Unbeirrt weitermachen, sagte sie sich. Gar nicht beachten und die kalte Schulter zeigen. Cool bleiben! Obwohl der Staubsauger ordentlich röhrte, hörte Lisa alsbald Schritte nach unten poltern und ein verdächtiges Rütteln an der Kellertür. Ignorieren und weitersaugen!

»Was haben Sie mit dem Wasser gemacht?«, keifte Delia wenig später von der Tür zum Wohnzimmer.

Lisa tat so, als hätte sie sie gar nicht bemerkt. Der Lärmpegel des Staubsaugers rechtfertigte dies. Nun verabschiedete sich das gute Teil aber mit einem letzten Seufzer. Lisa drehte sich um und sah Delia mit dem Stecker in der Hand.

»Stellen Sie das Wasser an!«, fauchte Delia angriffslustig.

»Haben Sie das nicht in den Nachrichten gehört? Wir haben Wasserknappheit. In diesem Haus wird nur morgens und abends geduscht«, erwiderte Lisa.

»Ach, und für den Garten hat's noch gereicht«, wetterte ihr Gegenüber.

»Eine Ausnahmesituation. Das Wasser muss ich jetzt einsparen«, gab Lisa mit einer Dreistigkeit zurück, die ihr zunehmend Spaß machte.

Delia stand nur da und musterte sie abfällig.

»Ich würde jetzt gerne weitersaugen, und Sie wissen, warum«, sagte Lisa mit fester Stimme.

Hoffentlich musste sie sich jetzt nicht mit dieser Domina-Hexe um den Stecker des Staubsaugers prügeln.

»Wenn Sie das Wasser anstellen, können wir darüber reden.« Delia legte es also tatsächlich darauf an.

»Wenn Sie heute Abend Ruhe geben, überlege ich es mir«, erwiderte Lisa. Wer weiß, vielleicht konnte sie sich ja irgendwie mit diesen Kreaturen arrangieren.

»Ich könnte Felipe anrufen. Wollen Sie das?«, konterte Delia.

»Tun Sie sich keinen Zwang an. Wenn Sie mit ihm so gut befreundet sind, dann wissen Sie ja, wie sehr er es liebt, mit Kleinigkeiten belästigt zu werden. Haben Sie ihn auch in Ihrem Studio behandelt? SM wäre eine völlig neue Facette an ihm. Wobei, wenn ich es mir genau überlege … Er hatte schon immer einen gewissen Hang zur Perversion.« Dies konnte Lisa guten Gewissens sagen, auch wenn Felipes Auswüchse eher psychischer Natur gewesen waren.

Nun gab Delia einen verächtlichen Laut von sich und konterte: »So, wie Sie aussehen, hatten Sie zeit Ihres Lebens wohl nur Blümchensex.«

»Wie seh ich denn aus?«, fragte Lisa, die es jetzt genau wissen wollte.

»Wie jemand, der in seinem ganzen Leben nicht über die Missionarsstellung hinausgekommen ist. Lassen Sie mich raten. Sie arbeiten irgendwo in leitender Position und müssen repräsentieren. Ihr Äußeres ist Ihnen wichtig. Sie möchten gerne jung und dynamisch bleiben. Vor nichts haben Sie mehr Angst, als alt zu werden. Darauf deutet die Auswahl an Falten- und Verjüngungscremes in Ihrem Bad hin. Wenn ich mir noch die Einrichtung Ihrer Etage anschaue ... So was nennt man überzogenen Ordnungssinn. Sie glauben doch glatt, Ihr Leben im Griff zu haben. Schauen Sie sich doch mal Ihren Wohnzimmertisch an. Alles, was darauf steht, ist rechtwinklig zueinander angeordnet. Sternzeichen Jungfrau mit Aszendent Fisch?«

Lisa erstarrte. Hatte Felipe sie so gut gebrieft? Dann müsste sie wirklich eine gute Freundin von ihm sein.

»Das muss ich mir von einer abgetakelten alten Hafen...« Lisa riss sich zusammen, um das andere Wort für Prostituierte nicht auszusprechen, doch Delia kam ihr zuvor.

»... Nutte! Und ich wüsste nicht, was Sie und Ihr Leben wertvoller macht.« Delia ließ den Stecker des Staubsaugers einfach fallen und machte auf dem Absatz kehrt, drehte sich aber noch einmal um.

»Ach ja, könnte sein, dass es heute etwas lauter wird. Wir laden ein paar Gäste ein«, sagte sie und verschwand nach oben.

»Den Aufwand können Sie sich sparen. Ich bin heute Abend nicht da«, rief Lisa ihr nach und bereute es sogleich.

Die beiden hätten sich viel mehr geärgert, wenn sie ihre »Gäste«, wahrscheinlich eine Horde Penner und den halben Straßenstrich Marbellas, umsonst eingeladen hätten. Andererseits würde dann wenigstens niemand ihr Haus verwüsten, und Yolanda hätte ihre Ruhe. Weitersaugen! Lisa bückte sich nach dem Stecker. Dabei streifte ihr Blick den Wohnzimmertisch. Nach Delias psychoanalytischen Auslassungen musste Lisa ihn einfach näher betrachten. Die Obstschale, die Fernbedienungen der Stereoanlage und des Fernsehers, die Skulptur aus Stein, die Untersetzer für Weingläser und selbst ihr Buch lagen tatsächlich im rechten Winkel zueinander. Ihr war das bisher noch gar nicht aufgefallen.

Bis Lisa ihm das Wasser abgedreht hatte, staunte Rafael darüber, wie schnell man sich an ein »normales Leben« gewöhnen konnte. Jeden Tag zu duschen gehörte definitiv mit dazu. »Normal« war dabei aber relativ, denn viel lieber hätte er jetzt den Staub und Sand von seinen Streifzügen durch Marbellas Touristenmeile im Haar als klebrigen Schaum. Lisa hatte zurückgeschlagen, was er ihr nicht einmal verübeln konnte. Zwar hatten sich die Reste des Duschgels auf seiner Haut relativ einfach mit dem Handtuch beseitigen lassen, aber aus den Haaren bekam er den Schaum nicht heraus. Rafael erinnerte sich beim Verlassen der Dusche daran, im Garten beim Wasseranschluss von Lisas »Wasserwerfer« auch eine Gießkanne neben einer Regentonne gesehen zu haben. Er hatte offiziell zwar kein Recht dazu, den Garten zu betreten, doch in Notfällen wie diesen sollte sie nicht einmal daran denken, sich ihm noch einmal in den Weg zu stellen. Rafael beschloss, in den Garten zu gehen, um sich dort abzuduschen. Als er im Erdgeschoss, ihrem »Reich«, angekommen war, hielt er kurz inne und überlegte, ob er nicht doch vorher mit ihr vernünftig reden sollte. Aber wenn Delia es nicht schaffte, Lisa zum Einlenken zu bewegen, konnte er sich die Mühe sparen. So blieb nur noch der Weg zur Gießkanne, die Gott sei Dank randvoll gefüllt war. Dementsprechend schwer war sie. Sei's drum! Hauptsache, er bekam den Schaum aus den Haaren.

»Was machen Sie in meinem Garten?«, kam es prompt aus einem der Fenster im Erdgeschoss.

Rafael ließ sich davon nicht beirren. Sollte Lisa doch meckern.

»Das dürfen Sie nicht! Die Blumen gehen kaputt«, rief sie ihm zu.

Rafael hatte nicht die geringste Lust, sich auf eine Diskussion mit ihr einzulassen. Um nonverbal und unmissverständlich seinen Unmut auszudrücken, hatte der Mensch vom lieben Gott den Mittelfinger bekommen, und diesen streckte Rafael nun unübersehbar in ihre Richtung. Diese Sprache schien sie zu verstehen. Das Fenster schlug gegen den Rahmen. Selbst schuld. Lisa hätte ihm ja nicht während des Duschens das Wasser abdrehen müssen.

»Ergib dich im Namen der Rebellion!«, ertönte auf einmal eine ihm unbekannte Kinderstimme von hinten.

Rafael erschrak so sehr, dass er sich den Rücken verrenkte. Vor ihm stand ein kleines, weiß uniformiertes Männchen im Outfit eines imperialen Stormtroopers. In einer Hand hielt es ein Laserschwert aus Plastik, das auf ihn gerichtet war. Das war schon nicht mehr real. Ja, vielleicht hatte er alles nur geträumt. Das wäre eine Erklärung für den Irrsinn, den er bisher in diesem Haus erlebt hatte.

»Ich spüre die Präsenz der dunklen Seite der Macht«, fuhr das Männchen bedeutungsschwanger fort.

Meinte er jetzt damit ihn oder Lisa, die an ihrem Fenster stand und sie beobachtete? In letzterem Fall hätte er wohl recht.

»Ich ergebe mich«, sagte Rafael und hob seine Hände. Schade, dass er sich rasiert hatte. Noch vor Tagen hätte ihn der Kleine vermutlich für seinen Freund Chewbacca, das Zotteltier aus *Krieg der Sterne*, gehalten.

Nun lachte der Junge und klappte das Visier seines Helms hoch. »Ich bin Luke. Und wer bist du?«, fragte er.

Er hielt sich also für Skywalker, dabei war er nicht viel größer als Yoda, das Erdmännchen, aber diesen Gedanken behielt Rafael besser für sich, nicht dass Luke am Ende noch sein Laserschwert bemühen musste. »Rafael. Ich wohne hier«, sagte er stattdessen.

»Warum duschst du nicht im Haus?«, fragte der Junge unverblümt.

Seine direkte Art gefiel Rafael. »Wir hatten Probleme mit dem Wasser«, log er. Der Konflikt mit Lisa ging Luke, der aus der Nachbarschaft sein musste, nichts an.

»Hatten wir letzte Woche auch. Kennst du *Krieg der Sterne*?«

»Aber klar … Darf ich jetzt trotzdem meine Hände runternehmen?«

Der Kleine nickte, ließ die Waffe sinken und fragte: »Kannst du mit einem Laserschwert umgehen?«

Natürlich konnte Rafael das nicht, aber sein Leben in diesem Haus war sowieso schon so absurd, dass es auf einen Laserschwertkampf mehr oder weniger auch nicht mehr ankam. Luke reichte ihm ein rosagefärbtes Plastikschwert. Er selbst hatte ein blaues. Hoffentlich kam Delia nicht auf den Gedanken, nach ihm zu sehen. Dafür, dass er dabei war, sich im Garten mit einem Yedi-Ritter zu duellieren, würde er sich an diesem Abend bestimmt wieder ein paar Peitschenhiebe einhandeln.

Natürlich mochte Lisa die Grillabende bei Claudia und Alex. Was könnte schöner sein, als in einer Stadtvilla mit direktem Zugang über die Strandpromenade zum Meer in geselliger Runde und mit frischen Getränken zusammenzusitzen. Das war die gewohnte Routine. Und doch war diesmal alles anders. Statt sich über den neuesten Tratsch auszutauschen oder über die Behörden zu wettern, die es wieder einmal nicht geschafft hatten, die öffentliche Zufahrt zum Haus ihrer Freunde im Laufe des letzten Jahres instand zu setzen, musste sie über »die Front«, wie Alex es treffsicher nannte, berichten. Nach Kriegsberichterstattung dürsteten auch Vroni und neuerdings sogar Stefan. Lisa schenkte ihnen daher Hochprozentiges ein, frisch Erlebtes, das ihre Freunde abwechselnd erheiterte oder spannend unterhielt. Lisa war schließlich froh, diesen anstrengenden Part des Abends hinter sich gebracht zu haben.

»Glaub mir, jetzt versucht er, sich über den Jungen bei deinen Nachbarn einzuschleimen«, mutmaßte Vroni in Anspielung auf Rafaels intergalaktisches Duell mit Luke.

»Da braut sich was zusammen. Lisa, ich schwöre dir, da braut sich was zusammen«, sagte Alex, offensichtlich in der Hoffnung, bald wieder für irgendeine Rolle in ihrem persönlichen Krimi eingesetzt zu werden. Stefan schien sich für ihre Anekdoten mittlerweile mehr zu interessieren als für eine Immobilienzeitung, die normalerweise in seinen Händen klebte. Wenigstens hörte er nur zu und fragte ihr keine Löcher in den Bauch.

»Mix mir doch noch einen, Alex«, bat Lisa Claudias Göttergatten und reichte ihm das bereits geleerte Glas. Wenn

Alex mal weg war, wechselten sie vielleicht endlich das Thema.

»Mir auch«, schloss sich Vroni an. Sie musste Gedanken lesen können. Endlich fanden sie zurück zur Normalität, sprich der üblichen Urlaubsroutine, die Lisa jahrelang genossen hatte.

»Ich hab zwei Gutscheine für Massagen im neuen Wellness-Spa. Fünfzig Prozent Rabatt. Die bieten Algentherapien an. Sollen angeblich nach nur wenigen Anwendungen um Monate verjüngen«, schwärmte Vroni.

»Warum nicht?«, erwiderte Lisa eher desinteressiert, aber bemüht, dies mit einem unverfänglichen Lächeln etwas zu kaschieren.

»Wir sollten uns auch das neue Outlet ansehen. Ist ganz in der Nähe«, fuhr ihre Freundin unbeirrt fort.

Die gleichen Themen, und noch vor einem Jahr hätte Lisa sie darüber ausgefragt, welche Markenartikel es dort zu kaufen gebe. Es interessierte sie nun aber kein bisschen. Zu sehr beschäftigte sie die Frage, wann sie damit angefangen hatte, ihr Leben zu ordnen, akribische Listen zu führen, sich gut dabei zu fühlen, wenn alles perfekt funktionierte oder es rechtwinklig zueinander angeordnet war. Hatte ihre Mutter ihr nicht stets vorgehalten, dass sie schlampig sei? Obwohl ihr Alex einen zweiten verführerischen Cocktail hinstellte, stand sie auf. »Ich geh mal kurz zum Meer«, sagte sie.

»Ich komm mit, wenn du magst«, schlug Claudia vor.

Warum nicht? Wenn sie zu zweit waren, konnte man mit Claudia ganz gut reden.

»Findest du auch, dass ich typisch Jungfrau mit Aszendent Fisch bin?«, fragte sie ihre Freundin, als sie das Meer erreichten und sich die sanfte Brandung um die Füße spülen ließen. Claudia liebte es, Horoskope zu lesen, und hatte daher eine gewisse Kernkompetenz in diesen Fragen.

»Ich würde sagen: Ja. Du bist sehr gewissenhaft, lebst nach Prinzipien. Du bist sehr vernünftig, planst gerne alles minutiös im Voraus … Das ist typisch Jungfrau«, schlussfolgerte sie.

»Und der Fisch?«, fragte Lisa.

»Das ist deine andere Seite. Gefühlsbetont, sehr gerne in Gesellschaft. Du erträgst viel, jedenfalls so lange, bis dir der Kragen platzt.« Claudias Einschätzung saß. Auf den Punkt.

Delia wusste das alles. Wenn sie es nicht von Felipe erfahren hatte, dann musste sie über eine umwerfend gute Menschenkenntnis verfügen. Ersteres schied bei genauerer Betrachtung aus, weil sich Felipe nie über andere Gedanken machte, am wenigsten über seine Exfrau. Das war einer der Gründe, weshalb sie es damals nicht mehr an seiner Seite ausgehalten hatte. Er wusste sicher noch nicht einmal, unter welchem Stern sie geboren war.

»Warum willst du das alles wissen?«, fragte Claudia.

»Nur so«, wiegelte Lisa ab.

»Hat sich Reiner etwa wieder gemeldet?«, mutmaßte ihre Freundin.

»Nein … Delia hat mir ein paar Dinge an den Kopf geworfen …«

»Delia?«

Lisa nickte.

»Was noch?«

»Dass ich Angst vor dem Altwerden hätte … Irgendwo hat sie ja auch recht. Die Uhr tickt …«

»Quatsch. Nur weil dich dieser Reiner reingelegt hat, tickt die Uhr noch lange nicht.« Die Art, wie Claudia das sagte, klang sehr überzeugend.

»Vielleicht hast du recht, aber irgendwas muss ich die letzten Jahre doch falsch gemacht haben«, überlegte Lisa.

»Du hast viel zu tun im Job. Das ist alles. Da bleibt nicht viel Zeit, um jemanden kennenzulernen. Mensch, Lisa. Du bist attraktiv. Du gehst doch noch locker für Ende vierzig durch.«

»Das ist es ja. Ich bin aber keine Ende vierzig mehr. Ehrlich gesagt ist es sogar verdammt anstrengend …«

»Was?«, fragte Claudia nach.

»Ich erschrecke teilweise morgens sogar schon vor meinem eigenen Spiegelbild. Und frag nicht, wie viel ich ausgebe, damit mich Anne tageslichttauglich macht.«

»Wir fühlen uns besser, wenn wir gut aussehen. Das ist doch völlig normal und den Aufwand wert«, stellte Claudia fest.

»Das dachte ich bisher auch, aber …«

»Was aber?«, hakte Claudia so besorgt nach, als erwartete sie jeden Moment Lisas Geständnis, todkrank zu sein.

Lisa ließ Claudias Theatralik diesmal kalt. Sie dachte an Delia, deren Gesicht in den letzten zwanzig Jahren bestimmt keine teuren Kosmetikprodukte mehr gesehen hatte und trotzdem eine unglaublich intensive Ausstrahlung hatte. Die Tatsache, dass Claudia für eine ganze Weile schwieg, beruhigte Lisa, Claudias Antwort jedoch nicht.

»Also, ich würde nicht ungeschminkt aus dem Haus gehen«, sagte Lisas Freundin schließlich.

»Warum nicht?«

»Weil man dann auffallen würde, und zwar unangenehm«, fuhr Claudia fort.

»Vielleicht ist es ja gar nicht mal so übel, aufzufallen, anders zu sein«, überlegte Lisa laut, woraufhin sie in Claudias verständnislose Miene blickte.

Lisa atmete gleich aus zwei Gründen auf, als Alex sie gegen halb zwei Uhr morgens vor der Zufahrt zu ihrem Haus absetzte. Smalltalk war nämlich verdammt anstrengend, wenn man eigentlich für sich sein wollte, aber nicht konnte, weil man den anderen die feuchtfröhliche Stimmung nicht verderben wollte und zugleich fürchtete, dass zu Hause eine lärmende Party stattfand. Zu Lisas großer Überraschung war es im Haus aber mucksmäuschenstill. Hätte sie also doch hierbleiben können. So langsam reichte es Lisa, in ständiger Angst vor dem, was noch alles passieren könnte, zu leben. Und wenn dann überhaupt nichts passierte, ärgerte man sich gleich noch mehr. »Nichts« war allerdings relativ. Zu Lisa Köhler, ihrem Namensschild neben der Klingel, hatte sich ein weiterer Aufkleber gesellt, auf dem »Rafael« und »Delia Sanchez« zu lesen war. Jetzt war es also offiziell. Sie waren hier eingezogen, und das nicht nur für ein paar Tage oder Wochen. Gleich morgen früh würde sie die beiden zur Rede stellen. Lisa riss wütend den Aufkleber vom Namensschild der zweiten Klingel. Wenige Meter vor ihrer Haustür kam ihr schon der Gestank von Knoblauch entgegen. Mit jedem Schritt wuchs ihre Wut auf Felipes Freunde. Auch wenn sie Claudia hoch und heilig versprochen hatte, die Situation nicht weiter eskalieren zu lassen, blieb Lisa jetzt gar nichts anderes mehr übrig, als zurückzuschlagen. Dieses Pack würde sie ausräuchern. Fick dich selbst, du Penner, dachte sie, als sie die Stelle erreichte, an der ihr Rafael noch wenige Stunden zuvor den Mittelfinger gezeigt hatte. In ihrer Wut bereute sie es einen Moment lang, kein Rattengift gekauft zu haben. Die beiden fühlten sich mittlerweile an wie Ungeziefer, das sie nur noch loswerden wollte, egal wie. Für das »Wie« hatte sie sich bereits am Nachmittag einen Plan zurechtgelegt. Dazu brauchte sie nur noch zwei Dinge: die Plastiktüte mit ihren Einkäufen, die sie bereits griffbereit für den Fall der Fälle hinter alten Lackdosen im Geräteschuppen versteckt hatte, und die Leiter. Lisa überlegte, ob sie nach drei Cocktails noch sicher darauf stehen konnte, verwarf diesen Gedanken aber sofort.

Die Leiter war schwer. Massivholz. Erst im Licht der Außenbeleuchtung stellte Lisa fest, dass das Holz schon ziemlich morsch war. Hoffentlich würden sie die Sprossen tragen. Leise lehnte sie die Leiter gegen die Mauer ihres Hauses, und zwar so, dass sie bis zur Klimaanlage des ersten Stocks reichte. Die beiden würden sie nicht hören bei dem Lärm, den das alte Gerät machte – auf ihre Kosten, damit sie sich den Knoblauchgestank vom Leib halten konnten. Von blinder Wut getrieben, stieg Lisa die letzten Sprossen beherzt nach oben, auch wenn die Leiter dabei verdächtig knarrte und sie fast das Gleichgewicht verlor, als sie die Hände von der Leiter nahm, um das Fläschchen aus der Apotheke zu öffnen. Zimt! Der Duft des ätherischen Öls erinnerte sie an Weihnachten. Wer weiß, vielleicht war sie ja eben dabei, sich tatsächlich eine Art Weihnachtsgeschenk zu machen, Monate vor Heiligabend. Beherzt träufelte Lisa nun Zimtöl auf die äußeren Lamellen der Klimaanlage. Mal sehen, wer jetzt gleich panisch das Haus verlassen würde. Katze um Katze, Zimt um Zimt! Nichts wie weg und im Zimmer verbarrikadieren. Nur noch schnell das Fläschchen zuschrauben und runter von der Leiter. Das Runter verlief allerdings anders, als Lisa sich das vorgestellt hatte. Es knarrte einmal zu viel. Das Geräusch von splitterndem Holz und der dumpfe Aufprall eines Körpers waren das Letzte, was Lisa hörte, bevor ihr plötzlich schwarz vor Augen wurde.

Rafaels Schnarchen war schon schlimm genug. Bisher hatte Delia es aus purer Übermüdung ignoriert, doch zu den Geräuschen aus dem Sägewerk seiner Nase gesellte sich nun auch noch ein schreckliches Grummeln aus ihrem Bauch. Jede Nacht reichhaltig zu essen, noch dazu mit sehr viel Knoblauch, war für ihr Verdauungssystem eindeutig zu viel. Delia blickte auf das Display ihres Handys. Halb drei. Hoffentlich würde sie einschlafen können, was sich aber als äußerst schwierig gestaltete, weil sich Rafaels Schnarchgeräusche in der Tonlage änderten und nun noch penetranter wurden. Er fing an zu röcheln, gurgelte und setzte sich abrupt auf. Jetzt roch sie es. Zimt! Rafael griff sich mit den Händen an den Hals und japste nach Luft. Delia sprang aus dem Bett und eilte zur Pritsche, auf der Rafael jeden Moment zu ersticken drohte. Nun blies der kühle Wind der Klimaanlage direkt zu ihr her. Das Ungeheuer aus dem Erdgeschoss musste Zimt hineingeschüttet haben. Geistesgegenwärtig schaltete Delia die Klimaanlage ab. Ihr Surren wurde leiser und kam zum Stillstand. Delia riss das Fenster auf, aber Rafaels Zustand wollte sich einfach nicht bessern. Er streckte eine Hand nach ihr aus, hilfesuchend wie ein Sterbender, der sich mit letzter Kraft noch einmal aufbäumte, bevor die Lichter ausgingen.

»Raus«, röchelte er mit schwacher Stimme.

Delia schnappte ihr Telefon und steckte es unter das Gummiband ihres Schlüpfers. Sie würde den Notarzt rufen, sobald sie Rafael aus dem Zimmer geschafft hatte. Dann öffnete sie die Tür und zog seinen erschlafften Körper mit sich nach draußen.

Die Luft im Gang war stickig. Es roch nach Knoblauch und kaltem Fett. Das war ein Eigentor. Delia wurde augenblicklich schlecht. Rafael versuchte, sich aufrecht zu halten, sackte am Treppengeländer aber zusammen. Er wird sterben, sagte Delia sich, und Panik ergriff sie. Wieder half sie ihm auf. Rafael schaffte es gerade noch bis zu den unteren Stufen, bevor er in die Hocke ging und sich mit Schnappatmung gegen die Wand lehnte. Delia riss die Eingangstür auf. Rafael musste so schnell wie möglich an die frische Luft, doch auch als sie das Freie erreicht hatten, änderte sich sein Zustand kaum. Er legte sich flach ins Gras und röchelte spastisch, die Hände krampfartig auf der Brust verschränkt. Hoffentlich hält er durch, bis der Notarzt hier ist. Kaum hatte sie das Handy in der Hand, fiel ihr Blick auf die am Haus angelehnte Leiter. Sie stand schief. Darunter lag jemand. Reglos. Lisa! Delia eilte zu ihr und tippte sie an. Kein Mucks. Sie war bestimmt tot. Delia wurde augenblicklich heiß. Wenn jetzt kein Wunder geschah, hatte sie mit ihrem Schlachtplan gleich zwei Menschenleben auf dem Gewissen. So heftig, wie ihre Hände jetzt zitterten, hätte sie die Telefontasten um ein Haar verfehlt. Endlich nahm jemand ab.

»Ich brauche dringend einen Arzt. Schwere Allergie gegen Zimt. Der Mann droht zu ersticken, und ich glaube, bei mir liegt auch noch eine Leiche im Garten«, schrie sie aufgeregt ins Telefon.

Delia betete, dass Lisa nicht tot war, und schämte sich augenblicklich für ihre Leichtfertigkeit, durch die das Spiel außer Kontrolle geraten war.

Kapitel 7

Mercedes war sein Leben. Eine Frau von vollendeter Schönheit, und sie liebte ihn. Das sah Andreas in ihren Augen, jedenfalls tagsüber, wenn sie ihn mit nur einem Augenaufschlag verzauberte. Warum liebte so ein wunderbares, warmherziges Wesen einen Mann wie ihn? Des Geldes wegen? Das hatte sie nicht nötig. Mercedes hatte selbst ihr Auskommen, eine kleine Wohnung am Stadtrand Marbellas und bisher immer darauf bestanden, sich an allen Aktivitäten und Ausgaben finanziell zu beteiligen. Wie oft lag er neben ihr und beobachtete sie im Schlaf. Hatte er eine Frau wie sie überhaupt verdient? Würde sie ihn eines Tages auch verlassen, wie Lisa es bei seinem Vater getan hatte? Das würde sie hoffentlich niemals tun, weil Mercedes wusste, dass er ihr jeden Wunsch von den Augen ablesen würde. Bei diesem Gedanken fing Andreas an, sich zu entspannen, bis sich sein Handy mit lauten Vibrationen meldete. So spät noch? Sicher eine berufliche Sache. Vielleicht war doch irgendetwas mit der Lieferung des Springbrunnens für eine Hotelanlage ganz in der Nähe schiefgelaufen? Er hätte bei seinem Lieferanten darauf bestehen sollen, dass sie erst am nächsten Tag und nicht mitten in der Nacht eingebaut wurde. Vermutlich ein Wasserschaden, wie beim letzten Mal. Mit allem hätte er gerechnet, nur nicht mit Delia, deren Stimme sich fast überschlug.

»Ich bin im Krankenhaus. Rafael kriegen sie wieder hin, aber ob Lisa die Nacht überlebt, kann ich nicht sagen. Sie wird noch untersucht, auf Gehirnblutungen, und überhaupt geht hier gerade alles drunter und drüber.«

Blitzartig setzte Andreas sich auf. Sein Herz begann zu rasen. Er versicherte sich, dass Mercedes noch schlief, stand auf und glitt durch die Balkontür nach draußen.

»Was um Himmels willen ist denn passiert?«, fragte er mit gedämpfter Stimme.

»Lisa hat versucht, Rafael mit Zimt umzubringen. Er hat 'ne Allergie. Sie hat was von dem Zeug in die Klimaanlage geschüttet. Dabei ist sie wohl von der Leiter gefallen.«

Das musste erst einmal sacken. Der bezahlte Kleinkrieg war eskaliert. Lisa tot? Und er hätte sie auf dem Gewissen. Andreas atmete mehrmals tief durch.

»Ich hab schon mit Rafael gesprochen. Er will aussteigen, und ich denke, es wäre für uns alle das Beste. Nicht auszudenken, wenn Lisa stirbt. Sind Sie noch dran?«, fragte Delia.

»Ja«, krächzte Andreas mit belegter Stimme. Lisas Leben auf Messers Schneide. Dass die beiden unter diesen Umständen aussteigen wollten, war klar, aber erst kam ihm der ketzerische Gedanke, dass sich mit ihrem Ableben all seine Probleme in Luft auflösen würden. Dafür schämte er sich, wenngleich der Gedanke nichts an verführerischer Kraft verlor. Sein Vater würde ihm das Haus schenken, so viel stand fest. Und was, wenn sie nicht sterben würde? Sein Plan könnte auffliegen. So oder so war die Lage äußerst misslich. »Hoffen wir das Beste für Lisa«, sagte er schließlich und war erleichtert darüber, dass ein Teil von ihm es auch so meinte.

Lisas Schicksal lag nicht in seiner Hand, und letztlich war es nur ein Unfall gewesen, an dem er keine direkte Schuld trug.

»Die Arztrechnung kostet extra«, sagte Delia.

Andreas war froh, nun zum Geschäftlichen zu kommen. »Wieso? Hat er keine Krankenversicherung?«, fragte er sogleich.

»Haben Sie schon mal einen sozialversicherten Clochard gesehen?«, hielt sie ihm entgegen.

Guter Punkt, denn Rafael hatte an jenem Abend, als er ihn in der Bar zum ersten Mal gesehen hatte, schließlich auch wie einer ausgesehen. »Gut, geht auf meine Kappe, aber kein Wort über unsere Abmachung! Niemand darf etwas davon erfahren. Sie bleiben bei Ihrer Version«, sagte Andreas und hoffte, dass die beiden nicht auf den Gedanken kamen, ihn zu erpressen.

»Und wenn nicht? Ich meine, wenn Rafael nicht mitspielt?«, fragte Delia nach.

»Dann verliert er nicht nur viel Geld, um es vorsichtig auszudrücken«, drohte Andreas mit Nachdruck.

Das kurze Schweigen in der Leitung verriet, dass Delia sich gerade ausmalte, wie leicht es war, jemandem wie Rafael Schwierigkeiten zu machen, wenn man Kapital im Rücken hatte.

»Und wie soll es jetzt weitergehen?«, fragte Delia. »Ich gehe jetzt mal davon aus, dass Lisa gesund wird.«

»Sie bleiben als ungebetene Gäste, die das Haus von Felipe erwerben werden«, schlug Andreas ohne lange zu überlegen vor, weil es in diesem Fall keinen Grund mehr gab, seinen Plan aufzugeben.

»Sehr realistisch ... Das kauft uns doch niemand ab – und Lisa schon gar nicht«, wandte Delia ein.

»Dann lassen Sie sich eben etwas einfallen.« Andreas legte unvermittelt auf, was nicht an Delia lag, sondern weil er ein Geräusch aus dem Zimmer hörte. Mercedes musste wach geworden sein.

»Andreas?«, vernahm er ihre schlaftrunkene süße Stimme.

»Ich wollte nur etwas frische Luft schnappen. Schlaf ruhig weiter, mein Engel. Ich komme gleich …«, sagte er in Richtung des Schlafzimmers.

Ein wohliges Grummeln von drinnen verriet, dass Mercedes keine weiteren Fragen stellen würde. Wenn er sich zu ihr legte, würde er sich beruhigen. Ob er nach Delias Neuigkeiten in dieser Nacht schlafen könnte, bezweifelte er allerdings.

Ich bin gelähmt!, schoss es Lisa durch den Kopf, als sie sah, wie die Krankenschwester einen Rollstuhl ins Zimmer schob. Vom lauten Rumpeln des Gefährts gegen die Tür war sie wohl aufgewacht. Trotz stechender Kopfschmerzen hatte sie sofort vor Augen, was bis zu ihrem Filmriss passiert war: Zimt, Sturz, Notarzt, Infusion, Liege, Spritze, Arzt, Computertomographie, Kopfschmerzen, Arzt, Tablette, müde, schlafen. Alles präsent. Ihr Körper von der Hüfte abwärts anscheinend nicht mehr. Panisch versuchte Lisa, sich aufzurichten, konnte ihre Beine, die unter einem Tablett begraben waren, aber nicht mehr spüren.

»Ich bin gelähmt«, krächzte sie nun hysterisch.

»Sind Sie nicht«, erwiderte die Krankenschwester nüchtern und stieß einen Fluch auf einen der Pfleger aus, der das Frühstückstablett noch nicht vom Bett genommen hatte. Also hob sie es selbst herunter und meinte: »Ihr Blutdruck war sehr niedrig. Das Tablett hat zu sehr auf die Arterien gedrückt.« Und mit Blick auf das Frühstück mahnte sie: »Sie haben ja noch gar nichts gegessen.«

Als sich ein wohlvertrautes Kribbeln in ihren Beinen bemerkbar machte, erinnerte sich Lisa daran, dass ihr ein junger Pfleger das Frühstück gebracht hatte, sie aber gleich eingeschlafen sein musste. Das Essen nebst Thermoskanne stand jedenfalls unberührt auf dem Tablett. »Und wozu dann der Rollstuhl?«, fragte Lisa mit argwöhnischem Blick darauf.

»Routine. Sie müssen darin sitzen, bis die Sanitäter Sie übernehmen. Das hat rein versicherungstechnische Gründe.«

Lisa atmete auf, spürte aber schon den nächsten Panikschub in sich aufkeimen. Was hieß »übernehmen«?

»Werde ich verlegt?«, fragte sie beunruhigt.

»Nein!« Die Schwester schüttelte den Kopf. »Entlassen!«

Erst jetzt fiel Lisa das Gespräch mit dem Arzt von heute Morgen ein. Sie sei, wie er es formuliert hatte, mit einer leichten Gehirnerschütterung davongekommen und habe mehr Glück als Verstand gehabt. Richtig! Sie hatte ihm ja sogar noch erzählt, dass sie auf die morsche Leiter gestiegen war, nachdem sie schon etwas Alkohol intus hatte.

»Dr. Amalfi hat Ihnen noch Tabletten gegen die Kopfschmerzen verschrieben«, sagte die Schwester, die inzwischen Lisas Sachen aus dem Schrank holte und sie neben dem Rezept und einem größeren DIN-A4-Ausdruck auf den Nachttisch legte.

»Ist das der Bericht für meine Krankenkasse?«, fragte Lisa.

»Nein, die Rechnung«, erwiderte die Schwester knapp.

Lisa nickte und überlegte, ob dies die einzige Rechnung war, die auf sie wartete. Bei ihrem derzeitigen Glück war Rafael sicher an ihrer Zimtattacke erstickt.

»Alles Geldschinderei!«, fluchte Rafael vor sich hin. Als Patient der Securidad, der in Spanien ganz normal gesetzlich krankenversichert war, hätte man ihn als Allergiker gerade mal untersucht und dann mit ein paar Medikamenten nach Hause geschickt. Als Obdachloser war er paradoxerweise Privatpatient, und da konnte man angesichts Delias Sprüchen von wegen, dass sie für ihn bürge, rein theoretisch ordentlich zulangen. Rafael war noch immer außer sich, dass ihn die Ärzte just aus diesem Grund über Nacht in der Klinik behalten hatten. »Zur Beobachtung«, wie es geheißen hatte. Er war zu schwach gewesen, um dagegen zu protestieren. Es sei unverantwortlich, ihn zu entlassen, weil der Verlauf einer schlimmen Allergie zu ungewiss sei. Wenn Delia nicht darauf bestanden hätte, dass er dem Rat des Arztes Folge leistete, würde er jetzt nicht schon seit einer Stunde in einem Rollstuhl im Ausgangsbereich herumsitzen und darauf warten, abgeholt zu werden. Am liebsten hätte er sich ein Taxi genommen, aber ohne Bargeld war das schlecht machbar, und Delia traf sich gerade mit Andreas in der Stadt, um sich das Geld für die Arztrechnung zu besorgen. Natürlich hätte Delia ihm die Summe für ein Taxi und die Rechnung des Krankenhauses auch vorschießen können, doch sie traute Andreas nicht. Am Ende würden sie auf der Arztrechnung sitzenbleiben. Privatpatient zu sein hatte aber auch den Vorteil, dass man von Sanitätern nach Hause gefahren wurde. Als ob all das angesichts Lisas Unfall wichtig wäre. Rafael machte sich klar, dass er sich mit diesen Gedanken nur von seiner Sorge um Lisa ablenkte. Der Schreck, dass sie vielleicht nicht mehr am Leben war, saß ihm in den Knochen. Delia hatte Gott sei Dank herausgefunden, dass sie noch unter ihnen weilte und es ihr den Umständen entsprechend gutging. Etwas Näheres war allerdings nicht zu erfahren. Die Schweigepflicht. Wenn er doch nur sicher wüsste, dass ihr nichts Schlimmeres zugestoßen war. Als ob jemand im Himmel seine Gedanken gelesen hätte, rollte Lisa ihm vom anderen Ende des Gangs entgegen.

Rollstuhl! Sturz! Gelähmt! Rafael sackte förmlich in sich zusammen, beruhigte sich aber sogleich damit, dass er ja selbst auch im Rollstuhl saß.

»Gott sei Dank. Sie scheinen wohlauf«, begrüßte er sie.

»Ah, Sie kennen sich«, sagte der Pfleger, der Lisas Rollstuhl schob, und stellte das Gefährt gleich neben seinem ab. »Der Sanitäter wird jeden Moment da sein.«

Nur ein Sanitätsfahrzeug? Richtig. Sie hatten mit Sicherheit die gleiche Adresse als Wohnsitz angegeben.

»Wie geht es Ihnen?«, fragte Lisa und klang dabei auch ziemlich besorgt.

»Bestens. Danke für die Grenzerfahrung. Ich wollte schon immer mal wissen, ob man tatsächlich Licht am Ende des Tunnels sieht, wenn man dabei ist zu krepieren.«

»War es so schlimm?«, fragte Lisa kleinlaut nach.

Rafael nickte ernst, was ihm sogleich leidtat.

»Und wie geht es Ihnen?«, fragte er nun mit viel mehr Wärme in der Stimme.

»Gehirnerschütterung. Ich brauche Ruhe.«

Rafael nickte.

»Wir sollten mit dem Unsinn aufhören«, schlug Lisa nach einer Schweigeminute vor und sah ihm dabei ernst in die Augen.

Wieder nickte Rafael.

»Ich weiß nicht, was gestern in mich gefahren ist. Das neue Namensschild und dann schon wieder dieser Gestank im Haus …«, sagte Lisa und schüttelte den Kopf.

»Kein Grund, mich zu vergiften. Woher wussten Sie eigentlich von meiner Zimtallergie?«

»Ist mir auf der Suche nach deutschem Eis mit ganzen Himbeerstücken zu Ohren gekommen«, erwiderte sie und schmunzelte.

Rafael verstand kein Wort von dem, was sie sagte. Sie redete wirr. Das mussten die Folgen der Gehirnerschütterung sein.

»Mercadona«, sagte sie.

Da fiel ihm die in die Gefriertruhe abgetauchte Deutsche im Supermarkt ein.

»Helga?«

Lisa nickte.

»Sie haben uns nachspioniert?« Das hätte er Lisa gar nicht zugetraut.

»Haben Sie etwa geglaubt, ich gebe mein Haus kampflos auf?«

Nun musste auch Rafael schmunzeln.

»Warum wollen Sie mich rausekeln? Felipe hat Sie doch bestimmt dafür bezahlt«, fragte Lisa und wirkte dabei nun wieder todernst.

Rafael hatte früher oder später mit dieser Frage gerechnet. Delia hatte ihn gebrieft: Kein Wort über Andreas und nur nicht von ihrer Version der Geschichte abweichen.

Die zwei Sanitäter schickte der Himmel. Eine kurze Verschnaufpause würde ihm Zeit geben, sich eine passende Antwort zu überlegen.

»So, wir bringen Sie jetzt nach Hause«, sagte einer der beiden und reichte Lisa die Hand.

Rafael atmete auf. So etwas nannte man Galgenfrist.

Lisa hätte sich nicht träumen lassen, dass sie mit dem Feind, der im Prinzip ja nichts anderes als Felipes verlängerter Arm war, eine gemütliche Stadtfahrt durch Marbella unternehmen würde, noch dazu in einem Sanitätsfahrzeug. Wenn sie schon mal auf engstem Raum zusammensaßen und Rafael sich zugänglicher und gesprächiger als erwartet zeigte, musste man dies ausnutzen.

»Wir haben uns im Golfclub kennengelernt«, gestand Rafael, nachdem Lisa nicht lockergelassen hatte, ihn danach zu fragen, woher er Felipe kannte. Den Golfplatz nahm sie Rafael nicht ab. Soviel sie wusste, verabscheute Felipe Golf. Wie oft hatte er darüber geschimpft, dass angesichts geringer Niederschläge an den Küsten Andalusiens, die böse Zungen bereits »Costa del Golf« nannten, aber auch generell im Süden Spaniens so viel kostbares Wasser für das saftige Grün zur Bespaßung von Touristen verschwendet wurde. Allerdings konnte es durchaus sein, dass Felipe seine Haltung geändert hatte. Vielleicht aus beruflichen Gründen. Die Wohlhabenden, die er für seine Immobiliengeschäfte erreichen musste, spielten nun mal Golf.

»Welches Handicap hat er denn?«, fragte Lisa und hoffte daraus Rückschlüsse ziehen zu können, wie lange ihr Exmann schon Golf spielte. Diese Frage schien Rafael in arge Bedrängnis zu bringen. Er wurde immer nervöser.

»Keine Ahnung.«

»Haben Sie denn nicht mit ihm gespielt?«

»Doch … gelegentlich, aber nur zum Spaß – und nie eine ganze Runde.«

»Ist das üblich, dass man nur ein paar Holes spielt?«, bohrte Lisa nach.

»Ich war als Platzwart tätig«, sagte Rafael sichtlich erleichtert.

Lisa fiel es schwer, zu glauben, dass sich ihr Ex mit so einfachen Leuten wie einem Platzwart abgeben würde. Und abgesehen davon, würde der Verdienst eines Platzwarts doch niemals reichen, um Felipe das Haus abzukaufen, in dem sie ihr Wohnrecht hatte.

»Verdient man da so gut?«, hakte Lisa nach.

Rafael zuckte bei ihrer Frage geradezu zusammen. »Ach, Sie meinen, wegen des Hauses …?«

Lisa nickte.

»Ich hab geerbt. Von meiner Tante«, sagte er.

Bestimmt die aus Amerika, überlegte Lisa. Es wurde ja immer besser und verzwickter. Auf alle Fälle machte es Spaß, Rafael in die Enge zu treiben. »Aus Amerika?«, fragte sie.

Rafael sah sie irritiert an.

»Na, die Tante«, präzisierte Lisa mit wachsendem Misstrauen.

»Ja. Woher wissen Sie das?«

»Ich hab nur geraten«, amüsierte Lisa sich.

»Sie war die Tochter eines Silberminenbesitzers«, erklärte er. »Leider blieb ihre Ehe kinderlos.«

Erzählte er ihr am Ende doch die Wahrheit? So etwas Verrücktes konnte man sich unmöglich ausdenken.

»Dass Sie so ein vermögender Mann sind, hätte ich Ihnen nie im Leben angesehen«, sagte Lisa und war gespannt, wie er seinen ersten Auftritt im Haus rechtfertigen würde.

»Ich mag es nicht, zu prahlen. Außerdem liebe ich meine Freiheit. Man braucht nicht viel zum Leben, wissen Sie. Delia geht es genauso … Wir wollen ein Zuhause. Ein Nest, verstehen Sie das?«

Lisa verstand es nicht. Das »Nest« passte irgendwie nicht zu einer Beziehung, in der einer den anderen auspeitschte. Die Umstände, unter denen er dieser SM-Schachtel mit spitzer Zunge begegnet war, hätten sie zwar brennend interessiert, aber sie verkniff sich die Frage lieber, nicht dass er ihr noch einen peinlichen Vortrag über seine sexuellen Vorlieben hielt. Zumindest eines schien glaubwürdig zu sein: Felipe hatte stets großen Respekt vor Menschen, die nicht mit ihrem Vermögen prahlten. Auch Rafaels Aussage, dass sie sie nicht in Felipes Auftrag schikaniert hätten, sondern einfach wütend auf sie und ihre unfreundliche Begrüßung gewesen seien, klang glaubhaft. Gut möglich, dass sie Gespenster gesehen hatte. Lisa rekapitulierte die Ereignisse und ging gedanklich Indiz für Indiz durch. Die vergessene Pfanne kam ihr als Erstes in den Sinn. Konnte man von einer ehemaligen Domina erwarten, dass sie in der Küche ein Ass war? Konnte man jemandem verübeln, dass er auf Knoblauch stand? So gesehen, waren die Vorfälle vielleicht wirklich nur eine Kette von missverständlichen Ereignissen gewesen, die zur Eskalation führten.

Durch die Scheibe des Sanitätsfahrzeugs sah Lisa, dass sie ihr Haus bald erreicht hatten. Und allem Anschein nach musste sie sich wohl damit abfinden, dass die beiden zu Dauergästen wurden. Es gab Schlimmeres im Leben, aber noch fehlte ihr Rafaels Handschlag, dass mit den dummen Spielchen nun auch seinerseits Schluss war.

»Von nun an Waffenstillstand. Was halten Sie davon?«, fragte sie direkt.

»Einverstanden!«, sagte er und hielt die Hand hoch, damit sie einschlug.

Lisa überwand sich zu dieser pubertären Geste. Hauptsache, es wirkte.

Die knapp fünfhundert Euro, die Andreas zusätzlich für die Krankenhausrechnung aufbringen musste, um Delia und Rafael bei Laune zu halten, waren gut angelegt. Abgesehen davon, tat ihm so eine kleine Summe auch nicht sonderlich weh.

»Ich hoffe, es geht ihm bald besser«, sagte er, als er Delia den Umschlag übergab.

»Er kann heute raus«, erwiderte Delia knapp.

»Glauben Sie mir, es tut mir wirklich leid, dass dieses, nennen wir es ›Spiel‹, dermaßen eskaliert ist. Aber damit konnte ja nun niemand rechnen. Es beweist mir einmal mehr, dass mein Vater recht hatte.«

»Womit?«, fragte Delia und musterte ihn mit stechendem Blick.

»Er war schließlich mit Lisa verheiratet. Sie glauben gar nicht, zu welchen Dingen sie fähig ist. Eine durch und durch böse und durchtriebene Person.«

»Wenn man sie dazu treibt …«, wandte Delia ein und sah ihn provokant an.

»Sie war es, die meinen Vater verlassen hat. Er hat sie geliebt«, empörte Andreas sich und musste sich dabei noch nicht einmal verstellen.

»Vielleicht hatte sie ihre Gründe. Auf mich macht Lisa jedenfalls nicht den Eindruck einer ›durchtriebenen‹ Person. Sie ist nicht mein Typ. Ich mag sie nicht und sie mich auch nicht, aber das hat mit Sicherheit andere Ursachen.«

»Heißt das, Sie wollen auch aussteigen?«

Delia sah ihn nur an.

»Warum sollten wir uns als Freunde Ihres Vaters ausgeben?«, fragte sie, ohne den Blick von ihm abzuwenden.

»Weil das ihr neuralgischer Punkt ist.«

»Ich dachte, es geht Ihnen nur um das Haus. Ein Nest für Ihre Freundin.«

Delia ließ einfach nicht locker.

»Sie stellen zu viele Fragen«, erwiderte er. »Privatsache.«

»In die Sie uns mit hineingezogen haben. Aber Sie haben recht. Es geht uns nichts an. Geschäft ist Geschäft.«

Andreas war erleichtert, dass sie aufhörte nachzubohren.

»Sie wird das Handtuch werfen, glauben Sie mir.« Andreas hoffte, dass er damit richtigliegen würde.

»Was, wenn nicht?«, fragte Delia.

»Sie kriegen das Geld trotzdem. Die volle Summe. Dafür bleiben Sie aber für den Rest Ihres ›Urlaubs‹ wie abgesprochen im Haus.«

»Lisa wird Fragen stellen«, sagte Delia.

»Dann liefern Sie ihr die Antworten, die sie hören will«, entgegnete er und dachte zugleich darüber nach, wie er seinem Plan B Nachdruck verleihen konnte. Lisa musste unbedingt glauben, dass sein Vater hinter alldem steckte. Er erinnerte sich genau daran, wie Lisa förmlich aufgeblüht war, als er Probleme mit ihm angedeutet hatte. Auf einen Schlag waren sie als Gäste in ihrem Haus willkommen gewesen. Er war der Gute, sein Vater der Böse. Dies ließe sich gewinnbringend nutzen.

»Es gäbe aber noch eine Sache, um die ich Sie bitten würde«, fügte Andreas hinzu.

»Und die wäre?«

»Morgen Abend ist die Wahl der Schönheitskönigin auf der Feria. Lotsen Sie Lisa dorthin. Egal wie. Laden Sie sie ein. Meinetwegen als versöhnliche Geste.«

»Was haben Sie vor?«, fragte sie.

»Es kann doch nichts schaden, noch mal mit ihr zu reden«, meinte er und las in Delias Augen, dass sie bereits ahnte, was er nun vorhatte.

»Sie sind ganz schön mies«, konstatierte sie prompt.

»Vielleicht«, antwortete er und erinnerte sich daran, was sein Vater ihm immer gesagt hatte: »Der Zweck heiligt die Mittel.«

Auch wenn Delia fest davon überzeugt war, niemals Lisas beste Freundin zu werden, war sie unendlich erleichtert darüber, dass ihr nichts Ernstes passiert war. Die Art und Weise, wie Rafael ihr Aufeinandertreffen in der Klinik und die gemeinsame Fahrt im Sanitätsfahrzeug geschildert hatte, überraschte und beunruhigte Delia gleichermaßen. Gelegentlich hatte er sogar gelächelt, als ihr Name gefallen war. War Rafael etwa dabei, die Seiten zu wechseln? Mochte er sie, obwohl Lisa ihn geschickt, wie Delia einräumen musste, in die Enge getrieben und ihm eine schier hanebüchene Geschichte über ihre gemeinsame Vergangenheit mit Felipe abgerungen hatte? Während sie ihm und sich selbst noch etwas Kaffee nachschenkte, begann Delia, sich darüber zu amüsieren, dass »ihr Mann« stinkreich war und Felipe sozusagen »undercover« beim Golfen kennengelernt hatte. Auf so etwas musste man erst einmal kommen.

»Denkst du, Lisa hat mir das abgekauft?«, fragte Rafael und nippte dabei nachdenklich an seiner Tasse.

»Das Merkwürdige an Lügen ist, dass man sie umso eher glaubt, je irrer sie sind. Ich sage nur JFK oder Nine-Eleven. Da hat man uns sicher auch nicht die volle Wahrheit gesagt, aber wir glauben alles, weil es völlig verquer und abgefahren ist.«

»Sie ist sowieso schon davon überzeugt, dass Felipe uns instrumentalisiert«, sagte Rafael.

»Das ist gut so. Genau so will es Andreas ja auch haben.«

»Am liebsten würde ich Lisa die Wahrheit sagen«, bekannte Rafael, und seinem wehleidigen Blick nach zu urteilen, litt er sehr unter den Lügen, in die er sich verstrickt hatte.

»Was würde das ändern, außer dass du auf sehr viel Geld verzichten müsstest?«, fragte Delia.

»Ich würde mich besser fühlen«, gestand er träge und bestätigte damit Delias Eindruck, dass er in Lisa nicht mehr den Feind sah. So nachdenklich hatte sie Rafael schon lange nicht mehr erlebt.

»Immerhin müssen wir hier keine Show mehr abziehen«, sagte sie, in der Hoffnung, Rafael damit etwas aufzumuntern.

»Sehr gnädig ...«, entgegnete er und wirkte kein bisschen munterer.

»Mich kotzt Andreas auch an. Außerdem glaube ich nicht, dass er uns die Wahrheit über seinen Vater und Lisa gesagt hat.«

»Wie kommst du darauf?«, fragte Rafael.

»Nur so ein Gefühl«, erwiderte sie. »Vielleicht ist er aber auch nur ein Feigling, der sich hinter seinem Vater versteckt.«

»Und wie kriegen wir Lisa jetzt dazu, dass sie uns auf dieses Fest begleitet?«, fragte Rafael und wirkte dabei überaus hilflos.

»Lass dir was einfallen. Du verstehst dich doch schon ganz gut mit ihr.«

»Tue ich das?«, fragte Rafael und schmunzelte dabei leicht.

Felipe ertappte sich schon den ganzen Vormittag im Büro dabei, beharrlich an Lisa zu denken. Dabei warteten zwei lukrative Immobilienvermittlungen auf ihre Abwicklung. Was musste Andreas auch mit ihr Kontakt aufnehmen! Dass er sich offenbar gut mit ihr verstand, machte Felipe nach wie vor fassungslos und warf, obwohl er sich mit aller Macht dagegenstemmte, immer wieder die Frage auf, warum damals alles völlig aus dem Ruder gelaufen war. Wenn man einmal anfing, in den Schubladen der Erinnerung zu kramen, lief man Gefahr, vom Hundertsten ins Tausendste zu trudeln. Zum wiederholten Mal legte Felipe den Kaufvertragsentwurf zur Seite, um seinen Gedanken nachzuhängen, lehnte sich zurück und zwang sich dazu, seinen Verstand einzuschalten. Sie hatte ihn verlassen. Punkt! Dabei hatte er ihr doch gar keinen konkreten Anlass dazu gegeben ... Oder etwa doch? Und schon tauchte der nächste Erinnerungsfetzen auf. Disziplin half da gar nichts. Noch nicht einmal Tino Pepes Sherry hatte die Kraft, dieser aufquellenden und unwürdigen Melancholie etwas entgegenzusetzen. Felipe dachte an ihre gemeinsamen Ausritte. War eine tolle Zeit, überlegte er, und kaum zu Ende gedacht, fiel ihm ein, dass er Lisa das Reiten beigebracht hatte. Eins führte zum anderen, und jede noch so banale Erinnerung zwang ihn, an Zeiten zu denken, in denen sie ein glückliches Paar gewesen waren. Und ein hübsches noch dazu. Schon war er in Gedanken bei ihrer Hochzeit, hier in Jerez. Alle hatten ihn um Lisa beneidet, eine Frau, die nicht nur schön, sondern auch intelligent war. Ein richtiges Schmuckstück! »Das war einmal. Du hast ihre andere Seite kennengelernt. Sie war es, die dich verlassen hat«, konterte sofort die trotzige innere Stimme, der er jahrelang gefolgt war, die aber minütlich schwächer wurde. Sie drohte ganz zu versiegen, als er sich die ketzerische Frage stellte, ob er damals, anstatt Lisa zu bekriegen, nicht besser hätte um sie kämpfen sollen. Hatte er sich in Beate denn nicht in erster Linie deshalb verliebt, weil sie Lisa ähnlich sah? Und? Selbst wenn es so war. Hatte Beate ihn nicht auch verlassen, wenngleich aus anderen Gründen? Hatten ihn nicht alle Frauen verlassen? Jetzt nur nicht in Selbstmitleid versinken, nahm Felipe sich tapfer vor, doch schon wieder dachte er an Lisa. Ob sie wohl ihre damalige Schönheit über die Jahre hatte bewahren können? Würde er sie beim Notartermin sehen? Allein die Vorstellung löste in ihm eine unselige und zermürbende Mischung aus Zorn und Neugier aus. Er musste herausfinden, was jetzt Sache war, ob Lisa tatsächlich gedachte, ihm ihr Wohnrecht zu verkaufen. Vielleicht würde er sich nach einem Gespräch mit Andreas wieder auf seine Arbeit konzentrieren können. Auf seinem Handy war er aber nicht zu erreichen. Wahrscheinlich steckte er bei Mercedes. Einen Versuch war es wert.

»Hallo, Felipe«, meldete sich Mercedes am anderen Ende der Leitung.

»Hallo, meine Schöne«, begrüßte er sie und erinnerte sich an ihre letzte Begegnung in Jerez. Kein Wunder, dass sein Sohn einfach alles für diese Frau tun würde.

»Ist Andreas da?«

»Er ist unterwegs«, erwiderte sie knapp, aber nicht unfreundlich.

»Was treibt ihr so in Marbella?«, fragte er, in der Hoffnung, etwas zu erfahren, was Andreas ihm bezüglich des Hauskaufs bisher vielleicht verschwiegen hatte.

»Strand, Shoppen ... Eigentlich wollten wir ja nach Frankreich fahren, aber Urlaub zu Hause ist auch schön.«

»Warum seid ihr nicht gefahren?«, bohrte Felipe nach.

»Andreas hatte hier beruflich noch einiges zu erledigen ... Außerdem hat er sich das Haus in den Kopf gesetzt. Ich glaube, er trifft sich gerade mit Lisa.«

Das saß. Schon wieder ein kurioser Gefühlscocktail, der ihn schier übermannte. Konnte es sein, dass er seinen Sohn um das Treffen beneidete? Fiel er ihm nicht in den Rücken?

»Dir gefällt das Haus«, sagte er und baute darauf, dass Mercedes endlich ein bisschen aus dem Nähkästchen plauderte.

»Es ist traumhaft«, schwärmte sie.

Dennoch hatte Mercedes etwas Besseres verdient, als in ihrem Urlaub in Marbella herumzuhocken. »Ihr könntet mit meiner Yacht rausfahren«, schlug Felipe daher vor.

»Uns ist nicht langweilig, Felipe. Es ist immer was los. Die Wahl der Schönheitskönigin möchte ich auf keinen Fall verpassen.«

»Ah, *La reina y la dama*. Ist die nicht heute Abend?«

»Komm doch einfach. Andreas würde sich bestimmt freuen.«

»Ich überleg es mir, aber sag ihm nichts.«

»Großes Ehrenwort!«

Felipe wusste von seinem Sohn, dass man sich auf sie verlassen konnte. Andreas hatte mehr Glück als Verstand. Das hatte er vermutlich von ihm, nur schien sein Sohn auch noch Glück in der Liebe zu haben.

Angesichts noch leichter Kopfschmerzen und eines drückend heißen Tages war an ein warmes Mittagessen nicht zu denken. Lisa war froh, dass Yolanda sie schon vor Jahren in die Geheimnisse der andalusischen Küche eingeweiht hatte. Die andalusische Gazpacho, eine äußerst schmackhafte kalte Suppe, war schnell zubereitet, schmeckte köstlich und war obendrein noch gesund. Etwa ein halbes Kilo abgezogene reife Tomaten, drei Knoblauchzehen, etwas Olivenöl, ein Spritzer Essig und ein Viertelliter Wasser landeten in ihrem Küchenmixer. Das Ganze musste dann passiert und kalt gestellt werden. Dazu noch etwas Salz und Pfeffer, Paprikapulver und Kümmel für die geschmackliche Abrundung. Die Tomaten vermengte sie für gewöhnlich mit altbackenem Brot und gehackter Zwiebel. Zur Deko ein bisschen Paprika und Gurken. Fertig. Zum ersten Mal, seitdem sie in diesem

Jahr hier war, fühlte Lisa sich wohl. Sicherlich musste sie von nun an mit Mitbewohnern leben, doch nach ihrem Gespräch mit Rafael war sie zuversichtlich, dass es zu keinen weiteren Auswüchsen mehr kommen würde. Felipes Plan, sie zu ärgern oder gar aus dem Haus zu vertreiben, würde nicht aufgehen. Grund genug, zu versuchen, sich mit den beiden zu arrangieren. So wie es beim Blick durch das Küchenfenster den Anschein hatte, musste sich Luke bereits mit Rafael angefreundet haben. Eines jener Fluggeräte, die einmal ruckartig aufgezogen wie ein kleiner Helikopter gen Himmel schossen, hatte sich im Geäst ihrer Zypresse verheddert. Rafael versuchte das Teil für Luke, der ihn dabei aufmerksam beobachtete, mit einem Gartenrechen herunterzuholen. Es klappte.

Luke strahlte ihn überglücklich an und griff nach seiner Hand. »¡Ven. Jugemos!«, rief der Kleine.

Doch Yolanda hatte offenbar etwas dagegen, dass er mit Rafael spielte. Mit in die Hüfte gestemmten Händen baute sie sich am Gartentor auf und erinnerte ihren Enkel daran, dass er noch jede Menge für die Schule nachzuholen hatte. »¿Ya has hecho tus deberes?«, rief sie resolut.

Luke musste krankheitsbedingt große Lücken in der Schule haben, die er in den Ferien zu stopfen versuchte.

Luke schüttelte mit hängenden Schultern den Kopf und ging zu seiner Großmutter, nicht ohne Rafael noch einmal zuzuwinken.

Yolanda wirkte zufrieden und wuschelte dem Kleinen durchs Haar.

Lisa wunderte sich darüber, dass Rafael den beiden noch lange nachblickte. Er setzte sich ins Gras vor den Springbrunnen und lehnte sich dagegen. Was ging jetzt wohl in ihm vor? Rafael wirkte kraftlos und traurig. Wieso wischte er sich die Augen trocken? Nach den Nachwirkungen einer Zimtallergie sah das jedenfalls nicht aus. Lisa stellte die Schale mit der Suppe in den Kühlschrank und beschloss, nach ihm zu sehen.

Rafael hatte Mühe, sich zu fangen. Immer wenn er Kinder und ihre Eltern oder Großeltern in ganz alltäglichen Situationen beobachtete, machte er sich klar, um welche Erfahrungen und schönen Momente ihn das Leben betrogen hatte. Doch letztlich hatte er sich selbst darum betrogen, und das war noch bitterer. Wie gerne würde er die Zeit zurückdrehen. Als er seine Carmen zum letzten Mal gesehen hatte, war sie in Lukes Alter gewesen. Hätte er nur mehr Zeit zu Hause verbracht, statt dem großen Geld hinterherzujagen.

»Hallo, Rafael. Störe ich?«

Rafael vernahm Lisas Stimme und drehte sich zu ihr um.

»Möchten Sie etwas trinken?«, fragte sie, während sie mit einer Karaffe und zwei Gläsern auf einem Tablett zur Bank auf der Terrasse ging.

Rafael nickte, erhob sich und kam näher. »Danke«, sagte er und nahm ihr das Getränk ab.

»Geht es Ihnen besser? Ich hab Sie vom Fenster aus gesehen und …« Die Art, wie sie das sagte, deutete darauf hin, dass Lisa sein Bad in purem Selbstmitleid mitbekommen haben musste.

Wieder nickte er und nahm einen kräftigen Schluck. »Haben Sie Kinder?«, fragte er ganz spontan.

»Nein, und Sie?«

»Eine Tochter. Sie wird nächste Woche achtzehn«, erwiderte er und merkte, dass es ihm wider Erwarten guttat, das Thema bei Lisa anzuschneiden.

»Sie müssen sehr stolz auf sie sein«, sagte Lisa, was er nur mit einem Nicken kommentieren konnte. »Wo lebt sie?«, wollte sie wissen.

»In einem Vorort von Madrid.«

»Sie steht also schon auf eigenen Füßen ...«

Rafael schüttelte den Kopf und wunderte sich über sein wachsendes Bedürfnis, Lisa mehr von seiner Tochter zu erzählen. »Sie lebt bei ihrer Mutter.«

»Aber Delia ...?« Sicher schloss Lisa jetzt daraus, dass Delia nicht Carmens leibliche Mutter war.

»Bei meiner ersten Frau. Wir sind getrennt und haben uns seit Jahren nicht mehr gesehen«, erklärte er und war dankbar dafür, ausnahmsweise weder lügen noch die Wahrheit zurechtbiegen zu müssen.

»Verstehe ...«

»Da gibt man sich irgendwann das Jawort, ist sich so sicher und dann ...«, fuhr er fort.

Lisa nickte. Ein bitteres Lächeln huschte dabei über ihr Gesicht. Sie setzte sich auf die Brunnenmauer, trank etwas und blickte für einen Moment wie abwesend in den Garten.

»Felipe?«, wagte Rafael zu fragen.

Lisa nickte und holte tief Luft, bevor sie weitersprach. »Anfangs war bei uns alles in Ordnung, aber andere Dinge waren ihm irgendwann wichtiger als unsere Ehe.«

»Das scheint eine weitverbreitete und vor allem ansteckende Krankheit bei Männern zu sein«, gestand Rafael ein.

»Das war es aber nicht allein. Er hat mir nicht mehr zugehört, und ich hatte irgendwann das Gefühl, dass ich mich ihm nicht mehr anvertrauen kann.«

»Haben Sie ihn deshalb verlassen?«

»Was hat er Ihnen erzählt?«, fragte Lisa hellhörig.

Jetzt nur nicht in irgendwelchen Geschichten verheddern, nahm sich Rafael vor. Am besten, er wusste von nichts.

»Felipe hält sich in privaten Angelegenheiten bedeckt«, sagte er.

»Mit gutem Grund. Wer will schon sein Gesicht verlieren?«

»Hat er Sie schlecht behandelt?«, fragte Rafael.

»Nein, der Krieg zwischen uns ging erst los, als ich ihm sagte, dass ich ihn verlassen werde. Er konnte es einfach nicht akzeptieren.«

»Krieg?« Das klang ziemlich dramatisch, vor allem aber anders als das, was sie von Andreas erfahren hatten.

»Wissen Sie, damals wurde man noch schuldrechtlich geschieden. Natürlich war ich schuld. Er hatte die Richter bestochen und einfach alles unternommen, um mich zu zerstören. Aus purer Rache. Das Einzige, was er mir nicht nehmen konnte, war dieses Haus, in dem ich gerade mal ein Wohnrecht bekommen habe.«

»Und dann kommen wir und …« Rafael fühlte sich schlagartig noch mieser. Was hatten sie Lisa nur angetan?

Lisa nickte und schmunzelte – diesmal aber mit weichen und warmen Gesichtszügen. »Ich weiß gar nicht, warum ich Ihnen das erzähle«, fuhr sie fort. »Sie sind mit ihm befreundet und können sich wahrscheinlich nicht im Entferntesten vorstellen, wozu Felipe fähig ist.«

Angesichts Felipes Sprössling konnte Rafael es sich nur allzu gut vorstellen. »Er ist mehr ein guter Bekannter«, stellte Rafael nun klar, auch wenn dies eine Notlüge war.

»Sie waren sicher erst für ihn interessant, als er von Ihrer Erbschaft erfuhr. Hab ich recht?«, fragte Lisa.

Rafael fing den Ball dankbar auf und bejahte ihre Frage mit einem Nicken. Den Knoten seiner vielen Lügen auf sanfte Weise zu entwirren wollte einfach nicht so recht gelingen.

»Aber warum ausgerechnet mein Haus?«

»Er hat es uns empfohlen, und es ist ja auch sehr schön«, entgegnete er und nahm sich vor, das Thema zu wechseln, um sich am Ende nicht doch in irgendeinen Widerspruch zu verwickeln. Außerdem bot dieser Moment die Gelegenheit, um Andreas' Anliegen noch ein letztes Mal nachzukommen. »Es ist wirklich dumm gelaufen«, versuchte Rafael zu resümieren. »Ich wünschte, ich könnte die Zeit zurückdrehen.«

Lisa nickte, was schon mal ein gutes Zeichen war.

Sofort hakte Rafael nach: »Wir könnten versuchen, uns auf neutralem Boden neu kennenzulernen. Wäre doch einen Versuch wert.«

Wieder kein Widerspruch von Lisa.

»Delia und ich gehen heute Abend zur Wahl der Schönheitskönigin. Auf die Feria. Begleiten Sie uns«, schlug er vor und fühlte sich sofort schlecht dabei, weil er genau wusste, dass sein Angebot jedenfalls zum Teil alles andere als uneigennützig war. Ein anderer Teil meinte es ehrlich. Hoffentlich stimmte Lisa zu.

»Ich überleg's mir«, sagte sie bemüht distanziert, aber Rafael las in ihren Augen, dass sie sich bereits entschieden hatte.

Kapitel 8

»Was? Auf die Feria?« Claudias blankes Entsetzen war selbst am Telefon deutlich zu spüren gewesen. Die andalusische Version des Oktoberfests bedeutete für Lisas Freundin offenkundig, sich unter das gewöhnliche Volk mischen zu müssen und den Hauch von Exklusivität, mit dem sie sich sonst umgaben, für einen Abend abzulegen. Das passte nicht so recht in die Vorstellungswelt der Clique. Die wertvolle Zeit im Urlaub verbrachten sie lieber in einem edlen Club oder schicken Lokal unter Gleichgesinnten. Kaum hatte Lisa jedoch erwähnt, dass Rafael und Delia sie begleiten würden, bekam der Gedanke, sich mit dem gemeinen Volk zu vereinen, einen gewissen Reiz. Alex witterte garantiert neue Abenteuer, und Vroni, die sie keine fünf Minuten später zurückgerufen hatte, freute sich darauf, über die neuesten Entwicklungen in der »Casa de terror«, wie sie Lisas Haus inzwischen nannte, zu erfahren. Trotz der eher gemischten Reaktionen und obgleich sie an sich wenig Interesse an der Wahl zur Schönheitskönigin hatte, fühlte Lisa sich einfach wohler, wenn sie wusste, dass sie im vertrauten Kreis ihrer Clique sein würde. Ihr blieb jetzt noch eine Stunde, um sich zurechtzumachen. Das volle Programm eben, und das fing mit der Wahl des richtigen Outfits an.

Vielleicht etwas Legeres? Am besten eine Jeans und eine der Blusen, die sie sich im Jahr zuvor im Corte Inglés gekauft hatte. Ab ins Bad und neu schminken. Am Abend konnte man ruhigen Gewissens etwas mehr auflegen. In der Hitze des Tages wäre zu viel Make-up glatter Selbstmord, eine Gesichtssauna, wie Vroni einmal so treffend bemerkt hatte, bei der einem unter andalusischer Sonne im wahrsten Sinne des Wortes schon mal die Gesichtszüge entgleiten konnten.

»Entschuldigung. Hätten Sie vielleicht etwas Wimperntusche?«, tönte es plötzlich vom Flur durch die halbgeöffnete Badezimmertür. Oha! Delia konnte tatsächlich freundlich klingende Laute von sich geben.

Lisa öffnete die Tür ganz und war baff. Delia sah in ihrem Flamencokleid umwerfend aus, und das beinahe ungeschminkt; lediglich etwas roten Lippenstift, der perfekt zu dem gleichfarbigen Kleid und dem dunklen Haar passte, hatte sie aufgetragen. Sie starrte sie ebenfalls ungläubig an. Anscheinend gefiel Delia ihr Outfit auch.

»Sie wollen doch nicht etwa so auf die Feria gehen?«, kam es stattdessen aus Delias Mund.

Lisa fragte sich postwendend, ob sie wirklich so schlimm aussah. Gut, der Schnitt der Jeans war schon in die Jahre gekommen und die Bluse vielleicht einen Tick zu farbenfroh, aber Delias Reaktion war eindeutig übertrieben.

»Wir gehen auf die Feria!«, betonte Delia.

»Ja und?«, tat Lisa ganz unbekümmert.

»Flamenco, Tanz, Lebensfreude ...«

Nun verstand Lisa, worauf Delia hinauswollte. Sie erinnerte sich daran, dass alle Einheimischen sozusagen »in Landestracht« auf eine Feria gingen – im »Dirndl« der Andalusier.

»Wenn ich eine Spanierin wäre ... Aber so ... Delia, ich mach mich doch nicht lächerlich«, wandte Lisa ein.

»Ach, das heißt also, dass ich mich lächerlich mache?«, schlussfolgerte Delia.

Ausnahmsweise mal ein gutes Argument! Nein, auch eine Holländerin konnte so etwas augenscheinlich gut tragen. Warum nur musterte Delia sie nun mit dem gleichen Blick wie die Verkäuferin mit der Lesebrille?

»Folgen Sie mir! Wir dürften die gleiche Größe haben«, sagte sie schließlich resolut und reichte Lisa die Hand.

Unter Lisas neugierigen Blicken zog Delia ihr zweites traditionelles Flamencokleid hervor. Es machte ihr Spaß, Lisa, die sie für eine hochnäsige Marbella-Schnepfe hielt, etwas herauszufordern. Mal sehen, wie spontan sie war. Dass Lisa das Kleid näher begutachtete, war schon mal ein gutes Zeichen. Dass sie es mit zwei Fingern ein wenig pekiert hochnahm, sprach eher für Lisas Skepsis. Delia rechnete fest damit, dass sie es nicht anziehen würde.

»Das ist schon schön. Das Weiß und das Rot ...«, überlegte Lisa laut. Es war nur eine Frage der Zeit, bis Lisa den Satz mit einem »aber« fortführen würde. Dessen war sich Delia sicher.

»Ach, ich probier es jetzt einfach mal an«, überraschte Lisa sie. In Nu war Lisa aus dem Zimmer und huschte ins Bad. Es dauerte keine zwei Minuten, bis Lisa es schaffte, Delia ein zweites Mal zu überraschen.

»Es passt!«, rief sie ihr vom Badezimmer aus zu. Überraschend daran war nicht, dass sie hineinpasste, sondern die Begeisterung, die in ihrer Stimme lag, ganz zu schweigen davon, wie fröhlich Lisa in ihrem neuen Outfit aus dem Bad tänzelte.

»Passende Schuhe hätte ich ja …«, sagte sie und drehte sich vor dem Spiegel des Kleiderschranks um die eigene Achse, um das Kleid und somit sich selbst von allen Seiten darin zu bewundern. »Danke! Das ist sehr nett von Ihnen«, fuhr Lisa fort.

Delia wunderte sich über die Warmherzigkeit in Lisas Augen, aber auch in ihrer Stimme. Hatte sie Lisa wirklich dermaßen falsch eingeschätzt?

»Ich geh mich nur noch schnell schminken«, sagte Lisa und wollte schon zurück ins Badezimmer gehen.

»Das müssen Sie nicht!«, entgegnete Delia.

»Ich kann doch so nicht aus dem Haus gehen«, widersprach die frischgebackene Flamencoqueen und betrachtete sich prüfend im Spiegel.

»Sie können«, versicherte Delia ihr und trat neben sie. »Ein bisschen Lippenstift vielleicht und … Warten Sie …« Schnell griff sie in ihre Tüte und zog eine Stoffblume heraus, die sie Lisa so schnell ins Haar steckte, dass sie gar keine Zeit hatte zu protestieren.

Lisas Miene hellte sich augenblicklich auf.

»Jetzt fehlt nur noch ein Lächeln. Wer lächelt, kann auch ungeschminkt aus dem Haus gehen«, erklärte Delia.

Lisa schmunzelte unwillkürlich, was Delia noch mehr überraschte und ihre dahingesagte Theorie vom verschönenden Effekt eines Lächelns bewies. Lisa war schön, und auf einmal erkannte Delia in ihren Augen ganz neue Facetten. Sie glaubte nun, darin sehen zu können, wer Lisa wirklich war. Wie gut sie sich doch bisher hinter ihrer Fassade aus teurer Schminke versteckt hatte. Lisa hatte auf einmal eine viel intensivere Ausstrahlung. »Es ist nur etwas ungewohnt«, sagte Lisa noch eine Spur verunsichert, nachdem sie sich aus allen möglichen Blickwinkeln im Spiegel erneut gemustert hatte.

»Sie haben es gar nicht nötig, Ihr schönes Gesicht zuzuspachteln«, sagte Delia voll Überzeugung.

Lisa schien noch hin und her gerissen zu sein zwischen dem neuen Gesicht, das sie nun im Spiegel sah, und dem, welches sie bisher gewohnt war.

Delia beschloss, Lisa augenblicklich von diesem Wankelmut zu befreien. »Verdecken Sie nicht, wer Sie sind. Ist Ihnen noch nie aufgefallen, dass die meisten perfekt geschminkten Frauen irgendwie gleich aussehen? Wie Abziehbilder aus einem Modemagazin ...«

Aus Lisas unsicherem Schulterzucken wurde ein fragender Blick.

»Ecken und Kanten sind interessant. Glauben Sie mir, man kann auch mit Falten im Gesicht glücklich sein.«

Endlich ein überzeugtes Nicken.

»Und faltenfrei unglücklich«, erwiderte Lisa. »Sogar sehr unglücklich«, fügte sie entrückt hinzu und schien sich für einen Moment ihren Gedanken hinzugeben. Dann erschien ein optimistisches Lächeln auf ihrem Gesicht, und Lisa strahlte auf einmal pure Lebensfreude aus, die direkt aus ihrem Herzen kam und bisher dort wohl für längere Zeit vergraben gewesen sein musste.

Obwohl Lisa sich in ihrem »andalusischen Dirndl« durchaus gefiel und Delia sicher recht damit hatte, dass sie auf eine ganz neue Art attraktiv aussah, waren ihr Yolandas erstaunter Blick und der des Taxifahrers nicht ganz geheuer gewesen. »Viel Spaß auf der Feria«, hatte ihr Yolanda gewünscht und sie dabei die ganze Zeit irritiert gemustert. War sie jetzt angenehm oder unangenehm überrascht gewesen? Im Taxi hatte Lisa sich dann klargemacht, dass es sich nicht mehr lohnte, darüber nachzudenken, weil es sowieso kein Zurück mehr gab. Sie fühlte sich gerade so, als ob sie in eine Achterbahn eingestiegen sei, die unaufhaltsam auf den nächsten Looping zuraste. Ihr Herz pochte dementsprechend. Lisa versuchte, sich mit dem Gedanken zu beruhigen, schlussendlich nur verkleidet zu sein, wie beim Kinderfasching. Kinder kamen sich dabei allerdings nicht albern vor. Das Taxi erreichte die Hauptstraße, auf der sich zu ihrer großen Erleichterung Frauen allen Alters in Flamencokostümen tummelten. Sie strömten in die Richtung, in die auch ihr Taxi fuhr.

»Waren Sie schon mal auf einer Feria?«, fragte Delia.

»Einmal, vor Jahren. Mit Felipe«, erinnerte sich Lisa und hatte im Nu den damaligen Besuch vor Augen. Ein richtiges Highlight war das gewesen, eine Attraktion mit sehr viel Charme, die aber im Laufe der Jahre zu einem Massenspektakel verkommen war, so wie das Münchner Oktoberfest, nur mit dem Unterschied, dass eine Feria nach wie vor ein Volks- und kein Bierfest war. Die Spanier liebten Fiestas, um gesellig zusammen zu sein, und sahen darin keinen willkommenen Anlass zu einem Massenbesäufnis. Gut möglich, dass die Ausuferungen des Oktoberfestes, die sie in den letzten Jahren ziemlich abgeschreckt hatten, einer der Gründe für ihre generelle Abneigung gegen Großveranstaltungen dieser Art geworden waren.

Auch Rafael hatte die vorbeiziehenden Feria-Gäste im Visier, bevor er den Kopf schüttelte und sich selbst betrachtete.

»Ich bin der einzige Spanier in unserer Runde – und schaut mich an. Ich sehe aus wie ein Tourist«, sagte er schmunzelnd und meinte damit sein Outfit, die Jeans und das Polohemd. Er musste sich mindestens genauso deplatziert vorkommen wie sie in ihrer neuen Haut, die sich jedoch mit jedem Klick des laufenden Taxameters besser anfühlte. Jeder zweite Passant, an dem das Taxi vorbeifuhr, trug farbenfrohe folkloristische Kleidung. Nach der nächsten Abzweigung, die das Taxi nahm, lag ein Meer aus bunten Punkten vor ihnen, dessen Flut sich auf riesige Torbogen zuschob, die die farbenfrohen Ströme in sich aufsogen und auf fünf Hauptwege verteilten. Hier ein Riesenrad, dort eines jener Fahrgeschäfte, deren Käfige wie Geschosse in den Himmel stiegen, um dann im freien Fall nach unten zu jagen. Karussells, Los- und Schießbuden, Essensstände und bunte Zelte, die sich »Casetas« nannten, luden zu vergnüglichen Stunden ein. Der Lärmpegel aus Musik und Stimmengewirr drang bis ins Taxi und erreichte ohrenbetäubende Dimensionen, als der Taxifahrer ausstieg, um ihnen die Tür zu öffnen. Quirliges Leben, fröhliche Menschen, die sich mit ihren Kindern, Familien und Freunden ins Getümmel stürzten, machten sofort gute Laune. Lisas Augenmerk galt vorwiegend den Frauen in ihrem Alter. Delia sollte recht behalten. Es gab überhaupt keinen Grund, sich »aufzutakeln« und sein Gesicht »zuzukleistern«. Und hier schon gar nicht. Viele markante und dadurch umso interessantere Gesichter kamen an ihnen vorbei. Der Ausdruck war es, der die Frauen attraktiv machte, nicht die selbst auferlegte Maske aus Puder, Concealer, Kajal und Rouge. Wie monoton und genormt sah dagegen eine Gruppe von mutmaßlich deutschen Touristinnen aus, die an ihrem Taxi vorbeischlenderte. Sie hatten sich zwar hübsch gemacht, sahen sich aber tatsächlich ähnlich. Und was noch viel schlimmer war: Im Vergleich zu den meisten Spanierinnen wirkten sie relativ ausdruckslos. Richtig langweilig. Was für eine Ironie. Da schminkte man sich, um aufzufallen, und erreichte mit der Uniformität der Schönheitsideale im Vergleich zu den Unikaten, Gesichtern, denen das Leben selbst ein Make-up verpasst hatte, genau das Gegenteil.

»Está bien«, sagte sie zum Taxifahrer und reichte ihm einen Zwanzig-Euro-Schein, bevor sie nach Claudia, Alex, Vroni und Stefan Ausschau hielt. Es war eine Schnapsidee gewesen, sich am Eingang treffen zu wollen. Hier würden sie sich niemals finden, doch wider Erwarten hatte Lisa sie im Nu erspäht. Die vier standen wie ein Bollwerk gegen den Menschenstrom unter einem der Torbogen und trennten die hereinströmenden Massen wie ein Keil in zwei Hälften. Claudia sah bereits in ihre Richtung, zeigte aber keinerlei Reaktion. Normalerweise würde sie ihr zuwinken. Doch es waren zu viele Menschen unterwegs.

»Da drüben sind meine Freunde. Ich stell euch vor«, sagte Lisa zu Delia und Rafael, die neugierig in Richtung ihrer Clique blickten und sich sofort in Bewegung setzten. Ein amerikanischer Tourist, an dessen Hals eine Spiegelreflexkamera mit schwerem Objektiv baumelte, versperrte ihnen aber zusammen mit einer Frau den Weg.

»Can I take a picture of you two?«, fragte er und nickte Lisa und Delia zu.

Was für ein schönes Kompliment, dachte Lisa.

»You look so pretty«, schwärmte seine Begleitung. »Would you mind?«, fragte der Tourist an Rafael gewandt und wartete erst gar nicht seine Reaktion ab, sondern drückte ihm gleich die Kamera in die Hand. Spätestens jetzt war Lisas Hemmschwelle, sich mit ihrem Outfit unter die Leute zu mischen, überwunden. Die beiden Amerikaner keilten ihr Fotomotiv, die vermeintlichen rassigen Spanierinnen, die eigentlich eine Deutsche und eine Holländerin waren, ein und legten ihnen ungefragt kumpelhaft die Arme um die Schultern.

»Cheese«, rief Rafael, und alle strahlten auf Kommando.

»Thank you so much«, sagte der Amerikaner und nahm als Nächstes ein kleines Mädchen, das in seinem roten Flamencokleid entzückend aussah, ins Visier.

Mit wenigen Schritten erreichte Lisa mit Delia und Rafael im Schlepptau endlich ihre Freunde.

»Hallo, Claudia«, rief sie.

Ihre Freundin drehte sich zwar nach ihr um, schien sie jedoch nicht zu erkennen.

Auch Vroni hatte sie nun bemerkt, sah Lisa aber so an, als wolle sie sagen: »Wie siehst du denn aus?«

Alex und Stefan musterten sie ebenfalls verstört.

Lisas frisch gewonnenes Selbstbewusstsein bekam Risse, und urplötzlich fühlte sie sich nackt.

»Hallo, Lisa«, stammelte Claudia und musterte nun auch ihre beiden Begleiter.

»Darf ich euch Delia und Rafael vorstellen?«, fragte Lisa, was sich komisch anfühlte, denn bis auf Stefan hatten alle anderen die beiden ja schon einmal gesehen.

»Angenehm«, rang sich Claudia ab und bemühte sich, dabei zu lächeln. Sicher fragte sie sich gerade, ob Rafael sie wiedererkennen würde.

»Claudia ist übrigens Helgas beste Freundin«, sagte Lisa und blickte dabei augenzwinkernd zu Rafael, der nur einen kurzen Moment brauchte, um sich an ihre Begegnung im Supermarkt zu erinnern. Rafael schien sich darüber zu amüsieren, Claudia angesichts ihrer betretenen Miene wohl eher nicht.

»Wir haben schon viel von Ihnen gehört«, sagte Stefan einen Tick charmanter.

»Ich vermute, nicht viel Gutes«, warf Delia ein und erntete dafür weitere irritierte Blicke. Offenbar verstand niemand, dass Delia mit einer Prise Selbstironie die steife Stimmung etwas auflockern wollte.

»Lass uns reingehen. Ich hab Durst und Hunger«, schlug Rafael vor. So begeistert, wie ihre Freunde darauf reagierten, versprach dies ja, ein heiterer Nachmittag zu werden.

Felipe hatte zeitlebens eine Vorliebe dafür, das Angenehme mit dem Nützlichen zu verbinden. Nützlich war, den Kontakt zu seinen Kunden in der Gegend von Marbella aufzufrischen. Auch hier gab es eine Reitschule und Pferdenarren, die bei ihm kauften oder ihn weiterempfahlen. Angenehm war, dass er auf diese Weise Andreas treffen konnte. Bis zur Wahl der Schönheitskönigin blieb noch genug Zeit für einen Ausritt über das weitläufige Gelände der Feria. Felipe kannte das Procedere aus Jerez, von der Feria de Caballos, auf der jeder, der ein Pferd sein Eigen nannte, damit in der Innenstadt aufkreuzte und sich dem Umzug anschloss. Ein solcher Tross aus uniformierten Reitern und geschmückten Kutschen, die von prächtigen Andalusiern gezogen wurden, durfte auch hier nicht fehlen und wurde von Schaulustigen, Einheimischen, aber auch Touristen bestaunt. Eine schöne Tradition, aber auch eine ziemlich anstrengende. Felipe hatte Hunger. Der frische Duft von gefüllten Kartoffeln, der aus Richtung eines Imbissstands zu ihm herüberzog, ließ ihm das Wasser im Mund zusammenlaufen. »Patatas-Stände« durften auf einer Feria nicht fehlen. Sie erinnerten ihn an seine Kindheit, an eine unbeschwerte Zeit, in der das Geld gerade mal für dieses Arme-Leute-Essen gereicht hatte. Felipe scherte vom Hauptweg aus, um auf der Stelle seinen Heißhunger zu befriedigen. Ausgerechnet jetzt musste ein Mann, der sich gerade eine gefüllte Patata gekauft hatte, wie blind vor sein Pferd laufen. Es erschrak und scheute. Felipe hatte Mühe, das Tier im Zaum zu halten. Doch anstatt sich zu entschuldigen, fluchte der Mann auch noch.

»Hijo de puta! Pass doch auf!«, fuhr er Felipe an und bückte sich nach seiner Mahlzeit, die zu seinem Glück so auf den Boden gefallen war, dass sich die Styroporverpackung geschlossen hatte und die Kartoffel vor dem Staub schützte, den Felipes Pferd aufwirbelte.

Niemand nannte ihn ungestraft einen Hurensohn. Der hohen Dressur mächtig, bedurfte es nur weniger Signale mit seinen Oberschenkeln und dem Zaumzeug, um sein Pferd zu einem Tanz rund um die Kartoffel dieses Mannes zu bewegen. Die Hufe seines Kartäusers machten im Nu ungenießbaren Matsch aus der Verpackung nebst Inhalt.

»Oh, Verzeihung«, sagte Felipe süffisant. Der Mann glühte vor Wut, was Felipe sichtlich gefiel. »Das nächste Mal Augen auf!«, fügte er mit diabolischem Grinsen hinzu und genoss es, mit anzusehen, wie der Mann seine Hände zu Fäusten ballte.

»Pass auf, dass ich dich beim nächsten Mal nicht in die Finger kriege«, rief ihm der Mann nach, als Felipe seinem Pferd die Sporen gab.

Wenn es etwas gab, was Delia auf den Tod nicht ausstehen konnte, dann war der Small Talk außerhalb ihrer früheren beruflichen Tätigkeit, die vor und nach den körperlichen Aktivitäten überwiegend von netter, aber trivialer Konversation mit ihrer Kundschaft lebte. Schon seit über einer halben Stunde nichts als gezwungen höfliches Blabla über sich ergehen lassen zu müssen war eindeutig zu viel. Rafael musste es wohl ähnlich ergangen sein, hatte er sich doch unter dem Vorwand eines Bärenhungers zur Fressmeile im Parallelgang abgesetzt. Wenn sie nicht bald ein kühles Glas starke Sangria bekam, drehte sie sicher durch.

»Ich möchte nicht wissen, wie das morgen hier aussieht. Die Spanier schmeißen einfach alles auf den Boden. Dabei gibt's hier doch Mülltonnen«, ätzte die Beleibte, die sich ihr als Vroni vorgestellt hatte.

»Dann geh mal nachts über die Wiesn«, konterte Lisa, die ihr mit jedem Widerspruch sympathischer wurde.

»Da hat Lisa auch wieder recht«, meinte Claudias blasser Ehemann, dessen Namen Delia erfolgreich verdrängt hatte.

»Wie ist das bei Ihnen in Holland? Die Holländer sind doch im Allgemeinen ein sehr sauberes Völkchen«, fragte Claudia.

»Dann gehen Sie mal durch die Straßen, wenn unsere Fußballer gegen die Deutschen verlieren. Sie werden über Hunderte von Fernsehern stolpern.«

Delia wusste genau, dass Lisas Freundin nicht darüber lachen würde. Sie hatte bewusst ihrem Mann diesen Ball zugespielt, weil er sich im Laufe ihres Gesprächs schon einige Male über die Stärke des spanischen und deutschen Fußballs geäußert hatte, als einige Lokalpatrioten mit spanischer Flagge und Hüten an ihnen vorbeigezogen waren. Und wie komisch er das fand. Noch besser war allerdings, dass Claudia ihn hilfesuchend ansah, weil sie nicht verstand, um was es ging.

»WM 1974. Die haben wir doch zusammen gesehen«, sagte er zu seiner Frau. »Wie der Müller denen kurz vor Schluss der ersten Halbzeit das Tor reingeknallt hat. Einfach sagenhaft«, schwärmte er und fing auch noch an, vergnügt zu grölen: »Oléoléolé.«

»Du weißt genau, dass ich mich nicht für Fußball interessiere«, wies sie ihn sogleich zurecht – wenigstens eine Gemeinsamkeit mit diesem Klammeräffchen, dessen heile Welt Delia eben genüsslich ins Wanken gebracht hatte.

»Also, ich hätt jetzt Lust auf eine kühle Sangria«, sagte Lisa und nahm Delia quasi die Worte aus dem Mund.

»Aus dir ist ja eine richtige Spanierin geworden«, sagte Vroni nun, die Delia im Grunde genommen noch unsympathischer fand als diese Claudia. Sie war bei ihr schon unten durch gewesen, als sie Lisas Outfit leicht angewidert gemustert und sich erst Minuten später verlogen abgerungen hatte: »Du siehst toll aus!« Was für Freunde! Gut, dass Lisa bereits auf eines der Zelte zusteuerte, in denen Sangria ausgeschenkt wurde. Dort herrschte Hochstimmung. Jung und Alt tanzte auf. Los »On the floor«, das lautstark bis nach draußen dröhnte und Claudia dazu veranlasste, sich demonstrativ die Ohren zuzuhalten.

»Willst du ernsthaft da rein?«, fragte Vroni ihre Freundin.

»Klar. Ich hab Durst. Außerdem finde ich die Musik gut«, erwiderte Lisa, und wenn sich Delia nicht täuschte, war Lisa mittlerweile auch ziemlich angefressen von der Miesepeterstimmung, die ihre Freunde verbreiteten.

»Also, mir ist das echt zu laut«, schrie Claudia, so dass es jeder hörte. »Komm, Alex, lass uns gehen«, schlug sie vor und wandte sich Lisa zu. »Wir sehen uns morgen. Ich bin zu müde für den Lärm, und diese Hitze macht mich fertig.«

Delia war klar, warum Claudia beim Wort »Hitze« kurz zu ihr blickte. Ordentlich eingeheizt hatte sie ihnen ja.

»Schade – jetzt, wo es etwas kühler wird«, sagte Lisa.

Delia fragte sich, ob sie das vielleicht sogar ironisch gemeint haben könnte und auf das inzwischen deutlich abgekühlte Freundschaftsklima bezog. Warum sonst hatte sie sie so bedeutungsvoll angesehen?

»Rufst du mich morgen an?«, fragte Claudia.

Lisa nickte nur, und Delia sah ihr an, dass sie sich gerade überlegte, sie nicht anzurufen.

Delia hoffte inständig, dass die Abschiedszeremonie aus Küsschen, Küsschen und Wünschen à la »Amüsiert euch gut« möglichst schnell zu einem Ende kam. Lisa schien jedenfalls auch froh darüber zu sein, ihre Clique von der Backe zu haben, zumindest deutete ein befreites Lächeln darauf hin. Jetzt, wo sie weg waren, konnten sie auch gleich noch den zweiten unangenehmen Teil dieses Abends hinter sich bringen: Andreas. Der Gedanke daran, dass sie Lisa deswegen hierhergelotst hatten, gefiel Delia immer weniger. Je näher sie sich kennenlernten, desto stärker meldete sich ihr Gewissen zu Wort. Verrat, hallte es aus ihrem Innersten. Sie begann, Rafaels Skrupel besser zu verstehen. Andererseits war es ja nicht so schlimm, ein Treffen zwischen den beiden zu vermitteln. Es tat niemandem weh.

»Gehen Sie schon mal rein. Ich warte hier, bis Rafael zurück ist«, sagte sie zu Lisa, die sich ohne weitere Umschweife in die Menge stürzte und sich ihren Weg zur Theke bahnte.

Delia zückte ihr Handy und wählte Andreas' Nummer, bevor sie sich noch einmal zum Zelt umdrehte, um sicherzugehen, dass Lisa ihren Anruf nicht mitbekommen würde.

Gut, dass sie Karten für die Wahl der Schönheitskönigin hatten, die nicht nummeriert waren. Das gab Andreas die Gelegenheit, sich kurz nach Delias Anruf abzuseilen, ohne sich lange erklären zu müssen – offiziell wegen eines »Geschäftskontakts«, der zufällig hier wäre. Mercedes hatte ihm sofort angeboten, in der Schlange auf ihn zu warten. Nichts anderes hatte er von ihr erwartet.

»Ruf mich an, wenn ich das Telefon einmal klingeln lasse«, bat er sie noch.

Mercedes nickte. Sie kannte ihr vereinbartes Signal, um ihn aus nicht enden wollenden Meetings zu erretten, die am Ende doch nur in privatem Geplänkel endeten.

Der Treffpunkt war glücklicherweise ganz in der Nähe. Andreas hoffte, dass Delia und Rafael mitdachten und ihm die Gelegenheit geben würden, mit Lisa allein zu reden, verwarf den Gedanken aber sogleich, weil Lisa Verdacht schöpfen könnte, wenn die beiden nur so lange weg wären, wie er mit ihr sprach. Rafael und Delia waren jedenfalls nicht da, und er fand Lisa im Inneren eines Zelts.

»Hallo, Lisa«, begrüßte er sie und lächelte dabei warmherzig.

»Andreas? So eine Überraschung«, erwiderte Lisa.

»Auf der Feria trifft sich Gott und die Welt, und die ist bekanntlich sehr klein.«

Lisa schien die Zufälligkeit ihrer Begegnung gottlob nicht in Frage zu stellen. »Wo haben Sie denn Ihre charmante Freundin gelassen?«, fragte sie.

»Ich bin geschäftlich hier«, sagte er und entdeckte nun auch Delia und Rafael, die sich mit gefüllten Sangriabechern in der Hand zu ihnen an den Tisch gesellten und ihn etwas betreten ansahen. Sie wussten offenbar nicht, wie sie reagieren sollten.

Lisa interpretierte ihre verunsicherten Blicke als Aufforderung, ihre beiden Begleiter mit ihm bekannt zu machen. »Darf ich vorstellen? Delia und Rafael. Das ist Andreas. Er ist der Sohn meines Exmanns«, sagte sie galant.

Andreas reichte Delia und Rafael die Hand.

»Die beiden sind Freunde Ihres Vaters«, fügte Lisa hinzu und wartete auf seine Reaktion.

»Wir sind uns leider noch nicht begegnet. Er ist ja die meiste Zeit in Jerez«, erwiderte Andreas und hoffte, dass

Lisa nicht weiter nachfragen würde. An sich hatte er geplant, das Heft in die Hand zu nehmen und sein Spiel fortzuführen. Nun lenkte Lisa das Gespräch, was leichtes Unbehagen in ihm hervorrief und ihn dazu veranlasste, Rafael und Delia einen bedeutsamen Blick zuzuwerfen, der ihnen vermitteln sollte, möglichst schnell zu verschwinden.

Delia und Rafael verstanden sofort, dass er auf weitere Verwicklungen nicht sonderlich erpicht war.

»Ich muss mal kurz wohin«, sagte Rafael.

»Ich komm mit«, sagte Delia. »Die Sangria!«

Schlagfertig waren die zwei ja.

»Stellen Sie sich vor: Ihr Vater hat den beiden vorgeschlagen, mein Haus zu kaufen«, sagte Lisa, als Delia und Rafael weg waren.

»Nein! Das glaub ich jetzt nicht«, heuchelte Andreas. Er war nun doch dankbar dafür, dass Lisa die Initiative ergriffen hatte und ihm ungewollt eine Steilvorlage lieferte.

»Mir gegenüber hat er kein Wort darüber verloren.«

»Das sieht Felipe ähnlich«, sagte Lisa und stieß einen verächtlichen Laut aus.

»Dabei weiß er doch, dass ich ein Haus für mich und Mercedes suche«, meinte Andreas und schüttelte den Kopf. »Mein Vater!«

So verständnisvoll und mitfühlend, wie Lisa nickte, musste alles sehr glaubhaft inszeniert gewesen sein. Sie vertraute ihm. Und Andreas war sich sicher, dass Lisa ihm bald aus der Hand fressen würde.

»Was werden Sie tun? Wollen Sie es den beiden verkaufen?«, fragte er nun.

»Nicht in hundert Jahren. Felipe hat mich bei den beiden so schlechtgemacht, dass wir uns im Haus buchstäblich bekriegt haben. Wenn er nicht sogar in Auftrag gegeben hat, mich fertigzumachen: laute Musik, Knoblauchgestank … Ach, ich will gar nicht mehr darüber reden.«

»Dafür verstehen Sie sich aber doch ganz gut«, sagte er mit gespieltem Erstaunen.

»Wie kommen Sie darauf?«

»Immerhin sind Sie mit den beiden hier.«

»Na ja, wir sind uns etwas nähergekommen, aber selbst wenn sie meine besten Freunde wären … Er hat es eingefädelt, und deshalb kommt er nicht damit durch. Eher würde ich es noch Ihnen verkaufen, was ich aber nicht tun kann, wie Sie sicherlich wissen.«

Andreas schluckte, denn er wusste es nicht. Vielleicht konnte er das Blatt noch einmal wenden, wenn er ihr einen neuen Köder hinwarf.

»Ja, leider … Ich weiß schon … Aber andererseits, nur mal so ins Blaue … Wir könnten damit die Pläne meines Vaters durchkreuzen. Er würde es jedenfalls nicht kriegen und seine Freunde auch nicht. Mal ganz abgesehen davon … Sie wissen, wie sehr meine Mercedes sich in das Haus verliebt hat.« Andreas hoffte, dass seine Masche von in diesem Fall nicht mal gespielter Enttäuschung und seinem Appell an Lisas Kampfgeist, aber auch an ihr Mitgefühl für seine Freundin ihre Wirkung nicht verfehlen würde.

»Nein!«, entgegnete sie aber gleich so vehement, dass es daran nichts mehr zu rütteln gab. »Tut mir leid, aber das geht nicht, Andreas«, fügte Lisa sanft und um sein Verständnis ringend hinzu.

Kein Wunder, dass sich schon sein Vater an ihr aufgerieben hatte. Toll! Plan B war nun auch gescheitert. Wenigstens hatte er es versucht. Nur warum tröstete ihn dieser Gedanke nicht? Ganz unbemerkt drückte er auf einen Knopf seines Handys – das vereinbarte Signal für Mercedes, ihn anzurufen. Und es dauerte keine fünf Sekunden, bis sie sich meldete.

»Ich komme ... Verstehe ... Ich mach mich gleich auf den Weg«, sagte er. »Ärger im Büro. Ich muss los«, erklärte er Lisa, die verständnisvoll nickte. »Und falls Sie es sich doch noch mal überlegen ... Sie können mich jederzeit anrufen«, sagte er, um den Schein zu wahren.

Lisa schüttelte nur den Kopf.

So was von stur! Trotzdem war noch nicht aller Tage Abend. Der Feind hatte seine Festung verteidigt, doch keine Festung war uneinnehmbar. Das hatte ihn sein Vater gelehrt – und auch damit hatte er bisher immer recht behalten.

Es gab Momente im Leben, in denen man dem Schicksal auch für Ärgernisse dankbar sein musste. Felipe hatte zwar auf die Fast-Food-Variante der gefüllten Kartoffel, die lediglich eingeschnitten, in zwei Hälften geklappt und mit einer Auswahl an Beilagen und Soßen serviert wurde, verzichten müssen, nicht jedoch auf das Original, das er noch von seiner Mutter kannte: *Patatas rellenas*. Sie wurden nicht nur gekocht und dann herzlos mit kalten Beilagen gestopft, sondern liebevoll gefüllt, garniert und zumeist mit leckerem Käse aus der Region überbacken. Gut, dass er den Stand mit andalusischen Spezialitäten entdeckt hatte. Mit dieser Grundlage im Magen konnte er sich mit Andreas die Wahl der Schönheitskönigin ansehen, ohne sich mit *Comida rapida*, irgendwelchen Fast-Food-Burgern, die es auf Veranstaltungen dieser Art gab, den Magen zu verderben. Der Umzug war vorbei. Am besten ritt er schon mal in Richtung des Zeltes, in dem die Veranstaltung in einer halben Stunde beginnen würde. Die scharfen Beilagen machten durstig. Felipe überlegte, ob er gleich beim nächsten Zelt etwas trinken sollte. Sein Pferd könnte er für den kurzen Umtrunk an einem der Pfosten anleinen, bevor er es zurück zu seinem Transporter brachte. Um diese Zeit war es gar nicht so einfach, sich den Weg durch die Menschenmassen zu bahnen. Aus dem Zelt drangen mehr und mehr Menschen, die ihm den Weg versperrten. Felipe bemühte sich, Ruhe zu bewahren und sich die gute Laune nicht verderben zu lassen. Es blieb bei dem frommen Vorsatz. War die Frau, die urplötzlich vor ihm stand, tatsächlich Lisa? Felipe musste gleich zweimal hinsehen. Vielleicht hatte sie eine spanische Doppelgängerin. Er konnte sich jedenfalls nicht daran erinnern, seine Exfrau jemals in einem Flamencokleid gesehen zu haben. Aber das waren unverkennbar ihre Augen, und sie hielt nach irgendjemandem vor dem Zelt Ausschau. Felipe überlegte kurz, ob er die Zügel seines Pferds herumreißen und umkehren sollte, doch dafür war es bereits zu spät. Lisa musste auch ihn erkannt haben: Sie starrte ihn für einen Moment geradezu fassungslos an.

»Hallo, Felipe«, rief sie dann. »Seit wann zieht es dich nach Marbella?« Dass sie sich gleich mit verschränkten Armen vor ihm aufbaute, überraschte ihn. Ihr jahrelanger Krieg lag doch so lange zurück. Obwohl Felipe sich vornahm, gelassen darüber hinwegzusehen, spürte er, dass Lisa schon wieder auf einen seiner »Knöpfe« gedrückt hatte. Zorn braute sich irgendwo tief in seiner Bauchgegend zusammen. Felipe wusste bereits jetzt, dass er Mühe haben würde, ihn noch viel länger im Zaum zu halten.

»Die Feria ist immer ein guter Anlass«, erwiderte er und ärgerte sich, nicht dazu in der Lage gewesen zu sein, etwas mehr Gleichgültigkeit in seine Stimme zu legen.

»Du konntest noch nie gut lügen, Felipe«, konterte Lisa messerscharf.

Immer noch die Alte, bissig wie früher, stellte Felipe fest.

Lisas Bemerkung durfte nicht ungesühnt bleiben. »Wie ich sehe, leidest du immer noch unter dem gleichen Wahn. So etwas wird im Alter schlimmer«, schleuderte er ihr giftig entgegen und erfreute sich daran, einen Volltreffer gelandet zu haben.

Lisa glühte, im Prinzip genau so, wie er sie nach ihrer Trennung erlebt hatte.

»Es gibt noch andere Dinge, die im Alter schlimmer werden. Ich fürchte, du bist etwas vergesslich geworden, armer Felipe.«

»Leider erinnere ich mich noch allzu gut an unsere glorreiche Ehe«, ätzte er zurück.

»Tatsächlich? Dass ich ein Wohnrecht in der Villa habe, scheinst du aber vergessen zu haben.«

Das Wohnrecht? Wollte sie es nicht an Andreas verkaufen? Wieso pochte sie jetzt darauf?

»Ich will es nicht. Und wenn du es unbedingt an meinen Sohn verkaufen willst – bitte ...«, erwiderte er.

»An deinen Sohn? Und warum setzt du mir dann eine Prostituierte und einen Penner ins Haus? Verstehe – erst weichkochen ... Ich hatte gehofft, dass du im Alter etwas vernünftiger wirst.«

Sie musste unter Wahnvorstellungen leiden. Penner? Prostituierte? »Ich weiß überhaupt nicht, wovon du sprichst«, sagte er wahrheitsgemäß.

»Natürlich nicht. Das wusstest du ja noch nie«, entgegnete Lisa und schüttelte den Kopf.

Felipe fragte sich, was hier gespielt wurde. Es musste etwas mit Andreas zu tun haben. Tausende von Möglichkeiten warteten nur darauf, durchdacht zu werden, doch dazu kam es nicht mehr. Ohne Vorwarnung stieg sein Pferd in die Höhe. Die Menge wich zur Seite. So ein Verhalten kannte er von seinen sanftmütigen Tieren gar nicht. Felipe suchte Halt am Zügel, doch gegen die kräftigen und ruckartigen Bewegungen des Wallachs war er machtlos. Felipe rutschte aus dem Sattel und landete mitten im Dreck direkt vor Lisa, die nun von oben auf ihn herabblickte.

»Na, endlich bist du da, wo du hingehörst«, sagte sie zynisch und lächelte dabei auch noch, bevor sie Felipe widerwillig die Hand hinhielt, um ihm aufzuhelfen. »So schnell kann man vom hohen Ross fallen. Das Leben ist gerecht, Felipe. Findest du nicht?«

Noch ein Wort mehr, und er würde ihr an die Gurgel springen. Felipe raffte sich auch ohne ihre Hilfe auf und klopfte den Staub von seiner Kleidung. Aus den Augenwinkeln bemerkte er, dass zwei junge Männer sein Pferd beruhigt hatten und es am Zügel hielten. Immerhin blieb ihm die Blöße erspart, seinem eigenen Gaul hinterherrennen zu müssen.

»Geht es dir gut, Felipe? Du bist so blass«, sagte Lisa, deren Schadenfreude nicht zu überhören war.

Felipe konnte kaum glauben, wie genüsslich Lisa diesen Moment des Triumphs auskostete. Auch wenn er allzu gerne nachgesetzt hätte, wusste er genau, dass man manche Niederlagen damit nur noch schlimmer machte. Es reichte schon, dass sich mittlerweile ein paar Dutzend Augenpaare auf ihn gerichtet hatten, die nur darauf lauerten, einer spanischen Soap beizuwohnen. Den Gefallen würde er ihnen nicht tun. Und Lisa schon gar nicht.

Rafael fiel ad hoc kein Tag in jüngster Vergangenheit ein, an dem er sich so gut gefühlt hatte wie heute; er war heiter und rundum zufrieden, was sicherlich auch daran lag, dass er Lisa einen unvergesslichen Moment bereitet hatte.

»Kann ich meine Steinschleuder jetzt wiederhaben?«,

fragte der kleine Junge, von dem Rafael sie sich für einen Moment ausgeliehen hatte. Ein Deal unter Männern, die hinter einem Gebüsch am Wegrand nun Geld, einen Obolus von fünf Euro, gegen die Steinschleuder tauschten.

»Steck sie am besten ein, sonst denkt noch jemand, du warst das«, riet Rafael ihm.

Der Junge nickte verschmitzt, ließ die Steinschleuder in seiner Hosentasche verschwinden und ging zurück zum Losstand, wo Rafael ihn angesprochen hatte. Erst jetzt wurde Rafael so richtig bewusst, dass sich Felipe bei dieser Aktion auch das Genick hätte brechen können. Der Impuls, es diesem arroganten Schnösel heimzuzahlen, war stärker gewesen als die Vernunft, zumal Rafael bei dem Wortwechsel zwischen Felipe und Lisa klargeworden war, wer da vor ihm auf dem Pferd saß. Wie gut, dass er am Losstand auf Delia gewartet hatte und dort auf den Jungen getroffen war. Ein aufgewecktes Bürschchen, das den Nachmittag damit verbrachte, Passanten um Kleingeld anzuhauen, damit es sich Lose kaufen konnte. Hätte er ihm nicht erzählt, wie furchtbar enttäuscht er sei, bisher nur einen Trostpreis, die Steinschleuder, gewonnen zu haben, wäre Rafael um eine Genugtuung ärmer. Schicksalhafte Gerechtigkeit also, von oben orchestriert und amüsant noch dazu. Nun tauchte Delia aus dem Zelt auf und gesellte sich zu Lisa. Sie hatte die große Show leider verpasst – kein Wunder, angesichts der endlosen Schlangen vor den Frauentoiletten. In manchen Situationen war es eben doch ein Vorteil, ein Mann zu sein. Nun hielten beide nach ihm Ausschau. Rafael schlenderte gemütlich zu ihnen hinüber, als wenn nichts passiert wäre. Delia sah ihn zuerst.

» Felipe war hier, stellen Sie sich das mal vor. «, sagte Lisa aufgeregt.

»Felipe?«, tat Rafael verwundert.

»Taucht einfach aus dem Nichts auf. Sein Pferd hat gescheut und ihn abgeworfen. Dass ich diesen Moment noch erleben durfte«, frohlockte Lisa.

»Hoffentlich ist ihm nichts passiert«, sagte Rafael mit theatralisch besorgter Miene.

»Lasst uns noch ein bisschen herumlaufen, was essen, Spaß haben ...«, schlug Delia vor.

»Mein Bedarf an Unterhaltung ist für heute gedeckt«, gestand Lisa. »Ich werde mir ein Taxi nehmen und nach Hause fahren. Aber Sie können ja noch bleiben. Vielleicht braucht Felipe ein wenig Trost ...«

Rafael tauschte einen Blick mit Delia, die den Kopf schüttelte.

»Also, meinetwegen nicht ...«, sagte sie.

»Ich bin auch nicht scharf darauf. Außerdem kommt Felipe bestimmt gut alleine klar«, sagte Rafael, und Delia verstand sofort, dass von nun an Distanz zu ihrem »Freund« Felipe angesagt war.

»Verdient hat er es ja«, sagte Delia prompt und erntete dafür von Lisa einen verwunderten Blick. »Er ist ganz schön über Sie hergezogen, und ich mag es nicht sonderlich, wenn man mich belügt«, erklärte Delia.

»Ach, ich bin also gar nicht so schlimm, wie er mich hingestellt hat«, schlussfolgerte Lisa und lächelte.

»Er hätte fairerweise auch Ihre netten Seiten erwähnen können«, fuhr Delia fort.

Rafael war dankbar, dass Delia nun sogar so etwas wie Verärgerung über Felipe erkennen ließ, auch wenn sie letztlich über Andreas sprach.

»Zu Hause hab ich noch jede Menge Sangria. Wäre doch schade, wenn ich die alleine trinken müsste«, bot Lisa an.

»Aber bitte ohne Zimt«, sagte Rafael, und Lisa lachte so herzlich auf, dass Rafael in diesem Moment immer sicherer wurde, die neue Lisa schneller als vermutet in sein Herz schließen zu können.

Kapitel 9

Um Mercedes glücklich zu sehen, lohnte jeder Aufwand, doch auch mit den kleinen Freuden des Lebens konnte man bei ihr punkten. Die Wahl der Schönheitskönigin schien ihr jedenfalls zu gefallen. Warum sonst spendete sie als eine der Ersten im Zelt Applaus, noch bevor der Moderator das Publikum dazu aufgefordert hatte? »Un gran aplauso para las contestadores«, schrie er frenetisch in die Menge. Dank Mercedes' Stehvermögen hatten sie die besten Plätze ergattert, direkt vor der Bühne. Und das Beste an diesem Abend war die süße Erkenntnis, dass es keine der jungen Frauen, die sich bisher in allen möglichen Outfits, vom Abendkleid bis hin zum Bikini, auf der Bühne präsentiert hatten, mit seiner Mercedes aufnehmen konnte. Überhaupt war die Veranstaltung ein schöner Rahmen für einen gelungenen Abend. Andreas gefiel die Parade der Schönheiten, die gute Stimmung und Mercedes' Lachen. Alles war perfekt – bis auf den Wermutstropfen namens Lisa, den er auszublenden versuchte, indem er sich einredete, dass Lisa früher oder später von seinem Angebot Gebrauch machen würde, allein schon, um die vermeintlichen Pläne seines Vaters zu durchkreuzen. Entscheidungen dieser Art fällte der Mensch in der Regel nicht nur nach rein ökonomischen Erwägungen. Alles war eine

Frage der Psychologie, und wer wie er darin geschult war und ein Händchen dafür hatte, konnte sich ins Spiel des Lebens wagen, ohne fürchten zu müssen, dabei baden zu gehen.

»Das war wunderschön«, schwärmte Mercedes nach der Veranstaltung bei ihrem kleinen Stopp an einem der Tapas-Stände. Besser konnte man den jüngsten Verlauf des Abends nicht zusammenfassen, jedenfalls bis zu dem Moment, als sein Vater sich auf dem Handy meldete.

»Andreas! Wieso warst du die ganze Zeit nicht zu erreichen? Ich möchte dich heute noch sprechen. Persönlich – und zwar so schnell wie möglich.«

»Papaíto. Ist irgendwas?« So wütend hatte er seinen Vater schon lange nicht mehr erlebt.

»Es geht um das Haus«, sagte sein Vater geradeheraus.

Er musste irgendwie Lunte gerochen haben, dass etwas mit Lisas Verkaufsplänen nicht stimmte. Nur wie?

»Soll ich heute noch nach Jerez fahren?«, fragte Andreas kleinlaut.

»Ich bin in Marbella«, gab sein Vater mit eisiger Stimme zurück und beantwortete damit zugleich die Frage nach dem Wie. Er war also hier. Er musste Lisa besucht und mit ihr gesprochen haben.

»Puerto Banús am Leuchtturm. Sagen wir, in einer halben Stunde. Allein!« Klick. Er legte einfach auf.

»Was ist los?«, fragte Mercedes besorgt.

»Es ist geschäftlich … Ich bring dich zum Taxi. Fahr schon mal vor. Es dauert nicht lange«, versuchte er, sie zu beruhigen.

Mercedes nickte, ohne weitere Fragen zu stellen, und hängte sich bei ihm ein. Für sie lohnte es sich zu kämpfen – und wenn es mit seinem Vater war.

Lisa bereute keine Sekunde, Delia und Rafael noch zu einem abendlichen Umtrunk auf ihre Terrasse eingeladen zu haben. Zur Sangria gab es noch etwas Flamencomusik aus Delias tragbarer Stereoanlage – diesmal allerdings einen Tick leiser als zu Zeiten ihres kalten Kriegs, die ja noch gar nicht so lange her waren. Delia beherrschte den Tanz meisterhaft, soweit Lisa dies beurteilen konnte. Mit keinem anderen Tanz der Welt konnte man einer so breiten Palette an Gefühlen Ausdruck verleihen. Leid, Leidenschaft, Stolz, Mut, Trauer und Lebensfreude verschmolzen in Delias magisch anmutenden fließenden Bewegungen zu einem Ganzen. Das positive Lebensgefühl, das Delia dabei vermittelte, war äußerst ansteckend.

»Los, versuchen Sie's doch auch mal«, sagte Delia und griff nach ihrer Hand.

An sich machte sich Lisa nicht gern vor Publikum lächerlich. Yolanda und Luke standen schon eine ganze Weile am Durchgang zum Nachbargrundstück und sahen in Delias Performance sicher eine Show, die man sich nicht entgehen ließ.

»Mach schon, Lisa, tanz für uns!«, forderte Yolanda sie nun auf.

Luke jubelte begeistert, und auch Rafael sah sie erwartungsfroh an.

Dieser blöde Gruppenzwang! Also gut, wenn sie schon mal ein Flamencokleid anhatte, konnte sie es auch angemessen nutzen. Es kostete sie trotzdem einige Überwindung, sich neben Delia zu stellen und ihren Bewegungen zu folgen. Yolanda und Luke klatschten im Takt der Musik. Es war gar nicht so schwer, wie sie dachte. Lisa stellte fest, dass man die Schritte sehr einfach erlernen konnte. Auf den Ausdruck kam es an, aber genau da haperte es. Im Nu kam Lisa sich wie ein Fremdkörper in ihrem Kleid vor, was Delia ihr ansah.

»Schauen Sie nicht auf meine Füße«, sagte Delia und legte ihre Hand auf Lisas Bauch. »Sie müssen es hier drin fühlen. Lassen Sie sich fallen, und sehen Sie mir nur in die Augen.« Zuletzt hatte Lisa so einen ähnlichen Spruch in *Dirty Dancing* gehört, aber im Gegensatz zu ihr tanzten Johnny und »Baby« Mambo, bei dem es genügte, verwegen mit der Hüfte zu wippen und sich dabei möglichst ernst und zu baldigem Beischlaf entschlossen in die Augen zu schauen. Flamenco erforderte jedoch facettenreicheren Körpereinsatz – und der war anstrengend. Lisa spürte, wie ihr Körper langsam gegen ihren Kopf arbeitete. Nicht mehr denken. Nicht mehr bewusst auf die Bewegungen der Arme und Beine achten, sagte Lisa sich und scheiterte – jedenfalls so lange, bis sie Delia in die Augen sah. Sie erzählten eine Geschichte. Sie kommunizierten mit ihr ohne Worte. Lisa spürte den Drang, Delia zu antworten, mit ihren Bewegungen, die langsam anfingen zu fließen. Mal sah Delia finster drein, mal stolz, was ihre nach oben gestreckten Arme und ihre gerade Körperhaltung noch untermalten. Es war wie die Aufforderung zu einem Zweikampf, wenn auch nur spielerisch. Lisa duellierte sich mit ihr, sah sie ebenso ernst und stolz an. Da ließ Delia ihre Arme sinken, blickte nach unten auf ihre Füße, die immer schneller auf den Boden stampften, bevor sie abrupt mitten in der Bewegung innehielt und so viel Leid in ihre Augen legte, dass sie auch ohne Tutu dem sterbenden Schwan Konkurrenz machen konnte. Lisa versuchte, es ihr gleichzutun, scheiterte aber an der Grundschnelligkeit ihrer ungeübten Füße, die schon so höllisch schmerzten, dass ihr der leidende Gesichtsausdruck leichtfiel.

»Bravo«, rief Yolanda. Luke und Rafael spendeten Applaus. Eine Zugabe kam trotzdem nicht in Frage. Wohl eher ein Fußbad. Lisa setzte sich und beschloss, ihr in Wallung geratenes Blut mit Sangria zu kühlen.

»Yolanda, Luke. Setzt euch zu uns«, rief sie den beiden zu.

»Luke muss morgen früh raus«, erwiderte Yolanda und griff nach Lukes Hand, um mit ihm nach Hause zu gehen. Rafael stellte sofort die Anlage leiser, was Delia jedoch nicht daran hinderte, weiterzutanzen. Eine tolle Frau, dachte Lisa und kam zu der erfreulichen Einsicht, dass Felipes Schuss nach hinten losgegangen war.

Felipe konnte es gar nicht mehr erwarten, seinen Sohn endlich zwischen die Finger zu kriegen. Weder die sanfte Brandung des Meeres, die ihn unter normalen Umständen im Nu entspannte, noch die friedliche Stimmung am Leuchtturm konnten ihn auch nur ansatzweise beruhigen. An der Körperhaltung seines Sohnes, der mit hängenden Schultern und gesenktem Haupt auf ihn zukam, ließ sich ablesen, dass er genau wusste, was auf ihn zukommen würde. Kurz bevor er ihn erreichte, hob Andreas den Kopf und setzte die Leidensmiene auf, die Felipe aus der Schulzeit seines Sohnes kannte.

»Erspar mir dein Papaíto«, fuhr Felipe ihn gleich darauf an, um die übliche Masche seines Sohnes damit bereits im Keim zu ersticken.

Andreas sah augenblicklich schuldbewusst zu Boden. Wie ein armer Sünder mit gesenktem Haupt stand er vor ihm. Ein Grund mehr, gleich zur Sache zu kommen.

»Was hast du mit Lisa besprochen?«, wollte er wissen.

»Das ist alles nur ein Missverständnis«, stammelte Andreas.

»Beantworte meine Frage!«, insistierte Felipe.

»Es ging um das Haus. Wie ich dir sagte. Sie denkt darüber nach, es zu verkaufen.«

»Lüg mich nicht an! Lisa verkauft ihr Wohnrecht nicht.«

Andreas musterte ihn nur. Felipe kannte den Blick seines Sohnes, die Art, wie er ihn taxierte, um einzuschätzen, was sein Vater dachte. Sicher überlegte er gerade, wie viel sein Gegenüber bereits wusste. Daraus gedachte Felipe auch kein Geheimnis zu machen.

»Wieso glaubt Lisa, dass ich ihr einen Penner und eine Prostituierte ins Haus gesetzt habe?«, fragte Felipe nun etwas präziser und wunderte sich darüber, wie schnell sein Sohn diesmal darauf reagierte.

»Hat sie das behauptet? Die spinnt doch. Du kennst sie. Sie lügt wie gedruckt«, empörte Andreas sich.

Der Einzige, der hier log, war sein Sohn, der zwar andere, aber nicht seinen Vater belügen konnte. Das Beste war, gar nicht darauf einzugehen.

»Was hast du dir nur dabei gedacht? Und erspar mir irgendwelche Ausreden.«

Andreas nickte schließlich. Ihm blieb auch gar nichts anderes übrig. »Sie hat sich stur gestellt, und du weißt doch, wie sehr Mercedes an dem Haus hängt. Sie ist doch von hier und …«

»Komm zum Punkt!« Felipes Geduldsfaden drohte zu reißen.

»Ich hab die beiden zufällig in einer Bar kennengelernt und … Es war so eine spontane Idee, weiter nichts.«

»Was?«, hakte Felipe nach.

»Ich hab ihnen etwas Geld gegeben, und dafür sollten sie bei Lisa wohnen.«

»Bist du wahnsinnig? Du weißt genau, dass das nicht geht. Ich habe mit ihr eine klare Vereinbarung und …«

»Papaíto«, fiel Andreas ihm ins Wort. »Ich hab das doch auch für dich gemacht. Glaubst du, ich hab nicht mitbekommen, wie sehr du darunter gelitten hast, dass Lisa vor Gericht doch noch recht bekam? Wir hätten das Haus wiederbekommen, ohne dieses Wohnrecht. Es gehört uns …«, sagte Andreas und sah ihn dabei flehend an.

Ausgefuchstes Bürschchen. An sich sollte er ihm jetzt eine Tracht Prügel verpassen, überlegte Felipe. Zugleich konnte er aber nicht umhin, die Idee seines Sohnes zu würdigen. Das würde er sich natürlich nicht anmerken lassen …

»Du schlägst dir das ganz schnell aus dem Kopf, hörst du?«, forderte Felipe.

»Ich versteh dich nicht. Du hättest hören sollen, wie Lisa über dich hergezogen ist. Vor Mercedes. Wieso kämpfst du nicht um das, was dir gehört?«

Felipe hatte im Nu Lisas schadenfrohen Gesichtsausdruck nach dem Sturz vom Pferd vor Augen, ihr provokantes Lachen im Ohr. Dennoch wusste Felipe, dass Wut kein guter Ratgeber war, wenn es um geschäftliche Entscheidungen ging. Sie hatten eine klare Abmachung. Fertig!

»Meine Antwort ist nein«, versuchte er, seinem Sohn ein für alle Mal klarzumachen.

»Du bist so was von stur«, sagte Andreas trotzig.

»Kein Wort mehr!«, erwiderte Felipe, erreichte aber genau das Gegenteil.

Andreas baute sich vor ihm auf, geradezu respektlos, wie es sich für einen Sohn nicht gehörte. »Denkst du eigentlich immer nur an dich, Vater?«, brach es aus ihm heraus.

Felipe konnte in Andreas' Augen lesen, dass dieser Vorwurf keiner taktischen Erwägung entsprang, sondern etwas war, was er ihm aus der Tiefe seiner Seele entgegenschleuderte. Die Wucht dieser Erkenntnis war so massiv, dass

Felipe Andreas' stechendem Blick nicht mehr standhalten konnte. Nun war er es, der sich abwandte – ein unverzeihliches Zeichen von Schwäche. Andreas würde es als solches erkennen und nachsetzen, doch genau das Gegenteil geschah. Seine Stimme wurde weich und hatte jene respektvolle Klangfarbe, die er von Andreas gewohnt war.

»Es geht um das Glück deines Sohnes und das von Mercedes. Ich dachte, du würdest dich freuen, wenn ich …«

»Junge. Wir finden etwas anderes«, unterbrach ihn Felipe, weil er genau wusste, in welche Richtung ihn sein Sohn zu drängen versuchte.

»Nein! Ich will dieses Haus!«

So wütend, wie Andreas jetzt aufbrauste, hatte er ihn noch nie erlebt. Spielte er mit ihm? Mal aggressiv, dann sanft wie ein Lamm, mal eingeschnappt, verletzt, dann wieder der kleine Junge, der wusste, auf welche von Papas Knöpfen er zu drücken hatte. Das Spiel hatte er ihm selbst beigebracht, doch war es überhaupt noch ein Spiel? Es klang ganz und gar nicht mehr danach.

»Ich möchte nur, dass du dieses eine Mal auf meiner Seite stehst, ohne Wenn und Aber!«, sagte Andreas in einem Tonfall, der nach bitterem Ernst klang, doch einem Spieler konnte man nicht trauen, auch wenn er ein gutes Blatt in der Hand hielt.

»Ich wiederhole mich nur ungern«, sagte Felipe und trotzte damit seiner inneren Stimme, die ihm dazu riet, auf Andreas zuzugehen. Soweit sich Felipe erinnern konnte, hatte er stets an der Seite seines Sohnes gestanden. Diesen Unsinn hörte er sich nicht mehr länger an. So wie es aussah, hatte er sogar viel zu lange an seiner Seite gestanden, ihn zu sehr verwöhnt, ihm zu viel durchgehen lassen. Andreas sah dies offenbar anders. Seine eingefrorene Mimik deutete darauf hin.

»Okay. Dann hör jetzt gut zu, Papaíto! Dir liegt wohl viel mehr an Lisa, die dich auch jetzt noch bespuckt, als an deinem eigenen Sohn. Wenn du mich nicht unterstützt, dann …«

»Was dann?«, unterbrach Felipe ihn schroff.

»Ich denke, unter diesen Umständen könnte ich deine Firma nicht mehr übernehmen«, erwiderte er ernst und mit einer Verachtung, die selbst Felipe frösteln ließ.

Wie konnte er es wagen, so mit ihm zu reden? Wie konnte es überhaupt so weit kommen?

»Geh mir aus den Augen«, sagte Felipe, auch wenn es ihm augenblicklich leidtat. Doch er musste einfach einen Schlussstrich unter dieses Gespräch ziehen.

Andreas wandte sich um und ging zügig in Richtung seines Wagens, der am Anlagesteg parkte.

Felipe blickte hinaus aufs Meer und begann zu überlegen, ob er nicht doch zu hart zu Andreas gewesen war. Ja, sein Sohn hatte eine Dummheit begangen … Aber was ging ihn Lisa an? Sie sorgte allzeit für Probleme, und jetzt trieb sie auch noch einen Keil zwischen ihn und seinen Sohn. Lisa hatte ihm doch gezeigt, was sie von ihm hielt. Die gleiche Verachtung wie damals. Damit durfte er sie nicht durchkommen lassen. Und es gab einen Weg, um sie zum Verkauf zu zwingen. Felipe hatte schon seit Jahren nicht mehr daran gedacht, um des lieben Friedens willen, doch dieser war bereits nachhaltig gestört, und wenn die Ereignisse ihn dazu zwangen, sich zwischen Andreas und Lisa entscheiden zu müssen, gab es keine Qual der Wahl.

Lisa schenkte Rafael noch etwas Sangria nach. Auch wenn es bereits spät war, wollte keiner von ihnen das gemütliche Beisammensein unter sternenklarem Himmel schon beenden. Auffällig war, dass Rafael und Delia immer schlechter über Felipe redeten, was sicherlich nicht nur der Sangria geschuldet war, die auch Lisas Zunge etwas gelockert hatte. Ein paar besonders markante Episoden aus ihrem Rosenkrieg, die sie Rafael und Delia nicht vorenthalten wollte, stellten Felipe, ihren »guten Bekannten« – von »Freund« war schon seit über zwei Stunden nicht mehr die Rede gewesen –, in einem völlig neuen Licht dar und resultierten schließlich in überraschender Solidarität, bis sie sich sogar gegenseitig das Du anboten.

»Also, mal ganz ehrlich. Jetzt, wo ich das alles weiß … Ich würde das Haus an deiner Stelle auch nicht mehr hergeben«, sagte Delia und blickte zu Rafael hinüber, der einhellig nickte.

Felipes Plan war gescheitert. Und das war noch einen Schluck wert.

»Nach heutigem Scheidungsrecht würde dir das Haus sowieso gehören«, fuhr Delia fort. Auch damit hatte sie recht, aber nachdem sie allein »schuld« am Scheitern ihrer Ehe gewesen war, hatte »sein« Richter das damals natürlich anders gesehen.

»Wir haben das Grundstück sogar gemeinsam ausgesucht, und ich hab alles geplant, von unseren Möbeln bis zum Garten … Damals hatte er hier noch ein Büro. Wir wollten hier leben«, erinnerte Lisa sich diesmal mit wesentlich weniger Bitterkeit, als es sonst der Fall war.

»Was ist damals passiert?«, fragte Delia ohne Umschweife. »Du hast ihn immerhin geheiratet.«

»Anfangs lief auch alles gut. Ich hab sogar in seiner Firma gearbeitet, für jede Menge Umsatz gesorgt. Als Deutsche hatte ich einen viel besseren Zugang zu seinen überwiegend deutschen Kunden. Wir waren ein Team, aber er hat sich im

Laufe der Zeit verändert, ging immer mehr auf Abstand«, erklärte Lisa.

»Das ist nichts Ungewöhnliches«, sagte Delia. »Ich kenne viele dieser Geschichten von meiner damaligen Kundschaft.«

»Ich dachte, du …« War Delia nun Therapeutin oder eine Prostituierte gewesen?

»Redest du etwa nicht vor oder nach dem Sex?«, fragte Delia prompt. »Die meisten meiner Kunden wollten sowieso nur reden. Zumindest diejenigen, die verheiratet waren.«

»Was haben die Männer dir erzählt?«, fragte Lisa. Wer weiß, vielleicht konnten Delias Erfahrungen ihr dabei helfen, Felipes damalige Veränderungen besser zu verstehen.

»Die übliche Leier. Sie hätten sich ›auseinandergelebt‹. Letztlich steckte aber meist ein tiefer liegender Grund dahinter.«

»Zum Beispiel?«, hakte Lisa nach.

»Unterschiedliche Lebensinteressen. Zu schnell geheiratet. Das Gefühl, im Leben etwas verpasst zu haben. Natürlich der Klassiker: die ganze Midlife-Crisis-Kiste. Er kriegt daheim keinen mehr hoch und schnappt sich 'ne Jüngere. Ach ja, und dann natürlich noch die Kinderlosen, bei denen einer von beiden ›schuld‹ daran war, dass der Klapperstorch an ihnen vorbeizog. Es gab immer irgendwelche Gründe …« Delia riss damit genau jene Frage an, die Lisa jahrelang beschäftigt hatte und ihr letztlich das Gefühl gab, im Grunde genommen schuld am Scheitern ihrer Ehe zu sein. Am Ende wäre alles nicht passiert, wenn sie Felipe Kinder geschenkt hätte. Diesen Wunsch hatte sie ihm nicht erfüllen können.

»Wobei, seien wir mal ehrlich … Um die ›tiefer liegenden Gründe‹ beim Mann dingfest zu machen, muss man ihm nur zwischen die Beine fassen«, fügte Delia amüsiert hinzu und erntete dafür Lisas Zustimmung.

Rafaels skeptischer Miene nach zu urteilen, sah er das offenkundig anders.

»Manche Männer verraten ihre Frauen sogar für ein bisschen mehr Macht. Und bei mir haben sie dann ihre devote Ader raushängen lassen«, führte Delia weiter aus.

»Warum denkst du, dass Männern Macht so wichtig ist?«, fragte Lisa und dachte dabei an das Paradebeispiel, von dem sie gottlob geschieden war. Nun schien sich Rafael auf einmal doch mehr für das Gespräch unter Frauen zu interessieren. Er hörte mit gespitzten Ohren zu.

»Sie haben Angst vor dem Tod«, fasste Delia zusammen.

Doch so ganz einleuchtend war ihre Begründung nicht, und dass Lisa ihr nicht unmittelbar folgen konnte, schrie förmlich nach einer Erklärung, die Delia bereits parat hatte.

»Macht verleiht Größe, aber keine Unsterblichkeit. Manche kapieren es. Manche nie.«

War Felipes Gebaren am Ende also nichts weiter als Angst vor der Vergänglichkeit? Lisa nahm sich vor, diesen Gedanken weiterzuverfolgen, doch da meldete sich Rafael zu Wort.

»Jetzt stellt das mal nicht so hin, als ob nur die Männer schuld an allem seien«, protestierte er überraschend vehement. Sein Einwand war nicht von der Hand zu weisen und schüttete weiteres Öl in Lisas bereits loderndes Fegefeuer, das sich von Schuldgefühlen nährte. Über ihr »Versagen«, das ihr Felipe oft genug subtil vorgehalten hatte, wollte sie an diesem schönen Abend beim besten Willen nicht weiter nachdenken.

»Sie hat *mich* verlassen. Es geht auch umgekehrt«, brach es urplötzlich aus Rafael heraus. So verkrampft, wie er nun dasaß und hilflos in die Runde blickte, schien er es gerade zu bereuen, das Thema seines eigenen Ehedebakels angeschnitten zu haben.

»Ist schon spät. Entschuldigt mich«, sagte er schnell, stand abrupt auf und ging zum Haus.

»Rafaels wunder Punkt ...« Delia zuckte mit den Schultern. »Sie hat ihm verdammt weh getan.«

Lisa nickte. Sie verstand nur zu gut, wie lange man Trennungsschmerz und den ganzen Ballast einer gescheiterten Beziehung mit sich herumtragen konnte. Dann gab es noch eine Parallele zu Rafaels gescheiterter Ehe, wenngleich sie nur formeller Natur war. Auch Lisa hatte ihren Mann verlassen. Gemessen an Rafaels heftiger Reaktion war das unter Umständen etwas, mit dem Männer ein Leben lang nicht fertig wurden. Es rechtfertigte aber nicht den Krieg, den Felipe gegen sie angezettelt hatte. Dahinter musste weit mehr stecken.

»Vielleicht sind manche Menschen einfach nur von Grund auf böse. Irgendwann bricht es aus ihnen heraus«, überlegte Lisa laut.

»Rafaels geschiedene Frau sicher nicht. Sie hatte ihre Gründe.«

»Und was ist mit Felipe?«, fragte Lisa.

Delia dachte einen Moment nach, bevor sie antwortete: »Kein Mensch will Böses tun. Es passiert.«

»Das klingt nach einer Universalentschuldigung«, warf Lisa ein.

»Ich glaube, Böses entsteht, weil der Mensch sich vom Guten abwendet, weil er vom rechten Weg abkommt. Auch dafür gibt es jede Menge Gründe.«

»Also, ich lege die Hand dafür ins Feuer, dass Felipe mir eine Seite gezeigt hat, die man guten Gewissens als böse bezeichnen kann. Mit einer verpassten Abzweigung hat das nichts zu tun«, versuchte Lisa klarzustellen.

»Mag sein, dass sie in ihm steckt. Sie steckt aber in jedem von uns. Vielleicht hast du sie nur in ihm geweckt, weil du irgendeinen Knopf bei ihm gedrückt hast.«

Von wegen Knopf. Wenn jemand auf Knöpfe drückte und Fäden zog, dann doch wohl er.

»Ich kann mir kaum vorstellen, dass ich für seine Habgier, sein Machtgebaren und seine Selbstherrlichkeit verantwortlich sein könnte«, entgegnete Lisa empört.

»Er kompensiert damit irgendetwas. Da bin ich mir sicher. Ein Mensch, der mit sich im Einklang ist, hat so etwas doch nicht nötig.«

»Also gibt es das Böse gar nicht?«, fragte Lisa. Der teuflische Felipe war also gar nicht böse?

»Sicher. Letztlich begegnet man ihm doch überall. Im Kleinen wie im Großen. Bei Bankern, die aus Habgier Milliarden an den Börsen verjubeln, oder wenn man dir die tausendste Feuchtigkeitscreme als Universalmittel gegen Falten verkauft, obwohl sie gar nicht wirkt. Wir werden täglich zu irgendetwas verführt, weil irgendjemand davon profitiert, dass wir uns verführen lassen. Ja, es existiert. Aber wir entscheiden uns, ob wir uns verführen lassen oder andere verführen. Unsere Entscheidung, denn das Gute kann ohne das Böse leben, aber nicht umgekehrt. So einfach ist das.«

Lisa gab Delia in allen Punkten recht, aber von »einfach« konnte keine Rede sein. »Das macht das Leben ja so furchtbar anstrengend«, sagte sie. »Diese ständigen Entscheidungen. Tue ich das Richtige?« Und wie oft hatte Lisa im Nachhinein betrachtet das Falsche getan, sich verführen lassen. Da musste sie nur an Reiner denken – ihren jüngsten Fehlgriff, mit dem sich Felipe bestimmt gut verstehen würde.

»Es gehört eine ordentliche Portion Stärke dazu, sich richtig zu entscheiden. Ich finde, das ist eines der wichtigsten Dinge im Leben«, resümierte Delia. Dass sie als Prostituierte bestimmt häufiger durch die Abgründe des Lebens gewatet war als eine Verlagsangestellte, stand außer Frage. Dass Delia eine so klare Sicht auf das Leben hatte, überraschte Lisa trotzdem.

»Also sind die Bösen die Schwächeren«, schlussfolgerte Lisa.

»Würde ich so sehen«, stimmte Delia ihr zu, was wiederum die Frage aufwarf, warum Lisa ihren Ex nicht all die Jahre als den »Schwächeren« hatte bedauern können, anstatt ihn zu hassen.

»Ich könnte Felipe trotzdem nicht verzeihen«, sagte sie mehr zu sich selbst.

»Ziemlich harte Einstellung. Machst du denn alles richtig? Zumindest hatte ich von dir bis vor kurzem den Eindruck, dass du dein Leben voll unter Kontrolle hast. Fehlte nur noch der Heiligenschein«, stichelte Delia.

»Nein, ich mache weiß Gott nicht alles richtig«, rechtfertigte Lisa sich, und schon hatte sie ihren Zimtangriff auf Rafael vor Augen. »Aber wenn ich danebenlange, dann bereue ich es. Das ist für mich die Voraussetzung, damit einem verziehen wird.«

»So gesehen …« Nun war Delia diejenige, die beeindruckt nickte, bevor sich ein Schmunzeln in ihrem Gesicht breitmachte. »Verzeihst du mir denn mein Flamencogetrampel und die Knoblauchattacken?«

Lisa musste unwillkürlich lachen, und da Delia es ihr gleichtat, wusste sie, dass sie sich gerade gegenseitig verziehen hatten.

Lisa überlegte beim Aufstehen, ob sie öfter Flamenco tanzen sollte. Das machte in Verbindung mit Sangria nämlich angenehm bettschwer und sorgte garantiert für eine geruhsame Nacht. Erstaunlicherweise gefiel ihr an diesem Morgen sogar ihr Spiegelbild, was frisch aus dem Bett äußerst ungewöhnlich war. Zu Hause erschrak sie meistens über leicht verquollene Augen und Tränensäcke, die einen noch viel älter aussehen ließen, als man ohnehin schon war. Es war nicht so schlimm wie sonst ... Oder bildete sie sich das nur ein? Ganz automatisch griff sie zu ihrer Tagescreme und stellte die Schminkutensilien aus ihrem Kulturbeutel bereit. Komplett schminken? Gestern hatte sie sich doch auch mit etwas Lippenstift begnügt. Lisa musterte kritisch ihr Gesicht, dann die Anti-Fatigue-Creme, die zur Glättung gedacht war. Verführung!, schoss es ihr durch den Kopf. Das Böse. Delias Worte. Obwohl Lisa über diesen Gedanken herzhaft lachen musste, drängte sich in diesem Zusammenhang dennoch eine ketzerische Frage auf: Hatte diese Creme sie auch nur für eine Sekunde glücklich gemacht oder gar gewirkt? Und warum Puder auflegen? Ein bisschen könnte doch nicht schaden. Lisa musste erneut schmunzeln. Was konnte an Puder schon böse sein? Gar nichts, aber wozu etwas verwenden, wenn man es überhaupt nicht brauchte? Allein schon, nicht mehr ständig überprüfen zu müssen, ob irgendeine Farbschicht verlaufen war, sprach eindeutig gegen die jahrelang praktizierte Morgenroutine. Die Haut konnte viel besser atmen. Ein völlig neues Lebensgefühl. Freiheit. Damit ging eine erfrischende Leichtigkeit einher. Lisa erinnerte sich an einige Momente im Leben, in denen sie sich von Dingen getrennt hatte, die sie nicht mehr brauchte. Wie befreit fühlte man sich, wenn man eine alte Schrankschublade ausgemistet hatte! Das gleiche Gefühl. Lisa beschloss daher, auf die sonst übliche Prozedur am Morgen zu verzichten. Wenn man sich wohl in seiner Haut fühlte, brauchte man sich keine zweite Haut zuzulegen. Am liebsten hätte Lisa diese wohlige Erkenntnis noch eine Weile in Ruhe genossen, als ein Anruf sie abrupt aus ihren Gedanken riss.

»Und? Wie war's gestern noch?«, fragte Claudia ohne Begrüßung und für Lisas Geschmack einen Tick zu lapidar. Unterschwellig war aus Claudias Tonfall herauszuhören, dass es sie sowieso nicht wirklich interessierte.

»Wir sind auch nicht mehr lange geblieben«, erwiderte Lisa und schaltete en passant die Kaffeemaschine in der Küche ein. Sie wunderte sich darüber, dass sie nicht die geringste Lust hatte, Claudia neuen Gesprächsstoff zu liefern. Felipes uneleganter Abgang vom Pferd wäre eines der Dinge, die sie ihr normalerweise sofort erzählt hätte. Diesmal nicht.

»Vroni und ich wollen heute zum Bummeln nach Málaga. Kommst du mit?«

Wie hatte sie sich vor ihrem Urlaub auf just jene Aktivitäten mit ihren beiden Freundinnen gefreut. Weshalb nicht sofort ja sagen? Warum diese Trägheit bei dem Gedanken, sich nun doch schminken und in Schale werfen zu müssen?

»Ich glaub, ich brauch heute einen Tag Ruhe«, log sie und fühlte sich noch nicht einmal schlecht dabei. Sie hatte nicht die geringste Lust.

»Kann ich verstehen. Na, dann ruh dich ein bisschen aus. Wir melden uns. Ciao.«

Auch das war ungewöhnlich. Unter normalen Umständen hätte Claudia versucht, sie zu überreden. Sie fand sich jedoch überraschend schnell mit der Abfuhr ab. Irgendetwas hatte sich verändert, was Lisa zwar einerseits beunruhigte, andererseits aber erstaunlich wenig störte. Alles fühlte sich neu an. Sie fühlte sich neu an. Einfach alles war diesmal in ihrem Urlaub anders. Schon wieder das Telefon. Claudia gab wohl doch nicht auf.

»Ja, hallo«, meldete sie sich.

»Señora Köhler? Mein Name ist Alfonso de Alba. Ich rufe im Auftrag meines Klienten Señor Felipe Comez an.«

Lisa bemerkte, wie es ihr augenblicklich die Kehle zuschnürte. Wie oft hatte sie diesen Satz schon gehört? Von irgendeinem Anwalt, den ihr Felipe auf den Hals gehetzt hatte. Hörte das denn nie auf?

»Was wollen Sie?«, fragte sie.

»Die Gemeinde hat uns angeschrieben. Im Zuge einer Flurbereinigungsmaßnahme wurde festgestellt, dass für den Keller des Hauses, in dem Sie ein Wohnrecht haben, nie eine Baugenehmigung erteilt wurde. Das Haus gilt somit als illegal.«

Aus dem leichten Unbehagen wurde ein inneres Zittern. Von wegen Flurbereinigungsmaßnahme! Lisa war sicher, dass Felipe an einigen Fäden gezogen hatte. Sie erinnerte sich nur allzu gut, dass die Legalität des Kellers damals nicht zur Debatte gestanden hatte. Dennoch war alles möglich, da Felipe sich seinerzeit um den ganzen Papierkram mit den Baugenehmigungen gekümmert hatte.

»Was will Felipe?«, fuhr sie seinen Anwalt an. Je schneller er zum Punkt kam, desto eher hatte sie es hinter sich.

»Die Sache ist folgende, Señora Köhler … Die Gemeinde könnte das Haus abreißen lassen. Aber Sie wissen, dass Ihr geschiedener Mann gute Kontakte hat, und es ist uns gelungen, einen Kompromiss auszuhandeln.«

»Und der wäre?«, fragte sie.

»Sie verlangen eine Nachzahlung. Beim jetzigen Wert

wären das zweihunderttausend Euro. Mein Mandant wäre natürlich bereit, die Summe zur Hälfte zu übernehmen, und wenn man anteilsmäßig Ihr Wohnrecht nach aktuellem Stand bewerten würde, wären das für Sie um die fünfzigtausend Euro.«

Lisa wurde augenblicklich schlecht. Sie musste über Nacht in eine Zeitmaschine geraten sein. Auch damals hatte Felipe ihr alles Mögliche an konstruierten Schadenersatzforderungen angehängt, für »Schaden«, den sie ihm »zugefügt« hatte, weil sie angeblich Akten hatte verschwinden lassen. Auch Kunden hätte sie »falsch« beraten. Felipe war nichts zu schmutzig gewesen, um sie fertigzumachen.

»Señora Köhler? Hallo?«

Lisa legte einfach auf. Sollte der Anwalt sich doch schriftlich an sie wenden. Sie brachte sowieso keinen Ton mehr heraus.

Obwohl Rafael sich darüber freute, dass das »Kriegsbeil«, wie Delia es am Morgen beim Frühstück formuliert hatte, mittlerweile begraben war und er nun sogar die Blütenpracht in Lisas Garten unbeschwert genießen konnte, ohne damit rechnen zu müssen, mit einem Wasserwerfer vertrieben zu werden, wurde er das dumpfe Gefühl, das ihn am Abend zuvor nach Delias Ausführungen über die überwiegende Schuld, die Männer am Scheitern von Beziehungen trugen, nicht mehr los. Damit hatte Delia seinen neuralgischen Punkt getroffen. Es war fortwährend die gleiche Frage, die ihm seit Jahren keine Ruhe ließ. Hatte seine Frau ihn zu Recht verlassen und ihm Carmen mit gutem Grund vorenthalten? Hatte Lisa ihren Mann, wonach es jetzt aussah, nicht auch zu Recht verlassen? Andere Paare trennten sich in Frieden. Wenn niemand Schuld hatte oder dem anderen die

Schuld am Scheitern gab, war ein harmonisches Auseinandergehen eher möglich. Warum nur tauchten diese Fragen nun mit so einer Penetranz auf? Am Ende deshalb, weil er wieder so etwas wie ein normales Leben hatte und sich daher an frühere Zeiten erinnerte, in denen das genauso war: ein Dach über dem Kopf, regelmäßige Mahlzeiten, etwas Komfort. Es hatte keinen Sinn, weiter darüber zu grübeln, denn wer Schuld am Scheitern seiner Ehe trug, stand fest. Rafael beschloss, sich abzulenken und die Blumen zu gießen. Lisa würde sich bestimmt darüber freuen. Vielleicht sollte er ihr auch eine morgendliche Dusche verpassen. So träge, wie sie auf ihre Terrasse trat, würde ihr eine kleine Erfrischung sicher guttun.

»Morgen, Lisa«, rief er ihr zu und erntete dafür lediglich ein zaghaftes Nicken, bevor sie schnurstracks zur Bank vor dem Haus ging und ihren Kaffee auf dem Tisch davor abstellte. Was war los? Hatten sie das Kriegsbeil denn nicht begraben?

»Lisa?«

Diesmal sah sie in seine Richtung, doch er bemerkte, dass sie sich ein Lächeln geradezu abringen musste.

»Ich hab noch Obst. Wollt ihr einen Obstsalat?«, rief Delia von oben aus dem Küchenfenster. Wieder keine Reaktion von Lisa. Sie saß nur da und starrte vor sich hin.

Rafael nahm sich vor, den Stein, der ihr offenbar auf dem Herzen lag, von ihr zu nehmen, drehte das Wasser ab und ging zu ihr. »Hallo, Lisa. Alles in Ordnung?«, fragte er.

Lisa schüttelte den Kopf und griff nach ihrer Kaffeetasse.

Rafael bemerkte, wie sehr ihre Hand zitterte, als sie sie zum Mund führte und einen Schluck daraus trank.

»Ich fürchte, ihr müsst euch das mit dem Hauskauf noch mal überlegen«, sagte sie in ernstem Tonfall. »Felipes Anwalt hat mich gerade angerufen. Der Keller … angeblich illegal erbaut. Jetzt will die Stadt Geld …«

»Wie viel?«

Lisas ungesund blasser Gesichtsfarbe nach zu urteilen, wohl eine Summe, die mehrere Nullen hatte.

»Von mir wollen sie fünfzigtausend. Sozusagen ein Freundschaftspreis. Was Felipe von euch verlangen wird … keine Ahnung.«

Rafael musste sich setzen. Er hatte davon gehört, dass viele Gemeinden an der Costa del Sol versuchten, auf diese Art ihre Kassen zu füllen. Es war hier viel ohne Baugenehmigung gebaut oder unter der Hand durchgewunken worden – die übliche Korruption, die einen aber langfristig erpressbar machte. Denkbar, dass ein Mann wie Felipe seinerzeit ebenfalls jemanden geschmiert hatte.

»Was wirst du jetzt tun?«, fragte er.

»Ich hab nicht so viel Geld … Und auf ein Wohnrecht in einem Ferienhaus gibt mir doch keine Bank der Welt ein Darlehen.«

Da er offiziell ja von seiner »Tante aus Amerika« geerbt hatte, müsste er ihr jetzt eigentlich anbieten, ihr finanziell aus der Patsche zu helfen. Dummerweise ging das aber aufgrund der Fakten nicht.

»Ich glaube, dass unsere Mittel auch begrenzt sind«, log er konsequent weiter und wandte seinen Blick ab. War das jetzt nicht der richtige Zeitpunkt, um Lisa die Wahrheit zu sagen? Dass er ein mittelloser Clochard war, den Andreas gekauft hatte? Aber was würde dann aus Carmen? Immerhin galten sie mittlerweile ja nur noch als Bekannte von Felipe. Rafael blieb nichts weiter übrig, als das Spiel fortzuführen, er nahm sich aber zugleich vor, Lisa moralisch zu unterstützen und ihr Halt zu geben.

»Ich werd nach Madrid fahren und mit ihm reden«, sagte sie entschlossen. Erneut nahm sie einen Schluck aus ihrer Kaffeetasse und zitterte dabei noch mehr.

»Wenn du möchtest, begleite ich dich«, bot er spontan an und wunderte sich selbst darüber. Hatte er sich nicht geschworen, diese Stadt nie wieder zu betreten?

Lisa überlegte für einen Moment, nickte dann aber dankbar. »Ich hab ganz schön Schiss davor ... Es ist nicht nur Felipe ... Es ist mein altes Leben, an das ich nicht mehr erinnert werden möchte. Madrid – ich wollte nie wieder zurück. Kannst du das verstehen?«

Und ob er das konnte.

»Am liebsten würde ich gleich den nächsten Zug nehmen«, fuhr sie fort.

Rafael nickte und machte sich erst jetzt vollends bewusst, auf was er sich da soeben eingelassen hatte. Das Schicksal hatte sie auf kuriose Weise zusammengeführt, damit sie sich ihrem alten Leben stellten.

Kapitel 10

Zu dumm, dass Marbella keinen eigenen Bahnhof hatte. Zuerst mit dem Bus nach Málaga zu fahren, um von dort aus mit dem Schnellzug nach Madrid zu gelangen, war relativ umständlich. Lisa war froh, endlich im Abteil zu sitzen. Eine dreistündige Fahrt lag vor ihnen, von der sich Lisa erhoffte, dass sich Rafaels gedrückte Stimmung etwas bessern würde. Bisher hatten sie sich auf dem Weg zum Bahnhof überwiegend angeschwiegen. Im Zug dann endgültige Funkstille, nachdem sie Rafael eines der Bocadillos, ein belegtes Brötchen, das sie am Bahnhofskiosk gekauft hatte, angeboten hatte. Gerade mal einen Dank rang er sich ab. Weil sie das Abteil für sich allein hatten, stellte Lisa sich schon darauf ein, in meditativer Stille zu verharren oder dem hypnotischen Rattern der Waggonräder zu lauschen.

»Schön«, brachte sie mit Müh und Not zwischen den letzten Bissen hervor, als der Zug durch ein blühendes Tal fuhr, das mit Mohnblumen und Ginster übersät war – abertausend rote und gelbe Tupfer in sattem Grün aus Gräsern, Sträuchern und vereinzelten Baumgruppen. Rafael blickte nur kurz aus dem Fenster. Ein in der Ferne türkis leuchtender Stausee, an dessen Ufer lachsfarbene Pflanzen wucherten, wäre auch einen Kommentar wert gewesen, doch Rafaels ernster Blick verriet, dass er keine Lust hatte, sich mit der Wegstrecke zu beschäftigen, auch wenn während der ersten Kilometer vom Meer hinauf in die Berge ein Natur gewordenes Landschaftsgemälde nach dem anderen an ihnen vorbeizog. Aber diese Ablenkung fand bald ein jähes Ende. Eine schier endlose monotone Einöde aus in Reih und Glied stehenden Olivenbäumen, die sich über Bergkuppen bis hin zum Horizont erstreckten, lag auf halber Strecke nach Madrid vor ihnen. Kein Wunder, dass der spanische Dichter Antonio Machado diese Gegend als »gekämmtes Land« bezeichnet hatte. Auch wenn Lisa Oliven in Salaten mochte und wie viele Spanier gelegentlich in Olivenöl getränktes Brot ohne weitere Beilagen aß, reichte ihre Liebe für diese Frucht nicht aus, um dem anhaltenden Beige und Grün noch viel länger etwas abgewinnen zu können. Die Monotonie der Landschaft bot zu viel Raum, um an die bevorstehende Begegnung mit Madrid und Felipe zu denken. Rafael hingegen schien förmlich aufzublühen. Sein Blick klebte geradezu am Fenster.

»Weißt du, wie man feststellt, ob eine Olive reif ist?«, fragte er unvermittelt und sah sie zum ersten Mal seit ungefähr einer halben Stunde direkt an.

»Keine Ahnung«, erwiderte Lisa und stellte fest, dass es Rafael tatsächlich gelungen war, ihr eben eingeschlafenes Interesse an Oliven zu wecken.

»Sie müssen außen violett und innen weiß sein. Durchgängig helles Fleisch, das sich leicht vom Kern lösen lässt. Dann ist eine Olive perfekt«, schwärmte er und sah hinaus auf die Felder.

»Ist das wirklich so wichtig bei einer Salatbeilage?«, fragte sie mehr aus Interesse als aus Höflichkeit.

»Für einen Salat vielleicht nicht. Für die Gewinnung von

Öl schon. Das grüne Gold Spaniens ...«, sagte er so bedeutungsvoll, dass Lisa sich darüber amüsierte.

»Warum nur neigt ihr Spanier dazu, einfache Dinge pathetisch zuzuspitzen?«

»Zuspitzen? Nirgendwo sonst auf der Welt gibt es so viele Olivenbäume wie in Spanien. Hier werden jährlich fast eine Million Liter Öl produziert. Rechne selbst: Für einen Liter Virgen zahlst du hundertfünfzig Euro und mehr.«

»Virgen?«, fragte Lisa und überlegte, ob er nun auch noch die Jungfrau Maria mit ins Spiel bringen würde.

»Die erste Pressung. Das Öl muss leicht bitter und scharf, gleichzeitig aber auch fruchtig sein. Es darf keine Essignote haben. Man sagt, dass man damit eine Portion Leben zu sich nimmt«, schwärmte er.

Lisa wusste, dass Oliven reich an Vitaminen und Mineralstoffen waren, und sie hatte sogar in einem Artikel gelesen, dass sie das Cholesterin regulierten, aber dass sie ein Quell ewigen Lebens sein sollten, war ihr neu. Lisa musste über Rafaels Pathos schmunzeln.

»Du glaubst mir nicht ...«, sagte er mit prüfendem Blick.

»Quell des Lebens ... Du klingst wie ein Poet.«

Rafaels Schmunzeln verriet, dass er sich über dieses Kompliment freute, seinen Vortrag führte er trotzdem fort: »Das Öl beinhaltet Antioxidantien, die den Verfall der Körperzellen aufhalten. Das verjüngt den ganzen Körper. Das ist zwar nicht poetisch, aber dafür umso wirkungsvoller.«

Lisa war beeindruckt. »Woher weißt du das alles?«, fragte sie.

»Hab mal auf einer Olivenplantage gearbeitet. Harter Job. Früher hat man die Oliven abgerecht. Heute schütteln Maschinen an den Bäumen. Nur das Netz, das man darunterspannt, ist gleich geblieben.«

»Warst du mal Olivenbauer?«, fragte Lisa, obwohl sie in Anbetracht des ihr bisher Bekannten eher auf eine Hilfsarbeitertätigkeit tippte, die auch besser zu seinem Dasein als Platzwart in Felipes Golfclub passen würde.

»Leider nein. Ich hatte nicht das Glück, eine Plantage von meinen Eltern zu übernehmen. Es war nur ein Job.«

»Was hast du gelernt, beruflich?« Lisa wollte es nun doch genau wissen. Rafael schien für einen Moment zu überlegen, bevor er ihr antwortete. Hatte er etwas vor ihr zu verbergen?

»Ich war mal Investmentbanker«, sagte er schließlich.

Mit allem hätte Lisa gerechnet, nur nicht damit. »Was ist passiert?«, fragte sie. »Verspekuliert?«

Rafael nickte nur und blickte aus dem Fenster. Ein untrügliches Zeichen dafür, dass er keine weiteren Nachfragen wünschte.

Lisa spürte die unsichtbare Mauer, die er um sich herum zog, und bereute augenblicklich, so neugierig gewesen zu sein. Der Preis dafür war klar: eine weitere Runde Schweigen. Gottlob lichteten sich die Olivenfelder am Horizont, so dass sie sich die restliche Stunde bis Madrid mit weiteren Landschaftsstudien und der Betrachtung suburbaner Architektur der Madrider Vororte vertreiben konnte.

Gleich nachdem sie am zentral gelegenen Bahnhof Atocha ausgestiegen waren, stellte Rafael fest, dass Madrid noch genauso quicklebendig pulsierte, wie es ihm in Erinnerung geblieben war. Die Metropole im Herzen Spaniens hatte nichts von ihrer Schnelllebigkeit verloren. Im Vergleich dazu schienen die Uhren in allen anderen spanischen Städten deutlich langsamer zu gehen. Madrid, das waren fünf Millionen Menschen in Bewegung, und ein großer Teil davon eilte gerade geschäftig durch einen der schönsten Bahnhöfe Europas. Die großzügige Dachkonstruktion aus Gusseisen und Glas umspannte eine Bahnhofshalle im Jugendstil, die sogar mit einem tropischen Palmengarten aufwarten konnte, der als Wartehalle diente und an dessen Flanken viele Geschäfte zu einem Einkaufsbummel oder einem Imbiss einluden. Von dort aus war es nur ein Katzensprung zum botanischen Garten oder dem berühmten Prado, einem der schönsten Museen Spaniens. Zehn Jahre seines Lebens hatte er in Madrid verbracht, und wie oft war er hier am Bahnhof gewesen, um Geschäftspartner zu treffen, die Eltern seiner Frau abzuholen oder berufsbedingt selbst einen Schnellzug zu nehmen. Genau vor diesen Erinnerungen hatte er Angst. Sie waren unkontrollierbar und hielten ihm vor Augen, was für ein schönes Leben er hier geführt hatte. Lisa schien es ähnlich zu gehen. Sie nippte still an ihrer Tasse Kaffee, die sie in einem der Bahnhofscafés im Palmengarten bestellt hatte, und sah wie in Trance auf die hastenden Menschen.

»Ist es nicht beängstigend, dass sich manche Dinge nie ändern?«, fragte sie urplötzlich.

Rafael verstand nur zu gut, was sie damit meinte. Man selbst war ein anderer geworden und hielt es für unmöglich, dass andernorts alles beim Alten geblieben war. Man fühlte sich wie in einer Zeitmaschine und hatte Mühe, sich der Flut von Bildern und Emotionen zu entziehen.

»Felipe hat mich hergebracht, wenn er keine Lust hatte, mich nach Marbella zu begleiten. Ich fing an, diesen Bahnhof zu hassen, weil er mir klarmachte, wie allein ich war.«

»Wann wirst du ihn sehen?«, fragte Rafael.

»Gegen fünf«, erwiderte sie knapp.

»Hast du etwa schon mit ihm telefoniert?«, fragte er und hoffte inständig, dass sie Felipe seinen Besuch nicht gleich noch mit angekündigt hatte.

»Wo denkst du hin?«, erwiderte sie schmunzelnd. »Ich hab mich als Kaufinteressentin für Immobilien in Toplagen ausgegeben. Seine Sekretärin hat mir daraufhin gleich einen Termin gegeben.«

»Soll ich dich begleiten?«, fragte er rein pro forma, um keinen Verdacht zu erregen, auch wenn ihm dabei gar nicht wohl war.

»Nein. Es ist besser, wenn ich Felipe allein spreche. Oder möchtest du ihn unbedingt sehen?«

»Nach dem, was ich jetzt von ihm weiß ... Kein Bedarf. Er hat Delia und mich instrumentalisiert – gegen dich. Das ist an sich schon unverzeihlich«, sagte er und fühlte sich um eine weitere Last des Lügengebälks, die er seit Tagen mit sich herumtrug, erleichtert.

»Was machen wir jetzt? Wir haben noch Zeit.« Noch ein paar Stunden in einem Bahnhof abzusitzen, wenn draußen die Sonne schien, kam nicht in Frage.

»Auf alle Fälle ein bisschen Kraft tanken. Die werd ich heute noch brauchen. Lass uns in den Parque del Retiro gehen«, schlug Lisa vor.

Rafael nickte, auch wenn dort schmerzliche Erinnerungen auf ihn warten würden, aber letztlich war ein Ort so schlimm wie jeder andere, also winkte er den Ober herbei, um zu bezahlen.

Lisa genoss den kurzen Spaziergang auf der Calle del Alfonso XII, die zum Parque del Retiro führte, der grünen Lunge Madrids mit ihren prächtigen Palacios und Gärten. Auch wenn Rafael darauf beharrte, dass Madrid sich überhaupt nicht verändert hätte, machte hier das Straßenbild einen ganz anderen Eindruck als in der Zeit, in der sie mit Felipe in Madrid gelebt hatte. Obdachlose und Bettler waren früher in dieser Gegend eine Rarität gewesen. Jetzt lag viel mehr Müll auf den Straßen. An dem einen oder anderen Gebäude fehlte ein frischer Anstrich. Nach Prachtstraße sah das jedenfalls nicht mehr aus. Was war nur aus der kleinen verträumten maurischen Siedlung des 9. Jahrhunderts geworden? Von hier aus hatten die Spanier im Mittelalter ein Weltreich regiert, und nun regierte die Korruption. Felipe hatte ihr erzählt, dass es in Spanien siebenmal so viele Politiker pro Kopf der Bevölkerung als beispielsweise in Deutschland gab. Er musste es ja wissen, denn bestimmt hatte jeder Dritte von ihnen bereits Schmiergelder von ihm bekommen.

Immerhin in diesem Punkt pflichtete Rafael ihr bei. »Es ging damals so gut wie gar nichts, ohne irgendjemanden zu schmieren«, konstatierte er.

»Was hast du damals genau gemacht?«, fragte Lisa.

»Termingeschäfte«, antwortete er knapp und wirkte dabei etwas abwesend.

»Also warst du an der Börse?«

Rafael nickte nur.

Irgendetwas Schlimmes musste in dieser Zeit passiert sein. Lisa fasste den Mut, ihn direkt darauf anzusprechen. »Was ist schiefgelaufen? Vom Investmentbanker zur Olivenfarm ist es ja ein weiter Weg.«

Rafael nickte erneut und ging einen Moment lang schweigend neben ihr her, bevor er endlich anfing zu sprechen. »So ziemlich alles«, sagte er. »Du kannst an der Börse in kurzer Zeit unglaublich viel Geld machen. Wie das funktioniert, hab ich in der Bank gelernt. Mit Day-Trading fing's bei mir an. Du schaust dir täglich Kursbewegungen an. Fällt der Kurs eines soliden Werts, dann ist er so gut wie sicher am nächsten Tag wieder oben. Aber das sind nur Peanuts. Ein Nebenverdienst, höchstens ein paar hundert Euro pro Woche. Ich wollte mehr, hab mich selbständig gemacht. Meine Frau war schwanger. Ich wollte ihr ein schönes Leben bieten.«

»Mit was hast du gehandelt?«, fragte Lisa.

»Optionen auf Rohstoffpreise. Das ist wie eine Wette. Du wettest darauf, dass jemand anders danebenliegt. Du schmierst ein paar Leute und kriegst Informationen einen Tick früher.«

»Das klingt ja so, als könnte nichts schiefgehen«, sagte Lisa.

»Ja, nur irgendwann ist man so gierig nach mehr, dass man größere Summen einsetzt, und dann läuft es einmal nicht so wie geplant ...«

Rafael musste also alles verloren haben. Dies würde seinen sozialen Abstieg erklären, und so niedergeschlagen, wie er jetzt auf sie wirkte, musste sie ihn dringend aufmuntern. Gut, dass sie den Eingang des Parks erreicht hatten. Dieses schöne Refugium hatte sie weiß Gott wie oft vom Großstadtblues oder depressiven Momenten, die an der Seite von Felipe unvermeidbar waren, befreit. Den Madrilenen ging es genauso. Der Park hatte etwas Belebendes, das gute Laune machte. Liebespärchen schlenderten Hand in Hand durch die Alleen, Familien belagerten den Eisstand oder fuhren im Tretboot auf dem künstlich angelegten See, der sich »Lago de El Retiro« nannte und direkt am »Monumente a Alfonso XII« stand, einem Prachtbau, in dessen Mitte das Reiterstandbild des gleichnamigen spanischen Königs thronte und der von zwei aufgefächerten halbrunden Säulengängen umrahmt war.

Lisa musste zweifelsohne bemerkt haben, dass es ihm von Minute zu Minute schlechterging. Sie wollte ihm sogar ein Eis spendieren, hatte ihn beharrlich darauf aufmerksam gemacht, wie schön diese Parkanlage sei, und um ein Haar hätte sie ihn noch dazu überredet, sich eine Ausstellung im Palacio de Cristal anzusehen, der allein schon aufgrund seiner verspiegelten Innenflächen rein architektonisch gesehen einen Besuch wert sei. Auch einen Abstecher zum Palacio de Velázquez hatte er verneint, weil sein Kopf bereits so von Bildern aus seiner Vergangenheit überflutet war, dass sein Gehirn sich wie ein überstrapazierter Muskel regelrecht angeschwollen anfühlte und bereits gegen die Schädeldecke zu drücken schien.

Der Park und sein fröhliches Innenleben waren für Rafael pures Gift, dessen Wirkung noch schlimmer war als erwartet. Lisa konnte nicht wissen, wie oft er hier mit Carmen nach dem Kindergarten spazieren gegangen war. Seine Carmen. Hier hatten sie zusammen Eis gegessen, auf der Wiese am See gesessen. Die Erinnerung daran war auf einmal so intensiv, dass er Carmens kleine zarte Hand förmlich in seinen Händen spüren konnte. Ausgerechnet jetzt musste sich ein Vater mit seiner Tochter, die etwa so alt wie Carmen damals sein dürfte, neben sie setzen. Wie ausgelassen sie auf ihrem Papa herumturnte. Rafael bemerkte, dass seine Augen feucht wurden.

»Ist alles in Ordnung?«, fragte Lisa besorgt.

Rafael nickte, wandte sich ab und versuchte, sich die Augen trockenzuwischen, ohne dass sie es mitbekam – leider ohne Erfolg.

»Dieses verfluchte Madrid. Wir hätten nicht herkommen sollen«, sagte sie, vermutlich auch deshalb, weil es ihr ähnlich ergehen musste.

»Nein. Man kann nicht ewig vor seiner Vergangenheit davonlaufen«, rang er sich tapfer ab, obwohl er gerade das Gleiche gedacht hatte. »Neulich, als wir bei dir vor dem Haus zusammensaßen … Das Gespräch über Felipe und eure Ehe …«, begann Rafael.

»Du meinst, als du aufgestanden und einfach so gegangen bist?« Lisa erinnerte sich genau daran.

»Ich war schuld am Scheitern meiner Ehe, auch wenn ich mir das lange nicht eingestehen wollte.«

Lisa fragte nicht weiter nach, doch die Art, wie sie ihn ansah, machte deutlich, dass sie wissen wollte, warum ihn seine Frau damals verlassen hatte. Er war Lisa eine Antwort schuldig.

»Meine Frau hat mir immer gesagt, dass ich aufhören soll, aber ich konnte es nicht. Das ist wie eine Sucht. Deine Freunde und Kollegen wohnen in Villen. Sie haben es geschafft. ›Warum schaffst du das nicht?‹, fragst du dich unentwegt.«

Rafael merkte, dass seine Stimme dünner wurde. Bisher hatte er nur Delia erzählt, was genau damals passiert war. Konnte er Lisa vertrauen? Ein Blick in ihre Augen bejahte die Frage.

»Das eine Geschäft ging schief. Ich musste mir schnell Geld beschaffen und hab alles eingesetzt, was ich an Kapital hatte. Dazu noch ein Kredit, die Hypothek auf unser Haus. Der Kaffeepreis hätte sinken müssen, aber er tat es nicht. Es war alles weg. Von einem Tag auf den anderen. Das hat sie mir nie verziehen …«

»Ihr hättet neu anfangen können«, sagte Lisa.

»Es war nicht das erste Mal. Sie hat mir nicht mehr vertraut – verständlicherweise.«

»Ihr hattet seither keinen Kontakt mehr?«

»Nicht zu ihr und nicht zu meiner Tochter. Scheidung – und rate mal, wer das Sorgerecht bekommen hat.«

Rafael zog eine Fotografie von Carmen aus seiner Westentasche und hielt sie Lisa hin. Ein hübsches Mädchen, das eindeutig Rafaels Augen und Mundpartie hatte.

»Ich hab sie seit zwölf Jahren nicht mehr gesehen.«

»Wollte deine Frau das nicht? Du hattest als Vater doch sicher ein Besuchsrecht.«

»Ich bin abgestürzt. Alkohol … Und eines Abends, als ich Carmen zurückfuhr … Ein Wagen kam uns entgegen. Carmen lag wochenlang im Krankenhaus …«

Lisa schwieg. Was konnte man dazu auch noch weiter sagen? Rafael überraschte nicht ihre Betroffenheit und dass er ihr in ihren Augen lesen konnte, wie sehr sie mit ihm fühlte. Was ihn überraschte, war, dass Lisa spontan nach seiner Hand griff und ihm Halt gab. Ein Moment der Stille stellte sich ein. Die vielen Stimmen im Park, die Musik aus einem tragbaren CD-Player, ja selbst die Vögel und der ferne Lärm der Großstadt, den der Wind bis in den Park trug, verstummten. Es gab nur noch Lisas Hand. Sie war weich und zugleich fest. Ein warmer Strom floss von ihr zu ihm und schien bis in sein Herz zu reichen.

Lisa stand dem Leibhaftigen gegenüber, »El Ángel Caído«, dem gefallenen Engel. So ein hübscher Mann. Der schönste aller Himmelsboten, so verführerisch und anmutig, wie er seinen athletischen Körper in einer rückwärts gerichteten Bewegung rekelte, um der Schlange, die sich um seine Beine schlang, zu entrinnen. Musste Gott nicht um ihn trauern wie um einen verlorenen Sohn? Deutete sein Kampf gegen die Schlange nicht darauf hin, dass er zurückwollte, ins Reich des Lichts, mit all den anderen Engeln vereint? Er schaffte es einfach nicht. So viel stand fest. Die Schlange ließ ihn nicht mehr los. Lisa erinnerte sich daran, sich schon vor Jahren die gleichen Fragen gestellt zu haben. Die weltweit einzige Statue Luzifers mitten im Herzen des Parque del Retiro, die ihn nicht als gehörntes Monster zeigte, sondern als Mensch, der das Böse nicht mehr abschütteln konnte, warf sie immer wieder auf, diesmal jedoch in einem völlig neuen Licht. Der gefallene Engel tat ihr nun leid, weil er schwach war. Es war eine Schwäche, böse zu sein. Vielleicht teilte Felipe sein Schicksal, schoss es ihr zum ersten Mal durch den Kopf. Würde dies aber nicht zugleich bedeuten, dass sie ihm diese Schwäche verzeihen musste, auch wenn er sein Verhalten nicht bereute? Nur schwache Menschen sind böse, soufflierte ihr Herz, und Lisa spürte, wie sich diese Erkenntnis stärker in ihr manifestierte. War sie am Ende die Stärkere, ohne sich dessen jemals bewusst gewesen zu sein? Dass Felipe ausgerechnet hier vor Jahren um ihre Hand angehalten hatte, fühlte sich nun viele Jahre nach ihrer Ehe jedenfalls immer noch wie ein Pakt mit dem Teufel an, den sie nie hätte eingehen dürfen. Lisa war sich nur nicht mehr sicher, ob Felipe die Schlange oder der hübsche Kerl war, den sie in Beschlag nahm.

Auch Rafael bewunderte die imposante Bronzestatue, die seit Ende des 19. Jahrhunderts inmitten eines Rondells den südlichen Teil des Parks zierte.

»Wusstest du, dass wir hier auf sechshundertsechsundsechzig Metern über dem Meeresspiegel sind?«, fragte Rafael unvermittelt und riss sie damit aus ihren Gedanken.

Lisa lief ein Schauer über den Rücken. Vielleicht nur ein dummer Zufall, aber ein recht makabrer.

»Hab gelesen, dass sich die Stadt mit dem Prado um die Statue streitet, aber so, wie es aussieht, bleibt sie in öffentlicher Hand«, kommentierte er, ohne seinen Blick von der Skulptur abzuwenden. »Irgendwie passend, das mit der öffentlichen Hand«, fuhr er fort.

»Wie meinst du das?«

»Luzifer in Privatbesitz. Das wäre absurd. Sein Treiben geht uns alle an. Vor allem die Banker, und das nicht nur in Spanien«, sagte er und konnte endlich wieder lachen. Wer könnte das nicht unterschreiben? Letztlich kitzelte die Schlange jeden irgendwann an der Fußsohle und wartete nur darauf, dass sich ihr Opfer zu irgendeiner Dummheit verführen ließ. Und was insbesondere skrupellose Investmentbanker betraf, hatte Rafael mit Sicherheit recht.

»Du meinst, ohne das Böse würde es keine Banker geben?«, fragte sie bewusst überspitzt.

»Nein. Das zu glauben ginge zu weit. Aber kein anderer Berufsstand der Welt ist dermaßen anfällig für die Habgier – und wenn du dir alle Probleme weltweit ansiehst und nach einem gemeinsamen Nenner suchst, ist es die Habgier, die sie letztlich verursacht.«

Rafael traf zweifelsohne den Punkt. Vom Euro-Desaster über Klimaerwärmung, Börsencrashs und Altersarmut bis hin zu hungernden Menschen in Entwicklungsländern – sämtliche Rettungspakete scheiterten, weil der Mensch sich selbst der größte Feind war. Dank dieses hübschen Mannes, dem sie sogar in persona auf den Leim gegangen war. Lisa musste Rafael einfach davon erzählen.

»Hier hat er mir einen Ring angesteckt. Stell dir das mal vor«, sagte sie.

Rafael schüttelte ungläubig den Kopf und lachte.

»Du wirst es nicht glauben. Ich hab Carmens Mutter hier ganz in der Nähe kennengelernt. In meiner Mittagspause. Hab hier schnell einen Hotdog gegessen. Sie stand daneben und hat eine volle Ladung aus meiner Ketchupflasche auf ihr Kleid abbekommen«, sagte er und lächelte dabei melancholisch.

»Warst du oft hier?«

Rafael nickte nachdenklich.

»Das muss um die gleiche Zeit gewesen sein«, sagte Lisa.

»Stell dir mal vor, wir wären uns hier früher begegnet. Damals war ich noch jung und hübsch, wie der Kerl da oben. Vielleicht hätte ich dir dann sogar gefallen?« Rafael grinste dabei ungewohnt verschmitzt.

Lisa musste unwillkürlich lachen, jedoch verblasste die Freude darüber, dass Rafael sogar ein Witzchen reißen konnte, unmittelbar darauf. Sie wich der Frage aus, ob sie ihm gestehen sollte, dass er ihr auch so, wie er jetzt war, auf eine ganz eigenartige und bisher noch nie erlebte Weise gefiel, und zwar genau ab jenem Moment, als sie am Ufer des Sees seine Hand genommen hatte. Nicht dass sie sich in ihn verliebt hätte. Allein schon die bloße Vorstellung kam nicht im Entferntesten in Betracht. Es war vielmehr ein überraschender Moment der Nähe gewesen und das ergreifende Gefühl, in den Augen des anderen Dankbarkeit zu lesen. Er war dankbar dafür gewesen, dass sie für ihn da war. Was sollte sie ihm jetzt bloß sagen, ohne unhöflich zu wirken?

»Glaub mir, wenn ich statt des Gartenschlauchs eine Ketchupflasche in der Hand gehabt hätte, wäre aus dir auch ein hübsch garnierter Hotdog geworden«, sagte sie und fragte sich zugleich, ob sie sich mit der Anspielung auf seine Frau nicht bereits zu weit aus dem Fenster gelehnt hatte. Er könnte es missverstehen, daraus lesen, dass sie Gefühle für ihn entwickelt hatte. Wenn dem aber nicht so war, warum war ihr dieser Satz dann überhaupt in dieser Form über die Lippen gekommen?

Rafael schmunzelte nur und blieb ihr eine Replik schuldig. Stattdessen sah er hinauf zum gefallenen Engel, dessen Magie man sich kaum entziehen konnte. Lisa tat es ihm gleich und wunderte sich darüber, dass sich ihr Krampf in den Eingeweiden bei dem Gedanken, Felipe zu sehen, gelöst hatte. Viel zu sehr beschäftigte sie nun die Frage, ob ihr Exmann der gefallene Engel oder die Schlange war.

Felipe hätte es nicht für möglich gehalten, dass ihn das Leben gleich zweimal hintereinander überraschen könnte. Überraschung traf es nicht ganz. Es fühlte sich eher so an wie eine Fliegerbombe, die jemand direkt über seinem Büro abgeworfen hatte, ein Überraschungsangriff aus dem Hinterhalt. Lisa! Als »Señora Schneider« hatte sie seine Sekretärin angekündigt, eine anlagefreudige Deutsche, die sich an der Costa del Sol eine Luxusimmobilie zulegen wollte.

»Möchten Sie vielleicht einen Kaffee, Frau Schneider?«, fragte seine Sekretärin, wie sie es stets tat, wenn Felipe potentielle Kundschaft in seinem Büro empfing.

»Frau Schneider trinkt ihren Kaffee schwarz«, sagte er ihr und wunderte sich über Lisas süffisantes Lächeln.

»Du bist ja doch nicht so vergesslich, Felipe«, meinte Lisa und knüpfte damit nahtlos an ihre letzte Begegnung auf der Feria in Marbella an. Felipe spürte, wie sich ein Unwetter aus purer Wut in ihm zusammenbraute, nahm sich jedoch vor, sich diesmal keine Blöße zu geben.

»Was willst du?«, fragte er schroff und ohne ihr, wie bei normaler Kundschaft üblich, gleich einen Platz anzubieten.

Lisa ignorierte seine Frage und sah sich stattdessen in seinem Büro um. »Hier hat sich nichts verändert in all den Jahren«, stellte sie fest.

»Es ist schön, so wie es ist.« Sofort ärgerte er sich darüber, dass ihm »schön« herausgerutscht war.

Lisa hatte seinerzeit die Wohnung und auch das Büro

möbliert und griff das Thema natürlich sogleich auf. »War damals auch jede Menge Arbeit. Aber du hast ja seinerzeit die Möbel gekauft. Das Gericht hat dir das geglaubt.«

»Hat es das?«, fragte er scheinheilig. Er erinnerte sich genau daran. Was war ihm auch anderes übriggeblieben, als zu behaupten, dass sie in ihrer gemeinsamen Ehe für keinerlei »Zuwachs« gesorgt und ihn in keiner Weise unterstützt hätte. »Deine Unterhaltsforderungen waren überzogen«, konterte er.

»Nach deinem Versuch, mich zu enteignen, keineswegs. Aber jetzt sind wir doch nicht mehr vor Gericht, Felipe. Du kannst ruhig zugeben, dass wir deine Firma damals gemeinsam aufgebaut haben.«

Das alte Spiel auf einer automatisierten Klaviatur setzte ein, bei der man auf Knopfdruck einzelne Programme abrufen konnte. Felipe versuchte, das Thema zu wechseln, doch sosehr er sich auch bemühte, das Programm lief weiter.

»Du hast mich seinerzeit verlassen. Punkt! Du hattest dazu überhaupt keinen Grund«, schmetterte er ihr nun doch mit erhobener Stimme entgegen, und schon hatte er sich die erste ungewollte Blöße gegeben. Lisa schaffte es immer wieder.

»Natürlich. Ich habe es aus einer Laune heraus getan … Oder wie war noch die zweite Variante, die du vor dem Richter zum Besten gegeben hast? Weil ich auf dein Geld scharf war? Ach ja, die drei Liebhaber, die du dafür bezahlt hast, dass sie eine Affäre mit mir bestätigen, hätte ich fast vergessen«, erwiderte sie schnippisch, und auch damit hatte sie leider recht.

»Die Liebschaften, die du nie zugeben wolltest. Warum sonst warst du denn so oft allein in der Stadt?«, hielt Felipe dagegen.

»Weil du mich nie begleiten wolltest«, erwiderte Lisa trocken.

»Wenn du es wenigstens jetzt zugeben würdest ...« Felipe war auch heute noch davon überzeugt, dass sie ihn betrogen haben musste.

»Was soll ich zugeben? Dass ich es an deiner Seite nicht mehr ausgehalten habe? Ja, das gebe ich gerne zu.«

Endlich. Der Kaffee! Noch nie war er seiner Sekretärin so dankbar gewesen wie in diesem Moment. Sie würde die Luft aus ihrem hitzigen Gefecht nehmen.

»Setz dich«, bot er Lisa nun an und war heilfroh, dass sie diese Geste des Friedens auch als solche erkannte. Dummerweise nahm sie genau neben der Anrichte Platz, auf der Benitas gerahmtes Foto stand.

Sofort musterte Lisa die junge Frau, die sich verspielt an den Hals eines seiner prächtigen Pferde schmiegte und verliebt lächelte. Lisa sagte nichts, aber ihr amüsierter Blick sprach Bände. »Warum kannst du nicht damit aufhören, mich zu bekriegen?«, fragte Lisa mit entwaffnender Offenheit, als sie ungestört waren. »Wir hatten eine klare Abmachung. Bisher hast du dich daran gehalten.«

»Du forderst es doch heraus«, entgegnete er und ärgerte sich erneut darüber, dass er nicht dazu in der Lage war, dieses Muster der gegenseitigen Hiebe zu durchbrechen.

»Was möchtest du jetzt von mir hören? Wir können dieses dumme Spiel ewig so weitertreiben. Sag mir einfach die Wahrheit, wenigstens dieses eine Mal! Oder hast du nicht den Mumm dazu?«, fragte seine Exfrau.

Nun war es auch noch Lisa, die den Stecker zog und das schaffte, worum er sich in den letzten Minuten vergeblich bemüht hatte.

»Du hast genug Geld, um dir ein anderes Haus zu kaufen«, fuhr sie fort, »und erzähl mir jetzt bitte nicht, dass es tatsächlich Probleme wegen einer damals nicht erteilten Baugenehmigung gibt.«

Die Wahrheit also. Gut, wenn sie sie hören wollte.

»Mein Sohn möchte eine Familie gründen. Ich zahle dir, was du willst. Er hängt an dem Haus. Was ist schon dabei? Es geht dir doch nur ums Prinzip, wie immer.«

»Du hast recht, Felipe. Es geht mir ums Prinzip. Warum hast du nicht offen mit mir darüber gesprochen? Es sind die Mittel, die du einsetzt, Felipe. Deine Rücksichtslosigkeit und nicht unbedingt die Gründe«, hielt sie ihm ziemlich überzeugend vor.

Warum nur blieb ihre Stimme so ruhig? Warum waren ihre Augen so voll Mitleid? Das irritierte ihn. Bisher hatte ihn noch nie jemand so mitleidig angesehen. Sollte er ihr jetzt etwa gestehen, dass nicht er, sondern sein Sohn dafür verantwortlich war? Damit wäre der Gesichtsverlust aber endgültig.

»Zeig wenigstens einmal Größe, Felipe, und lass deine unfairen Spielchen. Das ist deine letzte Chance«, fuhr Lisa unbeirrt fort.

»Eine Chance? Wozu?«, fragte er fast schon panisch.

»Mir zu zeigen, dass du ein Mensch bist, Felipe«, erwiderte Lisa und sah ihn dabei eindringlich mit dem gleichen sanftmütigen Blick an wie zuvor.

War das eine neue Masche? Lisa hatte es stets geschafft, ihm ein schlechtes Gewissen zu machen. Chance? Wieso hatte sie *ihm* damals keine Chance gegeben?

»Überdenke mein Angebot, eine halbe Million. Das ist mehr als großzügig«, versuchte Felipe, sie zu ködern.

»Ist das dein letztes Wort?«, fragte sie.

Felipe nickte und vermied den Blick in ihre Augen.

»Leb wohl, Felipe«, sagte sie und stand auf. Genau wie damals, als sie ihn verlassen hatte. Lisa stand auf und ging hinaus, ohne sich noch einmal nach ihm umzudrehen. Warum wollte die alte Wut nicht mehr aufsteigen? Warum schämte er sich, für seinen Sohn gelogen zu haben? Es ging doch nur um ein Geschäft. Da war kein Raum für Scham, doch just jenes Gefühl, das ihm in den letzten Jahren fremd geworden war, intensivierte sich mit jedem Atemzug. Er schämte sich dafür, sein Wort zu brechen, für seinen Sohn. Eine Chance, ihr zu zeigen, dass er ein Mensch war? Felipe war unfähig aufzustehen. Seine Arme und Beine klebten bleischwer an der Couch. Sie hatte ihn verlassen! Das alte Mantra, das bisher alles legitimierte, was er gesagt und getan hatte, zeigte sich wirkungslos. Lisas Worte wogen schwer und pressten ihn tiefer und tiefer in den Sessel. Warum hatte sie ihn verlassen? Weil er kein Mensch war? Warum diese Schwere? Das war ihr Gift, das in ihm wirkte, ihn lähmte. Warum hatte sie ihn verlassen?

Tetuán war eines der Madrider Viertel, in die sich normale Touristen nur selten verirrten. Abgesehen von einigen Low-Budget-Hotels und Jugendherbergen gab es hier kaum etwas Sehenswertes oder gar Schönes. Ein typischer Stadtteil für alle, die sich die hohen Mieten in Zentrumsnähe nicht leisten konnten. Das Viertel war ein Tummelplatz für Einwanderer, sozial Schwache und Kleinkriminelle, aber auch für Familien der Unterschicht. Fast jedes zweite Haus war renovierungsbedürftig. Zahlreiche Bauzäune und Straßensperren, hinter denen städtische Arbeiter ihr Tagewerk verrichteten, zeugten davon, dass dieser Teil der Stadt an allen Ecken und Enden sanierungsbedürftig war. Wahrscheinlich würde er hier leben, wenn er sein Dasein als »Sin Techo« im warmen Süden nicht dieser urbanen Armut vorgezogen hätte, überlegte Rafael, als er von der Calle de Bravo Murillo in eine Seitenstraße abbog, die sich in engen Straßen zwischen zweistöckigen alten Häusern verlor, von denen der Putz bröckelte. Ein richtiges Labyrinth, in dem Carmen mit ihrer Mutter lebte. Früher war er oft hier gewesen, hatte Carmen heimlich von einem der Cafés aus beobachtet, das schräg vor ihrem Haus lag. Angesprochen hatte er sie nie, und mit jedem Jahr, das vergangen war, hatte ihn sein Mut mehr verlassen. Von einem Vater wie ihm würde Carmen vermutlich nichts wissen wollen. Ein schmerzlicher Gedanke, der so intensiv geworden war, dass er beschlossen hatte, keinen Fuß mehr nach Madrid zu setzen – bis heute. Die Besitzer des Cafés hatten gewechselt. Niemand würde ihn erkennen. Hier konnte er in Ruhe hinter der verglasten Front sitzen und auf das Haus blicken, in dem seine Tochter lebte. Die Chancen, dass er sie so spät am Nachmittag sah, standen nicht gut. In gewisser Weise war er froh darüber. Lieber stellte er sich vor, wie sehr sie sich über sein Geschenk freuen würde. Nichts würde ihn glücklicher machen, als ihr diesen Traum zu erfüllen.

»Noch einen Café solo«, rief er in Richtung eines Kellners, der gerade an einem der Nachbartische abkassierte. Der Ober nickte und verschwand hinter dem Tresen. Rafael dachte an Carmens Traum und zog einen gefalteten Zeitungsartikel aus seiner Jackentasche. Rein zufällig war er darauf gestoßen. Touristen hatten die Zeitung auf einer der Parkbänke liegengelassen. Und es konnte kein Zufall gewesen sein, dass er ausgerechnet im Lokalteil auf eine Reportage über die erfolgreichsten Schulabgänger des Jahrgangs aufmerksam geworden war. Carmen hatte landesweit das drittbeste »Bachallorato« hingelegt, ein Abitur mit Bestnoten, und wurde in dem Artikel nach ihren Berufswünschen gefragt. Seither wusste er, dass seine Kleine Ärztin werden wollte. Rafael erinnerte sich noch genau daran, wie stolz er in diesem Moment auf sie gewesen war. Mit dem Stipendium, das auf sie wartete, würde sie es sicher schaffen.

»Was ist dein größter Wunsch?«, hatte die Reporterin sein Mädchen noch gefragt.

»Ein pinkfarbener Mini Cooper Cabrio«, hatte Carmen geantwortet und gleich hinzugefügt, dass sie darauf wohl noch bis nach ihrem Studium warten müsse, obwohl sie bald den Führerschein in der Tasche haben würde. Mit achtzehn! Der Gedanke, ihr diesen Wunsch nun erfüllen zu können, bedeutete Rafael nahezu alles. Von dem Geld, das er von Andreas bekam, konnte er ihr wenigstens einen gebrauchten Mini kaufen. Er würde ihr das Fahrzeug unbemerkt vor die Tür stellen und den Schlüssel in ihren Briefkasten werfen, mit einem herzförmigen Anhänger. Ohne Worte. Hauptsache, seine Carmen wäre glücklich!

Lisa wartete nun schon seit einer Viertelstunde in einem der Cafés im Rastro-Viertel, das für seinen Flohmarkt bekannt war. Es war Rafaels Vorschlag gewesen, sich hier zu verabreden. Beide kannten das Café. Beide waren in ihrer Zeit in Madrid gelegentlich hier entlanggeschlendert und hatten sich in unzähligen Läden durch alte Kunst, Fotografien, oder Bücher gewühlt. Schon die zweite Gemeinsamkeit, überlegte Lisa und fragte sich, ob sie sich nicht vielleicht doch bereits begegnet, aber damals unachtsam aneinander vorbeigelaufen waren. Eine dritte Gemeinsamkeit, sprich Pünktlichkeit, schied wohl aus, aber dieses Manko machte er wett, noch bevor sie den Kaffee ausgetrunken hatte.

»Hallo, Lisa. Ich dachte, das könnte dir gefallen«, sagte

er, setzte sich zu ihr an den Tisch und reichte ihr einen Umschlag, wie man ihn bekam, wenn man sich Postkarten kaufte. Lisa war nicht überrascht, tatsächlich eine darin vorzufinden. Es war die nachbearbeitete Schwarzweißfotografie der Teufelsstatue aus dem Parque del Retiro. Neonfarbene kichernde Engel umkreisten sie und hielten sich die dicken Puttenbäuche vor Lachen. Die Schlange war mit gelben Punkten versehen, und dem Teufel selbst hatte man auch noch grüne Hörner aufgesetzt. Darunter stand, dass es der Teufel nicht vertrug, wenn man über ihn lachte.

»Ich dachte, das muntert dich etwas auf. Apropos ... Wie war dein Treffen mit Felipe?«, fragte er.

»Er lässt nicht mit sich reden. Wie früher ... Die gleichen Vorwürfe. Macht auf großen Zampano. Und wenn ich mich nicht täusche, ist er jetzt mit so einem jungen Ding zusammen ... Es passte einfach alles perfekt ins Bild, aber irgendetwas war trotzdem anders ...«, sagte Lisa und überlegte, wie sie ihm klarmachen könnte, welch abstruse Erkenntnisse der Besuch bei Felipe zutage gefördert hatte, ohne dass Rafael sich über sie lustig machte. Der Gedanke schien auch noch nicht ganz ausgereift, aber er war da gewesen, als sie das Büro ihres Exmanns verlassen hatte. Felipe hatte Schwächen gezeigt. Lisa blickte auf die Postkarte, die ihren Gedanken Gestalt verlieh. Darauf war Felipe der Gehörnte und eben nicht die Schlange, für die sie ihn jahrelang gehalten hatte. Lisa war Rafael eine Antwort schuldig.

»Ich hab ihm zum ersten Mal angemerkt, dass er so etwas wie ein schlechtes Gewissen hatte. Ganz plötzlich, wie auf Knopfdruck ...«

»Gut möglich, dass er sich geändert hat ... Aber auf welchen Knopf hast du denn gedrückt?«, fragte Rafael.

»Ich glaube, er hat gespürt, dass ich ihn nicht mehr hasse. Er tat mir eher leid, genau wie der Engel im Park.«

»Warum tut dir der Teufel leid?«

»Weil er zu schwach ist, um gut zu sein«, brachte Lisa es auf den Punkt.

Rafael nickte und begann zu grinsen. Er schien sich aufrichtig über diese Entwicklung zu freuen.

»Hast du Felipe verziehen?«, fragte er.

»Ich weiß es nicht«, erwiderte sie und überlegte, ob jenes Mitleid mit jemandem, der so niederträchtig sein konnte, bereits eine Art Vorstufe war, um ihm tatsächlich irgendwann verzeihen zu können. »Auf jeden Fall sehe ich ihn in einem anderen Licht. Mit rosa Putten, die um sein Haupt schwirren. In seinem Fall wohl eher blonde Engelchen, die er dann vernascht«, entgegnete sie.

Rafael musste herzhaft lachen, und das war ziemlich ansteckend.

Es gab einen Aspekt an Madrid, den Rafael auch heute noch so schätzte wie früher. Das war die Art, wie man hier ausging. Man verabredete sich nicht in irgendeinem Restaurant, um darin den ganzen Abend zu verweilen, sondern zog durch die Viertel, von einem Restaurant zum anderen. Einen Wein hier, ein paar Tapas dort, ein Bier woanders. Zumindest was die Nahrungsaufnahme betraf, gab es dafür eine logische Erklärung. Noch bis in die siebziger Jahre hinein war es üblich gewesen, dass sich ein Restaurant auf ein bestimmtes Gericht spezialisierte. In einem gab es Gambas, in einem anderen Paella, in einem dritten nur Fleischgerichte. Bei ihrem Bummel durch Chueca war ihm aufgefallen, dass diese Gepflogenheiten wieder in Mode kamen. Auch Lisa hatte dies bemerkt. Ob sie wirklich die Madridkennerin war, für die sie sich ausgab, gedachte Rafael herauszufinden. Obwohl Lisas Spanischkenntnisse hervorragend waren, war es ihm doch gelungen, sie an der Nase herumzuführen. »Aqui hay pulgas«, hatte er ihr vor einer Spelunke im Chueca-Viertel gesagt, die tatsächlich so aussah, als ob es dort Flöhe, »pulgas«, gäbe. Damit waren kleine belegte Brotscheiben gemeint, eine lokale Spezialität, die Lisa nun trotz ihrer anfänglichen Widerstände, in diesem »Verhau« zu essen, mit Wonne zu sich nahm.

»Also, hier hat sich viel getan«, meinte Lisa und blickte von ihrem an die Hauswand gepferchten Plastikstuhl aus auf die Fassaden der alten Häuser, die teilweise renoviert waren. Das rege Treiben und das bunte Publikum aus allen Schichten waren neu, genau wie die zahlreichen Boutiquen. Das Viertel war jetzt in, was offenkundig auch am Zuzug vieler gleichgeschlechtlicher Pärchen lag, die dem Viertel nicht nur Pep verliehen, sondern auch dafür sorgten, dass man hier besonders gerne ausging.

Sicher würde auch Carmen hier ihre Abende mit Freunden verbringen, überlegte Rafael. Sie hatte nicht viel Geld, und Ausgehen war in Chueca nicht teuer. Für jeden Geldbeutel war etwas Passendes dabei. Rafael spülte den melancholischen Gedanken an seine Tochter gleich mit einem weiteren kräftigen Schluck Wein hinunter. Die vielen pikanten Köstlichkeiten, die sie bisher schon zu sich genommen hatten, machten zudem ordentlich Durst. Lisa schien aber noch nicht satt zu sein.

»Ich möchte noch ein paar Tapas woanders probieren«, schlug sie vor, legte einen Geldschein auf den Tisch und nahm ausgelassen seine Hand, an der sie ihn ins nächste Lokal zog, das keine zehn Meter entfernt war.

»Hier gibt's die besten Tapas«, schwärmte sie und bestellte am Tresen, wonach ihr war: iberischen Eichelschinken, Käseschnitten, eingelegte Oliven, Datteln im Speckmantel, marinierte Sardellen und in Knoblauch gebratene Garnelen. Ein Festmahl, dem Rafael, obwohl schon pappsatt, auch nicht widerstehen konnte.

»Warum heißen Tapas eigentlich Tapas?«, fragte sie plötzlich.

»Die hießen schon immer so«, mutmaßte Rafael, weil er es nicht wusste.

»Na, wegen der Fliegen«, rief ihnen der Ober, bei dem Lisa eben das dritte Glas Wein bestellt hatte, im Vorbeigehen zu. »Früher gab es hier eine regelrechte Fliegenplage. Um die Getränke vor ihnen zu schützen, hat man Brotscheiben daraufgelegt, als Abdeckung«, erklärte er.

»Ah, verstehe. Tapa, der Deckel«, sinnierte Lisa. Sie prostete ihm zu und richtete ihre Aufmerksamkeit auf den penetranten Cante eines Sängers, der sich in der Flamencobar gegenüber die Seele aus dem Leib schrie. Rafaels Blick hingegen fiel auf die große Wanduhr über der Bar. Schon halb zwölf. Sie mussten sich sputen, wenn sie den letzten Zug zurück in den Süden noch erwischen wollten.

»Lisa. Der letzte Zug geht in einer Stunde«, sagte er, doch Lisa winkte nur ab.

»Dann nehmen wir eben den Zug morgen früh. Die Nacht ist noch jung, Raffi«, sagte sie, kicherte und stupste ihm dabei mit dem Zeigefinger an die Nase, die sie beim zweiten Anlauf auch traf.

Raffi? Zuletzt hatte man ihn in der Schule so genannt, und genauso fühlte er sich jetzt. Weggehen und einfach nur Spaß haben, genau wie früher, als er jung war. Madrid hatte seinen Schrecken verloren, jedenfalls für eine Nacht.

Kapitel 11

Lisa wunderte sich darüber, wie sehr Felipe es genoss, mit ihr Walzer zu tanzen, genau wie sie es auf ihrer Hochzeit getan hatten. So leichtfüßig wie diesmal war er noch nie gewesen. Die Paare, die neben ihnen tanzten, waren ausnahmslos maskiert, noch dazu alle gleich. Sie trugen Engelskostüme, jedenfalls auf den ersten Blick. Bei näherem Hinsehen fragte sich Lisa, wie sie es schafften, ihre Flügel gegen die Fliehkraft zu bewegen, die bei derart schwungvollen Drehungen unvermeidbar war. Wären sie nur aufgesteckt oder angenäht, könnten sie zudem kein Eigenleben entwickeln. Eines der Paare hob jetzt sogar ab, schwebte mit kräftigen Flügelschlägen durch den barocken Saal. Und immer mehr Paare taten es ihm gleich. Im Dreivierteltakt umrundeten sie den Kronleuchter.

»Komm, lass uns oben weitertanzen«, sagte Felipe und breitete auch seine Flügel aus. Doch obwohl er sich abmühte, kam er nicht von der Stelle. Viel zu schwach waren die Schläge seiner Schwingen, die bei genauerem Hinsehen verkümmert wirkten. Die anderen Engel sahen zu ihm hinunter und begannen, ihn auszulachen. Felipe, der kleine Flattermann, dessen Flügelschläge zunehmend hektischer wurden, konnte einem richtig leidtun.

»Wir müssen ja nicht tanzen«, sagte Lisa und löste sich aus seinem Griff. Erst jetzt bemerkte sie, dass auch sie Flügel hatte. Sie fühlten sich geschmeidig und kräftig zugleich an. Ob das klappte? Lisa bewegte ihre Schulterblätter. Es genügten kleinste Bewegungen, da die Flügel sehr sensibel reagierten und sich so anfühlten, als seien sie mit den Schulterblättern verwachsen. Schon mit zwei kräftigen Schwüngen erhob sie sich in die Lüfte. Es machte Spaß, immer höher hinaufzufliegen, vorbei an den Tanzenden, hoch zur Kuppel, durch deren Öffnung grelles Sonnenlicht fiel. Lisa spürte den Drang weiterzufliegen, dem Licht entgegen. Was für ein schönes Gefühl, in dieser Wärme zu baden, die Wolken zu erreichen und sich in sie einzuhüllen, sich auf sie zu betten, sich dort oben im Spiel des Windes treiben zu lassen. Warum nur fühlte sich die Wolke, auf der sie es sich eben bequem gemacht hatte, urplötzlich irgendwie kompakter an? Zwar immer noch weich, aber anders. Lisa fuhr mit ihrer Hand darüber und ertastete ein Laken, in das sie sich eingemummelt hatte. Das Erste, was sie sah, nachdem sie die Augen geöffnet hatte, war ein weißes Federkissen, auf das sie ihr Haupt gebettet hatte. Was für ein schöner Traum und was für ein bequemes Bett! Apropos Bett. Es fühlte sich ungewohnt an. Woher nur kamen die tänzelnden bunten Lichter an der Wand? Seit wann hatte sie über ihrem Bett einen Ventilator? Sie musste noch träumen. Lisa setzte sich abrupt auf und spürte einen warmen Körper, der neben ihr lag. Schlagartig setzte die Erinnerung ein, jedenfalls teilweise: Madrid, Park, Engel, Felipe, Pulgas, Tapas, Wein – Filmriss! Wo war sie? Und warum lag Rafael neben ihr in Unterhosen auf dem Bett?

»Lisa«, murmelte er und schlug dabei schlaftrunken die Augen auf.

»Hast du schlecht geträumt?«, fragte er mit besorgter Stimme.

»Nein, ich … Ja …«, stammelte sie und spürte ein leichtes dumpfes Ziehen in ihrem Hinterkopf, das untrüglich auf ein Glas Wein zu viel hindeutete. »Wieso sind wir hier?«, fragte sie.

»Dir war nicht gut, und du wolltest nicht mehr laufen«, rekapitulierte er.

»Du meinst, ich konnte nicht mehr laufen«, mutmaßte Lisa, weil sie wusste, dass sie dazu tendierte, die Kontrolle über ihre Beine zu verlieren, wenn sie zu viel getrunken hatte.

»Ich hab uns noch Churros gekauft, aber …«

Richtig. Lisa erinnerte sich nun vage an die leckeren Teigkringel, die sie in heiße Schokolade getaucht hatte. Offenbar hatten sie den Alkohol nicht schnell genug aufsaugen und abbauen können.

»Ich hab uns das nächstbeste Zimmer genommen – und die hatten nur noch eins«, sagte er kleinlaut.

Lisa nickte. »Danke … Ich … Tut mir leid … ich …« Lisa verspürte den dringenden Wunsch, erst einmal zur Besinnung zu kommen, stand auf, eilte ins Badezimmer und verschloss die Tür hinter sich. Beim Blick in den Spiegel rechnete sie mit dem Schlimmsten, war jedoch angenehm überrascht. Tränensäcke? Fehlanzeige. Zerzaustes Haar? Und wennschon! Sich ein bisschen frisch zu machen konnte aber nicht schaden, weil sie an Rafaels Seite wahrscheinlich sowieso kein Auge zumachen würde.

Rafael hatte Lisa schon die ganze Zeit über im Schlaf beobachtet, genau, wie er es früher bei seiner Frau gemacht hatte. Den anderen mit entspannten Gesichtszügen neben sich schlafen zu sehen gab einem das Gefühl von Geborgenheit. Obwohl sich diese Nacht sicherlich nicht wiederholen würde und Lisa nicht ganz freiwillig neben ihm lag, empfand er diesmal nicht die Wehmut, die oft genug in ihm aufgestiegen war, wenn er glückliche Paare Hand in Hand gesehen und sich dabei an die Zeit seines eigenen Glücks erinnert hatte. Das Hier und Jetzt war trotzdem nicht das von anderen. Er erlebte es selbst. Es waren Lisas entspannte Gesichtszüge, die ihm dieses Gefühl gaben. Vielleicht war es ihr ähnlich ergangen, als sie aus ihrem Traum erwacht war, auch wenn sie nicht die geringste Andeutung gemacht und sich ins Badezimmer verzogen hatte. Ein flüchtiges, aber eher verlegenes Lächeln hatte sie ihm dennoch geschenkt, als sie sich hingelegt und ihm eine gute Nacht gewünscht hatte. Wie gern hätte er mit ihr über seine Gefühle gesprochen, doch wer einem den Rücken zuwendet und sich an die äußerste Bettkante legt, sah nicht danach aus, als ob ihm nach Reden zumute sei. Ihren regelmäßigen Atemzügen nach zu urteilen, war sie schnell eingeschlafen. Nun lag sie entspannt neben ihm. Ihre Gesichtszüge wirkten friedlich. Rafael konnte seinen Blick nicht von ihr abwenden, musste sie beobachten, ihren wohlgeformten Mund, dessen Lippen leicht geöffnet waren, eine blonde Haarsträhne, die ihr ins Gesicht fiel, die langen Wimpern, ihre hohen Wangenknochen, die vom gestrigen Tag in der Sonne etwas gerötet waren. Rafael erinnerte sich an den warmen Strom, den er verspürt hatte, als Lisa ihm im Park die Hand gereicht hatte. Was war das für ein tolles Gefühl gewesen. Und wie schön ihre Hand war, wie geschmeidig ihre Haut, wie zart die Glieder ihrer schmalen Finger, an denen er trotzdem Halt gefunden hatte. Ganz entspannt und nach oben geöffnet, lag Lisas Hand neben ihrem Körper. Rafael musste sie einfach berühren, von der

Hoffnung getrieben, noch einmal diesen warmen Strom fließen zu lassen, von ihr zu ihm. Es gelang und fühlte sich noch besser an als am vergangenen Nachmittag. Jedenfalls bis zu dem Moment, in dem Lisa die Augen aufschlug. Rafael zog seine Hand sofort zurück. Sie sah ihn nur an und lächelte sanft. Rafael war unfähig, seinen Blick von ihren Augen abzuwenden, so dass er zunächst gar nicht bemerkte, dass sich ihre Hand wieder seiner näherte. Erst als sie sie berührte und ein Hauch von Sanftmut und Zuneigung in ihren Augen schimmerte, war er sicher, dass auch sie dieses Gefühl genoss.

»Du bist so schön«, flüsterte er ihr leise zu und hoffte, dass sie diese Worte einfach so annehmen konnte, wie sie gemeint waren, und nicht dahingehend missverstand, dass er mehr Zärtlichkeit und Nähe von ihr erwartete. Letzteres war ihm in den Jahren des Alleinseins sowieso fremd geworden. Er hatte keine Frau mehr gestreichelt, nur noch seine Katze. Der Gedanke daran, dass Roberta zu einer Art Ersatzpartnerin geworden war, entlockte ihm ein Schmunzeln, das Lisa verunsicherte.

»Ich hab so lange keine Frau mehr gespürt. Deine Hand, sie …«, versuchte er zu erklären, doch die Art, wie Lisa ihn nun ansah, machte ihm klar, dass es keiner weiteren Erklärung bedurfte. Sie löste ihren Griff und fuhr neugierig an seinem Arm entlang. Ein elektrisierendes Gefühl. Rafael wagte es nun auch, ihren Arm zu streicheln, ihre Schultern und ihr Dekolleté zu erkunden. Nicht der Hauch von Widerstand. Ganz im Gegenteil. Ihr ganzer Körper schien sich zu entspannen. Ein vertrautes, aber längst vergessenes Gefühl der Nähe, der Erregung ergriff von ihm Besitz, zugleich aber auch die Angst, ihr nicht das geben zu können, was sie vielleicht von ihm erwartete. Der Gedanke, eine Frau so berühren und spüren zu dürfen, schnürte ihm augenblicklich die Luft zum Atmen ab. Er hatte sie nicht verdient. Er hatte kein Glück verdient, schon gar nicht an der Seite einer Frau, die er belogen hatte. Die Lust an ihrer Nähe trotzte seinen Gedanken, doch war sie nicht stark genug, um mehr zu wagen. Er war kein junger Mann mehr, und wenn man sich an die letzte Erektion schon gar nicht mehr erinnern konnte, war dies ein untrügliches Zeichen dafür, es besser beim Händchenhalten zu belassen. In ihren Augen schimmerte aber die Frage, warum er aufhörte.

»Ich hab das schon lange nicht mehr gemacht«, gestand er und fühlte sich erleichtert, als sie nickte, ihn verstand.

»Ich auch nicht«, gestand sie und setzte hinzu: »Hör nicht auf!«

Rafael beschloss, ihrem Wunsch nachzukommen, befreite sich von allem Leistungsdruck. Sie wollte gestreichelt werden, und er machte es gerne.

»Es ist so schön«, hauchte sie mit geschlossenen Augen, als seine Hand sich ihrem Unterleib näherte und er registrierte, wie er sich erwärmte. Zugleich erwachte in ihm der Drang, sie noch intensiver zu spüren. Er musste sie küssen, und sie ließ es geschehen. Der Stromfluss verstärkte sich, als sich ihre Lippen berührten. Er fühlte sich wieder als Mann, vollwertig und kraftvoll, bereit, sich mit ihr zu vereinen, gefühlvoll und mit aller Hingabe, genau so, wie es ihr Körper wollte, in ihrem Rhythmus, der den seinen suchte und auch fand.

Am Morgen in den Armen eines Mannes aufzuwachen, in den sie sich nicht ad hoc verliebt hatte und der ihr bei der ersten Begegnung nicht sonderlich attraktiv erschienen war – von Herzklopfen ganz zu schweigen –, war äußerst verwirrend und ungewohnt. Sie hatte Sex mit einem Mann gehabt, den sie noch vor Tagen in die Hölle gewünscht hatte. Mit einem Mann, der auf Schmerzen stand und sich gelegentlich von einer ausgemusterten Domina auspeitschen ließ. Mit einem Mann, der überhaupt nicht zu ihr passte, bei dem sie sich noch nicht einmal einen Kuss auch nur im Entferntesten hätte vorstellen können. Und alles war ganz anders gelaufen, als sie sich das bei all den Flirts der letzten Jahre ausgemalt hatte. Unspektakulär, sanft und doch unerwartet leidenschaftlich. Rafael lag noch ganz entspannt neben ihr. Lisa verspürte den Wunsch, ihn wachzuküssen, um dann seine Hand noch mal auf ihrem Bauch zu spüren. Nur noch heute Morgen. Es musste bei diesem einmaligen Abenteuer bleiben, denn Fakt war, dass sie die Nacht mit einem verheirateten Mann verbracht hatte. Einzig tröstlich war die Wahrscheinlichkeit, dass er mit Delia in Sachen Sex eine ziemlich progressive Beziehung führte. Sie hatte jahrelang als Prostituierte gearbeitet und würde in sexuellen Aktivitäten ihres Mannes jenseits des ehelichen Habitats kein Kapitalverbrechen sehen. Dennoch nagte es an ihr, Delia unter die Augen zu treten. Sollten sie ihr den Ausrutscher gestehen? War es denn ein Ausrutscher? Lisa musste ihren Blick von Rafael abwenden, denn wenn sie ihn so ansah, fühlte sich der Ausrutscher nicht mehr wie einer an. Sie mochte ihn, sogar sehr, und wenn sie an die gestrige Nähe dachte, die sie so noch nicht einmal mit Felipe in der Zeit, in der sie noch frisch ineinander verliebt gewesen waren, hatte erleben dürfen, wurde ihr ganz warm und flatterig. Mittlerweile fixierte sie den Deckenventilator, der zwar ihr Gesicht kühlte, aber nicht für den erhofften kühlen Kopf sorgte. Lisa hoffte, dass Rafael nicht so schnell aufwachen würde. Zu viele Gedanken mussten noch geordnet, zu viele offene Fragen geklärt werden.

»Morgen, Lisa«, kam es aber von der Seite, und er griff nach ihr, was die Klärung der Fragen sofort im Keim erstickte. Zu schön war dieses Gefühl, zu intensiv die Erinnerung an die vergangene Nacht. »Ich könnte dich schon wieder küssen«, sagte er und schmiegte sich an sie.

Lisa genoss diesen Moment sehr, aber seine Nähe fühlte sich in der klaren Luft des Morgens einfach nicht mehr richtig an, obwohl sie sie doch wollte. Dass sie sich etwas versteifte, als seine Hand ihren Hals berührte, war nicht zu übersehen.

»Alles gut?«, fragte er sanft.

Lisa fasste sich ein Herz und beschloss, zumindest einen der Punkte zu klären.

»Ich hab vorhin an deine Frau gedacht«, sagte sie und blickte ihn fragend an. Fast schien es, als müsste Rafael erst überlegen, was sie meinte. War es etwa so selbstverständlich, dass sie miteinander geschlafen hatten? »Ich weiß nicht, wie ich mich Delia gegenüber verhalten soll«, erklärte Lisa.

»Delia …«, erwiderte er. Warum wirkte er jetzt erleichtert?

»Delia und ich, wir … na ja, wir haben … eine offene Beziehung«, sagte er und nickte, um dies zu untermauern.

»Es ist völlig okay«, fuhr er fort und wirkte dabei nicht die Spur betrübt, was in Anbetracht der Sachlage einen Tick zu progressiv wirkte.

»Liebst du sie?«, bohrte sie nach, auch wenn ihr schon mal der erste Stein vom Herzen gefallen war.

Wieder nickte Rafael, wobei seine Mimik den Eindruck erweckte, als müsse er das noch einmal abwägen.

»Wir kennen uns schon so lange …«, fuhr Rafael fort.

Lisa musterte ihn. Irgendwie kam ihr sein Verhalten seltsam vor. Keine Spur von Schuldgefühl, aber auch nicht so recht überzeugt von dem, was er sagte. Für jemanden in einer offenen Beziehung war er nicht cool genug. Für jemanden, der das Gefühl hatte, seine Frau betrogen zu haben, nicht in dem Maße betroffen, wie man es erwarten würde.

»Es war schön mit dir«, sagte er stattdessen, was, wie man in seinen Augen lesen konnte, völlig ernst und bestimmt ehrlich gemeint war.

»Ich fand's auch schön, aber ... es hat mich offen gestanden überrascht«, gestand Lisa.

»Wie meinst du das?«, fragte er etwas verunsichert.

»Ich hab euch doch gehört ... die Peitsche ...«, präzisierte Lisa.

»Ach das ...«, erwiderte er und ließ sich entspannt auf das Kopfkissen sinken.

Warum schmunzelte er jetzt?

»Offen gestanden, Delia und ich, wir haben das inszeniert, um ... du weißt schon ...«

»Inszeniert?« Lisa konnte kaum glauben, was sie da hörte.

»Es war Delias Idee«, fügte er hinzu. »Tut mir leid.«

Schon wieder spürte Lisa, dass Rafael nicht völlig bei sich war. Irgendetwas stimmte nicht. Zwar hielt sie es für möglich, dass Delia sich überlegt haben könnte, sie mit einer solchen Inszenierung aus dem Haus zu treiben, aber es überzeugte sie nicht. Dass es ihm hingegen leidtat, wirkte echt. So wie es aussah, hatten Delia und Rafael kaum noch Sex miteinander, sah man von »Inszenierungen« ab. Rafael schien ihre innere Zerrissenheit und ihre Zweifel zu spüren. Er wirkte auf einen Schlag tieftraurig und schien mit sich zu kämpfen.

»Lisa, es gibt noch so vieles, was ich dir sagen möchte, aber ...«, sagte er, und so, wie er sie nun ansah, war Lisa sicher, dass er es im Grunde seines Herzens ehrlich mit ihr meinte. Sie hatte auch kein Recht, weiter nachzubohren, ihre Fühler auszustrecken, um zu überprüfen, wie gut oder schlecht es mit seiner Ehe stand.

»Gib mir Zeit, bitte!« Er klang nun fast ein wenig verzweifelt, und erneut suchte seine Hand Halt in ihrer.

So eine Villa ganz für sich allein zu haben hatte was. Delia genoss die Ruhe im Garten, den schattigen kühlen Platz unter der großen Palme und den Luxus, entspannt in einer von Lisas Modezeitschriften zu blättern, während Roberta friedlich auf ihrem Schoß lag. Dennoch dachte sie unentwegt an Rafael und Lisa. Für beide musste die Reise nicht gerade einfach gewesen sein. Arme Lisa. Die Nummer, die Felipe da abzog, war mehr als erbärmlich. Lisa hatte das Schreiben von seinem Anwalt dagelassen. Delia hatte es mehrmals gelesen. Sicher war es denkbar, dass einem Amtsschimmel im Zuge irgendwelcher Flurbereinigungsmaßnahmen aufgefallen war, dass es seinerzeit keine Baugenehmigung für eine Unterkellerung gegeben hatte, aber dass es ausgerechnet jetzt passierte, konnte kein Zufall sein. Delia hatte sich zwar zunächst vorgenommen, auf Lisas Lagebericht zu warten, aber es konnte nicht schaden, selbst ein paar Erkundigungen einzuholen, allerdings nicht auf offiziellem Weg – einer der Vorteile ihres Berufsstands. Man hatte nach einigen Jahren ein ganzes Netzwerk an Kontakten zu allen möglichen Leuten. Wohlwollende Gönner, die dankbar für jahrelange Diskretion waren oder mit denen man sich einfach nur gut verstand. Einer davon war Alfonso Pérez, seines Zeichens Leiter der hiesigen Baubehörde. Die Telefonnummer, die sie von ihm hatte, stimmte noch. Er ging gleich ran.

»Alfonso. Hier ist Delia. Wie geht es dir?«

»Delia, was für eine Überraschung«, sagte er.

»Können wir reden?«

»Im Moment schlecht. Hab gleich eine Sitzung. Um was geht es?«

»Ich brauche deine Hilfe«, sagte sie sofort. Sie wusste, dass sie sich auf Alfonso verlassen konnte. Er war jahrelang ihr Kunde gewesen, bis seine Frau an den Folgen eines Schlaganfalls verstorben war. Delia war für ihn da gewesen, als gute Freundin, und dies hatte er ihr nie vergessen.

»Um was geht es?«, fragte er.

»Um eine Schweinerei in eurer Behörde.« Delia kam gleich zum Punkt.

Funkstille.

»Geht es um dein Haus? Die Renovierungsarbeiten?«, fragte er dann. Alfonso nahm tatsächlich nach wie vor Anteil an ihrem Leben und behielt Dinge, die sie ihm erzählte, im Kopf.

»Nein, um das einer Freundin.«

»Okay, wir treffen uns heute um zehn im Coral Beach.« Ihr üblicher Treffpunkt, ein am Strand gelegenes Hotel in der Carretara de Cádiz, das sich aufgrund der Weitläufigkeit der Anlage ideal für diskrete Treffen eignete, auch wenn seit Jahren dazu überhaupt kein Anlass mehr bestand.

»Ich werde da sein. Danke, Alfonso.«

»Bis später«, sagte er und legte auf. Alles war nun in die Wege geleitet, zu Lisas Bestem. Delia beschloss, sich nach getaner Arbeit ein bisschen auf Lisas Liege zu entspannen. Es blieb bei dem Versuch. Täuschte sie sich, oder hörte sie Rafaels und Lisas Stimmen? Sie stand auf und blickte zum Eingang. Rafael hielt Lisa die Tür auf und legte ganz selbstverständlich seinen Arm um ihre Hüfte. Und warum löste Lisa sich erschrocken von ihm, als sie bemerkte, dass sie nicht unbeobachtet waren? Was um Himmels willen war in Madrid passiert?

Auch wenn Rafael am liebsten jede Minute des restlichen Tages mit Lisa verbracht hätte, war er letztlich froh darüber, dass sie sich, gleich nachdem sie Delia kurz begrüßt hatte, in ihren Teil des Hauses zurückzog. Angeblich, um sich frisch zu machen. Dass sie den Blickkontakt mit Delia vermieden hatte, machte alles klar. Vielleicht war es aber auch besser so, weil ihm dies die Gelegenheit gab, Delia unter vier Augen in ihrer Küche auf den neuesten Stand der Dinge zu bringen. Mit allem hätte er gerechnet, nur nicht damit, wie sehr sich seine »Ehefrau« darüber freute, dass er sie mit Lisa »betrogen hatte«.

»Das war schon lange überfällig«, sagte Delia. »Es hätte nicht mehr lange gedauert, und er wäre dir abgefallen. Das passiert, wenn man ihn nur noch zum Pinkeln benutzt«, fuhr sie fort und schenkte ihm feixend etwas Kaffee ein.

»Sehr witzig!« Bei genauerer Betrachtung konnte Rafael nicht umhin, sich einzugestehen, dass ihn diese Nacht regelrecht befreit hatte. Hatte Delia ihm nicht in ihren Ausführungen über SM-Praktiken erklärt, dass man sich Probleme »wegsexen« konnte? In seinem Fall war es wohl so gewesen, und das ohne Peitsche oder sonstige Folterwerkzeuge aus Delias erlesener Sammlung. Aber Lisa hatte sein Selbstwertgefühl nicht nur in sexueller Hinsicht gestärkt. Der Fluch, überhaupt kein Glück zu verdienen, war in nur einer Nacht von ihm abgefallen. Ein größeres Glück, als Lisa neben sich zu spüren, konnte er sich im Moment nicht vorstellen.

»Mein Rafael hat sich auf seine alten Tage verliebt«, konstatierte Delia mit dem Schalk eines Teenagers im Nacken und wuschelte ihm vergnügt durchs Haar.

»Nein. Jedenfalls nicht so, wie du denkst … Ich fühle mich nur unheimlich wohl in ihrer Nähe.«

»Das ist doch wunderbar. Genieß es.«

»Wie denn? Wir sind verheiratet«, wandte er ein.

»Noch.«

»Du meinst, wir sollen Lisa die Wahrheit sagen?«

»Noch nicht.«

»Könntest du vielleicht etwas weniger kryptisch sein? Wenn Lisa erfährt, was wir hier abgezogen haben … Also ich wäre stinksauer.«

Delia nickte und setzte sich nun mit ernster Miene zu ihm. »Mach dir nichts vor. Wir brauchen beide das Geld, und wir kriegen es, solange wir hier wohnen bleiben. Ich mag diesen Andreas auch nicht, aber wir tun ja nichts mehr, was Lisa schadet.«

»Ich finde es trotzdem nicht richtig. Wir missbrauchen ihr Vertrauen, und das wird sie mir nie verzeihen.«

»Denk doch mal logisch. Wir sind sowieso schon zu weit gegangen. Es spielt überhaupt keine Rolle mehr, wann der Deal mit Andreas ans Licht kommt. Ob heute oder morgen oder irgendwann. Lisa muss sich so oder so entscheiden, ob sie uns das verzeiht.«

Das stimmte nun auch wieder.

»Außerdem habe ich einen Weg gefunden, um ihr zu helfen. Ich kenne jemanden auf dem Bauamt …«, sagte sie und blinzelte ihm aufmunternd zu. »Du tust das doch für Carmen. Andreas hat uns reingelegt. Warum sollte Lisa das nicht verstehen?«

Rafael hoffte, dass Delia recht behalten würde.

»Und wie verhalten wir uns jetzt? Für Lisa sind wir verheiratet. Hab ich dir jetzt offiziell von dem Seitensprung erzählt?«

»Warum? Wir haben doch eine ›offene Beziehung‹? Oder etwa nicht?«, sagte Delia verschmitzt.

Woher nahm sie nur diese Leichtigkeit?

»Also weiterlügen?«, fragte Rafael.

»Wir thematisieren es einfach nicht. Versuch, ihr vorerst aus dem Weg zu gehen! Wenn alles gutgeht, wird sie uns schon bald dankbar sein. Glaub mir.«

Roberta gab ein lautes Maunzen von sich und sah Rafael dabei direkt in die Augen, als wolle sie ihm sagen, dass Delias Plan schon aufgehen würde.

Kapitel 12

Die Normalität, mit der Rafael seine Frau begrüßt hatte, war unheimlich, dabei war inzwischen überhaupt nichts mehr normal. Sie hatte mit einem Mann Sex gehabt, den sie kaum kannte, mit dem »Feind«, der sie aus ihrem Haus treiben wollte, der irgendein Geheimnis mit sich herumtrug und ihr mal irgendwelche Geschichten auftischte, ein anderes Mal wieder aufrichtig zu ihr zu sein schien. Und jetzt ging er ihr aus dem Weg, so viel stand fest. Ob er Delia wohl ihre Liebesnacht gestehen würde? Lisa bemerkte erst jetzt, dass sie die vor ihr auf einem Brett liegende Zucchini schon so kleingehackt hatte, dass aus den ursprünglich geplanten mundgerechten halben Scheiben finzelige Stückchen geworden waren. Natürlich würde Rafael ihr alles erzählen, sie hatten ja eine »offene Beziehung« ... Aber warum kamen sie nicht herunter? War seine Frau vielleicht doch nicht so begeistert von den Eskapaden ihres Mannes? Hatte Delia sie nicht merkwürdig angesehen, als sie zurückgekommen waren? Der Arm um ihre Hüfte war eindeutig gewesen. Delia hatte sich danach jedenfalls nichts weiter anmerken lassen, was dafür sprach, dass er ihr die Wahrheit gesagt hatte. An sich hatte Lisa gar keinen Appetit. Pure Beschäftigungstherapie. Wozu eine Zucchini doch alles gut war. Lisa legte ihr Messer zur Seite und überlegte, ob sie nun einen Auflauf machen oder das Gemüse anbraten sollte. Doch wozu, wenn man gar keinen Hunger hatte? Diese Unentschlossenheit war furchtbar. Noch nicht einmal das war klar. Abermals spähte sie aus dem Küchenfenster. Nichts! Die beiden waren jetzt schon seit zwei Stunden da oben. Kein Mucks. Vielleicht sollte sie sie zum Essen einladen? Aber wie sah das denn aus? Das Dessert hatte sie ja schon im Hotel verspeist. Eine Einladung zum Essen auszusprechen kam der Aufforderung zu »einem flotten Dreier« gleich, jedenfalls fühlte sich das im Moment so an. Pfanne oder Auflaufform? Sie konnte sich einfach nicht entscheiden, denn immer wenn sie den Versuch unternahm, sich das Ergebnis der einen oder anderen Variante vorzustellen, zogen sich ihre Eingeweide zusammen. Die einfachsten Entscheidungen konnten einen überfordern, wenn der Kopf voll war. Was tun? Sie konnte sich auch mit einem Glas Wein in den Garten setzen. Das war unverfänglich ... Aber sah das dann nicht so aus, als würde sie auf ihn warten? Sollte sie im Internet recherchieren, wie das bei Paaren in einer »offenen Beziehung« lief? Erneut wurde ihr schlecht. Sie wollte es gar nicht wissen. Nur eines war klar: Die Situation war unerträglich. Erst jetzt fiel Lisa ein, dass sie ihren Anrufbeantworter noch gar nicht abgehört hatte, wie sie es normalerweise tat, wenn sie nach Hause kam. Lisa ging in den Flur und ertappte sich dabei, für einen Moment innezuhalten und nach oben zu lauschen. Waren sie überhaupt noch da? Das scharrende Geräusch eines Stuhls beantwortete die Frage. Doch rausgehen und einfach mal »Hallo« sagen? Albern! Offen über den gestrigen Abend sprechen? Unmöglich! Sie konnte ja noch nicht einmal sicher sein, dass Rafael etwas von ihrer gemeinsamen Nacht erzählt hatte. Furchtbar! Also doch den

AB abhören. Es waren gleich sieben Nachrichten darauf – und alle von Claudia.

»Wir fahren heute nach Cádiz. Kommst du mit? Melde dich. Ich hab mein Handy dabei ...«

Das klang noch völlig normal, sprich wie immer. Bei der dritten Nachricht hatte Claudias Tonfall schon etwas Besorgtes.

»Lisa. Wo steckst du? Ist alles in Ordnung? Was ist los? Melde dich.«

Nummer sieben klang nach purer Hysterie.

»Lisa, wenn du dich bis heute Abend nicht meldest ... Alex war heute schon zweimal bei dir. Wo bist du? Wir überlegen, die Polizei zu verständigen. Melde dich, sobald du die Nachricht hörst.«

Verständlich, dass sie sich Sorgen machten, aber gleich so durchzudrehen, nur weil sie sich in den letzten vierundzwanzig Stunden nicht gemeldet hatte? Trotz der jüngsten Verstimmungen war es vielleicht eine gute Idee, sich mit der Clique zu treffen, schon allein, um nicht mehr an Rafael und Delia denken zu müssen. Fast erleichtert drückte Lisa die Taste mit Claudias eingespeicherter Nummer.

»Hallo, Claudia. Ich bin's.«

»Lisa. Gott sei Dank!«, rief Claudia erleichtert.

Bevor sie ihr jetzt alles am Telefon erzählte, schlug sie besser gleich ein Treffen vor.

»Um acht am Yachthafen?«, fragte sie. Claudia willigte ein. Ein willkommener Anlass, um dieses Haus zu verlassen, in dem sie sich aus täglich wechselnden Gründen immer unwohler fühlte.

Felipes Schreibtisch quoll über mit Verträgen, in die noch Kundenwünsche einzuarbeiten waren. Dank Lisas Überraschungsbesuch blieb der Stapel liegen. Zu intensiv waren die Erinnerungen an gemeinsame Tage gewesen, die Lisa mit ihm in seiner Madrider Wohnung verbracht hatte. Der Gedanke, dass er seit Jahren von Mobiliar umgeben war, das er Lisas zugegebenermaßen gutem Geschmack verdankte, war geradezu unerträglich geworden. Die Fahrt nach Jerez war daher nichts anderes als ein Fluchtversuch. In Madrid hatte er es nicht mehr ausgehalten. Anstatt sich wie üblich auf seine Hazienda zu freuen und Ruhe in der Gewissheit zu finden, dass in der Weite des Landes im Nu der Stress des Großstadtlebens von ihm abfallen würde, war er gedanklich auch hinter dem Steuer nur noch bei seiner Exfrau. Lisa hatte sich verändert, schon rein äußerlich. War sie einfach nur älter geworden?, überlegte er, bevor er die erste Ausfahrt nach Jerez nahm. Putzte sie sich nicht mehr so heraus wie früher? Kein Designerkleid, kaum Schminke. Das natürliche Mädchen aus der Zeit, als sie sich kennengelernt hatten. Nur waren ein paar Falten dazugekommen, ausgerechnet dort, wo sie ihr besonders gut standen. Wie sie wohl aussah, wenn sie lächelte? Ihre Grübchen waren sicher noch markanter als früher. Leider hatte er ihr keine Gelegenheit gegeben, sie ihm zu zeigen. Jerez! Befreie meinen Kopf von diesen Gedanken! Sein Stoßgebet wurde erhört. Allerdings waren es weder die Pferde, die er neben dem Feldweg zu seiner Hazienda auf der Koppel grasen sah, noch der in rotes Licht getauchte Horizont, die ihn von Lisas Omnipräsenz befreiten. Es gab Ablenkung anderer Art, die auf seinem Schreibtisch auf ihn wartete. Post von Benitas Anwalt. Sie wollte Lohn für ihre Arbeit auf der Farm. Hätte er sie etwa anstellen sollen wie eine Sekretärin? So wie es den Anschein erweckte, sah sie sich wohl in dieser Rolle, auch wenn der Anwalt von einer »Vertriebsassistenz« sprach. Pferde ein- und ausladen und ein paar Fotokopien anfertigen, was war das schon? Doch was es auch war, es rechtfertigte jedenfalls kein Gehalt von fünftausend Euro monatlich. Ein ganzer Stapel mit Fotokopien von Verkaufsübergaben an Kunden, die Benita für ihn signiert hatte, und die Zeugenaussage seines Stallburschen, der ihre wichtige Funktion und ihre Tätigkeiten beschrieb, untermauerten ihre haltlosen Forderungen. Felipe legte den Brief beiseite. Es überraschte ihn nicht, im Poststapel auch gleich die Kündigung seines Stallburschen vorzufinden. Warum waren Trennungen nur so furchtbar kraftraubend? Und immer ging es um Geld. Unsummen, die dem Gegenüber gar nicht zustanden. Genau wie bei Lisa. Wobei, bei näherer Betrachtung ... Lisa hatte kein Geld verlangt, jedenfalls anfangs nicht. Hatte sie sich nicht erst einen Anwalt genommen, nachdem er ihr angedroht hatte, dass sie mit leeren Taschen aus dieser Ehe gehen würde, falls sie es sich nicht anders überlegte? Hatte der Krieg nicht erst begonnen, als er ihr ein Verhältnis mit einem anderen Mann unterstellt hatte? Möglich! Aber letztlich unwichtig, sagte er sich. Sie hatte ihn verlassen. Grundlos! Schon wieder diese zermürbenden Selbstzweifel. Er hatte ihr doch nichts getan. Oder doch? Felipe räumte den Poststapel auf seinem Schreibtisch zur Seite und zog aus dem Schrank ein Fotoalbum hinter einer Ordnerreihe hervor. Er hatte es bestimmt schon seit einer halben Ewigkeit nicht mehr in Händen gehabt. Staub lag darauf. Die oberen Ränder waren vergilbt. Felipe legte es auf seinen Schreibtisch und schenkte sich ein Glas Sherry ein. Vielleicht würde er darin Antworten finden? Würden sie ihm guttun? Am besten, er stellte es gleich zurück. Felipe legte seine Hände darauf, befühlte den ledernen Einband und kam nicht mehr davon los. Ob es wohl noch ein Bild gab, auf dem er Lisas Grübchen sehen konnte?

»Du hast was?«, fragte Vroni entsetzt, nachdem Lisa ihr von ihrem Abenteuer in Madrid erzählt hatte. Hoffentlich waren Alex und Stefan so mit dem Zubereiten weiterer Drinks beschäftigt, dass ihnen Vronis Aufschrei entging. Die beiden mussten es nicht unbedingt wissen. Ausgerechnet Vroni, selbst kein Kind von Traurigkeit, starrte sie nun fassungslos an. Auch Claudia, die neben ihr in einem der bequemen wetterfesten Lounge-Sessel Platz genommen hatte, wirkte fassungslos. Wie würden die beiden erst reagieren, wenn sie noch hinzufügte, dass Rafael in einer offenen Beziehung lebte?

»Wie ist das denn passiert?«, wollte Claudia wissen.

»Das passiert schon mal, wenn man zu viel getrunken hat«, sagte Vroni. »Oder?«

Aus beiden Augenpaaren sprach ein eindeutiges: »Mit dem?«

»Er ist sehr nett, wobei ich aus ihm nicht ganz schlau werde«, rechtfertigte sich Lisa und ärgerte sich im selben Moment darüber.

»Also, die reiche Tante aus Amerika kauf ich ihm jedenfalls nicht ab«, sagte Claudia und blickte zu Vroni. »Du?«

Einhelliges Kopfschütteln.

»Und diese Delia. Weiß sie …?«, fragte Vroni wie gehabt mit diesem unguten Anflug von Sensationslust nach.

»Offene Beziehung.« Nun war es raus.

»Na ja, ist normal heutzutage«, sagte ausgerechnet die Oberklette Claudia, die ihren Alex schon dafür töten würde, wenn er einer anderen Frau nur länger als für den Bruchteil einer Sekunde in die Augen sehen würde – vom Ausschnitt ganz zu schweigen.

»Es ist ja nur Sex. Ich meine, mal ganz ehrlich … Das nimmt man mit und fertig.« Vronis Lösung erschien verführerisch einfach, war aber gerade deshalb wenig überzeugend.

»So was passiert aber nicht einfach so … Jedenfalls nicht bei mir. Ich mag ihn sehr, und ich hab deutlich gespürt, dass es ihm genauso geht, aber irgendwie passt alles nicht mehr zusammen.«

»Du warst verwirrt. Ich meine, nach der Begegnung mit Felipe …«, mutmaßte Claudia.

»Nein, das war ich nicht, jedenfalls nicht verwirrt genug«, erwiderte Lisa, zog aber dank der Ratschläge ihrer Freundinnen, von denen sie sich Klarheit erhofft hatte, nun auch noch den Faktor »Verwirrung« in Betracht. Sehr hilfreich, das Ganze!

»Und wie soll es jetzt weitergehen?«, fragte Vroni.

Die Antwort, die Lisa spontan zum Besten gab, überraschte sie mehr als ihre Freundinnen. »Ich werd mein Wohnrecht aufgeben«, sagte sie. Es gab keine andere Lösung, jedenfalls keine, die sich in dem Moment so befreiend anfühlte.

»Was?« Zum wiederholten Male überschlug sich Vronis Stimme. »Was hat Felipe mit dir bloß gemacht?«

»Auf gar keinen Fall. Lisa, dafür hast du zu hart gekämpft. Den Gefallen darfst du ihm nicht tun«, stellte Claudia klar.

»Es geht nicht um ihn. Es geht um mich«, sagte Lisa ins Leere und wunderte sich über die plötzliche Leichtigkeit ihrer Gedanken, noch viel mehr aber über die frisch gewonnene Einsicht, einfach loslassen zu können. Oft waren es die schlechtesten Ratschläge und dümmsten Bemerkungen, die einem im Umkehrschluss Klarheit verschafften. Danke, Claudia und Vroni, für den Versuch, mich noch mehr zu verwirren, dachte Lisa.

»Als ich hier ankam … Ich war allein. Gut, ihr wart da,

aber eigentlich hatte ich mir den Urlaub ganz anders vorgestellt.«

»Reiner«, schlussfolgerte Claudia.

»Ich hab mich in dem Haus nicht mehr wohl gefühlt. Und jetzt erst recht nicht mehr. Außerdem kann ich es mir doch gar nicht leisten, noch mal etwas nachzuzahlen.«

»Stefan könnte dir was leihen. Ich rede mit ihm«, schlug Vroni vor.

»Wozu? Um den Rest meines Lebens allein in diesem Haus zu hocken?«

»Du hast doch uns«, warf Claudia völlig irritiert ein und musste ihr wohl angesehen haben, dass dies ein äußerst schwacher Trost war.

»Alles ist anders. Mein ganzes Leben. Ich erkenne mich ja selbst nicht wieder ...«, sagte Lisa und spürte, wie die eben dagewesene Klarheit in einer trüben Nebelwand verschwand.

»Na ja, ein bisschen verändert hast du dich schon«, wagte Vroni auszusprechen, aber nicht ohne sich mit einem Seitenblick auf Claudia rückzuversichern.

»Und, stört euch das etwa?«, fragte Lisa.

»Nein«, ertönte es einhellig und unisono. Es klang nur leider wenig überzeugend.

»Das kann doch nicht alles gewesen sein? Das ganze Jahr arbeiten, nur um vier Wochen ein bisschen Spaß zu haben.«

Nun sahen sie die beiden Freundinnen so an, als sei sie völlig übergeschnappt. Vielleicht war es das. Gut möglich, dass ihr gerade alle Sicherungen durchbrannten.

»Du willst das Wohnrecht verkaufen?«, fragte Alex und trat mit einem beladenen Tablett aus der Kajüte.

Sie hatten also doch alles mitbekommen. Sei's drum. Alex hätte später von Claudia sowieso alles erfahren. Aber was ging ihn und die anderen das überhaupt an? Es war ihr

Leben. Allerdings war Lisa bisher immer der Meinung gewesen, dass ihre Freunde mit dazugehörten. So, wie alle drei sie nun musterten, fühlte sie sich zum ersten Mal wie ein Teil, der nicht mehr in ihre Welt passte. In welcher Welt sie gerade lebte, wusste Lisa selbst nicht mehr.

Das Coral Beach war beim besten Willen kein Stundenhotel oder gar ein stadtbekannter Treffpunkt für Seitensprünge. Die weitläufige weiße Anlage gehörte vielmehr zu den beliebtesten Touristenhotels, die gerne von Deutschen und Engländern frequentiert wurden. Sich hier mit einem Freier auf einen Drink zu treffen hatte den Vorteil, keinem der ortsansässigen Spanier zu begegnen. Wer in Marbella lebte, brauchte kein Hotel. Wie in den guten alten Tagen, wenngleich mit anderen Intentionen, wartete Alfonso bereits an der Strandbar, die vom Haupttrakt des Hotels durch eine kleine Straße getrennt war. Er trug ein weißes Hemd und eine gebügelte Stoffhose, was darauf hindeutete, dass er direkt aus irgendeinem Meeting hergekommen sein musste.

»¡Hola, guapo!«, begrüßte sie ihn. Spanier liebten es, wenn man ihnen Komplimente machte. Ein hübscher Mann war er allemal, auch wenn sein volles Haar kurz nach dem Tod seiner Frau ergraut war.

»Du siehst zauberhaft aus«, revanchierte er sich, und dem Funkeln seiner Augen nach zu urteilen, meinte er es auch so.

»Was kann ich für dich tun?«, fragte er und orderte einen zweiten Drink für sie. Das Übliche, Gin Tonic, ideal für heiße Sommerabende.

»Führt ihr im Moment Flurbereinigungsmaßnahmen an der Milla de Oro durch?«

»Nicht dass ich wüsste. Warum?«

»Das habe ich mir schon gedacht«, erwiderte sie und

reichte Alfonso einen Zettel mit der Anschrift von Lisas Haus und dem Namen des Beamten, der das Schreiben verfasst hatte – ein Martinez Robles.

»Robles?«, fragte er verwundert.

»Du kennst ihn?«

»Er arbeitet in der Straßenplanung, aber es würde mich sehr wundern, wenn derzeit irgendetwas Größeres in Arbeit wäre. Er ist für die Stadtsanierung zuständig. Was will er von deiner Freundin?«

»Angeblich hat sie keine Baugenehmigung für den Keller.«

»Das Problem ist nicht neu. Es wird häufig von Baugenehmigungen abgewichen. Wen kümmert das schon?«

»Er droht mit Strafgeldern«, erklärte Delia.

Alfonso lächelte nur wissend, ein untrügliches Zeichen dafür, dass irgendetwas nicht mit rechten Dingen zuging.

»Mach dir mal keine Sorgen. Das lässt sich abstellen. Es ist nicht das erste Mal, dass Martinez sich schmieren lässt.«

»Du weißt davon?«

»Jeder hat Leichen im Keller. Man muss sie nur ausgraben«, sagte er mit süffisantem Lächeln.

»Du bist ein Schatz! Mi corazoncito«, sagte sie.

»Und du hast nichts von deinem Charme verloren«, erwiderte er.

Wenn Alfonso etwas in die Hand nahm, konnte man sich darauf verlassen, dass es klappte. Lisa war ihr Problem sicher demnächst los.

An diesem Morgen war einfach nichts mehr so, wie es mal war, obwohl Lisas Urlaubstag genauso begonnen hatte wie jeder andere auch. Die Sonne schien von einem tiefblauen Himmel. Die Blumen in ihrem Garten verströmten ihren morgendlichen Duft. Sie hatte einen Teller mit frischem Obst vor sich stehen, Kaffee und Hörnchen, die ihr Yolanda vom morgendlichen Einkauf mitgebracht hatte. Perfekt, jedenfalls rein äußerlich. Normalerweise würde Lisa sich jetzt überlegen, was sie an diesem Tag mit ihren Freunden unternehmen würde. Stefan hatte am vergangenen Abend noch vorgeschlagen, mit dem Boot nach Gibraltar aufzubrechen, um Vroni den Affenfelsen zu zeigen. Dass diese süßen Äffchen, wie Vroni sie bezeichnet hatte, alles andere als possierliche Tierchen waren und man froh sein konnte, wenn sie einen nicht bissen, schien Vroni nicht zu wissen. Der Gedanke, dass Claudia, Alex, Vroni und Stefan sehr gut in diese Affenkolonie passten, kam nicht von ungefähr. Sie hatten den ganzen Tag auch nichts anderes zu tun, als sich füttern und streicheln zu lassen, beziehungsweise sich wie im Fall von Claudia und Alex gegenseitig das Fell zu kraulen.

Lisa raffte sich nun doch dazu auf, an einer Apfelhälfte herumzuknabbern. Warum nur war sie jedes Jahr hierhergefahren? Lisa fiel kein einziger Grund mehr ein, der ihr das Haus schmackhaft machen könnte, und dies hatte nichts mit Delia und Rafael zu tun oder dem Bescheid vom Amt. Der einzige Grund, das Wohnrecht zu behalten, war doch Felipe gewesen, um ihm zu trotzen, um an dem festzuhalten, wofür sie so lange gekämpft hatte. Wie oft hatte sie hier gesessen und sich darüber gefreut, dass er dieses Haus nicht bekommen hatte. Welch tiefe Befriedigung war das gewesen und was für ein absurder Ansporn, der schlagartig an Kraft verloren hatte. Es war ihr gleichgültig geworden.

»Morgen, Lisa«, tönte es von der Terrasse. Delia strahlte sie an, als wenn nichts passiert wäre. Rafael tat es ihr gleich, auch wenn ihm sehr wohl anzumerken war, dass er sich das Lächeln förmlich abringen musste.

»Setzt euch zu mir. Ich hab frischen Kaffee«, rief Lisa ihnen zu.

»Ein wunderschöner Morgen heute«, sagte Rafael und setzte sich zu ihr an den Tisch, ohne sie dabei anzusehen.

»Und wie der Kaffee duftet«, bemerkte Delia.

Small Talk! Auf nichts war Lisa im Moment allergischer. Delia schenkte sich Kaffee ein und hörte nicht auf, sie anzulächeln. Unerträglich. Am besten, sie sprach die beiden offen darauf an, wie sie künftig miteinander umgehen sollten. Nur, was sollte sie sagen? Etwa eingestehen, dass sie immer noch Gefühle für Rafael hegte und nicht mehr wusste, wohin damit? Sich lächerlich machen und miterleben, wie die beiden diese Nacht in Madrid herunterspielten? Nur gut, dass ihr Delia die Entscheidung über den Gesprächsverlauf abnahm.

»Gibt es etwas Neues von der Gemeinde?«, fragte sie.

»Nein. Ich weiß nur, dass ich nichts für das Haus bezahlen kann.«

»Vielleicht musst du das ja auch gar nicht«, gab sich Delia sibyllinisch.

»Da kennst du Felipe schlecht«, entgegnete Lisa.

Rafael schien das Gespräch gar nichts anzugehen. Er nippte nur an seiner Kaffeetasse und starrte in den Garten.

»Ich werde das Haus verkaufen«, fuhr Lisa nun fort. »Ihr könnt es haben.« Dabei wunderte sie sich erneut darüber, mit welcher Selbstverständlichkeit ihr das über die Lippen kam. Dies löste nun doch eine Reaktion bei Rafael aus. Er verschluckte sich fast und sah sie ungläubig an.

»Du solltest nicht so schnell aufgeben«, sagte Delia. »Oft wendet sich alles zum Guten.«

»Ihr wolltet es doch«, stellte Lisa klar.

Warum warf Rafael Delia nun einen fragenden Blick zu?

»Für euch ist diese Nachzahlung doch kein Problem«, meinte Lisa.

Wieder nur Blicke zwischen den beiden. Wollten sie das Haus jetzt oder nicht?

»Es ist vielleicht doch nicht das Richtige für uns«, sagte Rafael schließlich. »Es ist dein Haus. Wir finden auch etwas anderes, nicht wahr, Delia?«

Delia nickte eifrig.

Das passte doch alles nicht mehr zusammen.

»Du hängst sehr daran. Es ist dein Leben«, sagte Delia.

Was wusste sie schon von ihrem Leben? »Ja, eben! Es ist mein Leben. Und wenn ihr es nicht mehr wollt, dann verkaufe ich es eben an Andreas.«

Die Gesichter der beiden wurden immer länger.

»Aber es ist doch so schön hier«, sagte Rafael etwas unbeholfen.

»Was ist hier eigentlich los?«, fragte Lisa schließlich leicht erbost. »Sind das irgendwelche Spielchen?«

Einhelliges Kopfschütteln.

Lisa spürte Wut in sich aufsteigen. Die ganze Situation war so absurd und wurde mit jeder Minute, die sie hier noch verbrachte, immer absurder. Raus aus dem Wahnsinn, und zwar so schnell wie möglich. »Ich werde es an Andreas verkaufen. Fertig!«, sagte sie. Täuschte sie sich, oder hellte Delias Miene sich für einen Moment auf? Das passte jedenfalls nicht zu dem, was sie ihr vorhin gesagt hatte. Nichts passte mehr zusammen!

Rafael hatte in seinem Leben schon viel erlebt. Höhen und Tiefen. Komplexe Entscheidungen waren in seiner Zeit als Banker an der Tagesordnung gewesen. Jede dieser Entscheidungen war mit einem positiven oder negativen Gefühl einhergegangen, aber jener Moment, in dem Andreas ihnen zwei Umschläge mit der restlichen Rate überreichte, war einzigartig in seinem Leben. Wie konnte man sich einerseits über etwas freuen und andererseits im gleichen Atemzug das Gefühl haben, sich gleich an Ort und Stelle übergeben zu müssen? Er würde Carmen den Wagen kaufen können, hatte aber Lisa verraten. Wie konnte er der Frau, für die er so viel empfand, das nur antun? Delia hoffte immer noch, dass Lisa nicht verkaufen würde, sah aber auch die Notwendigkeit, Andreas das Geld aus der Tasche zu ziehen. Ein ewiges Hin und Her zwischen Scham, Freude und Genugtuung darüber, dass dieser gierige Yuppie sie umsonst bezahlt haben würde, sobald die Baubehörde den Bescheid zurücknahm.

»Das haben Sie sich redlich verdient. Ich hätte nicht gedacht, dass das so schnell klappt«, sagte Andreas und strahlte dabei überglücklich.

»Was hat Lisa Ihnen denn gesagt?«, fragte Rafael. Bisher hatten sie von Andreas nur erfahren, dass sie ihn überraschend angerufen hatte.

»Wir haben nur kurz telefoniert. Sie sagte nur, dass sie nach reiflicher Überlegung verkaufen würde. Wie haben Sie das nur gemacht?«

Rafael wurde augenblicklich so schlecht, dass er den ersten Würgereiz verspürte. Judas!, schoss es ihm durch den Kopf.

»Nur ein bisschen nachgeholfen«, sagte Delia, doch auch ihr war anzumerken, dass sie sich diese Bemerkung abringen musste.

Rafael zuckte zusammen, als Andreas' Handy klingelte. Hoffentlich war es nicht Lisa, um Weiteres zum Ablauf des Verkaufs zu besprechen. Andreas schien beim Blick auf das Display die Nummer jedenfalls zu erkennen.

»Mercedes. Sie weiß noch gar nichts von unserem Glück«,

sagte er freudestrahlend, bevor er abnahm. So wie es aussah, schien in Andreas' Brust doch so etwas wie ein Herz zu schlagen.

»Schatz. Wir kriegen das Haus ... Ja, Lisa will verkaufen ... Es ist großartig. Wir gehen gleich nächste Woche zum Notar ... Ich liebe dich ... Sag ich dir später ... Ich hol dich ab ... Wo?«

Andreas speicherte sofort die Adresse in seinem Smartphone ab.

»Ihre Tapas.« Die Bestellung war da, und der Kellner suchte nach Platz auf ihrem kleinen Tisch. Andreas legte sein Smartphone zur Seite. Rafael fragte sich in dem Moment, ob er überhaupt etwas herunterkriegen würde. Die Frage erübrigte sich, denn die Schüssel mit der Fischsuppe rutschte beim Versuch, sie abzustellen, vom Tablett und landete dank einer ungeschickten Bewegung des Obers auf Andreas' dünner Leinenhose, und zwar dort, wo ein Mann Verbrühungen am wenigsten gebrauchen konnte.

Wie von der Tarantel gestochen sprang Andreas auf und nahm schreiend Kurs auf die Toilette, was unfreiwillig komisch aussah, weil er mit beiden Händen den Stoff seiner Hose so nach vorn zog, dass es seinen Schritt einengte und er nur in kleinen, wenngleich ziemlich schnellen Tippelschritten vorankam.

»Tut mir leid«, stammelte der Kellner und folgte seinem Gast.

Ein vages »Hallo« ertönte aus dem Handy. Mercedes war noch dran. Sie hörte alles mit. Andreas war mit Sicherheit noch eine Weile damit beschäftigt, seinen kleinen Freund zwischen den Beinen zu kühlen und sich von klebrigen Shrimps und Fischsuppe zu befreien. Diese Gelegenheit galt es zu nutzen.

»Ich kann immer noch nicht glauben, dass uns Andreas so viel Geld gegeben hat, um die Alte aus ihrem Haus zu vergraulen«, sagte Rafael so nah wie möglich an der Sprechmuschel. Das musste Mercedes einfach hören.

Delia verstand sofort, was er vorhatte, und ging auf das Spiel ein. »Wenn das arme Ding wüsste, wer Andreas wirklich ist. Sie würde ihn nicht heiraten …«

»Und wir müssen so tun, als ob sein Vater uns dazu beauftragt hätte. Feige ist er auch noch«, empörte sich Rafael.

»Hallo. Wer ist am Telefon – Andreas?«, kam es leicht hysterisch aus dem Smartphone.

»Glaubst du, dass er sie liebt?«, fragte Delia so laut, dass es nicht nur Mercedes hörte, sondern auch alle anderen Gäste.

»Er liebt alles, was schön ist. Sie ist schön, aber ob er sie aufrichtig liebt …?«

Delia zwinkerte Rafael zu und tippte auf »Gespräch beenden«. Verstohlen lugte sie in Richtung Toilette und sagte: »Sie hat jetzt wohl genug gehört.«

»Meinst du, sie verlässt ihn?«, fragte Rafael.

»Verdient hätte er es ja. Auf alle Fälle wird sie heute keine Freude an ihrem Corazón haben. So, wie der gebrüllt hat, kriegt er die nächsten Tage keinen mehr hoch.«

Auch Rafael blickte nun in Richtung Toilette, aus der immer noch das Geräusch von fließendem Wasser und Andreas' Stöhnen zu hören war. Kleine Sünden bestrafte das Leben sofort. Wann Rafael seine Strafe kriegen würde, war bestimmt nur noch eine Frage der Zeit, und darüber konnte die kurze Freude, Andreas' wahres Gesicht ans Licht gezerrt zu haben, nicht hinwegtäuschen.

Wenn Felipe allein ausritt, fühlte er sich wie einer der letzten echten Cowboys. Die Kraft seines Pferdes schien sich auf ihn zu übertragen. Die Weite des Landes suggerierte Freiheit. Cowboy zu sein hatte etwas Existentielles, woraus er bisher stets hatte Kraft schöpfen können, doch Andreas' Nachricht ließ Felipes Traum, ein spanischer Clint Eastwood zu sein, wie eine Seifenblase zerplatzen. Dass Lisa ihr Wohnrecht nun tatsächlich an ihn verkaufen würde, war wie ein Schock gewesen. Felipe saß mitten in der Steppe, die anders als sonst nun trostlos wirkte, und blickte auf die weite Ebene vor ihm – schon seit mindestens einer Stunde. Lisa war doch sonst nicht der Typ, der aufgab. Irgendetwas stimmte nicht. Gab sie klein bei, weil sie der Bescheid vom Bauamt eingeschüchtert hatte? Warum konnte er sich nicht darüber freuen? Er wollte das Haus doch schon lange nicht mehr. Viel wichtiger war es ihm all die Jahre gewesen, dass er seinen Teil der Abmachung einhielt. Und wem hatte er es zu verdanken, wortbrüchig geworden zu sein? Seinem eigenen Sohn. Er musste mit Lisa reden, aber wie stellte er es am besten an? Sollte er nach Marbella fahren, um sie in irgendeinem Café zu treffen? Wie konnte er ein versöhnliches Zeichen setzen, ohne gänzlich das Gesicht zu verlieren oder den Anschein zu erwecken, dass er den vermeintlichen Triumph über sie nun auch noch voll auszukosten gedachte? Er könnte sie zum Sherryfest einladen, fiel ihm ein. Das wäre unverfänglich. Sie könnte ihre Freunde mitbringen. Yolanda und Luca würden da sein. Einen Versuch war es wert. Allerdings dauerte es noch eine halbe Ewigkeit, bis er sich dazu aufraffen konnte, sein Handy aus der Hosentasche zu ziehen, und noch viel länger, um sich endlich dazu durchzuringen, ihre Nummer zu wählen. Was sollte er ihr bloß sagen? Wie das Gespräch beginnen? Die üblichen Floskeln, die er sich vor einem geschäftlichen Telefonat zurechtlegte, wollten ihm nicht mehr einfallen. Die perfekt auf den Gesprächspartner abgestimmte innere Einstellung, zielgerichtet die richtigen Worte zu finden, war unauffindbar. Vielleicht sollte er mit ihr zunächst über das Wetter reden, überlegte er, verwarf den Gedanken aber sogleich. Auf alle Fälle nahm er sich vor, auf eventuell aufkeimenden Streit nicht mehr einzugehen. Allein schon der Gedanke daran, eventuelle Angriffe bezüglich des Bescheids vom Gemeindeamt ausnahmsweise schlucken zu müssen, bereitete ihm Unbehagen. Aber es half alles nichts. Felipe musste da jetzt durch, und zu seiner Überraschung nahm Lisa das Gespräch bereits nach dem dritten Klingelton an.

»Hallo, Lisa, ich bin's, Felipe. Hör zu, ich möchte dich gerne zum Sherryfest einladen. Es kommen viele Leute. Du kennst das doch noch von früher«, sagte er. Plumper konnte man nicht mit der Tür ins Haus fallen.

»Wie könnte ich mich nicht daran erinnern, Felipe. Ich habe es ja jedes Jahr organisiert. Wenn du mich einladen willst, um …«

»Nein, Lisa!«, unterbrach er sie. »Ich lade dich nicht ein, weil ich mit Andreas gesprochen habe und mich darüber freue, dass du dein Wohnrecht verkaufst. Die Wahrheit ist, dass ich mich nicht darüber freue.« Felipe musste erst einmal tief Luft holen. Mit Lisa nicht in alte Muster zu verfallen war verdammt anstrengend, doch ihre Reaktion bewies, dass dies möglich war, was ihn bestärkte, weiterhin tapfer zu sein. Schweigen! Lisa schwieg sogar ziemlich lange.

»Bist du noch dran?«, fragte er und räumte ein, dass sie allen Grund dazu hätte, einfach aufzulegen.

»Warum lädst du mich ein, Felipe?«, fragte sie schließlich mit schwacher Stimme.

Felipe überlegte, was er ihr sagen sollte. Die Wahrheit vielleicht? Felipe erschrak bei dem Gedanken, denn die Wahrheit war, dass er sie sehen wollte, vor allem ihre Grübchen, wenn sie lachte. War das überhaupt die Wahrheit oder nur das Resultat einer vorübergehenden Melancholie? Vielleicht war es besser, wenn er die innere Wahrheit ignorierte und sich auf die äußere beschränkte.

»Lisa. Ich bin einfach des Streites müde und …« Felipe wollte ihr noch sagen, dass ihr Auftreten in seinem Madrider Büro ihn beeindruckt hatte, doch dazu kam es nicht mehr.

»Sei ehrlich, Felipe. Du möchtest mit mir anstoßen. Mit dem guten Sherry von Tio Pepe. Dass du dich nicht schämst! Aber du hast dich ja noch nie geschämt. Jedes Mittel ist dir recht, um dein Ziel zu erreichen. Wie viel hast du dem Amtsschimmel denn bezahlt? Flurbereinigung, dass ich nicht lache …«

»Lisa, hör zu. Du hast recht … Ich …«

Anscheinend hatte Felipe sein Sprachzentrum nicht mehr unter Kontrolle. Dass sie recht hatte, war ihm, soweit er sich erinnern konnte, noch nie über die Lippen gekommen. Das Gespräch wurde zunehmend anstrengender.

»Lisa … Es ist nicht so, wie du denkst.«

»Wie ist es dann?«

»Es war Andreas' Idee. Ich wusste bis vor einigen Tagen nicht einmal, dass er sich für das Haus interessiert.«

»Du bist so was von niederträchtig. Jetzt schiebst du auch noch deinen Sohn vor. Ich hab Andreas kennengelernt. Er ist im Gegensatz zu dir ein anständiger Kerl.«

Beschämend! Felipe wäre am liebsten im Erdboden versunken, denn er wusste, dass sein Sohn alles andere als ein anständiger Kerl war. Und wer in der Erziehung versagt hatte, musste er sich nicht lange überlegen.

»Andreas hat diese Leute engagiert. Aber anscheinend hat sein Plan nicht funktioniert. Er hat mich darum gebeten, etwas mehr Druck aufzubauen, und ich bin ihm zuliebe darauf eingegangen. Ich weiß, das war dumm von mir, aber …«

»Das glaubst du doch selbst nicht«, erwiderte sie trocken.

»Er ist mein Sohn, verdammt. Was hätte ich denn tun sollen?«, fuhr er sie an, stellte jedoch fest, dass es sich überraschend gut anfühlte, ihr gegenüber ehrlich zu sein.

»Aber die beiden haben mir versichert, dass du …«, stammelte Lisa.

»Er hat sie bezahlt. Zehntausend pro Nase. Und ich Idiot hab ihm auch noch das Geld gegeben. Angeblich für ein Gutachten, das du haben wolltest!«

»Du kennst Rafael also nicht? Vom Golfen?«, fragte Lisa und klang dabei ziemlich fassungslos.

»Ich wusste nicht einmal, wie die beiden heißen. Lisa. Jetzt schalt mal deinen Kopf ein. Es fällt mir schwer genug, überhaupt mit dir zu telefonieren, geschweige denn, meinen eigenen Sohn …« Felipe brauchte einen weiteren Atemzug, um sich zur Ruhe zu zwingen. »Es war nicht richtig, was er getan hat. Punkt! Und ich hätte mich nicht darauf einlassen sollen, aber du hast mich so wütend gemacht und …«

Das Einzige, was Felipe noch hörte, war ein Klicken in der Leitung. Verdammt!

Kapitel 13

Andreas genoss das Gefühl, wieder einmal alles erreicht zu haben, was er sich vorgenommen hatte. Er lehnte sich entspannt zurück, sah kurz auf das rege Treiben auf dem Platz vor dem Straßencafé, in dem er einen Tisch in vorderster Reihe hatte ergattern können, und entspannte sich in der Sonne. Was hatte sein Vater immer gesagt? Im Leben bekommt man alles, wenn man es nur so richtig will. Er hatte recht. Im Spiel des Lebens ging es doch letztlich nur darum, den eigenen Willen durchzusetzen, sprich um Macht – das Lieblingsthema seines Vaters, wenn er über das Leben philosophierte. »Macht haucht allem Seienden Sinn und Leben ein, und der Wille zur Macht formt die Welt«, hatte er seinem Sohn oft genug gepredigt. Kein Wunder, dass Schopenhauer und Nietzsche in seiner Bibliothek einen Ehrenplatz einnahmen. Andreas erinnerte sich noch genau an die gemeinsamen Ausritte und Spaziergänge in seiner Kindheit. Sie waren wertvoller für sein weiteres Leben gewesen als all der Müll, den man ihm an der Schule oder später an der Uni in Barcelona und London eingetrichtert hatte. »Das Leben ist Krieg. Du musst um alles kämpfen«, hatte sein Vater ihm gesagt. Bücher über die Kunst der Kriegsführung hatte er damals praktisch verschlungen und ihm bei jeder sich bietenden Gelegenheit aus wichtigen Werken vorgelesen. In seiner Kindheit gab es Machiavelli statt Märchen oder Gutenachtgeschichten, die Klassenkameraden von ihren Müttern vorgelesen bekamen, damit sie an eine heile Welt glaubten. Dabei war sie alles andere als heil. Fressen oder gefressen werden – je früher man dies im Leben erkannte, desto eher erreichte man sein Ziel, im jüngsten Fall Lisas Haus. Dafür musste Andreas sich belohnen, gemeinsam mit Mercedes feiern. Die Champagnerflasche stand gekühlt bereit. Sie würden schon bald in dieses Haus ziehen, dort ihre Verlobung feiern. Früher oder später würde ihm sein Vater dafür dankbar sein. Er hatte das geschafft, was ihm nie gelungen war. Lisa hatte verloren, und das war einzig und allein sein Verdienst. Sie würde sich von dem Geld, das sie im Gegenzug bekommen würde, etwas anderes kaufen können. Letztlich tat er ihr sogar einen Gefallen und hatte sie sozusagen zu ihrem Glück gezwungen. Es gab überhaupt keinen Grund, deswegen ein schlechtes Gewissen zu haben. Wie sagte Machiavelli so schön? »Nicht, wer zuerst die Waffen ergreift, ist Anstifter des Unheils, sondern wer dazu nötigt.« Sie war es doch gewesen, die ihn aus purer Sturheit herausgefordert hatte. Es war zur Schlacht gekommen, die sie verloren hatte, und die Gewinnerin, seine Herzdame, die ihm Glück brachte, war bereits in Sicht. Seine Mercedes!

Andreas winkte ihr zu. Wo blieb das Lächeln, mit dem sie ihn sonst immer begrüßte? Hatte sie sich über jemanden geärgert? So eine ernste Miene kannte er an ihr gar nicht. Ihre schlichte Begrüßung hatte etwas äußerst Beunruhigendes. Die eingefrorene Mimik und der stechende Blick verrieten jedenfalls nichts Gutes. Andreas nahm sich vor, Mercedes' Verstimmung einfach zu ignorieren. Nach einem Gläschen Champagner würde die Welt bestimmt besser aussehen.

»Ich möchte nichts«, sagte sie und hielt ihre Hand über ihr Glas, als er dazu ansetzte, ihr etwas einzuschenken.

»Was ist los, Schatz?«, fragte er und spürte, wie sich sein Puls beschleunigte.

»Was war vorhin eigentlich am Telefon los? Du hast geschrien wie am Spieß«, fragte sie.

Andreas atmete auf. Sie war bestimmt sauer, weil er das Handy einfach so weggelegt hatte, ohne ihr Bescheid zu geben. »Ich war mittagessen, und der debile Ober hat die heiße Suppe verschüttet – in meinen Schritt. Ich dachte, ich verende. Das hat höllisch weh getan«, erklärte er.

Mercedes zeigte merkwürdigerweise keine Reaktion. »Warst du allein?«, fragte sie, was ihn noch mehr beunruhigte. Sie ging doch jetzt nicht etwa davon aus, dass er sich heimlich mit anderen Frauen traf.

»Ja«, log er. »Warum?«

»Warum verkauft Lisa uns das Haus? So ganz plötzlich?«, wollte sie wissen.

Wie kam sie denn jetzt darauf? Hatte sie etwa Lunte gerochen? Irgendetwas mitbekommen? Das konnte doch nicht sein. Absolut unmöglich. Sicher, Mercedes hatte sich gut mit Lisa verstanden, sie machte sich sicher Sorgen und fühlte sich vielleicht nicht wohl dabei, dass sie in Lisas Haus ziehen würden. »Ich hab ihr ein gutes Angebot gemacht«, erklärte er.

»Ihr?«, fragte sie in einem schnippischen Tonfall, den er noch nie von ihr gehört hatte. Sie musste etwas wissen, nur woher?

»Sag mir die Wahrheit«, sagte sie ernst.

»Hast du mit meinem Vater telefoniert? Hat er dir irgendwelchen Unsinn erzählt?«, fragte Andreas.

Mercedes schüttelte nur den Kopf. »Ich bin fassungslos, Andreas. Wie konntest du Lisa das nur antun?«

»Was?« Andreas begann, heftig zu schwitzen.

»Du machst es nur noch schlimmer. Ich hab dir vertraut …«, sagte Mercedes.

»Was hab ich denn getan? Dir hat das Haus doch auch so gut gefallen …«, rechtfertigte er sich.

»Jemanden zu engagieren, um diese Frau zu vertreiben, und dann auch noch die Schuld auf deinen Vater schieben. Das ist so was von widerlich.«

Woher wusste sie das nur? Hatten Delia und Rafael mit ihr gesprochen? Die Karten mussten jetzt auf den Tisch. Vielleicht konnte er sich noch retten, indem er in die Offensive ging. War Angriff nicht die beste Verteidigung?

»Ich wollte dich damit nicht belasten. Lisa hat meinem Vater großen Schaden zugefügt. Ich hab uns nur das zurückgeholt, was uns gehört«, sagte er, was ein Fehler war, wie er an ihrer Mimik ablesen konnte. Alles hätte er ihr sagen können, nur das nicht. Dass er es ihr zuliebe getan hatte, wäre die richtige Antwort gewesen. In diesem Punkt irrte er sich nicht.

»Gut, dass ich das jetzt weiß. Es geht um dich. So langsam durchschaue ich, wie du tickst. Und weißt du was? Ich bin froh darüber, dass ich jetzt weiß, wie du wirklich bist.«

Das war er, der Genickschlag. Aus und vorbei. Das Einzige, was jetzt noch half, war die Notbremse.

»Ich liebe dich, Mercedes. Nur das zählt.«

»Du liebst nur dich selbst«, sagte sie, stand auf und ging.

»Mercedes!«, rief er ihr nach, doch sie eilte bereits auf einen Taxistand zu. Was hatte ihm sein Vater über Frauen gesagt? Dass sie undankbar seien? Dass sie nie zu schätzen wüssten, was man ihnen gab? Hätte er doch nur auf seinen Vater gehört. Er hatte recht, aber diese Einsicht war wenig tröstlich. Zu intensiv waren der Schmerz und die wachsende

Gewissheit, dass ihm diese Frau wichtiger war als alles andere.

Lisa wusste nicht mehr ein noch aus. Auch eine halbe Stunde nachdem sie das Gespräch mit Felipe beendet hatte, saß sie immer noch wie gelähmt auf der Couch und ließ eine Hitzewallung nach der anderen über sich ergehen. So hatte sie sich zuletzt in den Wechseljahren gefühlt. Erneut kochte blinde Wut auf Rafael und Delia bis zum Siedepunkt, doch sobald sie sich vorgenommen hatte, aufzustehen und sich die beiden vorzuknöpfen, wurde das Gefühl der Enttäuschung über den Mann, dem sie sich in Madrid hingegeben hatte, so unerträglich und intensiv, dass sie sich kaum mehr bewegen konnte. Als ob das ständige Hin und Her zwischen Wut und Enttäuschung nicht schon schlimm genug wäre, kreisten ihre Gedanken aber auch noch um die Frage, was mit Felipe los war. Sie glaubte ihm. Aber was ging wirklich in ihm vor? Wollte er eine Aussprache? Es konnte ein Trick sein, um sie nur noch mehr zu demütigen. So etwas wäre ihm zuzutrauen, aber das passte weder zu seiner Wortwahl noch zu seinem Tonfall. Er war es letztlich, der sie nachhaltig an dieses Sofa kettete, und genau diese Erkenntnis wurde in zunehmendem Maße unerträglicher. Wie konnte einen lange Vergangenes mehr beschäftigen, als von zwei Ganoven hereingelegt und aufs übelste belogen, hintergangen und ausgenutzt worden zu sein? Schon wieder wurde ihr heiß. Rafael und Delia verdankte sie Hitzewallungen, ihrem Ex eine Lähmung. Lisa ertappte sich dabei, über die Skurrilität dieser Situation zu schmunzeln, was ihr sofort etwas Kraft verlieh, die aber gerade mal ausreichte, um sich zu erheben und die paar Schritte zur Anrichte zu gehen, auf der eine Karaffe mit Wasser stand. Der Kreislauf kam langsam in Schwung, doch schon ging auch noch das dritte Fass auf: dass sie sich so in Andreas hatte täuschen können! Er war Felipes Sohn, womit sie erneut beim Thema wäre … Plötzlich hörte sie Schritte von oben. Ein Stuhl wurde hin- und hergerückt, eine Tür fiel ins Schloss. Wie gehabt stieg brennende Wut in ihr hoch. Das Feuer musste gelöscht werden, und wenn es nur mit abgestandenem Mineralwasser war. Der Schluck tat gut. Gedanken ordnen! Ein Problem nach dem anderen lösen, was aber gar nicht so einfach war, weil sich der Film in ihrem Kopf nicht abstellen ließ. Einmal blitzte Felipe darin auf, dann Rafael, Andreas und Delia, von ihren guten Freunden mal ganz abgesehen. Ein ständiger Wechsel, den Lisa nicht mehr ertrug. Es war allerhöchste Zeit, zu handeln und Ordnung in ihr Leben zu bringen.

Delia musste Nerven wie Drahtseile haben oder ein Katzengen, denn auch Roberta war entspannt und lag Rafael schnurrend zu Füßen. Wie konnte man sich angesichts der prekären Lage im Haus nur die Fingernägel lackieren und dabei auch noch vor sich hin summen? Rafael hatte bereits Blut und Wasser geschwitzt, als sie nach ihrem konspirativen Treffen zurückgekommen waren. Der Gedanke, mit Andreas' Geld in der Tasche im Garten oder im Treppenhaus auf Lisa zu treffen, war unerträglich gewesen. Und wie cool und abgeklärt Delia die ganze Zeit über war.

»Schraubst du mir mal den Nagellack zu?«, fragte sie leichthin und fächelte ihre Hände in der Luft, damit der Lack trocknete. »Und lass mir noch ein paar Oliven übrig«, fügte sie hinzu.

Erst jetzt bemerkte Rafael, dass er ganz in Gedanken bereits das halbe Glas geleert hatte. »Wir müssen es ihr sagen«, insistierte er.

»Ich halte es für besser zu warten, bis Alfonso mir Bescheid gibt.«

Warum nur konnte sie nicht verstehen, wie sehr er darunter litt? Lisa war hier, im Haus, und er konnte ihr nicht mehr unter die Augen treten, dabei wünschte er sich nichts sehnlicher. War Delia so abgebrüht, dass ihr entgangen war, wie sehr er Lisa mochte? Das Thema war für Delia anscheinend beendet.

»Ich halt das hier drin nicht mehr aus«, sagte er und stand auf.

»Willst du dich in den Garten setzen und darauf warten, dass Lisa herauskommt? Jetzt reiß dich zusammen, Raffi!«

Gerade weil sie recht hatte, machte ihn das noch viel wütender.

»Ach, lass mich doch in Ruhe!«, gab er ihr aufgebracht zu verstehen. Vielleicht sollte er zum Strand gehen oder zum Hafen. So verschlafen, wie Roberta ihn ansah, musste auch sie schon einen Stubenkoller haben. »Bis später!«, sagte er, stand auf und ging zur Tür, doch aus seinem Vorhaben wurde nichts. Stattdessen schrie er vor Schreck auf. Lisa, die vor ihm stand und gerade hatte anklopfen wollen, tat es ihm gleich.

Nun zuckte auch Delia zusammen. »Lisa! Komm doch herein«, begann sie. »Wir …«

»Schluss mit dem Theater!«, fauchte Lisa in Richtung Delia. »Ich möchte, dass ihr augenblicklich eure Sachen packt und geht.«

Roberta schien die Situation als Einzige nicht ganz zu erfassen. Für sie gab es nur die offene Tür und Beine, an denen sie ihr Fell reiben konnte. Leider waren es Lisas.

»Und nehmt diese verdammte Katze mit!« Nun hatte Roberta wohl auch begriffen, was die Stunde geschlagen hatte, und nahm maunzend Reißaus. Am liebsten wäre Rafael ihr nachgelaufen, doch Lisa sah nicht danach aus, als ob sie ihn so davonkommen lassen würde. Für Lisas explosive Stimmung gab es nur eine Erklärung: Sie musste über alles Bescheid wissen. Woher? Das spielte nun auch keine Rolle mehr.

»Lisa, ich kann dir alles erklären … Ich …«, stammelte er wie ein Ehemann, der eben bei einem Seitensprung ertappt worden war.

»Mich interessieren eure verdammten Erklärungen nicht mehr. Felipe hat mir bereits alles ›erklärt‹! Zehntausend Euro. Dafür hättet ihr euch etwas mehr einfallen lassen können, als mich mit Knoblauch auszuräuchern und mit eurem Flamencogetrampel verrückt zu machen.« Lisa war richtig in Fahrt.

Delia fasste sich, stand auf und ging zu ihr, um sie etwas zu bremsen. »Lisa. Wir haben einen Fehler gemacht, aber gib uns die Chance …«, sagte sie in ruhigem Tonfall, doch Lisa schien sie gar nicht mehr zur Kenntnis zu nehmen.

»Hast du deshalb mit mir geschlafen?«, fuhr sie Rafael an und bebte dabei vor Aufregung am ganzen Körper.

Wie gerne hätte er sie jetzt in den Arm genommen.

»Offene Beziehung. Dass ich nicht lache. Ihr habt mich doch von vorn bis hinten belogen.«

Erneut ergriff Delia das Wort: »Ja, es stimmt, Lisa. Wir haben dich belogen, und wir sind auch nicht verheiratet. Es war ein Fehler, aber wir machen ihn wieder gut«, sagte sie.

Doch Lisa hatte nur Rafael im Blick. »Bisher dachte ich immer, Felipe sei der Teufel … Wie konntest du mir nur so ein Theater vorspielen?«, fragte sie und bekam dabei feuchte Augen.

Rafael hielt diesem Blick nicht länger stand und spürte,

wie er in sich zusammenfiel – wie ein Kartenhaus, bei dem man die unterste Karte entfernt hatte.

»Raus hier!«, sagte Lisa mit messerscharfer Stimme.

»Lisa. Ich hab dir nichts vorgespielt!«, versuchte er ihr klarzumachen, doch Lisa schüttelte nur fassungslos den Kopf.

»Raus! Verschwinde!« In Lisas Stimme lagen Wut und Verzweiflung, und sie klang so schneidend, dass selbst Delia schluckte. Das Schlimmste waren jedoch Lisas Augen, aus denen tiefste Abscheu, Enttäuschung und Fassungslosigkeit sprachen.

Delia gab klein bei und ging die paar Schritte zu ihrem Lederkoffer, der neben dem Schrank stand.

Lisa sah Rafael ein letztes Mal an, machte dann auf dem Absatz kehrt und stürmte die Treppen hinunter.

»Lisa!«, rief er ihr nach, obwohl er genau wusste, dass sie nicht mehr mit ihm reden würde.

Delia holte ihre Sachen aus dem Schrank und legte sie auf dem Bett ab. Rafael stand nur da und starrte ins Treppenhaus.

»Raus! Verschwinde!« Das waren die gleichen Worte gewesen, die seine Frau benutzt hatte, als sie ihn aus ihrem gemeinsamen Haus geschmissen hatte. Zu Recht. Er hatte es nicht anders verdient und verdiente auch heute nichts anderes. Rafael lächelte bitter, was Delia mitbekam und offenbar missverstand.

»Was ist? Also, so komisch ist das jetzt auch wieder nicht«, sagte sie verwundert.

»Nichts … Es ist nichts«, rang er sich ab und überlegte, woher er das Talent hatte, die Menschen, die er liebte, immer wieder zu verletzen. Das war wie ein Fluch – und wenn ihm das Schicksal noch eine zweite Chance gegeben hatte, so hätte er sie nicht gründlicher vergeigen können.

Aus Kummer zu weinen war Lisa fremd und kam höchst selten vor. Zuletzt in der Zeit, als sie noch mit Felipe zusammen gewesen war. Wegen keinem anderen Mann hatte sie jemals auch nur eine Träne vergossen, wobei gegen Weinen an sich ja nichts einzuwenden war. Lisa liebte es, vor Glück loszuheulen. Nichts war schöner, nur gab es leider im Moment dazu keinen Anlass. Lisa blickte auf den Jacarandabaum vor ihr und wischte sich die Tränen vom Gesicht. Das Blau seiner Blüten heiterte auf, spendete Ruhe und Klarheit. Die Farbe erinnerte sie an ein seidenes Kissen ihrer Mutter, das sie zusammen mit anderen Erinnerungsstücken in einer Kiste auf dem Speicher ihrer Münchner Wohnung aufbewahrte. Vermutlich liebte sie die prächtigen Farben dieses Baums deshalb so sehr. Der kurze Moment der Ruhe war schlagartig dahin, als Rafael und Delia aus dem Haus kamen. Wenigstens hatten sie noch so viel Anstand, ihrem Wunsch, sofort auszuziehen, zu entsprechen. Lisa war froh, dass der Spuk bald ein Ende hatte, doch zugleich überfiel sie ein Gefühl der Traurigkeit. Sie würde Rafael nie wiedersehen. Warum blieb er kurz am Gartentor stehen und drehte sich um? Ging es ihm etwa genauso? Hätte sie doch nur ihren Blick abgewandt. Er sah sie aus traurigen Augen an, und wieder hatte Lisa das Gefühl, dass er kein schlechter Mensch war. Die Tür fiel hinter den beiden ins Schloss. Lisas Augen wurden feucht. Gerade als sie aufstehen wollte, um zurück ins Haus zu gehen, kam Yolanda vom Nachbargrundstück zu ihr. Sie trug zwei Schalen, die mit frischem Obst gefüllt und mit Eis garniert waren. Yolanda aß nicht gerne allein, was Lisa schon oft in den Genuss von allerlei Leckereien gebracht hatte.

»¿Estás bien?«, fragte sie.

Lisa nickte tapfer und überlegte, ob sie Yolanda das gesammelte Leid en détail erzählen sollte. Was würde das bringen, außer dass sie erneut in diesem schier unendlichen Gedankenkarussell Platz nehmen würde. Da sich die nachbarschaftlichen Verhältnisse nun aber geändert hatten, sollte sie Yolanda zumindest davon in Kenntnis setzen.

»Ich hab die beiden rausgeschmissen. Ich nehme an, sie kommen nie wieder«, sagte sie.

»Ich weiß«, erwiderte Yolanda und schenkte ihr dabei ein aufmunterndes Lächeln. »Jetzt iss das Eis. Es schmilzt schon.«

Woher um alles in der Welt wusste Yolanda von ihrem Zwist mit den beiden? Hatte sie vorhin etwa so laut gebrüllt, dass man es bis in den Nachbargarten hören konnte? Yolanda hatte recht. Selbstgemachtes Eis war jetzt wichtiger. Das Leben ging weiter, so oder so.

»Felipe hat vorhin bei mir angerufen«, sagte Yolanda und ließ ihr Eis dabei genussvoll auf der Zunge zergehen.

»Felipe?«, fragte Lisa verwundert.

»Sein Sohn hat die beiden engagiert. Felipe war außer sich«, sagte Yolanda.

»Wieso hat er dir das alles erzählt?«, fragte Lisa.

»Wir haben einfach ein bisschen geredet …«

»Dir kann Felipe vielleicht etwas vorspielen. Von wegen ›außer sich‹. Der hat sich doch darüber gefreut.«

»Du täuschst dich, Lisa«, sagte Yolanda und sah sie ernst an.

Es wäre sicher nicht gut, mit Yolanda ein Gespräch über Felipe zu führen. Aus irgendeinem Grund mochte Yolanda ihn, obwohl sie ihren damaligen Rosenkrieg mitbekommen und ihr zur Seite gestanden hatte. Warum dies so war, hatte sie Yolanda nie gefragt.

»Ich weiß, dass er dich monatlich unterstützt, aber das

macht ihn nicht zum Heiligen«, sagte Lisa dennoch, auch wenn sie dabei riskierte, weitere Wunden aufzureißen. Andererseits war ihr Leben inzwischen so aus dem Lot, dass es auf eine klaffende Wunde mehr oder weniger auch nicht mehr ankam.

»Er möchte, dass du nach Jerez kommst. Luke und ich sind auch eingeladen. Wir könnten zusammen fahren«, schlug Yolanda seelenruhig vor.

Das wurde ja immer besser. Spekulierte Felipe darauf, dass sie kommen würde, wenn Yolanda und Luke mit dabei wären? Am Ende hatte er ihre Nachbarin sogar auf sie angesetzt, um sie zu überreden.

»Ich lasse mich nicht kaufen ... Sein Spiel kenn ich nur zu gut. Und was das Haus betrifft, ich werde es nicht mehr verkaufen. Den Bescheid fechte ich an. Du kannst ihm das gerne ausrichten«, sagte sie und stellte Yolandas Köstlichkeit schweren Herzens, aber demonstrativ auf den Tisch.

Yolanda tat es ihr gleich und sah ihr nun direkt in die Augen, was sie selten tat. »Lisa. Ich weiß, dass Felipe kein Heiliger ist, und ich hab mich all die Jahre neutral verhalten. Das weißt du, aber es ist jetzt an der Zeit, loszulassen. Er reicht dir die Hand ...«

»Felipe?«, fragte sie, obwohl ihr eine innere Stimme sagte, dass Yolanda sich nicht täuschte.

»Ich habe ihn nie gehasst für das, was er dir angetan hat, weil er mir leidtat. Ein alter Mann ist aus ihm geworden. Er hat nur noch seinen Reichtum und einen verkommenen Sohn«, sagte Yolanda.

»Und die junge blonde Tussi. Irgendwie kann er mir nicht so richtig leidtun.« Lisa konnte sich diese Bemerkung einfach nicht verkneifen.

»Sie hat ihn verlassen. Jede Frau hat ihn bisher verlassen.

Auch wenn er es dir gegenüber nie zugeben würde. Er bereut bitterlich, dass er damals nicht um dich gekämpft hat.« Yolanda sagte die Wahrheit. Das konnte Lisa in ihren Augen lesen. Prompt stellte sich jenes flaue »Felipe-Gefühl« im Magen ein. Felipe, ein alter armer Mann? Ja, auch das stimmte letztlich. Dass er Yolanda und Luke beim Barbecue dabeihaben wollte, kam Lisa trotzdem nicht ganz koscher vor.

»Warum hat er dich eingeladen?«, fragte sie.

»Das macht er jedes Jahr«, erwiderte Yolanda.

Ein Komplott! Jedes Jahr? Wieso wusste sie davon nichts? Nun schien sich auch noch Yolanda gegen sie verschworen zu haben.

»Er benutzt dich, und du merkst das gar nicht«, sagte Lisa, doch Yolanda schüttelte den Kopf.

»Nein. Ich nehme die Einladung an, weil er im Kern ein guter Mensch ist.«

War Yolanda auf Droge? Was hatte sie in ihr Eis getan? Lisa stand auf. Diesen Unsinn musste sie sich nicht anhören.

»Was glaubst du, wer bisher Lukes Operationen bezahlt hat?«, fragte Yolanda.

»Ich dachte, Spenden …«, sagte Lisa konsterniert.

»Niemand sollte davon erfahren. Ich sage es dir, damit du endlich aufhörst, so dickköpfig zu sein«, fuhr Yolanda fort.

»Aber warum tut er das?«, stammelte Lisa.

»Lukes Mutter hat acht Jahre für ihn gearbeitet. Er hat von Lukes Herzerkrankung erfahren.«

Lisa musste sich augenblicklich setzen.

»Kommst du jetzt mit?«, fragte Yolanda.

Am liebsten hätte Lisa spontan genickt, aber sie konnte es nicht. Felipe, ein armer, alter und noch dazu im Grunde seines Herzens guter Mann, Lukes »Schutzengel«, auf den

Yolanda all die Jahre vertraut hatte. Das war eindeutig mehr, als Lisa im Moment verdauen konnte.

Der einzige Gedanke, der Rafael jetzt noch Kraft gab, war die Hoffnung, Carmen eine Freude machen zu können. Die Gewissheit, Lisa nie wiederzusehen, tat weh. Nun hatte er schon den dritten Gebrauchtwagenhändler in Marbella aufgesucht und gehofft, dass ihn dies ablenken würde, doch immer, wenn ihm der Autohändler eines seiner Fahrzeuge zeigte, hatte er Lisas Blick vor Augen, den Abschied am Tor zu ihrem Garten. Er war tieftraurig gewesen.

»Nur neun acht. Servo. Neue Reifen«, sagte der Autohändler und riss Rafael erneut aus seinen Gedanken. »Der hat gerade mal fünfundvierzigtausend Kilometer drauf«, schwärmte er weiter und öffnete sogleich die Tür eines pinkfarbenen Minis.

»Nur« war allerdings relativ, aber zumindest innerhalb seines Budgets. Warum konnte sich Carmen nicht einen stinknormalen SEAT wünschen? Er hätte ihr einen guten Jahreswagen von dem Geld kaufen können.

»Sie haben ein Jahr Garantie auf alles. Stereoanlage, Anschluss für einen MP3-Player. Das ist den jungen Leuten heutzutage wichtig.«

Rafael erinnerte sich, dass er Carmen einmal mit Earplugs im Ohr hatte nach Hause kommen sehen. Das würde ihr sicher gefallen.

»Möchten Sie ihn Probe fahren?«, fragte der Händler.

Ohne Führerschein? Ein Ding der Unmöglichkeit! Rafael hatte ihn nach dem Unfall verloren und keinen neuen mehr beantragt.

»Mir ist nur wichtig, dass der Wagen an eine Adresse in Madrid geliefert wird.«

»Das kostet extra.«

»Ich habe nur neuntausendachthundertfünfzig«, gestand Rafael und hoffte, dass der Händler mit sich reden ließ. Die Preise in Madrid waren generell höher, und einen Mini mit dieser Ausstattung und in Carmens Traumfarbe – eine Sonderlackierung – zu bekommen grenzte sowieso schon an ein Wunder.

»Das wird schwierig. Die Kosten für die Überführung, verstehen Sie?«, sagte der Händler.

»Es ist ein Geschenk für meine Tochter. Ich habe wirklich nicht mehr Geld«, sagte Rafael. Für einen Moment überlegte sein Gegenüber, bis er schließlich nickte.

»Mal sehen, was sich machen lässt.«

Rafael fiel ein Stein vom Herzen. War das vielleicht eine neue Chance, etwas gutzumachen? Rafael wusste es nicht, aber eines war gewiss: Sein Leben würde weiter so verlaufen wie bisher. Der Strand und die Mülltonnen der Reichen warteten auf ihn – und natürlich Roberta, die heute noch nichts zu fressen bekommen hatte …

Der Weg zurück zu ihrem Haus vorbei an den kleinen Läden erschien Delia an diesem Tag wie ein Spießrutenlauf. Jeder kannte sie, vom Metzger bis zum Bäcker. Sogar die Politesse, die für gewöhnlich am späten Nachmittag in ihrem Viertel Strafzettel an die Windschutzscheiben der falsch parkenden Autos steckte, hatte sich gewundert, wo sie denn die letzten Tage abgeblieben war. Für gewöhnlich unterhielt Delia sich gerne mit ihnen. Dafür liebte sie dieses Viertel. Es gab einem das Gefühl, nie ganz allein zu sein, doch heute war an Konversation nicht zu denken. Zu groß war die Sorge um Rafael, der sich anscheinend heftiger als gedacht in Lisa verliebt haben musste. Ob Lisa vielleicht doch anders reagiert hätte, wenn sie ihr früher reinen Wein eingeschenkt hätten? Denkbar, dass Rafael diesbezüglich doch recht hatte, aber eines ließ sich nicht von der Hand weisen: Rafael und Lisa hätten sich niemals angenähert, wenn sie ihr schon viel früher die Wahrheit gestanden hätten. Die Politik der »schrittweisen Annäherung«, die mit einer »schrittweisen Distanzierung« von Felipe einhergegangen war, hatte ihm Glück gebracht, wenn auch nur, wonach es jetzt aussah, Glück für eine Nacht. Über Liebesangelegenheiten oder verpasste Gelegenheiten nachzudenken brachte sowieso nichts. Das Schicksal hatte fast überall die Hand mit im Spiel.

»Hallo, Delia«, rief ihr Ronaldo aus der Reinigung zu, an der sie gerade vorbeilief.

Doch noch immer hatte Delia nicht die geringste Lust auf den üblichen Plausch. Rafael musste sie mit seiner abgrundtiefen Tristesse angesteckt haben. Selbst Alfonso hatte ihr bei ihrem Treffen sofort angemerkt, dass irgendetwas mit ihr nicht stimmte. Umso mehr hatte er sich gefreut, dass er ihr weiterhelfen konnte. Wie gut, dass fast jeder im Bauamt Dreck am Stecken hatte. Es gab immer jemanden, der am längeren Hebel saß, und Alfonsos Hebel als Chef gleich mehrerer Abteilungen war eindeutig einer der effektivsten. Die angebliche »Flurbereinigung« hatte sich als ein Projekt in weiter Ferne entpuppt, das sowieso nie stattfinden würde, weil es viel zu aufwendig war und es der Stadt an Geldern fehlte. Die angedrohte Strafe war nichts weiter als ein Bluff gewesen, da sich Felipe im Nachhinein sehr wohl eine Baugenehmigung für den Keller hatte erteilen lassen, auch wenn die Pläne dafür, wie ihr Alfonso versichert hatte, nicht mehr auffindbar waren. Das Thema war vom Tisch. Delia war sicher, dass Lisa sich darüber freuen würde. Am besten, Rafael überbrachte ihr die Nachricht. Doch auf ihrem Sofa, auf dem Rafael noch zwei Stunden zuvor friedlich mit Roberta geschlummert hatte, herrschte nun gähnende Leere. Er war weg!

»Alles in Ordnung mit dir? Geht es dir gut? Ich hoffe, du hast einen schönen Urlaub. LG Reiner.«

Lisa wusste nicht, ob sie den Kopf schütteln oder lauthals loslachen sollte. Perfektes Timing! Und Reiner schien ein Gespür dafür zu haben, wann sie sich mit der Frage nach der richtigen Garderobe beschäftigte. Nur dass sie sich diesmal nicht überlegte, was sie in ihren Urlaub mitnehmen würde, sondern welche Robe sich für das Fest bei Felipe am besten eignete. Es baute Lisa auf, dass beim Lesen von Reiners Nachricht diesmal der Stich in ihr Herz ausgeblieben war. Ganz im Gegenteil. Er nervte sie nur noch. Das war schon alles. Das Gefühl, wie unwichtig ihr dieser opportunistische Karrierist geworden war, hatte etwas Aufmunterndes, um nicht zu sagen Erheiterndes. Wenn es noch schlimmer kam, wurde das vormals Schlimme eben zur Bagatelle. Lisa legte ihr Handy beiseite und widmete sich ihrer Sommerkollektion, jedoch nicht ohne weiterhin darüber nachzudenken, warum ihr Herz so heiter war. Die Antwort hatte Sprengkraft. Reiner war ihr gleichgültig geworden, weil das, was sie für ihn empfunden hatte, verglichen mit den Gefühlen für Rafael in jener Nacht in Madrid und darüber hinaus, nicht einmal mehr der Rede wert war. Insofern hatte es Reiner indirekt doch noch geschafft, sie nun schon zum zweiten Mal auf die Bettkante zu pinnen, um diesen süßen Schmerz bis ins Letzte auszukosten. Aber was hatte sie davon? Letztlich hatte Rafael sie aus der gleichen niederen Motivation heraus verraten. Und waren nicht auch Felipes Beweggründe vor allem materieller Natur gewesen? Was für eine Farce, dass sie sich dazu entschlossen hatte, seine Einladung anzunehmen. Sie hatte nicht die geringste Lust, ihn zu sehen … Aber die Neugier auf den Menschen, der Felipe heute war, gewann schließlich die Oberhand. Auf alle Fälle schien ihn die Schlange nicht mehr so fest im Griff zu haben, würde er sonst seit Jahren dem Kind einer Angestellten helfen? Lisa nahm sich ihrer »Leinenkollektion« an. Da klingelte es an der Haustür. Hoffentlich nicht Delia oder Rafael. Lisa lugte durch das Fenster zum Gartentor. Eine junge Frau sah zu ihr nach oben. Kein Zweifel. Es war Mercedes.

Mut hatte sie ja und jede Menge Anstand, stellte Lisa fest, nachdem sich Mercedes auf dem Weg zur Terrasse mehrfach bei ihr entschuldigt und beteuert hatte, nichts von Andreas' miesem Spiel gewusst zu haben. Lisa zweifelte keine Sekunde daran, dass die junge Frau ihr die Wahrheit sagte, und bereute es nicht, ihr die Tür geöffnet zu haben. Dass sie sich deswegen von Andreas trennen wollte, überraschte Lisa. Dass dies letztlich nur eine Art Auslöser für weiter reichende Gründe war, aber noch viel mehr.

»Ich bin mir sicher, dass er mich liebt, aber … ich kann einfach nicht an der Seite eines Mannes leben, der anderen Menschen Schaden zufügt«, gestand Mercedes ihr. Das war nur eine der Parallelen, die Lisa aus den frühen Jahren mit Felipe wiedererkannte. Dazu gesellte sich Mercedes' Gefühl, dass sie mit Andreas nicht über alles reden konnte, was sie bedrückte, weil er viel zu beschäftigt mit sich selbst war oder gleich so viel mit ihr unternahm, dass überhaupt keine Zeit mehr blieb, um über sich oder ihr eigenes Leben nachzudenken.

»Ich hab das Gefühl, ihn gar nicht richtig zu kennen«,

fuhr Mercedes fort, und auch in diesem Punkt herrschte Übereinstimmung.

»Sein Vater war genauso«, gestand Lisa. »Ich hatte irgendwann kein Vertrauen mehr. Er hat sich mir gegenüber während unserer Ehe stets korrekt verhalten, und ich müsste lügen, wenn ich sagen würde, dass er mir nicht jeden Wunsch von den Augen abgelesen hat, aber ich hab mitbekommen, wie rücksichtslos er anderen gegenüber sein konnte«, sagte Lisa.

»Man hat Angst, dass man auch eines Tages verletzt wird.« Mercedes brachte es auf den Punkt. Noch viel mehr interessierte Lisa aber, was genau sie mit angehört hatte.

»Können Sie sich noch daran erinnern, was Delia und Rafael gesagt haben?«, fragte sie.

Mercedes überlegte einen Moment lang. »Nein, aber eines fand ich merkwürdig. Ihre Stimmen waren so deutlich ...«

»Wie meinen Sie das?«, hakte Lisa nach.

»Es klang fast so, als ob sie direkt ins Handy gesprochen hätten, aber das kann gar nicht sein. Andreas muss es auf den Tisch gelegt haben.«

»Sie meinen, nachdem ihm der Ober die Suppe auf die Hose geschüttet hat?«

Mercedes nickte, bevor sie fortfuhr. »Normalerweise hört man Stimmen nicht so deutlich, wenn das Handy sie aus dem Raum auffängt. Doch jetzt, wo ich darüber nachdenke ... Es kommt mir fast so vor, als ob ich es hören sollte ... Es kann doch kein Zufall gewesen sein, dass die beiden genau in dem Moment darüber sprechen.«

Lisa dämmerte, dass Delia und Rafael ihr diese Information zuspielen wollten. Dies wiederum konnte nichts anderes bedeuten, als dass sie es Andreas heimzahlen wollten.

War es möglich, dass sie nicht so ganz freiwillig mitgespielt hatten? Immerhin vorstellbar …

»Ich werd dann wohl gehen. Ich habe Sie schon lange genug mit meinen Problemen belästigt.«

»Ganz und gar nicht«, beschwichtigte Lisa und erntete dafür ein bezauberndes und zugleich dankbares Lächeln.

»Es ist jammerschade. Ich hatte mich so auf das Fest gefreut. Auf die Pferde, den Sherry …«, sagte Mercedes wehmütig.

»Verstehen Sie sich gut mit Felipe?«, fragte Lisa.

»Ich glaube, ich bin seine Traumschwiegertochter«, erwiderte sie und lachte. »Daraus wird jetzt wohl nichts mehr.«

»Haben Sie Lust, mich zu begleiten?«, fragte Lisa spontan.

»Auf das Sherryfest?«

»Felipe hat mir angeboten, all meine Freunde mitzubringen.«

»Und wenn Andreas da ist?«

»Umso besser.«

»Ich weiß nicht, ob ich die Kraft dazu habe«, sagte Mercedes.

»Was soll ich da erst sagen? Ich war mit seinem Vater verheiratet!«

Mercedes lachte. »Lisa geht zum Teufel … So haben Sie Felipe doch genannt, nicht wahr?«, fragte Mercedes mit süffisantem Unterton.

Lisa musste nun auch unwillkürlich lachen. »Und was ist mit Ihnen? Andreas ist sein Sohn …«

»Na gut, dann machen wir uns eben beide auf den Weg in die Hölle«, sagte die junge Frau und reichte Lisa die Hand, die sie ergriff und mit festem Druck den Pakt der beiden »Teufelsbräute« besiegelte.

Andreas hatte das Gefühl, dass ihm jeden Moment der Schädel platzen würde. Gleißendes Licht stach ihm in die Augen, die er sofort schloss, so dass er in ein hellrot leuchtendes Meer tauchte, in dem erst ein heller, dann ein bläulicher Lichtball pulsierte – der Schimmer der untergehenden Sonne, die sich in seine Netzhaut eingestanzt hatte. Dazu diese Schwüle. Das Hemd und die Hose klebten ihm am Körper. Ringsumher ertastete er warmen Sand. Andreas hatte Mühe, sich aufzusetzen. Jede noch so kleine Bewegung verschlimmerte den Kopfschmerz. Ihm dämmerte, dass er am Strand eingeschlafen sein musste. Der Champagner! Sich mit so einem edlen Tropfen an einem heißen Nachmittag zu betrinken war keine besonders gute Idee gewesen. Die Flasche lag noch neben ihm. Jetzt fiel ihm ein, dass er sie mitgenommen hatte, weil er die mitleidigen Blicke der Gäste nicht mehr ertragen hatte. Lieber an einem stillen Plätzchen abseits des touristischen Treibens verweilen, als sich selbst zum Trottel zu machen, der allein an einem für zwei Personen gedeckten Tisch saß und sich betrank. Der durchdringende Klingelton seines Handys war wie ein Messerstich in seine Schläfen. Es war bestimmt Mercedes, die ihn anrief, um ihm zu sagen, dass es ihr leidtat und sie noch einmal in Ruhe miteinander reden sollten. Doch es war sein Vater.

»Wo steckst du? Warum gehst du nicht ran?«, wetterte er gleich los.

»Papaíto. Was ist denn?«, krächzte Andreas mit belegter Stimme.

»Hab ich dich geweckt? Moment … So klingst du nur, wenn du getrunken hast«, sagte er und fügte abfällig hinzu: »Verständlich!«

»Was meinst du?«, fragte Andreas irritiert.

»Ich sage das nur ungern, aber es geschieht dir recht, dass Mercedes dich verlassen hat. Die Frau hat Charakter.«

Das hatte sich ja wie ein Lauffeuer herumgesprochen. Vielleicht wusste er es von Mercedes selbst. Von wem sonst? Hatte sie ihn angerufen, um für das Sherryfest abzusagen?

»Das sagt der Richtige«, brach es aus Andreas heraus.

»Wie bitte?«, hakte sein Vater angriffslustig nach. »Was hast du eben gesagt?«

Jetzt war sowieso schon alles egal. Jahrelang hatte er sich von seinem Vater anhören dürfen, wie charakterlos Lisa doch gewesen war, weil sie ihn verlassen hatte – und nun das!

»Seit wann haben Frauen Charakter, wenn sie ihren Mann verlassen?«, fragte er.

Ein kurzes Schweigen deutete darauf hin, dass er seinen Vater damit getroffen hatte.

»Lass Lisa aus dem Spiel«, fing Felipe sich.

»Glaubst du, sie hatte keinen Grund?«

»Ich wüsste keinen«, erwiderte sein Vater trotzig.

»An deiner Seite fühlt man sich alles andere als geliebt. Wenn das mal nicht Grund genug ist«, sagte Andreas eisig und beendete das Gespräch abrupt. Schlimmer konnte es nicht mehr kommen. Das Zerwürfnis mit Mercedes, dann gleich noch mit seinem Vater. Andreas stand auf und blickte auf den fast menschenleeren Strand. Nur ein frisch verliebtes Pärchen war unterwegs und schlenderte Hand in Hand am Wasser entlang. Und das auch noch im Licht der untergehenden Sonne. Klischees konnten so zynisch und schmerzhaft sein. Dass er hier mit Mercedes auch schon entlanggelaufen war, machte alles nur noch schlimmer. Nun meldete sich sein Handy erneut mit einem anderen Ton, was auf eine SMS hindeutete. Vielleicht doch noch Mercedes, wagte er zu hoffen, doch die Nachricht war von seinem Vater. Andreas überlegte, ob er sie überhaupt lesen sollte. Im Nachtreten war sein Vater ein Meister, aber darauf kam es jetzt auch nicht mehr an.

»Mercedes wird Lisa morgen begleiten. Mach nicht den gleichen Fehler wie ich, Junge! Kämpfe um diese Frau, auch wenn du sie nicht verdient hast. Papaíto.«

Nachdem die Kleiderfrage kurz vor Mitternacht endlich geklärt war und Lisa die Sachen für den nächsten Tag bereits auf ihrem Baststuhl bereitgelegt hatte, blieb nur noch ein Punkt offen, und dieser beschäftigte sie nun schon seit gut einer Stunde. Sollte sie ihre Freunde mitnehmen oder nicht? Sie könnten ihr den Rücken stärken. Mit Ausnahme von Stefan kannten sie Felipe noch von früher. Es wäre lockerer. Aber würden sie sie denn überhaupt begleiten? Einen Versuch war es wert, zumindest verspürte Lisa den Drang, ihnen Bescheid zu geben. Nicht auszudenken, wenn Claudia im Nachhinein erfahren würde, dass sie auf dem Sherryfest war, dem ihre Clique auch hätte beiwohnen können. Zumindest war dies der Erkenntnisstand, bis sie sich die Zähne geputzt hatte. Auf dem Weg ins Schlafzimmer meldeten sich Zweifel. Es behagte ihr gar nicht, Alex' und Vronis Sensationslust zu bedienen. Andererseits waren sie immer für sie da gewesen, sagte sie sich mit Blick auf ihr Handy. Eines war jedoch sicher: Ihr Leben hatte sich geändert, und sie musste einfach herausfinden, ob ihre Freunde bei diesen Veränderungen mitzogen oder nicht. Lisa nahm das Telefon zwar beherzt zur Hand, zögerte aber trotzdem, Claudias eingespeicherte Nummer herauszusuchen. Es war schon spät, und sie hatte nicht die geringste Lust, ihr jetzt ein Update durchzugeben, für das sie die halbe Nacht opfern müsste: Rafael, Delia, Andreas, Mercedes, Felipe, Yolanda nebst Luke – es war einfach zu viel passiert, von dem die Clique noch nichts wusste. Sie wollte gar nicht mehr daran denken. Was tun? Anrufen oder nicht? Lisa schaltete das Handy ein. Sofort sprang ihr Reiners SMS entgegen. Natürlich! Sie würde Claudia einfach eine kleine Kurznachricht schicken und ihr mitteilen, dass Felipe sie alle eingeladen hatte. Schnell tippte Lisa den Text und fügte noch die Details hinzu: »Abfahrt vielleicht gegen Mittag? Bin zu müde, um zu telefonieren. Gebt mir per SMS Bescheid, ob ihr Lust habt.« Nun konnten sie sich die halbe Nacht um die Ohren schlagen und hatten wieder etwas zu reden. Beim Gedanken daran bereute Lisa sogleich, ihnen Bescheid gegeben zu haben, doch kaum im Bett, überwog das angenehm vertraute Gefühl einer jahrelangen Freundschaft, der sie es schuldig war, ihren Freunden zumindest die Chance zu geben, weiterhin ein Teil ihres Lebens zu sein.

Kapitel 14

Normalerweise brauchte man tagsüber gute zweieinhalb Stunden von Marbella nach Jerez. Bei der Geschwindigkeit, mit der Alex auf der Autobahn gen Westen raste, würden sie aber sicher schneller dort sein. Die Zeit verging sowieso wie im Flug, schließlich wollten Claudia, Alex, Vroni und Stefan auf den aktuellsten Stand gebracht werden. Auch für Mercedes waren die Einblicke in Lisas Leben äußerst aufschlussreich gewesen. Die Tragweite dessen, was Andreas einer unschuldigen Deutschen, wie Mercedes sie augenzwinkernd gegenüber ihren Freunden bezeichnete, angetan hatte, schien sich mit jedem heruntergerissenen Kilometer vergrößert zu haben.

»Sag bloß, du glaubst, dass Felipe sich geändert hat«, sagte Claudia schließlich, bevor sie die Stadtgrenze von Jerez passierten. Lisa bejahte. Und als Alex den Wagen im Zentrum parkte, wollte Claudia erst mal etwas essen. Lisa wäre zwar lieber gleich weiter auf Felipes Hazienda gefahren, musste sich jedoch geschlagen geben.

»Alex ist so schnell gefahren. Wir haben doch noch jede Menge Zeit. Außerdem ist es noch viel zu heiß draußen«, sagte Lisas Freundin.

Heiß war untertrieben. Jerez konnte im Frühsommer zur

Backröhre werden. Insofern war es nicht die schlechteste Idee, in einem Café einzukehren, von dem aus man einen herrlichen Blick auf die alte Festung Alkazar hatte. Die maurische Anlage ließ Lisa an die Märchen aus *Tausendundeiner Nacht* denken. Jacaranda-Bäume säumten nicht nur das Mauerwerk, sondern dominierten den ganzen Park, der wie ein Meer aus intensiv leuchtenden blauen Blüten aussah.

»Tut das gut«, schwärmte Vroni und trank von ihrem Eiskaffee. Lisa begnügte sich mit einem heißen Pfefferminztee, der den Durst besser löschte und dafür sorgte, dass sie weniger schwitzte. Kein Wunder, dass die Spanier zur Minze »Hierbabuena« sagten, was so viel hieß wie »gutes Kraut«.

»Reicht es nicht, wenn wir erst abends zu Felipe fahren?«, fragte Vroni.

»Also, das finde ich auch«, meinte Claudia und blickte Lisa dabei fragend an.

»Ich würde gerne noch ein bisschen Sherry bei Pepe einkaufen«, fügte Stefan hinzu.

An sich verständlich, doch Vroni spannte den Bogen mit ihrem offensichtlichen Desinteresse an Felipes Einladung dann eindeutig zu weit.

»Es gibt zwei neue Läden in der Innenstadt. Ich hätte Lust, noch ein bisschen zu shoppen. Da ist es wenigstens schön kühl«, schlug sie vor.

Jetzt reichte es aber. Wenn Vroni shoppen ging, wären sie vor acht nicht auf dem Fest. Es wäre nicht nur unhöflich, sondern auch schade, das Tagesprogramm zu verpassen, für das Felipe keine Mühen scheute, wie Lisa sich erinnerte.

»Wir verpassen den Tanz der Pferde«, warf sie ein.

»Also, ich hab das schon hundertmal gesehen. Aber wenn du unbedingt gleich jetzt hinwillst«, sagte Alex und regte Lisa damit nur noch mehr auf. Warum hatten sie ihre

Freunde überhaupt begleitet? Nachdem ihr Informationsbedürfnis befriedigt war, gab es jetzt anscheinend nichts mehr, womit man sie locken konnte.

»Felipe würde es als unhöflich ansehen, wenn wir erst abends kommen«, sagte Lisa.

»Seit wann interessierst du dich dafür, was Felipe denkt. Das sind ja ganz neue Töne«, konterte Alex.

»Sie glaubt, dass aus ihm ein Engel geworden ist«, kommentierte Vroni zynisch und setzte noch eins drauf: »Der hat die Operationen des Kleinen doch nur bezahlt, weil er es von der Steuer absetzen kann.«

Lisa spürte schlagartig jenes bereits bei ihrer letzten Begegnung aufkeimende Gefühl der Entfremdung. Der Umgang miteinander war ruppiger geworden, das Interesse an ihr beschränkte sich immer mehr auf das mit ihrer Person verknüpfte Abenteuer. Noch nicht einmal Claudia hatte sich die Mühe gemacht, sich in sie hineinzudenken und zu versuchen, die neue Situation zu verstehen. Lediglich Mercedes schien zu begreifen, was in Lisa vorging.

»Jetzt lass sie doch«, wandte sich Alex in dem Versuch einzulenken an Vroni. »Wir sollten aufs Fest fahren. Wir kommen einfach ein andermal wieder her.«

An Vronis eingeschnappter Miene war jedoch ganz klar abzulesen, dass sie jetzt zum Shoppen gehen wollte.

»Ihr kennt Felipe doch. Dem ist es egal, wann wir kommen«, gab sie fast schon trotzig zurück.

»*Mir* ist es aber wichtig, nicht zu spät zu kommen«, sagte Lisa.

»Verstehe. Die große Versöhnungsnummer. Also, für so naiv hätte ich dich nicht gehalten, Lisa.«

Dass Vroni sie nun auch noch offen angriff, ging zu weit.

»Naiv?«, fragte Lisa nach und bemerkte, dass sie ihre Stimme erhoben hatte, was die Runde für einen Moment überraschte und für betretenes Schweigen sorgte.

Claudia fasste den Mut, es zu brechen. »Na ja. Ich mache mir schon Sorgen, dass du dir da etwas vormachst. Der ganze Stress der letzten Tage. Du bist ja kaum noch wiederzuerkennen«, sagte sie und erntete einhelliges Nicken, was Lisa nur noch mehr erboste.

»Ach so. Ja, und wie bin ich jetzt?«, fragte sie angriffslustig nach und lockte Vroni damit endgültig aus der Reserve.

»Eine richtige Spaßbremse«, rutschte ihr heraus. Unter Claudias mahnendem Blick versuchte Vroni sogleich, das eben Geäußerte abzuschwächen. »So hab ich das nicht gemeint.«

Lisa hatte trotzdem genug. »Doch. Du hast es genau so gemeint. Ich hab auch keine Lust mehr, jeden Tag von einer Shoppingmall in die nächste zu pilgern. Ich brauch diesen ganzen Mist nicht mehr«, brach es aus ihr heraus.

»Ha! Noch vor einem Jahr wärst du *so* nicht auf ein Fest gegangen«, erwiderte Vroni in Anspielung auf Lisas Verzicht auf die neueste Mode.

»Ich finde, das Kleid steht Lisa gut«, mischte sich nun Mercedes ein.

Vroni schmollte und nuckelte demonstrativ an ihrem Eiskaffee, den Blick dabei auf die Parkanlage gerichtet.

»Findest du das auch, Claudia?«, wandte sich Lisa daraufhin an ihre andere Freundin.

Claudia schluckte und wechselte einen Blick mit ihrem Klammeräffchen, dessen Hand wie gehabt auf ihrer lag. »Na ja. Ich finde, du hast früher mehr aus dir gemacht. Der ganze Stress … Wir verstehen das ja, Lisa.«

Wieder einhelliges Nicken.

»Wisst ihr was?«, sagte Lisa endlich. »Geht doch alleine zum Shoppen. Mercedes und ich nehmen uns ein Taxi.«

Mercedes nickte erleichtert. Und so, wie sich Vronis Miene augenblicklich aufhellte, war Lisa sicher, sich richtig entschieden zu haben.

»Und wann sollen wir nachkommen?«, fragte Alex vorsichtig nach.

»Gar nicht! Ich hab euch eingeladen. Ich lade euch hiermit wieder aus. Und morgen schicke ich euch eine lange E-Mail mit einem Exklusivbericht. Dann habt ihr was zu reden.«

»Lisa!«, empörte sich Claudia.

»Ja?«, fragte sie und blickte funkelnd in die Runde. Dann zückte sie ihren Geldbeutel und legte einen Fünfeuroschein auf den Tisch. »Viel Spaß beim Shoppen«, sagte sie und stand zusammen mit Mercedes auf.

Der Taxistand war keine fünfzig Meter entfernt, und da sich keiner ihrer Freunde aus der Starre des betretenen Kollektivschweigens lösen konnte, fiel Lisa der Abschied alles andere als schwer.

Wie oft hatte sie Rafael angeboten, ihm ein Prepaidhandy zu kaufen, damit sie ihn besser erreichen konnte oder für Notfälle, die bei einem Leben auf der Straße ja nicht auszuschließen waren. Aber nein, dieser sture Kerl hatte sich stets mit Händen und Füßen dagegen gesträubt, ein Relikt aus seiner Zeit als Investmentbanker jemals wieder in die Hand zu nehmen. Aus diesem Grund hatten sich ihre einwöchigen festen Treffen in dem kleinen Restaurant in der Innenstadt eingebürgert. Dazu bedurfte es keinerlei telefonischer Verabredungen. Gelegentlich traf Delia ihn aber auch am Strand an. Man musste nur die Stellen kennen, an denen er sich bevorzugt aufhielt, und nach einem Mann in Begleitung einer Katze suchen. Delia war bereits alle ihr bekannten »Raffi-Plätze« abgelaufen – trotz der Hitze. Keine Spur von ihm. Sie überlegte, ob er vielleicht schon nach Madrid abgereist war. In diesem Fall wäre die Chance, ihn aufzuspüren, gleich null, weil sie nicht wusste, wo man sich als Obdachloser in Madrid für gewöhnlich aufhielt, und es ein Ding der Unmöglichkeit wäre, alle Parkanlagen nach ihm zu durchkämmen. Ihn mit dem versöhnlichen Geschenk für Lisa, dem Wegfall der Strafzahlungen an die Gemeinde, zu beglücken fiel also flach. Eine verpasste Gelegenheit. Es blieb ihr also gar nichts anderes übrig, als Lisa die frohe Kunde nun selbst zu überbringen und darauf zu hoffen, dass sie sie überhaupt empfing. Bis jetzt sah es jedenfalls nicht danach aus. Auch nachdem sie das dritte Mal geklingelt hatte, stand Delia immer noch unverrichteter Dinge vor dem Tor zu Lisas Garten.

»Lisa«, rief sie abermals. Delia war sich sicher, dass Lisa zu Hause war und sie nicht sehen wollte, was sie ihr auch nicht verübeln konnte.

»Delia?«, ertönte es aus dem Garten, aber das war nicht Lisas Stimme.

Delia lugte durch den Zaun und erkannte Yolanda, die ihr das Tor öffnete, nachdem sie die Frage bejaht hatte. »Hallo, Yolanda. Ist Lisa da?«, fragte sie.

»Sie ist nach Jerez gefahren. Zu Felipe.«

Delia konnte kaum glauben, was sie da hörte. Das musste bedeuten, dass Lisa ihr Wohnrecht verkaufen wollte und klein beigegeben hatte.

»Ich muss sie dringend sprechen. Es geht um das Haus.«

Yolanda nickte und taxierte sie eine Weile.

»Ich kenne jemanden beim Gemeindeamt. Es war alles

ein Schwindel. Lisa kann ihr Haus behalten. Ich muss ihr das persönlich sagen, bevor sie noch einen Fehler macht.«

Yolanda überlegte immer noch, doch an ihrer Mimik war abzulesen, dass sie ihr glaubte.

»Wenn Sie wollen, können Sie mich begleiten«, schlug Yolanda vor.

»Sie fahren nach Jerez?«, fragte Delia.

»Felipe hat mich und Luke eingeladen.«

Delia verstand die Welt nicht mehr. Feierte Felipe jetzt etwa den Sieg über Lisa und lud sowohl sein Opfer als auch andere zu einem Leichenschmaus ein?

»Er veranstaltet jedes Jahr das Sherryfest. Das ist Tradition«, erklärte Yolanda.

Irgendetwas muss mir entgangen sein, überlegte Delia.

»Ich muss Luke nur noch vom Arzt abholen. In einer halben Stunde können wir losfahren.«

»Mit dem Zug?«

»Mit meinem Wagen. Es sei denn, Sie trauen mir die Strecke nach Jerez nicht mehr zu.«

»Nein, nein. So war das nicht gemeint. Ich freue mich, Sie zu begleiten«, sagte Delia und lachte.

Lisa wunderte sich darüber, warum sie der ungute Abgang in Jerez nicht belastete. Vielleicht lag das auch daran, dass Mercedes auf der kurzen Taxifahrt zu Felipes Hazienda einen entscheidenden Satz vom Stapel gelassen hatte, dessen Relativierung, dass es ihr nicht zustehen würde, Urteile über Menschen zu treffen, die sie kaum kannte, der Wirkung keinen Abbruch tat. »Ich hab das Gefühl, dass diese Leute gar nicht zu dir passen«, hatte sie gesagt, nachdem sie vom »usted«, der förmlichen spanischen Anrede mit »Sie«, zum »Du« übergegangen waren. Mercedes kannte ihre Freunde zwar nicht, hatte aber gerade deshalb den Vorteil des unvoreingenommenen Blicks von außen. Und sie hatte recht. Sie passten nicht mehr zu ihr.

»Ich übernehm das«, sagte Lisa und wimmelte Mercedes' Versuch ab, sich an der Taxifahrt zu beteiligen. Das war das Mindeste, womit sie sich revanchieren konnte, und wenn es nur der Dank für ihr offenes Ohr und ihren grundanständigen Charakter war, der ihr diese junge Frau so sympathisch machte – vom Gleichklang ihrer Beziehungsseifenoper mal ganz abgesehen.

»Ich bin ganz schön nervös«, gestand Mercedes, bevor sie aus dem Taxi stiegen.

»Willkommen im Club«, erwiderte Lisa und stand für einen Moment regungslos vor dem riesigen Anwesen, das sie seit Jahren nicht mehr betreten hatte. Es sah noch so aus wie früher – ein riesiges Steinhaus, an dessen Wänden Blumen rankten. Durch einen Torbogen erreichte man einen Innenhof, in dem ein Brunnen unter einem schattenspendenden Olivenbaum plätscherte. Die ersten Gäste hatten sich bereits mit Drinks in den Händen unter dem Baum versammelt. Niemand schenkte ihnen Beachtung. Ringsum sah Lisa nur unbekannte Gesichter, von denen sie jedoch einige anlächelten, als sie an ihnen vorbeischlenderten, um nach Felipe Ausschau zu halten. Lisa bemerkte sofort, dass er immer noch an ihren Ideen und Deko-Vorschlägen festhielt. Die Baumreihe, die hinüber zum Gestüt führte, aber auch die Zypresse gleich neben dem Haus waren mit Lichterketten geschmückt. Als »albern« hatte er das einst abgetan, bis er an der »Weihnachtsbeleuchtung« Gefallen gefunden hatte, weil einige seiner Gäste bewundernde Blicke darauf geworfen und ihm Komplimente gemacht hatten. Typisch Felipe! Lisa musste schmunzeln. Im Gegensatz zu Madrid war dieser Ort überwiegend mit positiven Erinnerungen besetzt. Felipe war hier zeitlebens viel entspannter gewesen. Der große Zampano in seinem Reich. Daran hatte sich anscheinend nichts geändert. Und wie sie ihm alle huldigten. Eine Menschentraube, die nach andalusischem Großkapital aussah, hatte sich um ihn gruppiert. Andere saßen an Tischen, die halbkreisförmig um eines der Gatter mit Felipes Tisch im Zentrum angeordnet waren. Musik drang aus Lautsprechern, die links und rechts am Zaun befestigt waren. Wer Rassepferde züchtete, musste natürlich zeigen, was er im Programm hatte. Doch auch das war Lisas Idee gewesen. Sie hatte sich mit der königlichen Reitschule in Jerez in Verbindung gesetzt und dieses Highlight ermöglicht, das nach und nach zum festen Bestandteil im Jahresablauf von Felipes Gestüt wurde. Ein Reiter schoss mit einem von Felipes Kartäusern aus der Scheune und erntete Applaus. Dass die meisten Gäste nicht dem Reiter applaudierten, sondern dabei Felipe ansahen, verstand sich von selbst. Alles andere hätte er ihnen wohl übelgenommen.

»Da hinten ist noch ein Tisch frei«, sagte Mercedes. Von dort hatte man einen guten Blick auf die Show, die die junge Frau sofort begeisterte: »Die tanzenden Pferde von Jerez.«

Man musste es gesehen haben, um es zu glauben. Pferde, die sich im Dreivierteltakt geschmeidig bewegten, schwungvoll drehten, obwohl die Bewegungsabläufe alles andere als natürlich für ein Pferd waren. Lisa war froh, dass der Tisch, den Mercedes für sie ausgesucht hatte, etwas abseits vom Geschehen stand. Das würde ihr Zeit geben, um sich an die alte Umgebung zu gewöhnen. Felipe war mit sich selbst beschäftigt und würde sie wahrscheinlich gar nicht wahrnehmen, wenn sie nicht direkt zu ihm ging, doch da täuschte sie sich. Als ob er ihre Anwesenheit gespürt hätte, drehte er sich um und fixierte sie, was einigen der Anwesenden sofort auffiel.

Er schenkte ihr ein Lächeln. Schon mal ein gutes Opening, dachte Lisa. Jetzt konnte er sich wieder seinen geliebten Rassepferden widmen, doch die schienen ihn nicht mehr zu interessieren. Früher durfte man ihn nicht einmal ansprechen, während er den Pferden beim Tanz zusah. Lisa traute ihren Augen kaum. Felipe stand auf und bahnte sich durch die versammelten Gäste seinen Weg zu ihr. Der König stieg von seinem Thron herab, um sie zu begrüßen. Wenn das keine versöhnliche Geste war.

»Hallo, Lisa. Mercedes. Ich freue mich, dass ihr kommen konntet«, sagte er und wandte seinen Blick einfach nicht mehr von ihr ab. Das gleiche Feuer wie damals lag in seinen Augen. Jetzt fehlte nur noch, dass er ihr sagen würde, wie bezaubernd sie aussah. Mit Komplimenten dieser Art aus dem Munde eines Mannes, dem man so gut wie alles abnahm, wenn er charmant lächelte, konnte man Lisa kaufen, und er wusste das.

»Felipe«, sagte sie nur und hatte erstaunlich wenig Mühe, sein Lächeln dabei charmant zu erwidern.

Felipe hätte nicht gedacht, dass Lisa wirklich kommen würde, selbst nach ihrer telefonischen Zusage, die äußerst knapp ausgefallen war. Dass sie Mercedes dabeihatte, freute ihn umso mehr. Die beiden Frauen seinen Gästen vorzustellen, war in Anbetracht ihrer neugierigen Blicke unumgänglich, auch wenn die meisten Gäste noch am Gatter standen, um den tanzenden Kartäusern zuzusehen. Dolores Martinez, eine Journalistin, die er seit Jahren kannte, gehörte allerdings nicht dazu. Die attraktive Mittdreißigerin, die regelmäßig in der lokalen Tageszeitung über seine Aktivitäten berichtete, was sehr PR-wirksam war, konnte es sich nicht nehmen lassen, ihre Aufwartung zu machen.

»Felipe. Immer in Begleitung von attraktiven Frauen«, sagte sie in die Runde. »Willst du mich nicht vorstellen?«

»Dolores. Aber passt auf, was ihr sagt. Sie ist von der Presse«, sagte er galant.

»Lisa. Ich bin Felipes Exfrau«, erwiderte Lisa ungewohnt charmant, was Felipe außerordentlich gut gefiel, noch viel besser aber Dolores' Reaktion. Die Journalistin war normalerweise durch nichts aus der Ruhe zu bringen. Sie wusste zwar, dass er zweimal geheiratet hatte, war Lisa aber noch nie begegnet. Dementsprechend groß wurden ihre Augen.

»Sehr erfreut. Sind Sie das erste Mal hier?«, fragte sie.

»Wir haben uns eine Zeitlang nicht gesehen«, antwortete Felipe an Lisas Stelle, um nicht zu riskieren, dass das Gespräch allzu privat wurde.

»Mercedes. Ich bin eine Freundin von Lisa ...«, stellte sich Andreas' Exfreundin selbst vor.

Spätestens jetzt war klar, dass Felipe den Traum von ihr als Schwiegertochter wohl begraben konnte, es sei denn, sein Sohn käme endlich zur Vernunft.

Der erste Teil der Show war zu Ende. Kein Wunder, dass sich nun gleich eine ganze Reihe von Leuten nach ihnen umdrehte und auf sie zusteuerte. Am schnellsten war aber Gustavo, der Lisa noch von früher kannte.

»So eine Überraschung, Lisa«, sagte er und reichte ihr die Hand, wobei sein fragender Blick auf den Gastgeber gerichtet war. »Habt ihr euch etwa versöhnt?«, fragte er keck.

»Haben wir das?«, fragte Felipe und sah Lisa dabei an.

»Da bin ich mir noch nicht so sicher«, erwiderte sie entwaffnend ehrlich.

»Du entschuldigst uns, Gustavo«, sagte Felipe und blickte auch in Richtung Mercedes, bevor er sich Lisa zuwandte. »Hast du Lust auf einen kleinen Spaziergang?«, fragte er.

Lisa nickte nur und überlegte einen Moment, ob sie Andreas für sein übles Ränkespiel nicht sogar dankbar sein musste. Allein schon, Felipe zu begegnen, ohne dabei feuchte Handflächen, Herzrasen, hektische Flecken oder einen flauen Magen zu bekommen, hätte kein noch so guter Psychotherapeut bewerkstelligen können. Mit ihm zu sprechen, ohne bei jedem Wort zwanghaft an irgendein Ereignis von früher zu denken, fühlte sich gut an. Dass sie gar neben ihm herlaufen konnte und er nicht die geringsten Anstalten machte, sie unter Druck zu setzen oder zu provozieren, war sensationell, vielleicht aber auch damit erklärbar, dass nun Felipes Sohn den Schwarzen Peter in der Hand hatte, was Felipe die Grundlage entzog, sie angreifen zu müssen, um sich zu verteidigen. Stattdessen erzählte er ihr von seiner erfolgreichen Zucht – einer Leidenschaft, die sie sogar ein bisschen mit ihm teilte. Auch wenn es interessant war zu erfahren, wer alles auf seinem Fest erschienen war, lag es Lisa sehr am Herzen, endlich über die Dinge zu sprechen, die der Grund dafür waren, dass sie hergekommen war. Andreas gehörte dazu.

»Weiß dein Sohn, dass Mercedes und ich hier sind?«, fragte sie Felipe.

Felipe nickte und sagte: »So ein dummer Junge ...«

»Auf mich macht er eher einen aufgeweckten Eindruck. Auf so eine Nummer muss man erst mal kommen«, entgegnete Lisa.

»Das meine ich gar nicht«, erklärte Felipe. »Die Pferde sind mit ihm durchgegangen. Er ist vernarrt in diese Frau.«

»Macht Liebe nicht bekanntlich blind? Hat sie uns nicht auch blind gemacht?«, fragte Lisa und war gespannt darauf, wie Felipe darauf reagieren würde. Soweit sie sich zurückerinnern konnte, hatten sie so gut wie nie über ihre Beziehung gesprochen – einer der Gründe, weshalb ihre Ehe gescheitert war.

Auch diesmal wich Felipe ihrer Frage aus, was Lisas Vermutung bekräftigte.

»Er hätte sich jedes Haus kaufen können. Ich war so wütend. Stell dir vor, er hat mir sogar damit gedroht, das alles hier zu verkaufen. Dabei wollte er doch immer den Betrieb übernehmen.«

»Da ist wohl irgendetwas schiefgelaufen«, sagte sie und fürchtete gleich, dass Felipe dies in den falschen Hals bekommen könnte. Gegen Vorwürfe war er schon immer äußerst allergisch gewesen.

Felipe zuckte in der Tat etwas zusammen. Ihre Bemerkung passte ihm ganz und gar nicht, aber erstaunlicherweise nickte er schließlich doch und blickte auf die große Koppel mit all seinen Schätzen auf vier Beinen. »Er wollte was von der Welt sehen. Andreas mag Pferde, aber ... Er hat sich für ein Touristikstudium entschieden. Und jetzt stattet er Luxushotels aus. Ich hätte schon damals wissen müssen, dass all das hier nach mir keinen Bestand mehr hat.«

»Du kannst ihn nicht dazu zwingen.«

»Natürlich nicht, aber mich enttäuscht, was aus ihm geworden ist. Ich hatte gehofft, dass er anders wird als ...« Felipe hörte abrupt auf zu reden.

Lisa wusste genau, weshalb er plötzlich schwieg, was ihm sichtlich unangenehm war. Sie beschloss, diesen Moment zu nutzen und ihm wenigstens einmal auf den Zahn zu fühlen, ohne dass sie miteinander stritten. »Du hättest es damals in der Hand gehabt, Felipe«, sagte sie nur traurig. Sie wusste, dass er sehr wohl verstanden hatte, dass es nicht mehr um Andreas ging, sondern um sie beide. Felipe stand wie versteinert am Gatter zu der Koppel, die so weit in sein

Land hineinreichte, dass man das andere Ende nur erahnen konnte.

»Ich hab einiges falsch gemacht«, gab er zu und holte tief Luft, bevor er weitersprechen konnte. Auch ihm schien etwas auf der Seele zu liegen. »Ich erwarte auch nicht von dir, dass du mir verzeihst, aber …«

»Was aber, Felipe?«

»Dein Entschluss, einfach zu gehen … Er kam so plötzlich … Nein, keine Sorge, ich mache dir keine Vorhaltungen mehr, dass du alles hattest, was sich eine Frau nur erträumen kann, dass ich dich gut behandelt habe … Das habe ich nicht und das weiß ich, aber ich finde einfach keine Antwort darauf, was in den letzten Monaten unserer Ehe anders war, was dich zu dieser Entscheidung bewogen hat. Ich war doch schon immer der, der ich bin.« Felipe sah ihr direkt in die Augen. Er wirkte verzweifelt.

Erst jetzt dämmerte Lisa, dass sein ganzer Zorn auf sie, all das, was er ihr angetan hatte, seinen Ursprung in dieser Verzweiflung haben musste. Lisa hatte ihm den wahren Grund damals nicht sagen können, und sie konnte es auch heute nicht. So hilflos, wie er dastand, musste sie aber etwas erwidern, was zumindest ein gutes Gefühl bei ihm hinterließ. »Manchmal verändern sich Menschen …«, begann sie und schämte sich sogleich für diese nichtssagende Floskel. »Ich war mal sehr glücklich mit dir«, sagte sie leichten Herzens und meinte es auch so. Der eigentliche Grund für ihre damalige Trennung kam ihr aber nicht über die Lippen.

Felipe schien sich jedoch mit ihrer Antwort zufriedenzugeben. Er nickte, blickte für einen Moment gedankenverloren auf sein Land und lächelte sogar, zwar nicht befreit, aber entspannt. »Ich war mit dir auch sehr glücklich«, sagte er ohne Bitterkeit, und Lisa spürte, dass sich in ihr etwas Entscheidendes veränderte. Zum ersten Mal seit ihrer Trennung hielt sie es für möglich, ihm eines Tages verzeihen zu können. Dass sie immer noch nicht den Mut hatte, ihm die ganze Wahrheit zu sagen, war jedoch unverzeihlich.

Yolanda war ein richtiger Lenkradbeißer, aber kein klassischer. Dieser Typus saß normalerweise möglichst dicht am Lenkrad, klammerte sich verkrampft an diesem fest und fuhr nicht nur besonders umsichtig, sondern auch noch verkehrsgefährdend langsam und unsicher. Umso erstaunter war Delia, dass sie die Strecke von Marbella nach Jerez in nur zwei Stunden zurückgelegt hatten – mit röhrendem Motor, was Luke dazu veranlasst hatte, seine Oma zu fragen, ob das Auto nicht kaputtgehen würde. Der angerostete SEAT hatte durchgehalten und tuckerte nun von der Schnellstraße zum Zubringer, der direkt zu Felipes Hazienda führte.

»Meinst du, Felipe lässt mich reiten?«, fragte Luke ganz aufgeregt.

»Natürlich, mein Kleiner«, sagte Yolanda.

So wie sich Luke auf Felipe freute und auch schon während der Anfahrt von gemeinsamen Ausritten geschwärmt hatte, musste Lisas Ex ja doch ein ganz netter Mann sein. Es wurde immer kurioser. Der Größe seines Anwesens nach zu urteilen, musste er stinkreich sein. Der Zaun, den sie passierten, verlief bis zu einem Hügel am Horizont und musste noch weiter reichen, weil er nicht abzweigte und keine weitere Begrenzung in Sicht war. Eine Herde edler Pferderassen, die Delia von Vorführungen der Reitschulen her kannte, Apfelschimmel, graugescheckte Andalusier und Kartäuser, graste auf einer Koppel, die bis zu seiner Hazienda reichte. Was für ein imposantes Steinhaus mitten auf einem Hügel. Noch viel beeindruckender aber waren die Gärten, die sich offenbarten, als sie den Innenhof des Gebäudes erreichten – richtig hochherrschaftlich. Einige Hecken waren, wie man es von Schlössern kannte, zu Skulpturen geschnitten, die zwischen Palmenhainen und einem zentralen Bewässerungssystem am Wegrand wie Kunstexponate glänzten. Mannshohe Rosensträucher erinnerten Delia an prächtige Kalifengärten, wie man sie in Granada oder Jerez vorfand. Vereinzelte Gäste flanierten durch die Anlage. Nur die moderne Kleidung der Spaziergänger machte klar, dass sie nicht in einem historischen Film gelandet war, der in der Zeit spielte, als Spanien noch die halbe Welt regierte. Niemand nahm Notiz von ihnen. Auf diesem weitläufigen Gelände mussten sie vermutlich erst einmal nach Lisa suchen. Doch da täuschte sie sich.

»Da drüben sind Felipe und Lisa«, freute sich Luke und deutete in Richtung der Koppel, um die einige Tische mit Bestuhlung aufgestellt waren. Delia traute ihren Augen kaum. Lisa saß an Felipes Tisch, sie waren zu zweit, fast so, als seien sie ein Paar. Und wie es aussah, unterhielten sie sich rege. Sollte sie da jetzt stören?

»Darf ich zu Felipe? Vielleicht können wir reiten«, sagte Luke aufgeregt.

»Ich glaube nicht, dass er im Moment Zeit dafür hat«, entgegnete Yolanda.

»Aber er hat's versprochen«, quengelte Luke.

»Na gut, geh schon und frag ihn«, sagte Yolanda, und Luke lief sofort durch einen der Torbogen.

»Sag Lisa bitte nicht, dass ich hier bin«, bat Delia Yolanda.

»Was willst du machen? Dich verstecken?«, gab Yolanda spöttisch zurück.

Noch bevor sie sich weitere Gedanken darüber machen

konnte, hatte Lisa sie auch schon entdeckt, was sie Luke zu verdanken hatten, der wild in Richtung seiner Großmutter gestikulierte. Die Überraschung war ihr auch aus der Distanz anzumerken. Dass sie sich gleich an Felipe wandte, konnte nur heißen, dass Lisa sie als »seine« Freundin vorstellte. Je früher sie es hinter sich brachte, desto besser. Letztlich würde sie Lisa vor einem großen Fehler bewahren. Also: Augen zu und durch!

Lisa konnte immer noch nicht glauben, dass Delia hier war. Ganz schön dreist. Um sich zu entschuldigen? Sicher nicht. Es musste einen gewichtigen Grund geben. Ging es etwa um Rafael? War ihm irgendetwas passiert? Dass Felipe sie noch nie im Leben gesehen hatte, wie er ihr erneut versichert hatte, glaubte sie ihm nun. Sein Blick war viel zu neugierig. Umso erstaunlicher war aber, wie vertraut Luke mit Felipe umging. Ihn auf seinem Schoß sitzen zu sehen, als ob er sein eigener Sohn wäre, hatte etwas äußerst Befremdliches und passte so gar nicht in das Bild, das sie bisher von ihrem Exmann hatte.

»Reiten wir heute wieder?«, fragte der Kleine.

»Ich hab Gäste, um die ich mich kümmern muss«, erklärte Felipe sanft.

»Bitte«, bettelte Luke.

»Mal sehen … Was hältst du von morgen früh? Aber nur, wenn uns Lisa begleitet«, sagte Felipe. Nun richteten sich gleich zwei fragende Augenpaare auf sie, und auch wenn es ihr gelingen würde, Felipes Blick und seinem verschmitzten Lächeln zu widerstehen, gegen Lukes große Hundeaugen war sie machtlos.

»Einverstanden«, sagte sie, »doch zuerst muss ich mich noch mit jemandem unterhalten.« Auch wenn bereits klar war, dass Felipe Delia nicht kannte, ließ es sich Lisa nicht nehmen, sie auflaufen zu lassen. Mal sehen, wie sie reagierte.

»Hallo, Delia. Wenn ich gewusst hätte, dass Felipe dich auch eingeladen hat, hättest du auch bei mir mitfahren können«, sagte sie vergnügt.

Delia, die sonst so souverän wirkte, lächelte betreten.

»Sie sind also Delia«, sagte Felipe und nickte ihr freundlich, ja sogar eine Spur amüsiert zu. »Ich hab schon viel von Ihnen gehört.«

»Von Lisa bestimmt nichts Gutes«, erwiderte Delia kleinlaut.

»Wie man's nimmt«, sagte er und wandte sich sogleich Luke zu. »Wir schauen nach den Pferden. Kommst du mit?«

Luke nickte begeistert.

Felipe mit Einfühlungsvermögen? Er hatte offenbar gemerkt, dass Lisa mit Delia Klärungsbedarf unter vier Augen hatte. Noch eine Überraschung an diesem Nachmittag, und eine angenehme dazu. Nun hatten sie den Tisch für sich.

»Was führt dich hierher?«, fragte Lisa und bot Delia an, sich zu setzen.

»Du musst dein Wohnrecht nicht mehr verkaufen. Was den Bescheid betrifft, ich kenne jemanden vom Gemeindeamt. Die Sache ist vom Tisch«, sagte Delia. »Deswegen bist du doch hier, oder?«

»Mit dem Haus hat das gar nichts zu tun«, entgegnete sie.

»Ihr scheint euch jetzt ganz gut zu verstehen …«, sagte Delia verwundert.

»Das wäre zu viel gesagt, aber … Ja, es hat sich einiges geändert, und das Merkwürdige daran ist, dass ich nicht an den Punkt gekommen wäre, wenn ihr mir nicht das Leben zur Hölle gemacht hättet.«

»Es war trotzdem nicht richtig, was wir getan haben. Rafael leidet darunter wie ein Hund.«

»Warum habt ihr euch überhaupt darauf eingelassen? – Ja, ich weiß schon, schnell verdientes Geld«, mutmaßte Lisa.

»Ich war pleite. Andreas hat uns eingewickelt – dich ja auch … Und was Rafael betrifft …«

»Hat er dich hierhergeschickt?«, fragte Lisa und war beinahe enttäuscht darüber, dass Delia den Kopf schüttelte.

»Er ist wie vom Erdboden verschluckt. Wie ich ihn kenne, wird er weiterziehen. Irgendwohin, wie er es die letzten Jahre getan hat.«

Lisa nickte und stellte sich gerade vor, wie er mit seiner Katze allein am Strand lag oder mit ihr durch irgendwelche Wohnviertel streunte.

»Er nimmt sich das alles sehr zu Herzen. Lisa, er mag dich sehr. Nein, verdammt. Es ist mehr. Er liebt dich.«

»Tut er das?« Lisa konnte sich eine Portion Ironie nicht verbeißen. »Kann ein Mann, der einen so skrupellos belügt, das überhaupt?«

»Rafael möchte seiner Tochter einen Wagen zu ihrem achtzehnten Geburtstag kaufen. Sie haben sich seit Jahren nicht gesehen, und es ist ihr Herzenswunsch. Kannst du das nicht verstehen?«

Lisa erinnerte sich an das, was Rafael ihr im Park erzählt hatte. Es gab keinen Grund, an Delias Aussage zu zweifeln.

»Er wollte dir schon viel früher die Wahrheit sagen. Es war meine Schuld. Ich hab es ihm ausgeredet. Außerdem wusste ich, wie wichtig ihm das Glück seiner Tochter ist, und mal ganz ehrlich, hättest du anders reagiert, wenn wir dir schon früher reinen Wein eingeschenkt hätten?«, fragte Delia.

So gesehen. Nein, sie hätte genauso reagiert, musste Lisa sich eingestehen.

»Die Gefühle von Rafael waren echt. Du solltest wenigstens noch mal mit ihm reden.«

Rafaels Zuneigung war also doch kein Spiel gewesen? Zumindest erklärte dies nun die merkwürdigen Momente, in denen sie sich ihm nah gefühlt hatte, und andere, in denen sie genau gespürt hatte, dass er sie belog. Sie war dabei, Felipe zu verzeihen, warum nicht auch gleich Rafael? Doch wohin sollte das führen? Konnte sie einem Mann trauen, der sie belogen hatte? Hatten sie bisher nicht alle Männer, auf die sie sich eingelassen hatte, belogen?

»Ich weiß nicht, ob ich das jetzt schon kann«, sagte sie.

Delia nickte. »Falls du es dir anders überlegst: Ich weiß zwar nicht, wo er im Moment ist, aber wo er übermorgen ist, weiß ich ganz sicher.«

»Madrid?«

Wieder nickte Delia. »Ich weiß, wo seine Tochter wohnt«, sagte sie.

Lisa überlegte, ob sie das überhaupt wissen wollte.

Kapitel 15

Wie kämpft man um eine Frau, die tief verletzt ist? Diese Frage hatte Andreas auf der Fahrt nach Jerez begleitet. Um Frauen hatte er bisher noch nie kämpfen müssen. Außerdem hatte jeder Kampf einen Gegner. In diesem Fall gab es aber keinen, weil er ja um etwas kämpfen musste, was man nicht greifen konnte. Harte Bandagen würden da nichts nützen. Allein schon die Vorstellung, vor ihr kriechen zu müssen, war ihm zuwider. Seine Anspannung wuchs, als er das feierlich beleuchtete Haupthaus seines Vaters erreichte und seinen Wagen im Innenhof parkte. Wieder einmal hatte sein Vater ihn dazu gekriegt, nach seiner Pfeife zu tanzen, wie alle, die hier anwesend waren und Andreas freundlich grüßten. Am liebsten wäre er gleich umgekehrt, doch der Gedanke an die pure Möglichkeit, Mercedes für immer zu verlieren, trieb ihn voran.

»¡Hola, Andreas! ¿Qué tal?«, grüßte ihn einer der Geschäftsfreunde seines Vaters.

Andreas nickte nur flüchtig in seine Richtung und rang sich ein Lächeln ab. Wo steckte Mercedes? Schade, dass dies kein Maskenball war. Jeder kannte ihn und erwartete, zumindest kurz mit ihm sprechen zu können. Wie gerne wäre er jetzt unter normalen Umständen hier. Die Sonne stand bereits tief am Horizont. Zwei der Stallburschen seines Vaters entzündeten die letzten Fackeln im Innenhof, die die Steinwände in gelb flackerndes Licht tauchten. Der Wind trug den Geruch von gegrilltem Fleisch herüber. Die Gäste amüsierten sich. Der Einzige, der es nicht tat, war er, und das ärgerte ihn noch viel mehr. Mercedes musste irgendwo draußen sein, entweder im Garten oder bei der Koppel. Am Ende war sie gar nicht mehr da. Den halben Tag hatte er mit sich gehadert, überlegt, ob er überhaupt nach Jerez fahren sollte. Schließlich hatte er sich nichts vorzuwerfen. Was war so schlecht daran, wenn man versuchte, einer Frau alles zu bieten? Zum wiederholten Male stieg Wut auf seinen Vater in ihm auf. Er hatte doch verdammt noch mal nichts Schlimmes getan.

»Hola, Andreas. Was für eine Überraschung«, ertönte es von hinten.

Delia?!

»Was machen Sie denn hier?«, fragte er verblüfft.

»Ich bin doch eine Freundin Ihres Vaters. Schon vergessen?«, erwiderte sie abgeklärt. »Ich hoffe, Ihr Vater zieht Ihnen das Fell über die Ohren«, fuhr sie dann fort. »Ich würde gerne dabei sein und zusehen.«

Andreas spürte, wie Panik in ihm hochstieg. Was ging hier vor? Hatten sich jetzt alle gegen ihn verschworen? Wie kam Delia überhaupt auf das Fest?

»Amüsieren Sie sich!«, sagte Delia und verschwand mit einem Weinglas in der Hand in der Menge.

Wenn sie hier war, musste Lisa über alles Bescheid wissen. Eine andere Querverbindung gab es nicht. Andreas schnappte sich ein Weinglas von einem Tablett, das ein Ober des Cateringservices vorbeitrug. Nach einem kräftigen Schluck sah er sie. Seine Mercedes. Schöner denn je. Ihr dunkles Haar fiel geschmeidig auf ein langes weißes Kleid, das er ihr im Frühjahr gekauft hatte. Dass sie mit zwei Männern im Gespräch war, um nicht zu sagen: mit ihnen flirtete, gefiel ihm allerdings weniger. Nun hatte auch sie ihn bemerkt. Andreas versuchte, möglichst lässig zu wirken und sie anzulächeln, bemerkte aber, wie sich seine Gesichtsmuskulatur bei diesem Versuch so verspannte, dass er ungewollt eine Grimasse schnitt.

Nun wandte Mercedes sich auch noch von ihm ab, drehte ihm demonstrativ den Rücken zu. Was bildete sie sich eigentlich ein? Ohne ihn wäre sie doch gar nicht hier, und so wie es aussah, gefiel es ihr doch auch, im schicken Kleid auf einer Fiesta dieser Größenordnung zu sein. Diese verdammte Heuchelei. Ihr hätte es doch auch in Lisas Haus gefallen. Andreas nahm sich vor, sie gleich hier zur Rede zu stellen, ob sie jetzt mit anderen Leuten sprach oder nicht.

»Entschuldigen Sie bitte«, sagte er zu den beiden Männern, die Mercedes in Beschlag genommen hatten. »Ich hab etwas mit meiner Freundin zu besprechen.« Sein Tonfall war bewusst ernst. Damit machte er klar, dass sich die beiden Kerle trollen sollten. Dazu setzten sie auch an, doch Mercedes wusste dies erfolgreich zu verhindern.

»Ich unterhalte mich im Moment lieber mit diesen beiden Herren«, gab sie ihm schnippisch zu verstehen und wandte sich von ihm ab.

»Mercedes! Treib das Spiel nicht zu weit!«, sagte er mit scharfer Stimme.

Nun platzte Mercedes der Kragen. »Wenn hier einer das Spiel zu weit getrieben hat, dann bist das doch wohl du. Und jetzt verzieh dich. Ich will dich nicht mehr sehen.«

Andreas schäumte augenblicklich vor Wut. Abrupt packte er sie am Arm, viel fester, als er das beabsichtigt hatte.

Mercedes sah ihn entsetzt an, und sofort bauten sich ihre beiden selbsternannten Bodyguards vor ihm auf, um ihn von ihr wegzudrängen.

»Das bereust du … Das schwöre ich dir«, rief er ihr nach, doch sie ignorierte ihn. Allerdings sah er, dass sie sich am Stehtisch festklammerte – ein sicheres Zeichen dafür, dass sie ziemlich fertig war. »Mercedes … Es tut mir leid … Ich …«, rief er über die Menge hinweg. Wunderbar! Nun war der Eklat perfekt. Mindestens ein Dutzend Augenpaare waren nun auf ihn gerichtet.

»Glauben Sie mir. Es ist besser, wenn Sie Ihre Freundin in Ruhe lassen und sich erst einmal beruhigen«, sagte einer der beiden Männer, die ihn zurückdrängten.

Andreas bebte und ärgerte sich, dass er all dies auch noch im Beisein seines Vaters und Lisas erleben musste, die in trauter Harmonie unter dem Torbogen zum Innenhof standen und ihn etwas betreten ansahen.

»Andreas. Kommst du mal«, rief sein Vater nun. Tiefer konnte man nicht sinken. Die pure Demütigung. Und wer war an alldem schuld? Diese deutsche Hexe namens Lisa, die anscheinend doch ausgefuchster war, als er sich das hatte träumen lassen.

Andreas' Abfuhr mit ansehen zu dürfen war neben Felipes Pferdedressuren eines der Highlights an diesem Abend gewesen, eines mit Gänsehautfaktor, wie ein von oben inszeniertes Schauspiel für die Götter – doch leider auch ein Trauerspiel. Das Seltsame daran war, dass Felipe Lisa vor Jahren eine nahezu identische Szene gemacht hatte, allerdings nicht hier, sondern vor ihrem Haus. Auch er war eifersüchtig gewesen, als sie sich mit einem Kaufinteressenten ganz harmlos unterhalten hatte. Lisa hatte damals keine Lust gehabt, vor allen Leuten mit Felipe über seine grundlose Eifersucht zu diskutieren. Und so, wie Felipe diese Szene mitverfolgt hatte, musste er eben die gleiche Zeitreise gemacht haben. Lisa sah ihn mit wissendem Augenaufschlag an und hoffte, dass er nicht erzürnen würde. Zu ihrer großen Überraschung zuckte er nur etwas verlegen mit den Schultern und schmunzelte selbstironisch. Als Andreas ihnen einen wütenden Blick zuwarf und dabei war, grußlos an seinem Vater vorbeizueilen, versteinerte seine Miene geradezu, und er packte seinen Sohn rabiat an der Schulter.

»Willst du deinen Vater nicht begrüßen?«, fragte er mit eisiger Stimme.

»Lass mich in Ruhe«, zischte Andreas und versuchte, sich von ihm loszureißen, was für noch mehr Aufsehen in der Menge sorgte. Die halbe geladene Gesellschaft musste mittlerweile mitbekommen haben, dass hier gerade ein massiver Familienzwist im Gange war.

»Du verlässt das Fest nicht, bevor du dich nicht bei Lisa entschuldigt hast«, sagte Felipe im strengen Ton eines Vaters, der gerade sein Kind zurechtwies.

Obwohl Lisa die Situation mehr als peinlich war, rechnete sie Felipe sein Verhalten hoch an. Er hätte Andreas schon viel früher etwas härter anpacken sollen. Dass er so offen für sie Partei ergriff und sich vor allen Anwesenden vor sie stellte, war fast unglaublich.

»Was genießt du eigentlich mehr? Mich hier vorzuführen oder dass Lisa an deiner Seite steht? Das muss doch ein ziemlicher Triumph für dich sein … Oder sehen Sie das etwa anders, Lisa?«, fragte Andreas mit triefendem Sarkasmus.

»Ja, das tue ich«, entgegnete Lisa. Sie sah es anders und gedachte, Felipe nun ebenfalls den Rücken zu stärken. »Wenn sich hier jemand falsch verhält, dann sind Sie es, und was Sie getan haben, ist an Niedertracht kaum mehr zu überbieten«, fuhr sie fort.

»Ich hatte einen guten Lehrmeister«, erwiderte Andreas und sah seinen Vater voll Verachtung an.

»Es ist besser, wenn du jetzt gehst«, sagte Felipe, der vor innerer Erregung regelrecht bebte.

Andreas blickte seinen Vater hasserfüllt an.

»Aber dann wirst du Mercedes für immer verlieren – und das weißt du!«, setzte sein Vater nach.

Andreas' Augen waren eisig. Wie konnte ein Sohn seinen Vater nur so kalt ansehen? Lisa lief ein Schauer über den Rücken. Die Gräben zwischen den beiden konnten größer kaum sein. Nun fing Andreas auch noch an zu applaudieren, was erneut die Aufmerksamkeit der Menge erregte, die sich schon allein aus Diskretionsgründen abgewandt hatte oder nur noch verstohlen herüberlugte, um den Gastgeber nicht zu verärgern.

»Der große Felipe in der Rolle des Siegers. Darin gefällt sich mein Vater«, sagte Andreas in einer Lautstärke, dass es auch jeder der Anwesenden hören musste. Wieder war ein gutes Dutzend entsetzter Augenpaare auf sie gerichtet.

»Vielleicht, weil es so ist«, sagte Felipe.

Lisa erschrak zunächst über seine unglaubliche Provokation und glaubte schon, den alten Felipe darin wiederzuerkennen, doch dazu wirkte er viel zu überlegt und ruhig.

»Warum forderst du mich nicht heraus? Beim Rennen?«, fuhr er fort.

Lisa ahnte sofort, was er vorhatte, und erinnerte sich an die traditionellen Pferderennen kurz nach Sonnenuntergang.

»Wenn du es so haben willst«, sagte Andreas, »dann will ich ein gehorsamer Sohn sein.« Beißender Sarkasmus, dem ein Raunen in der Menge folgte.

Felipe nickte nur. Dies war eine offene Einladung zu einem Wettkampf, dem die geladenen Gäste nun emotionsgeladen entgegenfieberten.

Ben Hur, nur ohne Wagen, dachte Lisa und überlegte, ob es für Männer nicht sogar das Beste war, angestaute Emotionen körperlich abzubauen. Ein Pferderennen war auf alle Fälle besser als eine handfeste Prügelei …

Eklat war wohl nicht das richtige Wort. Andreas hatte ihm das Fest geschmissen. Aus Erfahrung wusste Felipe, dass es nichts Schlimmeres gab, als mit Peinlichkeiten dieser Art defensiv umzugehen, sie am Ende noch herunterzuspielen. Das hinterließ den üblen Nachgeschmack von Feigheit, mangelnder Aufrichtigkeit und Schwäche, was er sich in Anbetracht der geladenen Gäste, unter denen viele Geschäftspartner waren, weder leisten konnte noch wollte. Viel klüger war es, Entschlossenheit und Kampfgeist zu demonstrieren. Normalerweise würde ihn irgendeiner seiner Freunde oder Bekannten zum traditionellen Pferderennen fordern. Beim Aufsatteln seines Kartäusers erinnerte er sich daran, dass er bisher nur zweimal geschlagen worden war, von einem deutschen Jockey. Ein Leichtgewicht von einem Meter sechzig Größe, so dass die Chancen alles andere als gleich verteilt gewesen waren. Andreas und er durften ungefähr gleich schwer sein und waren gleich gute Reiter. Und so konzentriert, wie sein Sohn das Pferd sattelte und den perfekten Sitz des Sattels überprüfte, ohne auch nur für einen Moment zu seinem Vater hinüberzublicken, wurde Andreas zu einem ernstzunehmenden Gegner. Für einen Moment überlegte Felipe, ihn gewinnen zu lassen, doch das entsprach nicht seiner Art. Er hatte ihn herausgefordert. Eine Lektion hatte er verdient. Felipe malte sich aus, dass seine Chancen nicht schlecht standen, weil sein Sohn zornig war und nun gegen gleich zwei Gegner anzutreten hatte, gegen seinen Vater und gegen sich selbst. Auch die Pferde schienen zu spüren, dass dieses Rennen etwas Besonderes war. Andreas' Pferd, ein Andalusier, den er gut kannte und auf dem er schon oft ausgeritten war, schnaubte und wirkte nervös, doch auch Felipes Pferd, ein Kartäuser-Wallach, den er selbst eingeritten hatte, tänzelte beim Aufsitzen. Felipe versuchte, sich zu konzentrieren, und blickte auf die rote Fahne, die einer seiner Stallburschen von ihrem Griff wickelte. Halbkreisförmig hatten sich die geladenen Gäste und selbst das Personal um sie versammelt. Felipe versäumte es nicht, nach Lisa Ausschau zu halten. Für einen Moment trafen sich ihre Blicke. Früher hatte sie ihm stets die Daumen gedrückt, jetzt sah sie eher besorgt aus, genau wie Mercedes, die neben ihr stand.

Luke schien der Einzige zu sein, der relativ entspannt war und sich auf ein spannendes Rennen freute. Er saß auf dem Gatter und rief ihm zu: »Du schaffst das, Felipe!«

Die rote Fahne war bereit und fuhr in der Hand des Stallburschen nach unten.

Felipe gab seinem Wallach mit dem Zügel nur einen Klaps auf die Kruppe. Das Tier kannte das Signal und rannte los. Es war schnell und hatte gute Chancen, Andreas' Andalusier abzuhängen. Doch Andreas gab seinem Pferd wild und brachial die Sporen, so dass er schon nach etwa einem Viertel der Strecke einen beachtlichen Vorsprung hatte. Dieses Tempo konnte das Tier unmöglich durchhalten, nicht ein Andalusier, der nicht für Wettrennen geboren war. Felipes Tier war jung, hatte noch Kraft, aber diese galt es über die Strecke von zwei Kilometern bis hin zum Zypressenwäldchen und wieder zurück gut einzuteilen. Felipe hatte genug Rennerfahrung, um zu wissen, dass sich ein

Rennen erst auf den letzten Metern zur Zielgeraden hin entschied.

Das Zypressenwäldchen war erreicht. Felipe hatte bereits jetzt den Abstand verringert, was Andreas dazu bewog, seinem Andalusier erneut die Sporen zu geben. Einmal blickte er sich kurz nach ihm um. Felipe erschrak, als er den Gesichtsausdruck seines Sohnes sah. Es war eine Fratze, die von Anstrengung, Wut und Besessenheit gezeichnet war. Wieder überlegte Felipe, sein Pferd zu schonen und Andreas den vermeintlichen Triumph zu gönnen, doch damit würde er seinem Sohn keinen Gefallen tun. Andreas würde es zudem durchschauen und sich nur mit dem Ergebnis eines fairen Wettkampfs zufriedengeben, und wenn sein Andalusier dieses hohe Tempo beibehielt, würde er tatsächlich gewinnen. Doch schon nach zwei Dritteln des Wegs sah Felipe dem Tier deutliche Ermüdungserscheinungen an. Es reagierte nicht mehr sofort auf Andreas' Kommandos und Anfeuerungen. Es widersetzte sich, ging mit dem Kopf nach oben – ein untrügliches Zeichen dafür, dass es nicht mehr konnte. Felipes Wallach hingegen hatte noch Reserven. Sein Metabolismus hatte sich an das konstante Tempo gewöhnt. Es war nur noch eine Frage von Sekunden, bis sie gleichauf waren. Erneut blickte Andreas zu ihm – hasserfüllt. Er wusste, dass er dabei war zu verlieren, und zog die Reitgerte aus dem Halfter, doch auch diese vermochte sein Pferd nicht mehr anzutreiben. Wie besessen hieb er auf den Andalusier ein. Das Pferd widersetzte sich und scheute. Andreas verriss die Zügel und versuchte, eine Kollision herbeizuführen, um das Rennen mit unfairen Mitteln für sich zu entscheiden, doch Felipe hatte sein Pferd im Griff. Er wich dem Lauf des Andalusiers aus, ritt schneller und kreuzte dann seine Bahn, um ihn zu stoppen. Das Pferd scheute erneut, stieg wiehernd nach oben. Andreas verlor das Gleichgewicht, versuchte, an den Zügeln Halt zu finden, doch sie entglitten seinen Händen, zu wuchtig und abrupt war die Bewegung. Felipe zerrte am Zügel seines Kartäusers. Das Tier gehorchte und trabte aus. Als Felipe sich umsah, lag sein Sohn reglos am Boden.

Der Schatten einer menschlichen Silhouette tänzelte im Licht einer Kerze an der Wand, verlor sich aber mit jedem Wimpernschlag. Es roch nach Bienenwachs und Lavendel. Das gewohnte Ticken einer Uhr beruhigte ihn. Andreas öffnete die Augen, doch damit brach ein stechender Schmerz über ihn herein, dumpf, aber so gewaltig, dass er nach Luft japste. Dann spürte er eine warme Hand. Sie war kräftig. Er kannte sie. Es war die vertraute Hand seines Vaters.

»Andreas«, ertönte die ihm bekannte Stimme leise.

Er drehte sich um und sah in ein besorgtes Gesicht, das schlagartig um Jahre gealtert zu sein schien.

»Gott sei Dank«, sagte sein Vater.

Erst jetzt wurde Andreas bewusst, dass er in seinem alten Kinderzimmer lag. Sein Vater saß neben dem Bett, wie früher, wenn er ihm Geschichten zum Einschlafen vorlas. Wie schön wäre es, wenn er ihm jetzt wie gehabt eine Geschichte erzählen würde, und wenn es nur eine über die Kunst der Kriegsführung war. Das Gefühl der Geborgenheit, das von der Hand seines Vaters ausging, aber auch die Vertrautheit der Umgebung waren so übermächtig, dass es Andreas nur mit Mühe gelang, sich zu erinnern, was passiert war. Wie ein Film im Zeitraffer liefen die Ereignisse, die zu dem Unfall geführt hatten, vor seinem inneren Auge ab, und obwohl ihm damit die Gründe für den Streit wieder präsent waren, fühlten sie sich wie Lichtjahre entfernt an, und all die negativen Gefühle, die er in sich getragen hatte, schienen mit jedem weiteren Atemzug zu verblassen. Irgendetwas klebte an seiner Stirn. Er versuchte, dort hinzufassen, aber es gelang ihm nicht. Sein linker Arm fühlte sich anders an als sonst.

»Du hast dir den Arm angebrochen«, sagte sein Vater ruhig und reichte ihm ein Glas Wasser. »Trink!«

Andreas spürte, wie der starke Arm seines Vaters unter sein Kopfkissen fuhr und es leicht anhob. Das Wasser tat gut, auch wenn mit jedem Schlucken eine erneute Schmerzwelle seinen Kopf durchzuckte. Erschöpft ließ er sich auf das Kissen sinken und blickte zur Seite.

»Es tut mir leid«, brach es schließlich aus Andreas heraus.

»Ruh dich jetzt aus«, sagte sein Vater und bedeutete ihm, dass er jetzt nicht sprechen sollte. Stattdessen ergriff sein Vater das Wort. »Du hättest mir nie etwas beweisen müssen, Andreas«, sagte er. »Aber ich weiß schon … Ich hab vielleicht zu viel von dir verlangt. Dabei war ich doch immer so stolz auf dich«, fuhr er fort. »Das tut mir leid …«

Andreas war unfähig, sich zu bewegen. Was sein Vater ihm sagte, berührte ihn, weil er sich in diesem Moment daran erinnerte, wie oft er sich gewünscht hatte, dass sein Vater ihm nur einmal sagte, dass er stolz auf ihn sei.

»Es ist unklug, immer den Sieg davontragen zu wollen«, sagte sein Vater.

Andreas kannte den Spruch und musste lächeln. Was Machiavelli doch alles an Bandbreite zu bieten hatte. Wie Musik klang der weise Spruch in seinen Ohren, doch ein Geräusch war noch viel schöner. Es war das Klopfen an der Tür und die Stimme von Mercedes, die nach ihm rief…

Was für ein lupenreiner Sternenhimmel, der sich von der Terrasse ihres Gästezimmers aus offenbarte, das Felipe ihr angeboten hatte. Kein Licht weit und breit. Stille, die nach dem ereignisreichen Abend wie Balsam für ihre Seele war. Lisa merkte, dass sie erst jetzt langsam zur Ruhe kam. Nach Andreas' Unfall war die Feier abrupt zu Ende gegangen. Notarzt. Helle Aufregung. Chaos. Felipe war nervlich so am Boden gewesen, dass er sich um die Verabschiedung der Gäste nicht mehr hatte kümmern können. Sie war gerne für ihn eingesprungen. Lisa hatte auch heute noch Routine darin, die Gastgeberin zu spielen, auch wenn sie die meisten der Anwesenden gar nicht kannte. Soviel sie von Felipe wusste, war Andreas mit einer Gehirnerschütterung und einem angebrochenen Arm davongekommen. Trotzdem ein viel zu hoher Preis für seine Sturheit oder vielmehr für die jahrelange Verbohrtheit seines Vaters, dem das Leben an diesem Abend die Rechnung präsentiert hatte. Noch vor Wochen hätte Lisa so etwas wie Schadenfreude empfunden. Zum ersten Mal hatte sich einer von Felipes Siegen, auch wenn es nur ein Pferderennen war, in eine Niederlage verwandelt, noch dazu vor all seinen Gästen, um deren Anerkennung er sich zeit seines Lebens bemüht hatte. Nun tat ihr Felipe aufrichtig leid. Wie es aussah, war er alles andere als ein guter Vater gewesen, und auch wenn sie immer noch nicht wusste, warum Felipe sein Leben lang so verbissen und in sich zurückgezogen gewesen war, schien eines klar zu sein: Er musste darunter gelitten haben, keine Liebe geben oder auch nur zeigen zu können. Das waren auch Delias Worte gewesen. Die Analyse einer echten Menschenkennerin – Prostituierte schienen die besten Psychologinnen zu sein. Delias Erfahrung nach hatte jeder irgendein Päckchen mit sich herumzutragen, und je eher man sich dessen bewusst wurde, desto früher war man auf dem richtigen Weg. Zu gerne hätte sie das Gespräch mit ihr fortgeführt, doch im Nachbarzimmer, in dem Felipes Personal Delia einquartiert hatte, brannte kein Licht mehr. Lisa blickte hinauf zum Sternenhimmel. Es war diesmal aber nicht die endlose Weite, die ihr eigenes Leben klein und unbedeutend erschienen ließ, was ihr schon oft ein Gefühl der Ruhe und Gelassenheit gegeben hatte. Es war etwas ganz anderes. Sie spürte das Päckchen nicht mehr, das sie viel zu lange mit sich herumgetragen hatte. Lisa lehnte sich in ihrem Liegestuhl zurück und atmete tief durch. Sie konnte guten Gewissens sagen, dass sie Felipe verziehen hatte, ohne irgendeinen bitteren Beigeschmack. Zugleich dachte sie an Rafael. Was er getan hatte, stand in keinem Verhältnis zu ihrem jahrelangen Debakel mit Felipe. Dass auch Rafael sein Spiel bereute, stand fest. Warum konnte sie ihm nicht mit der gleichen Leichtigkeit verzeihen? Er hatte noch dazu nachvollziehbare Gründe gehabt, sogar recht gute Gründe, doch die Verletzung war noch zu frisch, zu spürbar. Wieder blickte sie hinauf, um die Gedanken an Rafael abzuschütteln. Es wollte aber einfach nicht gelingen. Was, wenn er sich wirklich in sie verliebt hätte? Hatte sie sich nicht auch in ihn verliebt? Nein! Ganz und gar nicht. Nun fiel auch noch eine Sternschnuppe vom Himmel. Das berühmt-berüchtigte Zeichen? Absurd, um nicht zu sagen lächerlich, und doch beschäftigte sie die Frage, ob er jetzt wohl genau wie sie den Sternenhimmel ansah. Wahrscheinlich war ihm dieser Anblick sehr vertraut. Hatte er nicht jahrelang auf der Straße gelebt oder am Strand geschlafen? Ein schöner Gedanke. Sollte sie morgen früh vielleicht doch abreisen, um in Madrid nach ihm zu suchen? Gleichzeitig spürte sie, dass sie Felipe brauchte, um mit ihrem alten Leben abschließen, ihn neu einordnen zu können, zu erspüren, ob sie diese Seite an ihm nur noch nie gesehen hatte oder ob er sich tatsächlich so grundlegend verändert hatte. Irgendetwas, das viel stärker war als ihre

Neugier, hielt sie hier zurück und zwar mit solcher Kraft, dass sie es noch nicht einmal mehr schaffte, aufzustehen, um zu Bett zu gehen. Zu schön war der Sternenhimmel, von dem sie annahm, dass Rafael gerade unter ihm schlief.

Delia genoss den morgendlichen Spaziergang durch Felipes Garten. So viele Rosenstöcke und Blumen, Sträucher und Hecken in einem von Hitze versengten Land am Leben zu erhalten musste ein Vermögen kosten. Sicher konnte Felipe es sich leisten, inklusive eines Gärtners, der frühmorgens die Anlage wässerte. Die Spuren des vergangenen Abends hatte sein Personal bereits beseitigt. Im Innenhof, durch den Delia schlenderte, wies nichts mehr auf ein Fest am Vorabend hin. Wann hatte sie sich das letzte Mal so gut auf einer Party amüsiert? Und das lag nicht an den illustren Gästen. Andreas derart auflaufen zu sehen war mehr als nur Genugtuung gewesen. Es war eine Belohnung des Lebens, das auf seine Art immer wieder für überraschende Momente ausgleichender Gerechtigkeit sorgte. Letztlich hatte Felipe sich diesen Schuh anzuziehen. Von nichts kommt nichts! Dass Lisa sich seinerzeit in diesen charismatischen Mann verliebt hatte, war aber auch kein Wunder. Er hatte Format, Ausstrahlung, und die Art, wie er mit seinen Gästen umgegangen war, hatte etwas Verführerisches. Wie schade war es, dass sie während der Feier wegen seiner privaten Turbulenzen, die sie immer noch erheiterten, keine Gelegenheit gefunden hatte, mit ihm mehr als ein paar Worte zu wechseln. Das wollte sie nun nachholen. Felipe war dort, wo ihn der Gärtner vermutet hatte. Er führte gerade eines seiner Pferde aus den Stallungen. Wie sanft er mit diesen Tieren umging! Es hatte sogar den Anschein, dass er mit ihnen sprach. Jetzt war aber sie dran! Felipe hatte sie sofort bemerkt, obwohl er dabei war, sein Pferd zu satteln, und sie höchstens aus dem Augenwinkel gesehen haben konnte.

»Morgen. Na, haben Sie was Schönes geträumt?«, fragte er keck, aber durchaus erfrischend.

»Ich träume nie. Ich hab mir das abgewöhnt, weil ich früher Stunden gebraucht habe, um meine Alpträume abzuschütteln«, entgegnete Delia ähnlich frohgemut.

»So schlimm? Sicher berufsbedingt«, erwiderte Felipe mit einem frivolen Lächeln, das sie aber nicht als Angriff, sondern eher als Aufforderung zu einem Spiel wertete. Männer seines Kalibers steckten früh das Terrain ab, wollten die Machtfrage geklärt wissen. Wie vielen dieser Spezies war sie in ihrem Leben schon an der Bettkante und darüber hinaus begegnet. Felipe entsprach exakt einem der Muster, das sie kannte. Dementsprechend schnell hatte sie die passende Antwort parat.

»Nein, mein Vater hat mich als Kind geschlagen«, sagte sie ernst und amüsierte sich über seine Betroffenheit.

»Das tut mir leid«, sagte er betreten.

Delia lachte, was ihn völlig aus dem Konzept brachte, und fragte: »Wollten Sie nicht etwas in dieser Richtung hören? Oder hätte es Ihnen besser gefallen, wenn ich Ihnen Schauergeschichten aus meinem Repertoire als Domina erzählt hätte?«

Felipe schien nun Gefallen an dem Spiel zu finden. »Ach, Domina waren Sie auch?«

»Wenn Sie mir die Peitsche reichen, kann ich Ihnen gerne eine kleine Kostprobe meines Könnens geben. So etwas verlernt man nicht«, sagte sie und bemühte sich, dabei ernst zu bleiben.

Felipe lachte und zog die Riemen des Sattels fest.

»Aber ein Pferdeflüsterer wie Sie mag es sicher ganz sanft«, schnurrte sie und fuhr mit ihren Händen durch die Mähne seines Pferdes.

Felipe stutzte und taxierte sie.

Diesen Moment kannte sie bei Männern. Es war der Moment, in dem sie ihre Chancen ausloteten. Delia streichelte das Pferd weiter und sah Felipe dabei direkt in die Augen. Er hielt ihrem Blick stand. Das sprach eindeutig für ihn. Charakterstark war der Mann.

»Hören Sie auf, sonst wird das Pferd noch scheu«, sagte er trotzdem und meinte dabei natürlich sich, wenngleich mit einem Augenzwinkern und der Portion Ironie, die Delia an intelligenten Männern zu schätzen wusste.

»Ein Pferd kann man höchstens mit einem Stück Zucker verführen«, sagte Delia verschmitzt.

»Bei Ihren Künsten bin ich mir da nicht so sicher«, erwiderte Felipe und lächelte dabei amüsiert. »Wollen Sie uns beim Ausritt begleiten? Pferde habe ich hier ja genug«, fragte er.

»Ich fühl mich auf zwei Beinen wohler. Außerdem geht mein Bus in einer Stunde.«

»Sie wollen uns doch nicht etwa schon verlassen?«

»Was könnte mich hier halten?«, fragte Delia.

»Vielleicht ein Abendessen? Auf einer so großen Hazienda kann es manchmal recht einsam werden«, sagte er mit gespielter Leidensmiene.

Delia lachte. Lisa, Luke und Yolanda waren noch hier, ebenso Andreas und Mercedes, ganz abgesehen von einer Heerschar Dienstpersonal. Ein Dinner for two konnte er sich somit abschminken. Warum also nicht zusagen?

»Ich hatte schon immer Mitleid mit einsamen Männern«, sagte sie deshalb gut gelaunt.

»Also, bleiben Sie?«

»Vielleicht«, erwiderte Delia und war sich sicher, dass er sich im Moment wünschte, dass sie blieb.

Lukes gute Laune war regelrecht ansteckend und erinnerte Lisa daran, wie unbeschwert und glücklich ihr Leben in seinem Alter gewesen war. Für ihn gab es im Moment nur die gesattelten Pferde vor den Stallungen, die prächtigen Blumenstauden, die an den Gebäuden rankten, und den Flug eines Zitronenfalters, der sich sogar für einen Augenblick auf seinem Kopf niederließ. Warum nur verlor man im Laufe seines Lebens die Fähigkeit, im Hier und Jetzt zu leben und unbekümmert das Schöne zu sehen, wo es doch überall zu finden war? Sicher lag es daran, dass Kinder weniger Verantwortung zu tragen hatten und in jungen Jahren das Leben weniger komplex und kompliziert war. Vermutlich stand man sich aber auch selbst im Weg. Und wie sie sich in den letzten Jahren selbst im Weg gestanden hatte! Der ganze Stress, sich täglich möglichst gut verkaufen zu müssen, ob im Berufsleben oder privat – er war von ihr abgefallen. Das »Marbella-Debakel«, wie sie es nun begrifflich dingfest machte, hatte sich in Luft aufgelöst, genau wie ihre Freunde, die wahrscheinlich nie gute Freunde gewesen waren. Mit einem solchen Gefühl der Leichtigkeit gab es überhaupt keinen Grund mehr, diesen herrlichen Morgen nicht aus vollen Zügen zu genießen. Andreas war wohlauf und hatte mit Mercedes gemeinsam auf der Terrasse der Hazienda gefrühstückt. Die Zeichen standen also auf Neuanfang, und wie es schien, hatten sich selbst Delia und Felipe näher bekannt gemacht. Delia kam ihnen entgegen und wirkte bestens gelaunt, was nach einer Begegnung mit Felipe, insbesondere, wenn man sich als seine »Freundin« ausgegeben hatte, nicht selbstverständlich war.

»Morgen, Lisa«, begrüßte Delia sie, bevor sie sich Luke zuwandte. »Na, junger Mann? Freust du dich schon auf den Ausritt?«

»Und wie!« Luke strahlte übers ganze Gesicht, was weniger an Delias Frage als vielmehr daran lag, dass Felipe ihm bereits zuwinkte. Für den Jungen gab es kein Halten mehr. So schnell er nur konnte, lief er hinüber zu den Stallungen.

»Felipe scheint gut mit Kindern zu können. Das hätte ich nicht gedacht«, sagte Delia. »War er schon immer so?«

»Das kann ich nicht beurteilen. Wir hatten keine«, erwiderte Lisa und bereute ihre Freimütigkeit bereits.

Prompt frage Delia nach. »Wolltet ihr damals keine Kinder?«

»Er schon ... aber ... Es hat nicht geklappt«, erklärte sie und wechselte abrupt das Thema, in der Hoffnung, das Gespräch über Felipes Kinderwunsch nicht weiter vertiefen zu müssen. »Fährst du später mit mir zurück?«

»Er hat mich zum Abendessen eingeladen«, entgegnete Delia und lächelte dabei vielsagend.

Felipe auf Flirtkurs? Lisa überraschte das ganz und gar nicht. Delia sah gut aus. Sie war ihm gewachsen. So tickte Felipe nun mal.

»Wer weiß, vielleicht braucht er gelegentlich mal eine starke Hand«, sagte Lisa augenzwinkernd.

»Er hat auch Yolanda eingeladen«, schränkte Delia ein.

»Ich kenne Felipe ...«, meinte Lisa nur.

Auch Delia blickte nun wieder zu ihm hinüber. Es war erstaunlich, mit welcher Hingabe er sich um Luke kümmerte.

»Lisa. Komm! Du musst dein Pferd noch satteln«, rief ihr Luke zu.

Felipe winkte ihr zu. Das Ganze hatte etwas von Familienidylle.

Wer weiß, vielleicht wäre ja alles ganz anders gekommen, wenn ich ihm den Kinderwunsch erfüllt hätte, überlegte Lisa, nahm sich aber vor, diesem Gedanken nicht weiter nachzugehen.

Kapitel 16

Roberta schien sich schnell an das neue Leben in wohnlichen Räumen gewöhnt zu haben, wenngleich fraglich war, ob man bei einem Zimmer in einer billigen Absteige in Madrid von »wohnlich« sprechen konnte. Für sie war im Vergleich mit ihrem Streunerleben ein Baststuhl mit einem weichen Kissen sicher purer Luxus. Wobei gegen weichen Sand auch nichts einzuwenden war, und dies nicht nur aus der Sicht einer Katze. Vielleicht vermisst sie es sogar, überlegte Rafael, setzte sich auf den zweiten Stuhl neben sie und kraulte ihr Nackenfell, woraufhin sie sofort begann, sich zu räkeln und zu schnurren. Er vermisste das Streunerleben jedenfalls nicht und hatte sich vorgenommen, sich einen Job bei der Olivenernte zu suchen. Eine einfache Unterkunft auf dem jeweils dazugehörigen Hof, mithin ein Zimmer für Saisonarbeiter würde er sicher finden. Zurück nach Marbella? Vorerst nicht. Zu intensiv und schmerzlich war die Erinnerung an die Tage mit Lisa und seine Dummheit, die er begangen hatte. Er musste sein Leben ändern, es auf soliden Boden stellen. Carmens Geburtstag war dazu ein guter Anlass. Die Bahntickets nach Jaen mitten ins Olivenanbaugebiet lagen bereits auf dem Tisch. Fünf Meter roter Stoff ebenfalls. Wie er die Stoffbahnen morgen früh um den Wagen wickeln und zu einer Schleife binden sollte, ohne sofort Aufsehen zu erregen, war ihm allerdings ein Rätsel. Immerhin hatte die Überführung des Wagens geklappt, obwohl es dem Händler unmöglich gewesen war, einen genauen Zeitpunkt einzuhalten. Die Option, den pinkfarbenen Mini direkt vor Carmens Haus abstellen zu lassen, hatte sich somit erledigt. Rafael war nichts anderes übriggeblieben, als ihn selbst nach Madrid zu fahren – ohne Führerschein. Doch er hatte Glück, nicht in eine Polizeikontrolle zu geraten. Nun stand der Wagen in zweiter Reihe direkt in einer Seitenstraße vor seiner Madrider Pension, die er sich von den paar Euro Transfergeld, um die er den Händler noch hatte herunterhandeln können, gerade so leisten konnte. Obwohl diese Gegend sicher war, ertappte Rafael sich dabei, zum wiederholten Male durch das Fenster auf die Straße zu sehen. Autodiebstähle waren in Madrid an der Tagesordnung. Noch nicht einmal eine Schramme durfte der Wagen abbekommen. Trotzdem erschien ihm die Vorstellung, die ganze Zeit hier herumzusitzen und Wache zu schieben, absurd. Vielleicht sollte er spazieren gehen und sich von Madrid verabschieden, Frieden schließen mit seinem alten Leben, bevor er am nächsten Tag ein neues begann.

Lisa war überrascht, wie gut sie mit Romeo, einem Kartäuser-Wallach, den Felipe für sie ausgesucht hatte, zurechtkam. Manche Dinge verlernte man nicht. Dafür war sie gerade in den ersten glücklichen Jahren ihrer Ehe viel zu oft ausgeritten. Andere Dinge schien man dagegen durchaus zu verlernen. Jedenfalls traf das auf Felipe zu. Auch heute leistete er sich keine einzige Provokation, gab keine dumme Bemerkung von sich, ja nicht mal der leiseste Hauch von Ironie war zu spüren. Er war wie ausgewechselt und zudem damit beschäftigt gewesen, dem kleinen Luke Olivenbäume zu zeigen, die schon sein Großvater hier gepflanzt hatte, oder einem Kaninchen hinterherzujagen, das sich in der Hitze des Nachmittags aus seinem Bau gewagt hatte. Nach dem langen Ausritt brauchten die Pferde eine Pause. Felipe wusste, wo sich ein kleiner See befand, und schlug eine kurze Rast vor. Selbst für Proviant hatte er gesorgt. War das nicht früher ihre Aufgabe gewesen? Auf einer kleinen natürlichen Steinterrasse neben ihm zu sitzen und bei einem Stück Weißbrot und einem Schluck Wein Luke dabei zuzusehen, wie er die Pferde tränkte, fühlte sich an wie Urlaub. Dass sich ausgerechnet an Felipes Seite zum ersten Mal, seitdem sie in diesem Jahr in Spanien war, Urlaubsstimmung einstellte, war an Ironie kaum mehr zu überbieten. Und dass sie Felipe jetzt auch noch ein Kompliment machte, sprengte gar den Rahmen des Vorstellbaren.

»Luke hat einen Narren an dir gefressen. Gib's zu. Das hast du gar nicht verdient«, sagte Lisa.

Felipe lachte und setzte nicht mal ansatzweise zu einer seiner sonst üblichen Sticheleien an. Überhaupt machte er einen äußerst entspannten Eindruck. Seine Gesichtszüge wirkten weicher als sonst. Er strahlte innere Ruhe aus.

»Ich war völlig platt, als ich erfahren habe, was du für den Kleinen tust.«

Felipe sah sie überrascht an. »Hat Yolanda etwa doch geplaudert?«, fragte er, ohne dabei missgestimmt zu sein.

»Um ganz ehrlich zu sein, ja. Ich wäre sonst nicht nach Jerez gekommen. Und ich wundere mich schon all die Jahre, warum sie sich dir gegenüber immer sehr neutral verhalten hat.«

»Ich hab ihr gesagt, dass sie niemandem davon erzählen soll«, sagte er eine Spur enttäuscht.

»Warum? Das ist doch ein schöner Charakterzug. Es gibt doch überhaupt keinen Grund, das zu verheimlichen.«

»Wenn jemand das mitbekommt ... Was glaubst du, wie viele Leute dann vor meiner Tür stehen?«, fragte Felipe.

»Gib's zu, dir war es doch nur peinlich, ein guter Mensch zu sein«, sagte Lisa keck.

Felipe verschluckte sich fast und musterte sie für einen Moment, bevor sich ein entspanntes Lächeln zeigte, seine Art, ihr zu sagen, dass sie ihn durchschaut hatte.

»Ich mag den Jungen. Seine Mutter hatte ihn oft mit dabei. Er hat mich nie bei der Arbeit gestört, und mit der Zeit ... Er gehörte schon fast mit zum Inventar, zur Familie. Sie war alleinerziehend. Was hätte sie denn machen sollen?« So, wie er es sagte, klang es schon fast nach einer Rechtfertigung. Für einen Moment blickte er auf Luke, der zu ihnen hersah und sie anstrahlte.

»Ich hab mich gestern gefragt, was ich bei Andreas verkehrt gemacht habe.«

»Und? Zu welchem Schluss bist du gekommen?«, fragte Lisa.

»Ich habe ihm das Gefühl gegeben, dass er nie an mich herankommt ...«, sagte Felipe und wirkte dabei unendlich traurig. Lisa konnte gar nicht glauben, dass Felipe tatsächlich einen Fehler eingestand. Dass er von sich aus über Gefühle sprach, war ebenfalls ein Novum.

»Du hast Menschen oft überfordert, Felipe. Mich auch«, wagte sie zu sagen und war froh darüber, endlich die Gelegenheit zu haben, das ihm gegenüber so offen aussprechen zu können.

Felipe nickte nur und blickte ins Leere. »Du zahlst für alles einen Preis. Manchmal früher, manchmal später«, sagte er dann mehr zu sich selbst.

»Wie meinst du das?«

»Ich wollte nach oben. Verstehst du? Ich wollte nicht so enden wie mein Vater …«

Lisa erinnerte sich, dass er von seinen Eltern so gut wie nie etwas erzählt hatte. Sie waren beide schon tot gewesen, als sie Felipe kennengelernt hatte.

»Er ist auf dem Feld gestorben. Hitzschlag. Meine Mutter ist wenig später gestorben, an einem harmlosen Infekt. Es war kein Geld für den Arzt da … Ich wollte nicht, dass mir so etwas passiert, verstehst du. Mit dreizehn hab ich kapiert, wie die Welt funktioniert. Entweder du stehst auf der Seite der Gewinner, oder du verlierst. Es gibt nichts dazwischen …«, sagte Felipe.

Das erklärte seine Obsession, immer mehr Reichtümer anzuhäufen, um jeden Preis. »Und jetzt? Denkst du das immer noch?«, wollte sie wissen.

Felipe zuckte mit den Schultern.

»Warst du glücklich?«, fragte sie.

Felipe sah alles andere als glücklich aus.

»Und du?«, fragte er zurück.

Nun blieb Lisa nichts anderes übrig, als ebenfalls etwas ratlos dazusitzen, jedenfalls so lange, bis sie den Mut gefunden hatte, seine Frage mit einem Kopfschütteln zu verneinen. »Nicht wirklich. Man lebt … gönnt sich gelegentlich etwas … Ziemlich beschissen, so ein Leben, wenn du mich fragst.«

Nun kam Leben in Felipes Gesichtszüge. »Ich hätte dich damals nicht gehen lassen dürfen«, gestand er, und wie er es sagte, musste er es auch so meinen.

»Du wärst nicht glücklich mit mir geworden, Felipe«, räumte Lisa ein und war dankbar dafür, dass Luke in diesem Augenblick angerannt kam.

»Hey, ich hab auch Hunger«, rief der Junge ihnen zu.

Sofort war Felipes Aufmerksamkeit auf Luke gerichtet. Lisa atmete auf, denn sie war sich sicher, dass Felipe nicht verstand, was sie damit gemeint hatte, und das war gut so. Warum nur sprudelten neuerdings Dinge aus ihr heraus, die sie gar nicht sagen wollte. Oder etwa doch?

Auf ihrem Weg zurück überlegte Felipe, was Lisa damit gemeint haben könnte, dass er mit ihr nicht glücklich geworden wäre, wagte es aber nicht, sie darauf anzusprechen. Es fiel ihm beim besten Willen kein einziger Moment ein, in dem er an ihrer Seite unglücklich gewesen war, wenn man von ihrer Schlacht nach der Trennung absah. Irgendetwas war auf diesem Ausritt mit ihr passiert. Sie schwieg. Ihr Blick war zum Horizont gerichtet, und Lisas Verhalten erinnerte Felipe an das letzte Jahr ihrer Ehe. Sie war damals oft in sich gekehrt gewesen. Ihr Schweigen hatte ihn erdrückt, ihn sprachlos gemacht.

»Es war sehr schön«, sagte sie nur, als sie die Stallungen erreicht hatten. »Danke für den Ausritt!«

»Nein, ich danke dir«, erwiderte er.

Lisa nickte nur und sah Luke hinterher, der zu Yolanda lief und, wie man an seinen Gesten in Richtung Stallungen ablesen konnte, wohl aufgeregt von seinem Ausflug erzählte. Auch jetzt schien Lisa jedes weitere Gespräch vermeiden zu wollen.

Soviel Felipe wusste, würde sie nachmittags den Bus zurück nach Marbella nehmen. Er konnte sich nicht erklären, warum ihm der Abschied so schwerfiel. Sicher war, dass er um all die Jahre an der Seite von Lisa trauerte. Wie viel Zeit hatte er mit nichtssagenden Frauen verbracht, sich ihre Gegenwart quasi gekauft. Eine bittere Erkenntnis. Lisa ließ sich nicht kaufen. Nicht zuletzt diese Eigenschaft machte sie so wertvoll. Schon überlegte er, sie zu fragen, ob sie noch ein paar Tage länger bleiben würde, doch der Stallbursche durchkreuzte seine Pläne.

»Felipe!«, rief er aufgeregt. »Es ist so weit … Blanca … das Fohlen.«

Blanca war eine der schönsten Stuten in seinem Stall. Ihre Fohlen waren reinrassig. Felipes Herzschlag beschleunigte sich augenblicklich.

»Kommst du mit?«, fragte er Lisa.

Sie schien kurz zu überlegen, doch wie er vermutete, würde sie sich den Moment der Geburt eines Fohlens nicht entgehen lassen. Das waren die besonderen Augenblicke im Leben eines Züchters. Felipe lief zum Stall. Zwei seiner Stallburschen standen bereits in der großen Box, in der Blanca auf dem Boden liegend um die Niederkunft ihres Fohlens rang. Die Stute gab keinen Laut von sich, ruderte mit den Vorderläufen rhythmisch von vorn nach hinten. Felipe hatte Blanca bereits zweimal bei der Geburt eines Fohlens beobachtet. Diesmal verhielt sie sich anders. Sie fing an zu röcheln, die Hinterläufe erschlafften, als der Kopf des Fohlens zum Vorschein kam. Ein undefinierbares Etwas, das so aussah, als hätte man es in dicke Plastikfolie eingewickelt, begehrte zappelnd und zuckend Einlass in diese Welt. Lisa stand neben ihm. Ihr Blick war auf dieses faszinierende Schauspiel gerichtet. Neues Leben entstand vor ihren Augen. Luke kam in den Stall gelaufen.

»Darf ich zusehen?«, fragte er.

Felipe nickte, gab ihm aber mit einer Handbewegung zu verstehen, ruhig zu bleiben.

Blanca ruderte weiter mit den Läufen, bis der Körper des Fohlens zu erkennen war und sein Kopf durch die gelartige

Schicht stieß, die es umhüllte. Felipe ergriff ein Gefühl der Glückseligkeit.

»Ist das niedlich«, sagte Luke.

Auch Lisa war sichtlich ergriffen von diesem Moment. Niemand außer Felipe schien zu sehen, dass irgendetwas mit Blanca nicht stimmte. Ihre Bewegungen wurden langsamer. Es kam zu ungewöhnlich starken Nachblutungen. Ihr Körper zuckte spastisch. Die Stute warf ihren Kopf hin und her und entspannte dann die Läufe, bis ihre Bewegungen zum Stillstand kamen und ihr Körper erschlaffte. Die Stallburschen eilten herbei. Einer von ihnen half dem Fohlen auf. Seine Mutter blieb reglos am Boden liegen. Blanca war tot. Felipe sank in sich zusammen. Die Freude über das Neugeborene wich tiefer Trauer um eine seiner schönsten Stuten. Was war nur passiert? Erst jetzt fiel ihm auf, dass Lisas Hände sich so um die Latten des Gatters verkrampft hatten, dass das Weiß ihrer Knöchel zum Vorschein kam. Er sah sie an und bemerkte, dass sie am ganzen Leib zitterte. Luke stand still daneben und starrte auf das tote Tier.

»Lisa«, sagte Felipe. »Diese Dinge passieren. Man ist dagegen machtlos.«

Hatte er etwas Falsches gesagt? Tränen lösten sich aus ihren Augen. Sie riss sich förmlich vom Gatter los und rannte nach draußen. Felipe tat augenblicklich leid, dass sie diesen Moment hatte mit ansehen müssen. Luke hingegen schien gefasst, doch Felipe nahm ihn an der Hand.

»Komm, Luke …«, sagte er, und der Junge verstand. Yolanda stand ebenfalls mit feuchten Augen, die sie sich tapfer trockenwischte, am Eingang der Stallungen. Sie nahm Luke in den Arm.

Doch wo war Lisa? Felipe blickte nach draußen und sah sie in Richtung Koppel laufen. Sie lief und lief, bis sie plötzlich verharrte und wie ein gefällter Baum zu Boden sank.

»Ich hatte nicht den Mut, es dir zu sagen.« Wieder und wieder hörte Lisa die Stimme ihres Vaters. Sie kauerte mitten in der Steppe in brütender Hitze und hörte diesen Satz so deutlich, als würde er neben ihr stehen. Der Schmerz, der über viele Jahre dumpfer und erträglich geworden war, brach nun mit Urgewalt aus ihr heraus. »Ich hatte nicht den Mut, es dir zu sagen« war das Geburtstagsgeschenk ihres Vaters gewesen. Lisa ließ diesen Schmerz noch einmal ungefiltert von Vernunft und Disziplin, die ihn bisher so erfolgreich betäubt hatten, über sich ergehen. Sie war schuld gewesen. Sie allein! Sie hatte ihre Mutter getötet, weil sie sich das Recht genommen hatte, in diese Welt zu dringen, auf Kosten eines anderen Menschen, ihrer Mutter. Das Fohlen würde leben, aber Blanca war tot. Warum hatte ihr Vater ihr jahrelang erzählt, dass ihre Mutter bei einem Verkehrsunfall ums Leben gekommen war? Was für ein schöner Geburtstag. Was für ein schöner Einstieg, um erwachsen zu werden. Was für eine Bürde, wenn einem der Gynäkologe sagte, dass man keine Kinder haben könnte, weil das Risiko, bei der Geburt zu versterben, zu hoch war. Warum nur hatte Felipe urplötzlich den Wunsch gehabt, unbedingt Kinder haben zu wollen? Dabei hatten sie sich doch so viele Jahre selbst genügt, wollten leben, sich gemeinsam etwas aufbauen. Sie konnte ihm keine Kinder schenken. Die Angst hatte sie aufgefressen, ihre Seele verletzt, Stich um Stich, Schnitt um Schnitt. Sie wollte nicht sterben wie ihre Mutter, wie Blanca. Sie wollte leben! Wie quälend lange war dieses Spiel gegangen, die Ursachen für ihre Kinderlosigkeit herauszufinden? Wie oft hatte sie ihn belogen, ihm gesagt, dass mit ihr alles in

Ordnung wäre, nur um ihn nicht zu enttäuschen. Immer neue Ausreden hatte sie sich einfallen lassen, um den Geschlechtsakt an fruchtbaren Tagen zu vermeiden. Er hatte sie ihr geglaubt, aber wie lange wäre das gut gegangen? Warum nur hatte er sie auf einmal so unter Druck gesetzt? Temperaturmessung beim Eisprung, nur um es noch einmal zu versuchen, mit viel Liebe und Zärtlichkeit, doch immer wenn er sie berührte, sie küsste, um den Liebesakt zu vollziehen, wusste sie genau, dass er vielleicht dabei war, sie zu töten. Um ihrer Liebe willen hätte sie eine Schwangerschaft nicht abbrechen können. Niemals! »Deine Mutter ist gestorben, als du zur Welt gekommen bist, mein Engel«, hatte ihr Vater gesagt. Warum nur über ein Jahr lang dieser Zwang, es immerfort aufs Neue zu versuchen? Warum nur wollte er auf einmal Kinder von ihr? Ihr Todesengel, den sie doch so sehr geliebt hatte, nach dessen Küssen und Zärtlichkeiten sie sich verzehrt hatte, obwohl sie wusste, dass sie sterben könnte, wenn sich ihre Körper in Liebe vereinigten und in ihr die Frucht ihrer Liebe zum Todesboten heranwachsen würde.

Lisa hörte herannahende Schritte. Dumpf hallten sie auf dem lehmigen Boden. Sie spürte Felipes Hand, hörte seine Stimme.

»Lisa?« Er klang besorgt, doch allein die Berührung seiner Hand genügte, um ihn abwehren zu wollen.

»Geh weg! Fass mich nicht an!« Lisa schlug auf Felipe ein. Immer wieder. Er durfte sie nicht berühren.

»Lisa. Beruhige dich … Lisa«, sagte er mit so viel Sanftmut und umschlang sie fest mit seinen starken Armen, wie beim Liebesakt, den er mit ihr so oft vollzogen hatte. Die gleiche Nähe und Intensität. Er war ihr Mann, doch sie konnte nicht. Sie konnte einfach nicht. Felipes Griff war unerbittlich. Wie oft war er mit dieser Kraft in sie eingedrungen. Wie sehr hatte sie es genossen, aber wie groß war dabei die Angst gewesen. Lisa spürte, dass sie ihm nicht entkommen konnte, nicht mehr, und ließ sich fallen, in den Schmerz, in die Verzweiflung, in die Schuld, die sie auf sich geladen hatte, in seine Arme, die sie doch auch schon viel früher hätten auffangen können. Warum nur war sein Blick jetzt so verständnisvoll? Warum hatte er ihr diesen Blick nicht schon vor Jahren gezeigt? So viel Verständnis und Sorge um sie. Lisa spürte, dass sie keine Kraft mehr hatte. Keine Kraft mehr, um zu weinen, keine Kraft mehr, um aufrecht zu sitzen, keine Kraft mehr, um zu denken, zu spüren, noch nicht einmal mehr, um zu atmen.

»Lisa. Es ist alles gut …«, sagte Felipe.

Seine Stimme war das Letzte, was sie hörte, bevor ihr schwarz vor Augen wurde.

Felipe reichte Lisa ein Glas Wasser. Ihre Hände zitterten noch immer, doch sie trank, Schluck um Schluck. Was war passiert? Warum hatte sie Blancas Tod so mitgenommen?

»Danke«, hauchte sie nur und trank das Glas leer.

»Wie geht es dir?«, fragte er und hoffte inständig, dass sie wieder auf die Beine kam. Sie so hilflos vor sich auf einer Gartenliege auf der Terrasse liegen zu sehen schmerzte.

Lisa blieb ihm eine Antwort schuldig. Sie starrte ins Leere, an ihm vorbei.

»Lisa. Was ist los? Was ist passiert?«, fragte er besorgt und beobachtete ihre Atmung, die sich langsam beruhigte.

»Du hast mich gefragt, warum ich dich verlassen habe«, sagte sie und sah ihn an. »Ich hab dich verlassen, weil du mich sowieso verlassen hättest«, sagte sie.

Felipe konnte sich keinen Reim darauf machen. »Was redest du für dummes Zeug? Wieso hätte ich dich verlassen sollen?«, fragte er.

Lisas Gesichtszüge wurden starr. Felipe sah ihr an, dass es sie unglaublich viel Kraft kostete, seine Frage zu beantworten.

»Meine Mutter ist bei meiner Geburt gestorben. Ich hatte solche Angst … Die Ärzte … sie waren sich einig … Es hätte mir auch so ergehen können … Ich hätte dich nicht glücklich machen können, Felipe«, erklärte sie, bevor sie für einen Moment förmlich in sich zusammensank. »Verstehst du, Felipe? Ich hab mich nur von dir getrennt, weil ich wusste, dass ich dir keine Kinder schenken kann.«

Felipe lehnte sich zurück. Ein ganzer Strom von Erinnerungen an das letzte Jahr, bevor sie sich getrennt hatten, setzte ein. Seine Arztbesuche, penible Fertilitätsuntersuchungen, ihr krampfhaftes Bemühen, schwanger zu werden, Sex nach Zeitplan, nach dem Thermometer, die vielen Ausreden, die sie ihm präsentierte. Jetzt war ihm klar, warum sie ihm so oft vorgeschlagen hatte, über eine Adoption nachzudenken, was er aber abgelehnt hatte.

»Warum hast du mir das nicht viel früher gesagt?«, fragte er so einfühlsam und sanft, wie es die Situation und Lisas Zustand erforderten.

Auch wenn es Lisa schwerfiel, richtete sie sich auf und blickte ihm in die Augen. »Du hast mir nicht mehr zugehört«, sagte sie.

Felipe versuchte, sich an den Alltag in den letzten Jahren ihrer Ehe zu erinnern: volle Auftragsbücher, Immobilienboom. Es ging ihnen gut. Zu viel Arbeit, zu viel Verantwortung, kurz vor dem Ziel. Ein Konkurrent weg vom Markt. Die Pferdezucht florierte. Er würde es schaffen, ganz nach oben zu kommen. Keine Zeit fürs Privatleben. Keine Zeit für seine Frau, deren biologische Uhr angefangen hatte zu ticken. Ein Erbe musste her. Das, was sie sagte, war niederschmetternd, und es wurde noch schlimmer, als sie fortfuhr.

»Wenn man jemanden liebt, dann möchte man, dass er glücklich wird. Verstehst du?«, sagte Lisa.

Felipe verstand nur zu gut, und je mehr er darüber nachdachte, desto mehr schämte er sich, ihr nicht das Gefühl gegeben zu haben, dass sie sich ihm anvertrauen konnte. Er hatte zu viel verlangt, genau wie er von seinem Sohn zu viel verlangt hatte. Lisa hatte sich von ihm getrennt, weil sie Angst hatte, dass er sie fallenlassen würde. Endlich hatte er die Antwort auf die Frage, die ihn so viele Jahre beschäftigt hatte. Kein Liebhaber, keiner der vielen abwegigen Gründe, die er sich zurechtgelegt hatte, um jedwede Schuld von sich zu weisen.

»Eigentlich wollte ich schon heute Morgen abreisen, aber irgendwas hielt mich hier. Jetzt weiß ich, was es war«, sagte Lisa nachdenklich.

»Mir das jetzt zu sagen. Dazu gehört jede Menge Mut«, sagte er und fragte sich gleichzeitig, ob er wirklich so ein Scheusal gewesen war. Die Antwort lag auf der Hand. Sie lautete: Ja. Er hatte diese großartige Frau verloren, weil er viel zu sehr mit seinem Leben beschäftigt gewesen war. Endlich war es auf dem Tisch. Viel zu spät! Felipe tastete nach Lisas Hand, hielt sie fest, wenigstens jetzt wollte er an ihrer Seite stehen. Lisa ergriff sie zunächst dankbar, doch kaum hatten sich ihre Hände berührt, ließ die Intensität ihres Händedrucks nach. Sie sah ihn an und schien etwas zu überlegen, was in keiner Verbindung zu dem stand, worüber sie gerade gesprochen hatten. Etwas ging in ihr vor. Lisas Blick richtete sich in die Ferne. Wenn er nur wüsste, woran sie gerade dachte.

Felipes Hand war kräftig und warm. Er konnte, wie sich Lisa erinnerte, sehr zärtlich sein, aber auch sehr fordernd. Lisa kannte die ganze Palette dieser Gefühle, und wenn es nur bei einem Schlendern im Park war, Hand in Hand, als sie noch frisch ineinander verliebt gewesen waren. Seine Hand war jetzt wieder für sie da, gab ihr Halt. Doch obwohl ihre beiden Hände für einen Augenblick fest ineinander verschränkt waren, erzeugte das keine Verbindung, wie sie sie bei Rafael gespürt hatte. Es floss keine Energie, kein Gefühl wohligen Kribbelns, kein warmer Strom, der zugleich belebte und beruhigte. Sie waren nie eins geworden, noch nicht einmal, als sie miteinander geschlafen hatten. Sie waren schon in der Zeit ihrer Ehe und davor lediglich zwei Körper gewesen, die sich innig berührt, aber nie zueinander gefunden hatten, als ob irgendein Teil des Puzzles sich nicht hatte einfügen wollen. Dabei war Felipe doch der perfekte Mann gewesen. Ihre Idealvorstellung, genau wie all die anderen perfekten »Deckel« für ihren »Topf«, doch wie konnte ein Deckel überhaupt passen, wenn man gar nicht der Topf war, der man vorgab zu sein? Der Topf war nicht perfekt, hatte zu viele Ecken und Kanten. Er trug ein Geheimnis in sich, das sich nicht mehr länger hatte verbergen lassen. Wie konnte eine Liebe gedeihen, wenn man sich mit Gewalt rund machte und sich normte, so dass möglichst viele passende Gegenstücke in Frage kamen? Hochglanzmodelle und Markenware, zu denen zuletzt auch Reiner gehört hatte. Hatte sie deshalb nie zu sich selbst gestanden, weil sie all die Jahre nichts weiter sein wollte als Felipes Exfrau, die ihm erfolgreich trotzte, dabei aber letztlich nur vor ihrem Schmerz davongelaufen war? Nach ihrem Gespräch gab es keinen Grund mehr, sich zu verstellen, weder bei ihm noch bei anderen. Trotz der rührenden Geste Felipes, ihre Hand zu halten und einfach nur neben ihr zu sitzen und ihr die Zeit zu geben, sich zu fangen, hatte Lisa das Bedürfnis, seine Hand loszulassen, ihn loszulassen. Felipe wirkte irritiert, als sie die Hand zurückzog, und sah sie so an, als ob er sich für diesen Akt der Nähe entschuldigen wollte.

»Alles ist gut«, sagte sie und sah ihn an wie jemanden, den sie eben erst neu kennengelernt hatte. Ein gutaussehender Mann, charmant, überraschend einfühlsam.

»Ich hab darüber nachgedacht ...«, sagte er. »Du hattest recht. Ich wäre in einer kinderlosen Ehe nicht glücklich gewesen, aber Glück kann man sowieso nicht erzwingen. Ich habe meinen Sohn bekommen, aber dafür keine Frau mehr an meiner Seite, die zu mir passt«, sagte er traurig.

»Ja. Erzwingen kann man das Glück nicht, aber zumindest daran arbeiten«, sagte sie und nahm sich vor, dies auch selbst zu beherzigen.

So ein angebrochener Arm war in vielerlei Hinsicht nützlich. Man konnte jammern, nach Mitleid heischen und war bei bestimmten Tätigkeiten auf Hilfe angewiesen – auf die Hilfe der Angebeteten. Normalerweise knöpfte Mercedes seine Hose auf und nicht zu, doch auch Letzteres hatte so viel erotische Sprengkraft, dass er sie jetzt am liebsten mit Haut und Haaren aufgefressen hätte. Nach ihrem Streit war er sich sicher gewesen, dass sie ihn nie wieder anfassen würde. Wozu doch so ein Unfall gut war.

»Werd erst mal gesund, Corazoncito«, hatte sie am Abend zuvor, bevor er eingeschlafen war, gesagt und damit signalisiert, dass sie ihn doch noch liebte, auch wenn sie zuvor hart mit ihm ins Gericht gegangen war. Sein Vater musste auch noch mit ihr gesprochen haben, was Mercedes mit Sicherheit einiges klargemacht und sein Verhalten gegenüber Lisa erklärt hatte. Umso wichtiger war es für ihn, sich bei Lisa zu entschuldigen, bevor sie abreiste. So wie es aussah, hatte sie seinem Vater verziehen. Ob Lisa auch ihm verzeihen würde, war fraglich. Eine halbe Stunde lang hatte er nach ihr gesucht, bis er sie im Garten gefunden hatte. Sie saß nahezu bewegungslos in dem weißen Pavillon, in dessen Schatten sein Vater oft saß, um zu lesen oder um sich auszuruhen.

»Hallo, Lisa«, sagte Andreas sanft und suchte Blickkontakt zu ihr. Zwar sah sie in seine Richtung, schien aber in Gedanken noch ganz woanders zu sein.

»Setzen Sie sich«, sagte sie in einem Tonfall, der keine Rückschlüsse darauf zuließ, ob sie ihm jetzt gleich die Leviten lesen oder seine Entschuldigung annehmen würde.

»Hier haben wir unsere Hochzeitsfotos machen lassen. Wie doch die Zeit vergeht«, sagte sie und blickte immer noch in den Garten.

»Ich kenne das Bild. Mein Vater hat es mir mal gezeigt. Ihr wart ein hübsches Paar«, sagte er.

»Äußerlich hat ja auch alles gepasst …«, entgegnete Lisa ohne Bitterkeit.

»Ich hab nicht verdient, dass Sie meine Entschuldigung annehmen, aber … Es tut mir leid. Ich hatte ein ganz anderes Bild von Ihnen und …«

»Und was?«, hakte sie nach.

»Ich glaub, ich war deshalb so auf dieses Haus fixiert, um meinem Vater etwas zu beweisen. Das war völlig bescheuert.«

»Da haben Sie recht«, stimmte sie zu. »Aber am Ende war es gut so.«

»Gut?«, fragte er und überlegte, ob sie damit vielleicht meinte, dass sie sich über die Ereignisse mit seinem Vater ausgesprochen hatte.

»Sie haben mein Leben geradezu demontiert. Das wissen Sie, oder?«, fragte Lisa und blickte ihm dabei in die Augen.

Andreas nickte schuldbewusst.

»Um genau zu sein, haben Sie mir meinen Urlaub versaut, mich dazu getrieben, langjährige Freundschaften zu beenden, und ich hatte hier gute Freunde – zumindest glaubte ich das immer ... Ich hab mich Ihretwegen in das Flamencokleid einer Prostituierten gepresst, verzichte seither auf Schminke und fühle mich in Klamotten wohl, die schon fünf Jahre alt sind.«

»Kann ich das irgendwie wiedergutmachen?«, fragte er in der Hoffnung auf Milde.

Lisa sah ihn aber nur an, als ob sie noch überlegen müsste, wie sie mit ihm verfuhr. Warum zeigte sich ausgerechnet jetzt ein Lächeln in ihrem Gesicht?

»Danke! Danke, dass Sie das alles für mich getan haben«, sagte sie und wirkte dabei beschwingt und leicht.

Andreas verstand kein Wort, war jedoch erleichtert darüber, weil dies so klang, als habe Lisa seine Entschuldigung angenommen.

»Mit Mercedes ist wieder alles in Ordnung?«, fragte sie.

Andreas nickte. »Wir werden bald heiraten. Die Verlobungsfeier ist in zwei Wochen. Wir möchten Sie gerne einladen, falls das unter diesen Umständen noch möglich ist.«

»Feiern Sie hier?«, fragte sie.

»Nein, irgendwo in Marbella. Ihre Familie lebt dort.«

»Ja, wenn das so ist ... Mein Garten ist doch groß genug«, bot Lisa an.

»Das ist nicht Ihr Ernst.« Andreas war sichtlich verblüfft.

»Aber um das Catering und den ganzen Kram kümmern Sie sich!«

Nun tat es ihm gleich noch mehr leid, dass er Lisa so zugesetzt hatte. Noch viel mehr bedauerte er seinen Vater. Er hatte so eine tolle Frau gehen lassen. Dieses Schicksal blieb Andreas erspart. Aus Fehlern konnte man lernen. Nicht das Geschäft, Macht oder Geld waren das Wichtigste im Leben, sondern die Liebe, und diese Einsicht hatte er letztlich dieser Frau zu verdanken.

Dass Lisa der Abschied von Felipes Hazienda so schwerfallen würde, hätte sie sich nicht einmal im Traum vorstellen können – höchstens in einem Alptraum.

Felipe schien es ähnlich zu ergehen. »Willst du wirklich schon fahren?«, fragte er, als sie das Haus verließen und sich auf den Weg zu seinem Wagen machten, vor dem bereits Delia, Yolanda mit Luke, Andreas und Mercedes Spalier standen.

»Ich muss morgen früh in Madrid sein«, sagte sie.

»Termine?«

»Könnte man so sagen.«

»Ich fahr dich auch bis nach Madrid, wenn du magst. Sag ja ...«

»Das wäre keine gute Idee«, erwiderte sie. Dass er sie bis zum Bahnhof bringen würde, war mehr als genug. Rührend war sein Angebot trotzdem.

»Also privat«, schlussfolgerte er richtig. In dieser Hinsicht hatte er sich nicht geändert. Felipe schien nach wie vor einen untrüglichen Instinkt mit in die Wiege gelegt bekommen zu haben, eine Art emotionale Intelligenz, die er bis dato leider zumeist nur für die eigenen Ziele eingesetzt hatte. Wie schön, miterleben zu dürfen, dass sich das nun änderte.

Lisa bejahte seine Frage mit einem Nicken.

»Jemand aus Madrid? Ein Urlaubsflirt? Lass mich raten:

Du hast ihn in Marbella am Strand kennengelernt.« Felipe schien vor Neugier zu brennen.

»Könnte man so sagen.«

»Ein Glückspilz«, drang er weiter vor.

»Das wird sich erst noch herausstellen«, entgegnete sie und genoss es ein wenig, ihn zappeln zu sehen.

»Schade – ganz ehrlich. Für einen Moment habe ich darüber nachgedacht, ob wir vielleicht noch eine zweite Chance verdient hätten …« Er seufzte, wobei er ein ironisches Schmunzeln zeigte.

Lisa wusste aber genau, dass sich dahinter tatsächlich eine ernsthafte Überlegung verbarg, auch wenn sie nur für den Bruchteil eines Augenblicks in ihm aufgeflackert war. Der Gedanke war weder abwegig noch verrückt. Sie selbst hatte an diesem Morgen an die Möglichkeit gedacht, sich dann aber klargemacht, dass sie das Leben, das er führte, und all den Luxus, für den andere Frauen töten würden, nicht mehr brauchte. Eine zweite Chance für einen normalen Umgang miteinander, und wer weiß, vielleicht sogar eine Freundschaft, sah sie durchaus.

»Eine Chance? Die haben wir«, sagte Lisa. »Ich bin deine Exfrau«, sagte sie frei von Ironie.

»Ja, die bist du, *meine* Exfrau«, sagte er nicht ohne Stolz in seiner Stimme und bot ihr galant seinen Arm an, an dem sie sich einhängte – das Signal zum Aufbruch auch für die anderen, die bereits auf sie warteten.

»Bis in zwei Wochen. Ich freu mich«, sagte Andreas.

»Vielen Dank, Lisa. Ich weiß gar nicht, was ich sagen soll.« Mercedes griff den Faden der ausgesprochenen Einladung zur Verlobungsfeier auf. Nur einer schien noch nicht im Bilde zu sein.

»Ist mir da irgendwas entgangen?«, fragte Felipe verdutzt.

Für gewöhnlich war er es, der andere vor vollendete Tatsachen stellte.

»Wir feiern unsere Verlobung in Lisas Haus«, erklärte Mercedes und strahlte Andreas dabei an.

Felipe so überrumpelt rudern zu sehen machte Spaß.

»Du bist selbstverständlich auch eingeladen«, fügte Lisa nicht nur der Ordnung halber hinzu. Dann blickte sie auf die Uhr. Ihr Zug von Jerez nach Madrid ging in fünfunddreißig Minuten, und sie hatte noch kein Ticket. Die Zeit wurde knapp.

»Lass dich umarmen«, sagte Delia, trat vor und drückte sie fest. »Viel Glück. Und hör auf dein Herz«, flüsterte sie ihr ins Ohr, so dass es niemand sonst hören konnte. Der Abschied von den anderen war herzlich. Mercedes' Umarmung ganz besonders.

»Kommst du jetzt öfter mit zum Reiten?«, fragte Luke, bevor Lisa in Felipes Wagen stieg.

»Sicher«, sagte Lisa und bemerkte, dass Felipe sich anscheinend noch mehr darauf freute als der Junge.

Felipe wollte gerade die Tür schließen, als Delia noch einmal an den Wagen herantrat.

»Hier steht alles drin, was du wissen musst«, sagte sie und reichte ihr einen verschlossenen Briefumschlag. »Du musst ihn finden!«

Lisa nickte. Genau das hatte sie vor.

Kapitel 17

Lisa wunderte sich darüber, warum es heute im Parque del Retiro so kühl war. Verglichen mit den Temperaturen in Jerez fast frühlingshaft frisch. Noch merkwürdiger war, dass ihr keine Menschenseele begegnete. Das hatte sie bisher nur einmal erlebt, während eines wichtigen Spiels von Real Madrid. Die bewaldeten Wege abseits der großzügig angelegten Alleen, auf denen sich normalerweise Touristen oder Familien mit ihren Kindern tummelten, waren wie leer gefegt! Es musste doch noch jemand anders außer ihr im Park sein. Lisa hörte Schritte im Kies. Sie kamen vom Ende des kleinen Seitenwegs, der zum »Fuente del Ángel Caído« führte. Lisa ging schneller, von Neugier getrieben. Und dann entdeckte sie Rafael. Er spazierte geradewegs zum »Fuente« und blieb regungslos vor der Statue des Teufels stehen. Was um alles in der Welt machte er da? Lisa erreichte das Ende des Wegs und erstarrte. Die Schlange zu Luzifers Füßen fing tatsächlich an, sich zu bewegen. Sie löste den Druck um die Beine ihres Gefangenen, entspannte ihren mächtigen Leib und rutschte allmählich herunter, bis sie erst auf das Podest und dann auf den Rasen darunter fiel. Die Schlange wand sich am Boden und drehte sich um. Ihre Augen leuchteten gelb und sahen sie an. Lisa spürte, wie sich ihr Herzschlag beschleunigte.

Hilfesuchend blickte sie zu Rafael, doch er bemerkte sie nicht. Erst als die Schlange sich auf das Dickicht des Parks zubewegte und darin verschwand, sah Rafael zu ihr herüber und streckte seine Hand nach ihr aus. Obwohl er mindestens zwanzig Meter von ihr entfernt stand, spürte sie seine Hand urplötzlich an ihrer Schulter. Sie zerrte und rüttelte an ihr.

»Señora. Wir sind da«, ertönte eine sonore männliche Stimme.

Ruckartig setzte sich Lisa auf. Sie vernahm das laute Quietschen von Zugrädern, ihr rhythmisch verlangsamtes Rattern auf den Gleisen. Grelles Neonlicht drang vom Bahnsteig in ihr Zugabteil und beschien das Gesicht des Mannes. Lisa musste gleich zweimal hinsehen. Hatte er nicht Ähnlichkeit mit dem gefallenen Engel? Lisa verkrampfte sich unwillkürlich.

»Alles ist gut«, sagte der Mann, der nach mehrmaligem Blinzeln nun doch ganz anders aussah als die Statue im Park. »Sie haben bestimmt nur schlecht geträumt.«

Lisa beruhigte sich. Bei näherer Betrachtung konnte von »schlecht« nicht die Rede sein. Es war ein schöner Traum gewesen. Die Schlange war weg, der Engel wieder frei. Lisa war richtig leicht ums Herz, doch das hielt nicht lange an, denn ob sie Rafael nach Delias Angaben, die sie gleich nach der Abfahrt gelesen hatte, finden würde, war fraglich.

Die Aktion vor dem Hotel, die Passanten nicht nur mit neugierigen Blicken, sondern auch mit unendlich vielen Fragen begleitet hatten, lag hinter ihm. Es kam schließlich nicht alle Tage vor, dass ein Mann eine riesige rote Schleife um einen pinkfarbenen Mini Cooper band, während seine Katze es sich auf der Motorhaube bequem gemacht hatte. Rafael hatte schon damit gerechnet, dass die lokale Presse auftauchen würde. Die Schleife machte das Geschenk als solches für jedermann erkennbar. Der Anlass bot jedoch jede Menge Raum für Spekulation. Fast jeder Zweite tippte auf eine Frau, die er damit erobern wollte. Französische Touristen hielten seine Aktion für eine Installation, was kein Wunder war, wenn er an Paris und die dortigen avantgardistisch angehauchten Straßenkünstler dachte, denen man so etwas durchaus zutrauen konnte. Ein Student hatte ihm sogar dabei geholfen, die Schleife anzubringen. Es war beinahe ein Ding der Unmöglichkeit, so einen Stoff um ein Auto zu wickeln. Er war so glatt, dass er unentwegt vom Lack gerutscht und auf die Straße gefallen war. Rafaels ursprünglicher Plan, Roberta als Stoffbeschwerer einzusetzen, war leider mehrfach fehlgeschlagen, doch zu zweit hatten sie es doch noch geschafft.

Jetzt saß Roberta neben ihm auf dem Beifahrersitz und rekelte sich auf ihrer Decke. Das Gehupe um sie herum, das man sonst nur von Siegen nach Fußballendspielen kannte und gelegentlich hörte, wenn Frischvermählte mit ihrer Limousine durch die Stadt unterwegs waren, schien sie nicht im Geringsten zu stören. Ihn schon! Zwar riefen ihm alle möglichen Leute ausschließlich nette Bemerkungen zu, vor allem die jungen Madrilenen, die von seiner Aktion sichtlich begeistert waren, aber stellenweise verursachten die Schaulustigen kleinere Staus, und ausgerechnet an der Kreuzung, die zu Carmens Viertel führte, herrschte regelrechtes Verkehrschaos. Rafael schwitzte Blut und Wasser. Hoffentlich wurde nicht die Polizei auf ihn aufmerksam. Ohne Führerschein und in einem nagelneuen Wagen mit Schleife würde er sicher in Erklärungsnot geraten, wenn nicht sogar in ernste Schwierigkeiten. Dass um kurz vor sechs am Morgen schon so viel in der Stadt los war, überraschte ihn. Rafael hoffte, dass Carmen vor sieben nicht auf den Beinen war und noch friedlich in ihrem Bett schlummerte. Angesichts des inzwischen doch regen Gewimmels auf den Gehsteigen wurde er trotzdem unruhig. Was, wenn sie verreist war oder einen Job angenommen hatte, der es erforderte, sehr früh aufzustehen? Sich den ganzen Tag in seinem Stammcafé zu verstecken, um auf sie zu warten, würde ihm den letzten Nerv rauben, mal ganz abgesehen davon, dass der pinkfarbene Mini inmitten eines ärmeren Viertels auffallen würde. Rafael malte sich bereits aus, dass irgendwelche Jugendlichen sich an ihm zu schaffen machen könnten. Er wurde immer nervöser, und sein Puls beschleunigte sich noch mal, als er in ihre Straße einbog. Rafael dankte der Muttergottes, als er einen freien Parkplatz wenige Meter vor Carmens Haus erspähte. Rückwärtsgang rein und einparken. Rafael holte erst mal tief Luft. Roberta streckte sich. Schon kamen die ersten Passanten, zwei Hausfrauen, eine Rentnerin und eine Mutter mit zwei Kindern, um das pinkfarbene Etwas, das sich in ihrem Viertel verirrt haben musste, zu begutachten. Ein kleiner, etwa sieben Jahre alter Junge, der einen Schulranzen auf dem Rücken trug, klopfte an das Fenster der Fahrerseite und schaute ihn aus großen Augen an.

»Das ist aber ein tolles Auto«, schwärmte er.

Rafael ließ die Scheibe herunter.

»Ist das ein Geschenk?«, fragte das aufgeweckte Kerlchen.

In diesem Moment fiel Rafael die Lösung seines Problems ein. Eines war klar. Er würde nicht die Nerven haben, hier ewig zu warten. Delia, die er in seinen Plan bis ins Detail eingeweiht hatte, war sich zwar genau wie er sicher gewesen, dass seine Tochter den Wagen wahrscheinlich spätestens um acht oder neun sehen würde, doch Pläne dieser Art konnten auch schiefgehen. Vielleicht doch noch mal sicherheitshalber in einem Stoßgebet die Jungfrau Maria bemühen? Oder doch lieber den Jungen?

»Hast du Lust, dir fünf Euro zu verdienen?«, fragte er ihn geradeheraus und wusste, dass die Frage rein rhetorischer Natur war. Spätestens seit der Feria wusste er, dass man bei Jungs in dem Alter mit fünf Euro auf die Hand punkten konnte.

»Klar«, erwiderte der Junge.

Hoffentlich bekam niemand die Aktion mit. Wenn ein Mann mit Katze in einem pinkfarbenen Wagen einem Minderjährigen fünf Euro gab, konnte man sonst was denken. Rafael sah sich um. Niemand schien im Moment Notiz von ihnen zu nehmen.

»Hör zu. Du musst dafür nur bei Martinez klingeln, wenn ich weg bin. Ich sitze dort drüben im Café und möchte meine Tochter mit dem Wagen überraschen.«

»Tolle Idee«, sagte der Junge und hielt auch schon die Hand auf. Rafael gab ihm fünf Euro, die der Kleine sofort in der Hosentasche verschwinden ließ. Er sah ehrlich aus, so dass Rafael nicht damit rechnete, die Investition umsonst getätigt zu haben. Er schnappte sich Roberta und stieg aus. Erst jetzt wurde der Junge auf die Katze aufmerksam.

»Darf ich die mal streicheln?«, bat er.

»Dafür haben wir jetzt keine Zeit«, erwiderte Rafael. »Warte eine Minute, bevor du klingelst, okay?«

Der Kleine nickte und sah ihm hinterher, bis er das Café erreicht hatte. Kurz darauf nahm Rafael an seinem angestammten Tisch neben der großen Palme, die einen gewissen Schutz vor Blicken von draußen gewährte, Platz. Roberta saß zu seinen Füßen. Durch die Scheibe beobachtete er den

Jungen, der auf seine Armbanduhr sah und anscheinend die Sekunden zählte. Dann ging er zu Carmens Haus und klingelte. Rafael spürte vor Aufregung seine Halsschlagader pochen. Wie würde Carmen wohl reagieren? Wie oft hatte er sich in den letzten Tagen diesen wunderschönen Moment ausgemalt. Aber es passierte rein gar nichts! Der Junge klingelte noch mal.

»Buenos días, señor. ¿Qué desea?«, fragte ihn ein Ober, den Rafael nur aus den Augenwinkeln wahrnahm.

»Un café moca«, sagte er eilig.

»Muy bien, señor.« Der Ober nickte und verschwand in Richtung Theke.

Wieder und wieder klingelte der Junge. Er sah zu ihm her, zuckte mit den Schultern und klingelte erneut. Nichts! Konnte man sich denn nicht wenigstens einmal, wenn es wirklich wichtig war, auf die Jungfrau Maria verlassen?

Gut, dass Rafael alles so detailliert mit Delia durchgesprochen hatte. Lisa wusste, wo und wann Rafael bei seiner Tochter auftauchen würde. Mit dem Taxi war es nur eine kurze Fahrt von ihrem Hotel in der Madrider Innenstadt gewesen, um das heruntergekommene Viertel zu erreichen, in dem Carmen wohnte. Und wie froh war sie jetzt, dass sie früher als erwartet angekommen war. Umso mehr, weil sie gerade von ihrem Platz in der hintersten Ecke des Cafés aus mitbekam, dass Rafaels Plan scheiterte. Bisher hatte der Trick mit der aufgeschlagenen Tageszeitung, die man sich wie in einem schlechten Detektivfilm vors Gesicht hielt, um nicht erkannt zu werden, gut funktioniert – ganz im Gegensatz zu Rafaels ursprünglichem Plan. Von dem kleinen Jungen, den er engagiert hatte, um bei Carmen zu klingeln, stand nichts in Delias Instruktionen. Dass Rafael den Kaffee beinahe verschüttete, als er die Tasse hochnahm, sprach dafür, wie nervös er war.

Der kleine Junge tat Lisa aber im Moment fast noch mehr leid. Mit hängenden Schultern trat er vor die Scheibe des Cafés und kramte den Fünf-Euro-Schein heraus, den er Rafael hinhielt. Rafael schüttelte den Kopf und winkte ab. Das konnte nur bedeuten, dass der Junge das Geld behalten durfte, zumindest las sie es von seinen Lippen. Die laute Musik, die das Café erfüllte, machte es unmöglich, etwas zu hören. Allerdings passte der Song ziemlich treffsicher zu dem, was gleich passieren würde. Sie kannte den Song der spanischen Rockband, die sich »La Oreja de Van Gogh« nannte. Es ging in dem Lied um ein Mädchen, das auf allen Partys weinte. »La niña que llora en tus fiestas«, hieß es. Ob Carmen der Typ war, der nahe am Wasser gebaut war, wusste Lisa nicht. Dass die junge Frau, die auf einem Bistrostuhl neben ihr kauerte, um auch hinter der Zeitung Schutz vor Rafaels Blicken zu finden, kurz davorstand, laut loszuschluchzen, war aber so gut wie sicher.

»Nun geh schon«, sagte Lisa zu ihr. »Dein Vater kriegt sonst noch einen Herzinfarkt.«

Carmen rührte sich aber nicht von der Stelle.

Jetzt gib dir endlich einen Ruck, dachte Lisa. Sie wollte das Nervenbündel neben sich loswerden, weil es nicht mehr lange dauern würde, bis ihr die Arme abfielen. Eine Zeitung so zu halten, dass sich gleich zwei Personen dahinter verstecken konnten, war verdammt anstrengend. Carmen saß zudem so dicht an ihr dran, dass sich ihre Aufregung auf sie übertrug. Ein wippendes Bein am eigenen Bein zu spüren konnte einen in den Wahnsinn treiben.

Rafael bemerkte sie immer noch nicht. Er saß zusammengesunken vor seinem Kaffee und starrte aus dem Fenster. Hoffentlich traf ihn nicht der Schlag, wenn er plötzlich seine Tochter vor sich sah – falls sie denn mal aufstand und sich zu ihm hinüberbewegte. Im Moment schien das junge Ding jedenfalls noch am Stuhl festgewachsen zu sein, ganz im Gegensatz zum frühen Morgen, als sie Lisa quietschvergnügt nach einer durchzechten Chuca-Nacht direkt in die Arme gelaufen war. Sie hatte Carmen von dem Foto, das ihr Rafael im Park gezeigt hatte, gleich erkannt und sie ohne zu zögern angesprochen. Den Wagen einfach so abzustellen und ein Treffen mit Carmen zu vermeiden kam nicht in Frage. Dafür hatte Lisa gesorgt.

Endlich fasste Carmen sich ein Herz, stand auf und ging zu ihm.

So unbeholfen und aufgeregt, wie sie da stand, suchte sie offenbar nach den richtigen Worten, um ihren Vater anzusprechen. Doch Rafael drehte sich schon nach ihr um und sah sie an wie einen Geist.

»Carmen?«

Seine Tochter nickte, und Lisa konnte sehen, dass das Mädchen die Tränen nicht mehr zurückhalten konnte. Rafael saß wie erstarrt da.

»¿Papa … Por qué?«, fragte Carmen nur.

Rafael stand auf. Für einen Moment sahen sich die beiden wortlos an. Es war Rafael anzumerken, dass er darüber nachdachte, seine Tochter zu umarmen, ruderte stattdessen aber nur etwas hilflos mit den Armen, bis er dann doch den Mut fasste, seine Tochter in die Arme zu nehmen. Es schüttelte ihn regelrecht durch. Seine Augen wurden feucht. Carmens ebenso, nachdem sie seine Umarmung innig erwidert hatte. Auch Lisa, der Wirt und einige der anderen Gäste wischten sich verstohlen ein paar Tränen aus dem Gesicht.

Manche Träume wurden schneller Wirklichkeit, als man dachte. Selbst Alpträume! Nun hatte Lisa erneut ein Rendezvous mit dem Leibhaftigen, jedoch war im Park wieder alles so, wie es sich gehörte. Die Schlange war brav um die Beine des gefallenen Engels gewickelt. Im Gegensatz zu Felipe hatte sich bei ihm der Knoten nicht gelöst. Vielleicht sollten Rafael und Delia das Blumenbeet des Teufels, in dem die Statue stand, genauso besetzen, wie sie Lisas Haus besetzt hatten. Ob sich der Teufel wie ein gewöhnlicher Vampir mit Knoblauch vertreiben ließ, war allerdings fraglich. Seine Präsenz störte sie nicht. Sie hatte keine Angst mehr vor ihm. Rafael war bei ihr, und es war sein Vorschlag gewesen, sich hier zu treffen. Hier hatte alles seinen Anfang genommen, ihre Ehe mit Felipe, aber auch die Gefühle für Rafael. Hier im Park hatte sie zum ersten Mal die Magie seiner Hand gespürt, Rafaels Nähe, die sich viel besser anfühlte und ihr wohler tat als all die dummen Schmetterlinge, die jahrelang in ihrem Bauch umhergeflattert waren und sich letztlich doch dazu entschieden hatten, eine andere Blüte zu bestäuben. Verschwendete Zeit! Aus der Berührung seiner Hände waren feste Umarmungen geworden, aus dem kribbelnden Strom, der durch sie geflossen war, als Rafael sie berührte, ein Blitzschlag. Rafael hatte sich von Herzen dafür bedankt, dass sie den Mut gehabt hatte, seine pinkfarbenen Pläne zu durchkreuzen. Er konnte gar nicht mehr aufhören, von seinem Tag mit Carmen zu erzählen.

»Ihr Freund heißt Giuseppe. Stell dir vor. Sie sind seit zwei Jahren zusammen. Ein Italiener, der in Barcelona studiert hat. Carmen hat mir ein Bild von ihm gezeigt. Ein richtig hübscher Kerl, und gescheit. Er spricht drei Sprachen«, schwärmte Rafael, stolz wie ein frischgebackener Vater, auch wenn er faktisch nur ein »aufgebackener« war.

»Du bist so süß, Rafael. Ich freu mich für dich«, sagte sie.

»Und jetzt wollen sie mit dem Mini nach Sorrent fahren. Sein Vater hat dort eine kleine Pension.«

»Hast du auch mit ihrer Mutter gesprochen?«, fragte sie. Rafaels Glücksrausch erhielt einen ordentlichen Dämpfer, und er nickte betroffen. »Stell dir vor, sie hat sich sogar daran erinnert, wie ich meinen Kaffee am liebsten trinke, aber … ich glaube, sie kann mir immer noch nicht verzeihen, dass ich ihr Leben ruiniert habe.«

»Hat sie das gesagt?«

»Nein, aber sie hat angedeutet, wie schwer die letzten Jahre waren …«

»Deine Frau hätte dich nicht verlassen müssen«, sagte Lisa und überlegte, ob sie sich dabei nicht zu weit aus dem Fenster lehnte. Welche Gründe letztlich für so einen Schritt verantwortlich sein konnten, hatte sie am eigenen Leib erfahren.

»Ich hätte mich an ihrer Stelle wahrscheinlich nicht anders verhalten«, sagte Rafael.

»Wenigstens redet ihr jetzt wieder miteinander.« Lisa war sich sicher, dass sich die Situation irgendwann normalisieren würde.

Rafael wechselte schnell das Thema, und Lisa wurde klar, dass dies auch von seiner Seite aus noch einige Zeit in Anspruch nehmen würde. »Carmen freut sich riesig auf das Fest«, sagte er. »Sie möchte Giuseppe gerne mitbringen und lässt fragen …«

»Natürlich«, fiel sie ihm ins Wort. »So ein knackiger Italiener ist immer willkommen …«, feixte sie, was Rafaels trübe Gedanken sofort vertrieb.

»Du stehst also auf knackige Italiener. Du weißt schon, dass das nur Machos sind«, zog er sie auf.

»Ach, und Spanier sind keine?«, fragte sie.

»Bin *ich* etwa einer?«

»Woher soll ich das wissen? Wahrscheinlich nicht. Machos laufen nicht mit Katzen herum. Nicht wahr, Roberta?«

Roberta schien jedes Wort verstanden zu haben. Sie schnurrte, und Lisa war froh, dass sie neben Rafael herlief. Auf Distanz und im Freien störte sie ihre Gegenwart nicht. Roberta war ja auch gar keine richtige Katze, sondern eher so etwas wie ein Hund in einem Katzenkörper.

Dass Felipe jetzt auch des Italienischen mächtig war, wusste Lisa noch nicht. Schon wieder eine neue Seite an ihrem Ex, der sich mindestens eine halbe Stunde lang mit Giuseppe in dessen Landessprache über die Pferdezucht unterhalten hatte. Zwei Pferdenarren hatten sich gesucht und gefunden. Dass Felipe seinen Blick häufig zur bildhübschen Carmen schweifen ließ, bestätigte Lisa, dass man einige Eigenschaften im Leben wohl nie abstreifen konnte.

»Woher kannst du so gut Italienisch?«, fragte sie ihn, als sie endlich mal für eine Minute allein waren und sich vom Pulk der geladenen Gäste, die den Garten ihres Hauses füllten, loseisen konnten.

»Sie hieß Francesca«, sagte er.

»Das muss dann ja doch mal was Längeres gewesen sein«, mutmaßte Lisa und erntete ein Kopfschütteln.

»Ich hab mir einen Italienischlehrer engagiert. Mit ihm war ich länger zusammen als mit ihr. Achttausend Euro für Privatstunden. Ich hätte das Geld auch aus dem Fenster werfen können«, gestand er und nahm einen Schluck Sherry, den er eigens aus Jerez mitgebracht hatte.

Lisa blickte über die Schar der Gäste, die sich um ein Büfett tummelten, das ein Catering-Service auf ihrer Terrasse aufgebaut hatte. Einen großen Teil der Anwesenden hatte sie erst an diesem Abend kennengelernt – überwiegend Freunde und Verwandte von Andreas und Mercedes, die eine ausgesprochen nette Familie hatte. Felipe durfte sich glücklich schätzen. Rafael und Carmen hatten Luke und Yolanda in Beschlag genommen. Der Kleine war der heimliche Star des Abends. Lisa hatte das Gefühl, dass er sich ein klein wenig in Carmen verliebt hatte. Er wich ihr jedenfalls nicht mehr von der Seite. »Ob ich auch mal so eine hübsche Frau haben werde, wenn ich groß bin?«, fragte er.

»Natürlich!«, machte sie dem Kleinen Mut.

Ein rundum gelungener Abend. Es gab nur einen einzigen Wermutstropfen. Lisa hatte auch Alex, Claudia, Vroni und Stefan eingeladen, doch sie hatten abgesagt. Angeblich war der Motor von Stefans Yacht ausgefallen, und sie saßen im Hafen von Alicante fest. Lisa war letztlich aber froh darüber, dass nun endgültige Klarheit über den Stand ihrer »Freundschaft« herrschte. Jetzt musste sie sich wenigstens keine Gedanken mehr darüber machen, was sie zu welcher Gelegenheit anzog. Im Leben konnte man gut und gern auf diese Art von selbstgemachtem Stress verzichten, an einem so harmonischen Abend wie diesem sowieso. Viel lieber genoss sie es, das Paar des Abends zu bewundern: Mercedes und Andreas. Sie trug ein Abendkleid aus grün schimmernder Seide. Er einen dunklen Anzug. Ein Traumpaar, wie sie von den Gästen gehört hatte. Auch Delia hatte den beiden herzlich gratuliert, aber nicht ohne Mercedes verschmitzt darauf hinzuweisen, dass ihr zukünftiger Mann ziemlich ausgebufft sei und sie ihm die Leine nie zu locker lassen dürfe. Aber so, wie die beiden dies aufgenommen hatten, war davon auszugehen, dass eine kurze Leine gar nicht mehr vonnöten war.

»Ich bin mir sicher, Rafael hat schon Sehnsucht nach dir«, sagte Delia zu Lisa, während sie mit einem Weinglas in der Hand angetänzelt kam und sich zwischen Felipe und Lisa drängte. Delia also tatsächlich auf Flirtkurs?

Felipe ging jedenfalls darauf ein. »Ja, du solltest dich ein bisschen mehr um ihn kümmern«, sagte er mit einem hintergründigen Lächeln, »aber ihr müsst euch noch etwas gedulden.« Schon griff er nach einem Messer und schlug es gegen das Weinglas in seiner Hand, um für Aufmerksamkeit unter den Gäste zu sorgen. Es dauerte eine Weile, bis alle darauf reagierten, doch nach und nach wurde es stiller.

Andreas, der an der Musikanlage stand und seinem Vater zunickte, musste offenbar im Bilde darüber sein, was jetzt kam. Die Rede des Vaters zur Verlobung der beiden hatte Felipe doch bereits gehalten. Was hatte er nur vor?

»Liebe Gäste. Ich möchte Sie an diesem Abend nicht mit einer zweiten Rede langweilen, aber es gibt noch etwas zu sagen.« Felipes natürliche Autorität sorgte dafür, dass es nun mucksmäuschenstill war und sich die Blicke aller Anwesenden auf ihn richteten. »Ich möchte mich an dieser Stelle bei unserer charmanten und äußerst großzügigen Gastgeberin bedanken. Ohne sie wäre der heutige Abend nicht möglich gewesen.«

Geradezu rührend wie er mit seiner Rede die Aufmerksamkeit der Gäste auf sie lenkte.

»Aber wir verdanken Lisa noch viel mehr.« Felipe sah nun nur noch sie an, obwohl er die Rede für alle Anwesenden hielt.

»Ohne Lisa hätten Andreas und Mercedes wahrscheinlich nicht wieder zueinandergefunden. Nun ja, es gab auch jede Menge andere schicksalhafte Verquickungen, die Lisa mit Bravour gemeistert hat«, deutete er an. Was er damit wirklich meinte, verstand nur ein kleiner Kreis. Es war seine Art, ihr zu sagen, dass auch er ihr viel zu verdanken hatte.

Dann griff Felipe nach einem Weinglas und hielt es hoch. »Auf Lisa!«, sagte er.

Die Gläser klangen nur für sie. Der Applaus galt aber ihm. Und wie er ihn genoss. Felipe verstand es nach wie vor, sich in Szene zu setzen. Lisa blickte zu Rafael. Er stand neben seiner Tochter und Giuseppe. Auch er applaudierte, gesellte sich dann aber zu ihr und Felipe.

»Ich könnte schwören, dass wir uns irgendwo schon einmal begegnet sind«, sagte Felipe und musterte Rafael von oben bis unten. »Ich frage mich das schon den ganzen Abend.«

Nachdem Rafael ihr am Morgen von seiner Steinschleuderattacke erzählt hatte, wunderte Lisa das ganz und gar nicht.

»Vielleicht in einem früheren Leben«, sagte Rafael verschmitzt. Das Beste daran war, dass er noch nicht einmal log. Sowohl Felipe als auch Rafael hatten ein neues Leben begonnen, eine Art Wiedergeburt erlebt, auch wenn sie dafür vorher nicht das Zeitliche segnen mussten.

Felipe begnügte sich mit der Antwort, auch wenn er die Blicke, die Lisa mit Rafael tauschte, misstrauisch taxierte. Vielleicht spürte er, dass sie ein Geheimnis vor ihm hatten. Es war aber auch gut möglich, dass ihn Rafaels Arm, der sich um ihre Hüfte legte, irritierte, die Vertrautheit und Wärme, die sie beide ausstrahlten. Für einen Moment schien es, als ob ein Funke Eifersucht in Felipes Augen zu lesen wäre, doch Delia sorgte dafür, dass dieser sogleich verblasste.

»Und jetzt tanzen wir!«, sagte sie im Kommandoton, als die Musik einsetzte.

Felipe wollte schon protestieren, da er nicht gerne tanzte,

doch Delia ließ sich das Heft nicht mehr aus der Hand nehmen.

»Keine Widerrede!«, sagte sie resolut.

Felipe nickte devot. Wer weiß, vielleicht hatte er nun die starke Hand, die ihm die Schlange für den Rest seines Lebens vom Leib halten würde. Lisa wünschte es ihm von ganzem Herzen.

Epilog

Anne saß regungslos vor ihr – in Schockstarre und sprachlos. Dabei hatte Lisa ihr bestimmt nur dreißig Prozent von dem erzählt, was sie in ihrem Urlaub erlebt hatte. Sicherlich trug auch Tio Pepes Sherry, den Lisa ihr als kleines Souvenir mitgebracht hatte, seinen Anteil dazu bei. Drei Gläser hatten sie bereits intus, und nun war es Lisa gewesen, die ihrer norwegischen Freundin einen Monolog gehalten hatte – ausgleichende Gerechtigkeit für monatelange kosmetische Knebelungen, die ihre Konversationen auf Grunzlaute ihrerseits beschränkt hatten.

»Ich werde dich auf meiner Pritsche vermissen«, sagte Anne ein wenig resigniert und schenkte sich gleich noch etwas von dem andalusischen Sherry ein. »Ich wüsste aber auch gar nicht mehr, was ich an dir noch verbessern könnte«, fügte sie hinzu. »Männer – so verliert man seine Stammkundschaft …«

»Komm uns doch nächste Woche besuchen«, schlug Lisa ihr zum Trost vor und war sich sicher, dass Anne sich blendend mit Rafael verstehen würde.

»Braucht ihr denn nicht erst ein bisschen Zeit für euch?«, fragte Anne leicht verunsichert.

»Anne! Wir sind keine siebzehn mehr. Rafael bleibt für

zwei Wochen hier. Ich weiß ja noch nicht einmal, ob es ihm in Deutschland gefällt.«

»Das wird es. Glaub mir!« Annes Wort in Gottes Ohr. Natürlich zählte Lisa bereits die Tage, bis sie ihn endlich vom Münchner Flughafen abholen konnte, doch es war fraglich, ob er sich in einer anderen Kultur wohl fühlen würde. Er war ein anderes Leben gewohnt. Außerdem waren noch viel zu viele Fragen offen. Sollte sie ihren Beruf aufgeben und nach Spanien ziehen? Auch darüber hatten sie bereits gesprochen, doch gerade weil Rafael keinen Druck auf sie ausübte und sicher noch einige Zeit brauchte, um sich mit seiner neuen Vaterrolle zu arrangieren, bestand kein Grund, etwas zu überstürzen. Ihren Beruf hinzuschmeißen, um fortan am Strand mit ihm Händchen zu halten, kam nicht in Frage, auch wenn der Gedanke daran sehr verführerisch war. Wenn ihr Chef Reiner nicht fristlos entlassen hätte, nachdem er sich auch noch an dessen Frau herangemacht hatte, wäre sie mit Sicherheit gleich in Spanien geblieben. Er hatte sogar die Frechheit gehabt, ihr eine SMS zu schreiben und zu fragen, ob sie nicht etwas für ihn tun könnte. »Scher dich zum Teufel«, hatte sie ihm geantwortet und hoffte, dass er ihren Rat befolgen würde.

»Gut, dann sehen wir uns am Freitag«, sagte Anne und leerte ihr Glas. Lisa blickte auf die Uhr. Die Mittagspause war um, und da sie Unpünktlichkeit auch bei anderen nicht sonderlich schätzte, war es Zeit zu gehen. Anne geleitete sie hinaus in den Flur. Da war er wieder, der Monsterspiegel, der nur dazu da war, Annes Kundinnen dazu zu bringen, sich die Gretchenfrage zu stellen. Lisa blickte gelassen hinein und war zufrieden mit dem, was sie sah. Spieglein, Spieglein …, dachte sie. Der alte Spruch auf Annes Broschüren. Weißt du was? Mir ist es so was von egal, wer die Schönste im ganzen Land ist, raunte sie dem Spiegel in Gedanken zu, und dabei zeigte sich ein Lächeln auf ihren Zügen, das den Spiegel auf einmal richtig unscheinbar und klein erschienen ließ.

[…]
Schon als sie von der Stadtautobahn in Richtung Meer zur Promenade des Anglais abbogen und Emma den süßlich-frischen Piniengeruch durch das geöffnete Fahrerfenster wahrnahm, besserte sich ihre Laune. Französisches Flair *partout* und in jeder Seitenstraße, an der sie vorbeifuhren das gleiche Bild: der kleine Tabakladen, vor dem sich ein paar Einheimische versammelt hatten und mit Sicherheit über die Neuigkeiten aus dem Viertel plauderten, ein gutbesuchtes studentisches Bistro und gleich daneben ein edles Restaurant mit Geschäftsleuten, aber auch älteren Paaren, die die großartige französische Küche genossen. Emma lief beim Anblick der Meeresfrüchte und Fischgerichte, die verführerisch drapiert auf den Tellern lagen, sofort das Wasser im Mund zusammen. Junge verliebte Pärchen, Studenten wie ihre Lilly, schlenderten an ihnen vorbei. Eine ältere, aber äußerst attraktiv gekleidete Dame ging mit ihrem Hund spazieren. Touristen streiften durch die Gässchen der Altstadt. Das war das Nizza, das sie kannte. Was für ein schönes Jahr hatte sie hier verbracht. Die Erinnerungen an ihre Studienzeit klebten an jedem Stein. Vermutlich studierte Lilly deshalb hier, weil Emma ihr des Öfteren von ihrem großartigen Studentenleben an der Côte d'Azur erzählt hatte. Georg kannte Nizza nur von einigen Besuchen, aber auch ihm schien es zu gefallen.

»Herrlich, diese Luft«, bemerkte er, als sie Nizzas Prachtstraße erreichten, die am Strand entlangführte und mit einem Luxushotel nach dem anderen protzte. Er schien sich also wieder beruhigt zu haben … Aber warum lächelte er so geheimnisvoll, als sie in die Zufahrt eines edlen Hotels abbogen? Wieso hielten sie ausgerechnet hier? Das *Negresco* war sicherlich eines der schönsten Hotels am Platz, aber wahrscheinlich auch das teuerste. Er hatte doch nicht etwa ausgerechnet hier ein Zimmer gebucht?

»Das ist nicht dein Ernst«, sagte sie und sah ihn fragend an.

»Doch!«, erwiderte er knapp.

Ein paar hundert Euro pro Nacht würden flöten gehen – mindestens. Dagegen war ja nichts einzuwenden, wenn man aus Entenhausen kam und über einen gutgefüllten Geldspeicher verfügte. Hatte Georg etwa vergessen, dass ihre Konten so gut wie leer geräumt waren und sie sich so etwas beim besten Willen nicht leisten konnten?

»Das Hotel vom letzten Mal hätte es doch auch getan«, merkte sie noch an, doch zu spät. Schon hievten Gepäckträger in Uniform ihre Koffer aus dem Wagen. Für diese Eskapade hatte sie also in den letzten zwei Monaten auf den Einkauf im Feinkostladen zugunsten eines Discounters verzichtet. War Georg etwa immer noch nicht richtig klar, dass sie kurz vor der Pleite standen? Hatte er ihr wieder einmal nicht zugehört? Gut, sie war für die Buchhaltung zuständig. Er kümmerte sich um die Außenkontakte und wickelte die Projekte ab, aber er musste doch mitbekommen haben, dass zwei ihrer Kunden in Konkurs gegangen waren und ein Auftrag geplatzt war.

»Ist doch schön hier. Genieß es.« Georgs Tonfall war ihr zu lapidar, und die lässige Art, wie er die Fassade des Hotels bewunderte und dem Pagen nonchalant gleich zehn Euro Trinkgeld in die Hand drückte, hatte etwas Großkotziges.

»Du hättest das mit mir absprechen können.«

»Ich wollte dich überraschen.«

»Georg, wir können uns das nicht leisten«, protestierte sie.

»Jetzt dramatisier nicht schon wieder. Du musst immer alles zerreden!« Georgs Anspannung stieg sichtlich, was

Emma ziemlich wütend machte. Er nahm sie einfach nicht ernst.

»Das sind die Studiengebühren für Lilly, die wir hier verprassen!«, setzte sie nach. Apropos Lilly. Emma blickte auf ihre Armbanduhr. Schon Viertel vor neun. Sie mussten sich sputen, da sie mit ihr gegen neun zum Essen verabredet waren. Der uniformierte Page fragte sie bereits, ob er für sie den Wagen in der Tiefgarage des Hotels parken dürfe. Georg nickte und reichte dem Uniformierten den Autoschlüssel.

»Hast du das Essen mit Lilly vergessen?«, fragte sie verwundert.

Georg überlegte kurz, schüttelte den Kopf.

»Wieso willst du dann den Wagen parken? Wir haben doch nur noch eine Viertelstunde.«

Er schwieg einen Moment und rang sich dann ab: »Fahr ruhig allein. Ich bin schon sehr müde.«

»Du kannst ihr ruhig persönlich sagen, dass der Ausflug ins Wasser fällt.« Davonstehlen kam nicht in Frage.

Emma drückte auf die Schnellwahlnummer ihres Telefons.

Der Hotelpage ging bereits in Richtung Fahrertür.

»Attendez!«, rief sie ihm zu, was Georg mit einem genervten Blick kommentierte.

Keine Antwort von Lilly. Sie ging nicht ans Telefon.

»Lilly ist nicht zu erreichen.«

»Sie wird unterwegs sein. Vielleicht hat *sie* es ja vergessen.«

»Lilly doch nicht. Wir haben noch gestern Abend darüber gesprochen.«

»Hinterlass ihr eine Nachricht auf der Mailbox. Sie meldet sich schon. Ich leg mich jetzt hin.«

Wie konnte Lilly ihrem Vater nur so gleichgültig sein? Er wusste doch genauso gut wie sie, dass Lilly äußerst zuverlässig war und überpünktlich. Irgendetwas stimmte nicht. Sie hätte ihnen Bescheid geben, wenn sie verhindert wäre.

»Wir sollten zu ihr fahren und nach dem Rechten sehen.«

Georg verdrehte nur die Augen.

»Sie ist auch deine Tochter.«

Georgs wachsende Unruhe entlud sich ebenso schlagartig wie lautstark, so schneidend und aggressiv, dass selbst der Page zusammenzuckte. »Mach doch, was du willst!«, herrschte er sie an. Damit drehte er sich um und verschwand in Richtung der Promenade des Anglais, ohne sie auch nur noch eines Blickes zu würdigen. Er ließ sie einfach stehen.

Wieder einer seiner üblichen Aussetzer. Warum nur hatte er sich nicht im Griff? Vermutlich belastete ihn der existentielle Druck doch mehr, als Emma sich das bisher vorstellen konnte. Vielleicht hatte er das teure Hotel gerade deshalb gebucht. Nannte man so etwas nicht Eskapismus?

»Madame?« Der Page wartete mit ihren Wagenschlüsseln in der Hand offenbar auf eine klare Ansage.

»Non, je prends la voiture«, sagte sie. Am besten, sie fuhr gleich zu Lilly. Nachlaufen würde sie Georg jedenfalls nicht, und allein im Zimmer zu warten, bis er sich wieder beruhigt hatte, kam auch nicht in Frage. Lilly würde sich früher oder später melden, und ihre Gesellschaft würde ihr angesichts dieser desaströsen Anreise sicherlich guttun.

LESEPROBE